Suzanna Cahill wuchs in einem Haus voller Bücher auf, sodass es für sie buchstäblich kein Entrinnen vor Geschichten gab. Daher war es nur eine Frage der Zeit, bis sie anfing, sich selber welche auszudenken. Nach einer „soliden" Ausbildung und anschließendem Studium der Geschichte und Literaturwissenschaft fasste sie den Entschluss, ihre Ideen zielgerichtet aufzuschreiben.

Suzanna Cahill

Schatten über Irland

ROMAN

Überarbeitete Neuausgabe März 2024

Copyright © 2024 dp Verlag, ein Imprint der
dp DIGITAL PUBLISHERS GmbH
Made in Stuttgart with ♥
Alle Rechte vorbehalten

Schatten über Irland

ISBN 978-3-98778-780-5
E-Book-ISBN 978-3-98778-878-9

Copyright © 2020, dp Verlag, ein Imprint der
dp DIGITAL PUBLISHERS GmbH
Dies ist eine überarbeitete Neuausgabe des bereits 2020 bei dp Verlag, ein Imprint der dp DIGITAL PUBLISHERS GmbH erschienenen Titels Das Herz Irlands (ISBN: 978-3-96817-058-9).

Covergestaltung: ARTC.ore Design / Wildly & Slow Photography
Umschlaggestaltung: ARTC.ore Design

Unter Verwendung von Abbildungen von
stock.adobe.com: © forcdan, © TeeRaiden, © idealeksis, © Nate,
© nsit0108, © sevector, © Canvas Alchemy
Lektorat: Claudia Steinke
Satz: dp DIGITAL PUBLISHERS GmbH
Druck und Bindung: Books on Demand GmbH, Norderstedt

Vorwort

Liebe Leserinnen und Leser,
was kommt Ihnen als erstes in den Sinn, wenn Sie an Irland denken? Grüne saftige Wiesen? Steile Klippen, an denen sich die Wellen des rauen Meeres brechen? Die etwas befremdlich klingende gälische Sprache, die an Tolkien-Romane erinnert? Ein kühles Guinness in einem urigen Pub bei Livemusik mit Geige und Tin Whistle? Oder denken Sie vielleicht eher an die bewegte irische Geschichte, von der Großen Hungersnot (An Gorta Mór) Mitte des 19. Jahrhunderts bis zum Nordirlandkonflikt in der zweiten Hälfte des 20. Jahrhunderts? Mich haben all diese Dinge schon immer fasziniert. Besonders die oft tragische Geschichte der grünen Insel hat schon früh mein Interesse geweckt. Aus diesem Grund habe ich mich vor ein paar Jahren für einen Onlinekurs mit dem Titel „Irish lives in War and Revolution, 1914-1923" angemeldet. Danach war mir schnell klar, dass ich irgendwann mal ein Buch schreiben wollte, dass sich mit dieser Zeit beschäftigt. Kurze Zeit später sah ich im Fernsehen einen Beitrag über Willie Daly, den so genannten „Matchmaker" von Lisdoonvarna. Matchmaker haben in Irland eine jahrhundertealte Tradition und sie haben schon für unzählige

Menschen den richtigen Partner gefunden. Willie Daly, dessen Vater und Großvater auch schon Matchmaker waren, ist der wohl bekannteste von ihnen. Jedes Jahr findet in seinem kleinen Heimatort Lisdoonvarna das Matchmaking-Festival statt, welches bis zu 40.000 Besucher aus aller Welt anzieht. Alle auf der Suche nach der wahren Liebe.

Die Geschichte von Willie Daly und der Onlinekurs haben mich zu diesem Buch inspiriert. Dabei war es mir ein Anliegen eine Geschichte zu erzählen, die Vergangenheit und Gegenwart in besonderem Maße miteinander verknüpft. Auch wenn es oft heißt, das Vergangene ist vergangen, so hat es doch oftmals bewusst oder unbewusst Auswirkungen auf unser Leben im Heute. So wie bei Caitlin, die im Land ihrer Vorfahren zufällig auf ein gut gehütetes Familiengeheimnis stößt, das Auswirkungen für ihre Gegenwart und Zukunft hat. Begeben Sie sich mit Caitlin auf eine spannende Reise zu ihren Wurzeln, die in der Zeit des Irischen Unabhängigkeits- und Bürgerkriegs liegen und begleiten Sie sie auf dem Weg, im Irland der Gegenwart, ihr wahres Glück zu finden.

In diesem Sinne: Fáilte go hÉirinn und viel Spaß beim Lesen.

Ihre Suzanna Cahill

Anmerkungen
der Autorin

Die Geschichte von Aidan und Caitlin ist frei erfunden, allerdings hat Aidans Vater, der „Matchmaker", ein reales Vorbild. Willie Daly ist der echte Matchmaker von Lisdoonvarna und seine Geschichte und Arbeit haben mich dazu inspiriert, sie in meinen Roman einzubauen. Port Kirrie, der Ort wo Caitlin während ihres Aufenthaltes in Irland lebt, ist ein fiktiver Ort, der allerdings ebenfalls ein reales Vorbild in Doolin, Co.Clare hat. Falls sich also jemand fragt, wie es in Port Kirrie aussieht, empfehle ich www.doolin.ie.

Kapitel 1

Southampton, New York, August 2006

Caitlin Robertson stand auf dem Balkon ihres Schlafzimmers und blickte hinaus aufs Meer. Von der Sommerresidenz ihrer Eltern aus war es nur ein Katzensprung bis zum Strand und die Tatsache, dass sie den Atlantik von ihrem Zimmer aus sehen konnte, erfüllte sie täglich aufs Neue mit Freude. Sie fühlte sich seit ihrer Kindheit mit dem Meer verbunden und freute sich jedes Mal, wenn ihre Familie die hektische Großstadt New York hinter sich ließ, um an den Wochenenden und in den Ferien ihre Zelte für einige Tage in den Hamptons aufzuschlagen. Und an diesem für Caitlin so besonderen Ort sollte heute der Grundstein für ihr zukünftiges Leben gelegt werden. Vor einer Woche hatte ihr Freund Eric ihr im gemeinsamen Urlaub in Paris die Frage aller Fragen gestellt und heute würde auf dem Anwesen ihrer Eltern die große, offizielle Verlobungsparty stattfinden. Zu diesem Anlass war das Who is Who von New Yorks feiner Gesellschaft eingeladen worden. Caitlin war trotz des für sie positiven Ereignisses mulmig zumute. Obwohl sie in diesen Gesellschaftskreisen aufgewachsen war und es von klein auf gewohnt war in der Öffentlichkeit zu stehen, sehnte sie sich oft nach etwas mehr Privatsphäre und Anonymität. Aber das war als Tochter eines der erfolgreichsten Bauunternehmer der Stadt nicht möglich. Ihre Eltern waren genauso regelmäßige Gäste auf verschiedenen Events wie in den Zeitungen, den seriösen wie den Klatschblättern. Dementsprechend musste auch die bevorstehende Hochzeit einer Caitlin Robertson mit einem Eric Harrison, 25-jährigem aufstrebendem Junganwalt aus alteingesessener Familie, die ihren Stammbaum angeblich bis ins 17. Jahrhundert zurückverfolgen konnte, gebührend gefeiert werden. Natürlich inklusive Pressefotografen. Ein heftiges Klopfen an ihrer Zimmertür riss Caitlin aus ihren Gedanken. Ohne auf eine Reaktion zu warten, stürmte ihre Mutter ins Zimmer. In ihrem Blick spiegelte sich gleichermaßen Unverständnis wie Empörung. „Wieso bist du noch nicht fertig?", rief sie aufgebracht. „In einer halben Stunde beginnen die Feierlichkeiten. Die ersten Gäste sind bereits eingetroffen, inklusive deinem zukünftigen Ehemann. Es ist unverschämt, ihn warten zu lassen, also sieh zu, dass du fertig wirst. Ich gebe dir maximal zehn Minuten." Mit diesen Worten stürmte sie wieder aus dem Zimmer und schloss die Tür nicht gerade sanft. Caitlin blickte ihrer Mutter kurz hinterher, dann warf sie einen Blick auf ihr extra für den heutigen Anlass gekauftes Sommerkleid, das ausgebreitet auf ihrem Bett lag. In Gegenwart ihrer Mutter fühlte sie sich manchmal wie ein kleines Kind und nicht wie eine 22-jährige

Frau, die bald heiratete. Sie sollte wirklich langsam in die Gänge kommen, denn sie wollte nicht riskieren, dass ihre Mutter ihr noch einen Besuch abstattete. Caitlin zog sich an und drehte sich ihre langen braunen Haare mit dem Lockenstab in Form. Dann legte sie ein dezentes Make-Up auf, das ihre grünen Augen vorteilhaft betonte und machte sich auf den Weg in die Eingangshalle

Sie war noch nicht halb die Treppe herabgestiegen, als sie ihren Verlobten Eric auf sich zukommen sah. „Hey meine Süße, alles in Ordnung mit dir?", fragte er halb lächelnd, halb besorgt.

Als Caitlin ihn sah, legte sich ihre Nervosität. „Keine Sorge, mir geht es gut. Ich denke, ich bin nur ein wenig nervös. Du weißt ja, ich stehe nicht gerne im Mittelpunkt der Aufmerksamkeit."

„Ja, ich weiß. Aber das wird sich heute kaum vermeiden lassen. Morgen wird dafür wieder jemand anderes im Fokus stehen, so ist die New Yorker Gesellschaft nun mal. Bis zum Tage unserer Hochzeit hast du dann erst mal deine Ruhe." Er reichte ihr seinen Arm und Caitlin hakte sich bei ihm unter. Gemeinsam stiegen sie die Treppe hinab und begaben sich in die Höhle des Löwen. Der Empfang fand im weitläufigen Garten der Robertsons statt. Vom Atlantik her wehte ein leichter Wind und Caitlin stieg der salzige Geruch in die Nase. Über ihnen kreisten schreiend Möwen, so als wollten auch sie dem Jubelpaar gratulieren. Als sie die Menschen sah, die sich bereits im Garten versammelt hatten, kehrte Caitlins Nervosität zurück. Je mehr Menschen sie begegnete, die sie freundlich anlächelten und ihr gratulierten, sei es per Handschlag oder Umarmung, desto unwohler fühlte sie sich. In ihr regte sich der Impuls, auf dem Absatz kehrtzumachen und wieder auf ihr Zimmer zu verschwinden. Aber das konnte sie nicht tun. Also hieß es: Augen zu und durch. Ihr Verlobter Eric schien mit der ihnen entgegengebrachten Aufmerksamkeit weit weniger Probleme zu haben. Mit seiner stattlichen Größe von 1.90 m und seiner durchtrainierten Figur, gepaart mit seinen kurzen, blonden Haaren und blauen Augen war er nicht nur optisch bestens geeignet, die Aufmerksamkeit auf sich zu ziehen. Er war auch ein eher extrovertierter Typ der meistens nichts dagegen hatte, wenn man ihn in den Mittelpunkt des Interesses rückte. Im Gegensatz zu Caitlin, die lieber privat und unbehelligt ihr Leben führen wollte.

Am äußersten Rand des Gartens war ein kleiner Pavillon aufgestellt worden, der mit den schönsten Blumen umrankt war. Dort sollten sich Eric und Caitlin positionieren, um ihre Verlobung noch mal für alle geladenen Gäste offiziell zu machen und dann gleich einem Kronprinzenpaar für Fotos und Interviews zur Verfügung zu stehen. Caitlin graute jetzt schon davor, aber sie konnte es nicht vermeiden. Als sie am Pavillon ankamen, war der Bereich schon mit jubelnden und applaudierenden Gästen gefüllt. Hauptsächlich waren dies Freunde und Verwandte, aber natürlich auch Geschäftspartner von beiden Seiten der Familien. Dazu Pressevertreter, die sich naturgemäß in die erste Reihe gemogelt hatten. Caitlin hatte das Gefühl, jeden Moment ohnmächtig zu werden. Eric, der von den Befindlichkeiten seiner Zukünftigen keine Kenntnis zu nehmen schien, nahm sie an die Hand und führte sie an ihren vorgesehenen Platz. Dann schleuderte er der jubelnden Menge strahlend eine Siegerfaust entgegen, was Caitlin reichlich unpassend fand. Sie war schließlich kein bedeutender Sieg oder Pokal, den er gewonnen hatte. Na ja, im Grunde war sie das vielleicht doch. Die einzige Tochter von Don Robertson III zu heiraten, da durfte man sich wohl was drauf einbilden. Zumindest nach New Yorker Maßstäben.

„Es freut mich sehr, dass ihr alle so zahlreich zu unserer Verlobungsfeier erschienen seid", begann Eric, ohne sein Zahnpasta-Lächeln einzustellen. „Caitlin und ich könnten glücklicher nicht sein." Nach diesen einleitenden Worten wurden erstmal die obligatorischen Wünsche der Presse erfüllt. Ein Reporter der New York Times interviewte sie über ihre persönliche Liebesgeschichte, inklusive wie, wann und wo sie sich kennengelernt hatten, während Fotografen bereits damit anfingen, fleißig Fotos zu knipsen. Nach dem Interview wurden die „offiziellen" Verlobungsfotos geschossen und dann konnte endlich zum gemütlichen Teil übergegangen werden. Das hieß in diesem Fall: Drei-Gänge-Menü im Speisezimmer mit anschließendem zwanglosen Beisammensein. Als die letzten Gäste gegen zwei Uhr morgens endlich das Robertson'sche Anwesen verlassen hatten, war Caitlin so kaputt, dass sie sich fast nicht darüber freuen konnte, dass sie es überstanden hatte. Der Tag war äußerst anstrengend und zu ihrem Leidwesen erst der Anfang gewesen. Wenn die Verlobungsfeierlichkeiten schon so ausgeartet waren, wie würde dann erst die Hochzeit werden? Caitlin wollte einfach nur schnell in ihr Bett. Mit letzter Kraft schleppte sie sich ins Badezimmer, um sich abzuschminken und die Zähne zu putzen. Eric war nach der Feier zurück nach New York gefahren, weil er am nächsten Tag in aller Frühe einen wichtigen Termin hatte und Caitlin war darüber alles andere als unglücklich. Alles, was sie nach diesem anstrengenden Tag wollte, war ihre Ruhe und erholsamer Schlaf. Und den hätte sie, mit Eric in der Nähe, kaum bekommen.

Einige Tage später begab sich Caitlin mit ihrer Mutter und ihrer besten Freundin Jenna auf Brautkleid-Suche. Die Hochzeit war zwar erst für das nächste Frühjahr geplant, aber ihre Mutter drängte darauf, möglichst schnell alle Punkte der Hochzeits-to-do-Liste abzuarbeiten. Ihrer Meinung nach dauerten die Vorbereitungen meist viel länger als ursprünglich geplant und dementsprechend sollte so schnell wie möglich mit der Arbeit begonnen werden. Caitlins Mutter konnte nicht verstehen, warum ihre Tochter keinen Hochzeitsplaner engagiert hatte und stattdessen lieber alles alleine machen wollte. Das konnte ja nur schiefgehen! Da jeder, der in New York etwas auf sich hielt, einen Hochzeitsplaner engagierte, schämte sich Caitlins Mutter beinahe für die Nichtinanspruchnahme ihrer Tochter und erzählte ihren Freundinnen und Bekannten nichts davon. Im Gegenteil, sie sagte ihnen stattdessen, sie hätten einen französischen Hochzeitsplaner aus Paris engagiert, weshalb dieser in New York unbekannt sei und nicht oft vor Ort sein könne. Aber er würde sich intensiv kümmern und dafür sorgen, dass Caitlins Hochzeit eine der besten werden würde, die New York seit Langem gesehen hatte. Caitlins Druck bezüglich der Hochzeitsvorbereitungen nahm durch diese Aktion natürlich nur zu. Aber sie war gewappnet, es mit dem Gegenwind, der ihr von Seiten ihrer Mutter entgegenblies, aufzunehmen. Eric war dabei auf ihrer Seite, das war das Einzige, was zählte und er war auch die einzige Person, der Caitlin noch ein Mitspracherecht einräumte. Dennoch versuchte sich Caitlin auf keine Diskussionen mit ihrer Mutter einzulassen. Nach außen hin stimmte sie vielem zu oder enthielt sich einer Äußerung, innerlich dachte sie sich ihren Teil und würde die Dinge am Ende doch so angehen, wie sie es für richtig hielt. Natürlich war es auch nicht Caitlins Entscheidung gewesen, ihre Mutter zu ihrer Brautkleid-Suche mitzunehmen. Vielmehr hatte sich diese selbst eingeladen, aber das war eine der Situationen, die Caitlin stillschweigend hinnahm. Zum Glück hatte sie Jenna dabei. Bereits seit dem Kindergarten waren die beiden befreundet und unzertrennlich, auch wenn sie in manchen Bereichen recht unterschiedlich waren. Das fing schon bei der Optik an. Jenna war im Gegensatz zu Caitlin, die groß und schlank war, ein gutes Stück kleiner als ihre Freundin und hatte ständig Probleme, ihr Gewicht zu halten. Sie hatte blonde schulterlange Haare und blaue Augen und eine sehr offene und freundliche Art, sodass sie gleich die Sympathien der Menschen gewann. Im Gegensatz zu Caitlin, die zurückhaltender war und so trotz ihrer optischen Vorzüge oft als unnahbar angesehen wurde. Jenna kam ebenfalls aus gut betuchter Familie, doch waren ihre Eltern in vielen Bereichen viel entspannter als Caitlins. Wobei es bei Caitlin hauptsächlich ihre Mutter war, zu der sie ein angespanntes Verhältnis hatte. Ihr Vater war anders, allerdings beruflich so sehr eingespannt, dass er sich nie sonderlich um die innerfamiliären Angelegenheiten kümmerte.

Im Brautmodenladen wurde das Trio bereits mit einem Glas Champagner begrüßt. Dann ging die Suche los. Caitlin war begeistert von den vielen schönen Kleidern. Sie konnte sich kaum vorstellen, sich auf eines festzulegen. Am liebsten hätte sie mehrere mitgenommen, aber da sie sich vorgenommen hatte, nur ein Mal in ihrem Leben zu heiraten, würde sie wohl früher oder später eine Entscheidung treffen müssen. Nachdem sie einige traumhafte Exemplare anprobiert, aber keines davon sie oder ihre Begleiterinnen so richtig umgehauen hatte, kam die Shop-Inhaberin mit einem Kleid um die Ecke, das einfach alles vorher Gesehene in den Schatten stellte.

„Aufgrund Ihrer vorherigen Auswahl dachte ich, dieses Kleid hier könnte vielleicht etwas für Sie sein." Sie lächelte Caitlin vorahnungsvoll an. „Es ist ein Designerstück und kostet dadurch etwas mehr als die anderen Kleider, die ich im Laden habe, aber ich denke, für den schönsten Tag seines Lebens kann man sich ruhig mal etwas gönnen."

Caitlin traute sich kaum, nach dem Preis zu fragen, denn bereits die anderen Kleider in diesem Laden waren für Normalverdiener schier unerschwinglich. Und obwohl Caitlin grundsätzlich gewohnt war, dass Geld in ihrem Leben keine Rolle spielte, war sie der Meinung, dass man es nicht unnötig zum Fenster rausschmeißen sollte. Aber bevor sie sich mit den finanziellen Dingen beschäftigte, wollte sie das gute Ding erstmal anprobieren. Das war schließlich kostenlos und vielleicht gefiel ihr das Kleid angezogen gar nicht mehr. Aber weit gefehlt. Es sah einfach traumhaft an ihr aus und war genau das Brautkleid, von dem sie als kleines Mädchen immer geträumt hatte. Sie stellte sich bereits vor, was Eric dazu sagen würde, wenn sie in diesem Kleid den Gang zum Altar entlangschreiten würde. Überraschenderweise gefiel das Kleid sogar ihrer Mutter.

„Du siehst bezaubernd aus, Caitlin. Das nehmen wir!"

„Erstmal sollten wir nach dem Preis fragen."

„Der Preis ist unwichtig. Dein Vater bezahlt das Kleid, das hatten wir doch schon besprochen. Aber nur der Vollständigkeit halber, was soll dieser Traum in Weiß kosten?"

Die Inhaberin fummelte an Caitlins Rückenausschnitt herum, um das Preisschild herauszufischen.

„Das würde dann 50.000 Dollar machen", sagte sie trocken.

Caitlin fiel beinahe die Kinnlade runter. Sie liebte dieses Kleid, aber es erschien ihr nicht richtig, dass ihr Vater 50.000 Dollar für ein Brautkleid ausgeben sollte.

„Das ist in Ordnung", hörte Caitlin ihre Mutter antworten. „Welche Kreditkarte bevorzugen Sie?"

Während sich Caitlins Mutter und die Inhaberin mit den Zahlungsmodalitäten beschäftigten, half Jenna ihrer Freundin beim Umziehen.

„Ich kann doch nicht so viel Geld für ein Brautkleid ausgeben", meinte Caitlin, die immer noch hin- und hergerissen war zwischen dem Wunsch, dieses Kleid zu besitzen und dem schlechten Gewissen, das Bankkonto ihres Vaters über Gebühr zu strapazieren. Natürlich war ihr klar, dass die Hochzeit ihren Vater noch einen weitaus größeren Teil seines Vermögens kosten würde und ihre Familie nach der Begleichung aller Kosten dennoch weit entfernt davon war, am Hungertuch zu nagen. Dennoch fühlte es sich nicht richtig an.

„Aber es ist doch nicht dein Geld", beschwichtigte Jenna. „Außerdem hast du es dir verdient. Es ist schließlich deine Hochzeit. Du weißt, dein Vater tut das gern für dich."

Ja, Caitlin wusste es. Vielleicht sollte sie mehr versuchen, wie andere reiche Töchter zu denken und sich einfach freuen, wenn Daddy die Geldbörse zückte. Zumindest in diesem Fall wollte sie es versuchen und es als einmalige Ausnahme ansehen, denn das Kleid war einfach perfekt und sie wollte es unbedingt haben.

Kapitel 2

New York, April 2007

Nur noch ein Monat bis zur Hochzeit! Caitlin konnte kaum glauben, dass sie bald schon Mrs Eric Harrison sein würde. Seit Eric in Paris um ihre Hand angehalten hatte, war die Zeit wie im Fluge vergangen. Anfangs schien Caitlin der große Tag noch in weiter Ferne, doch ehe sie sich versah, stand er schon so gut wie vor der Tür. Die wichtigsten Dinge waren zum Glück bereits erledigt. Es fehlten nur noch Kleinigkeiten, die direkt in den Tagen vor der Hochzeit organisiert oder angeschafft werden mussten. Caitlin war stolz, dass sie alles ohne professionellen Hochzeitsplaner geschafft hatte, nur mit Hilfe ihrer Freundinnen. Sie konnte nicht leugnen, dass ihr diese Tatsache ein sehr gutes Gefühl gab, besonders ihrer Mutter gegenüber, die ihr die Organisation bis zum Schluss nicht zugetraut hatte. Caitlin würde sie jedoch erst vollends überzeugen können, wenn der Hochzeitstag ebenso gut verlaufen war wie die bisherigen Vorbereitungen. Was in den nächsten Tagen noch anstand, waren die traditionellen Junggesellenabschiede von Eric und ihr. Caitlin war schon bei dem einen oder anderen ihrer Freundinnen dabei gewesen und fand es meist albern und lächerlich, was die zukünftige Braut dort über sich ergehen lassen musste, aber so erforderte es nun mal die Tradition. Während Caitlin und ihre Freundinnen für diesen Abend in New York bleiben würden und das Wochenende etwas ruhiger in den Hamptons ausklingen lassen wollten, ließ sich Eric natürlich nicht lumpen und fuhr mit seinen Kumpels nach Las Vegas. Kurz bevor sie sich fürs Wochenende trennen mussten, nutzen beide den Abend zuvor noch für ein romantisches Candle-Light-Dinner in ihrem Stammrestaurant. Dort hatten sie damals ihr erstes Date gehabt und trafen sich hier seitdem regelmäßig für Jahrestage oder andere wichtige Besprechungen.

„Ich werde dich das Wochenende über schrecklich vermissen, meine Süße", säuselte Eric mit einem gespielt traurigen Gesichtsausdruck.

„Das glaube ich kaum, dafür wirst du nämlich keine Zeit haben." Caitlin lachte. Sie hatte kein Problem damit, dass ihr Verlobter seinen Junggesellenabschied in der „Stadt der Sünde" verbrachte. Schließlich taten das viele zukünftige Ehemänner und Caitlin vertraute Eric. Auch wenn manch einer in ihrem Freundeskreis dies etwas kritisch sah.

„Tob' dich ruhig noch mal aus, bevor der Ernst des Lebens beginnt und du zu einem langweiligen, spießigen Ehemann wirst. Und keine Sorge, ich werde auch meinen Spaß haben, versprochen. In New York geht das nämlich auch ganz gut, wie du vielleicht weißt."

„Ja, das habe ich auch gehört. Und ich wünsche dir sehr viel Spaß dabei." Eric beugte sich über den Tisch zu Caitlin herüber, um ihr einen Kuss aufzudrücken.

„Ich bin froh, dass ich so eine verständnisvolle Verlobte habe. Manch eine Frau würde das sicherlich verbieten. Aber ich kann ja nichts dafür, dass ich das Wochenende in Las Vegas verbringen muss. Es ist die Schuld der Jungs.“

„Du Armer, ich hoffe es wird nicht allzu schlimm für dich“, meinte Caitlin verschmitzt. „Aber wie gesagt, es ist okay. Ich vertraue dir.“

„Ich danke dir, du bist die Beste. Aber im Moment bin ich ja noch hier und stehe den ganzen Abend zu deiner uneingeschränkten Verfügung.“ Er lächelte vielsagend und prostete Caitlin zu.

Caitlin war glücklich, in Eric einen richtigen Traummann gefunden zu haben. Er war nicht nur klug, charmant und stammte wie sie aus einer sehr einflussreichen New Yorker Familie. Er sah obendrein auch noch verdammt gut aus und hatte einen Körperbau wie ein Spitzenathlet. Caitlin war sich bewusst, dass er einer der begehrtesten Junggesellen der Stadt, vermutlich sogar der gesamten Ostküste war und viele Mädchen sie um ihren zukünftigen Ehemann beneideten. Aber er gehörte allein ihr. Sie konnte nicht leugnen, dass sich diese Tatsache gut anfühlte. Nach dem Essen gingen beide noch kurz auf einen Drink in ihre Lieblingsbar, bevor sie dann die restliche Nacht zu Hause in trauter Zweisamkeit verbrachten.

Caitlins Junggesellinnenabschied verlief ohne besondere Vorkommnisse. Neben der zukünftigen Braut und Jenna bestand die Partygesellschaft noch aus vier weiteren Freundinnen aus Schul-und Studienzeiten. Jenna hatte als beste Freundin der Braut und Maid of Honor alles bis ins letzte Detail geplant und organisiert. Caitlin musste die üblichen Bride-to-be-Spiele ihrer Freundinnen über sich ergehen lassen und es floss reichlich Alkohol. Alles in allem war es ein gelungener Abend, der jedoch nicht aus dem Ruder lief, sodass alle Teilnehmerinnen am nächsten Tag fit genug waren, um in ein ruhiges Wochenende in den Hamptons zu starten. Caitlins Onkel Paul war ebenfalls dort. Er war für einige Tage in Amerika, um seiner alten Heimat einen Besuch abzustatten und hatte die Chance gleich für eine kleine Abschiedsparty genutzt, die am nächsten Wochenende stattfinden sollte. Er hatte sich entschieden, jetzt, wo seine Kinder aus dem Haus waren, mit seiner Frau ein Jahr auf Weltreise zu gehen, die er in den USA starten wollte. Eigentlich lebte er seit Jahren in Irland, dem Heimatland seiner Frau Niamh und zufälligerweise auch dem Heimatland seiner Großeltern. Caitlins Urgroßmutter Maureen war in den 1920er Jahren in die USA ausgewandert und hatte dort ein neues Leben begonnen, da Irland nach Unabhängigkeits-und Bürgerkrieg für sie keine gute Perspektive bot. Caitlin hätte ihre Urgroßmutter gerne besser gekannt, aber leider war sie erst sieben Jahre alt gewesen, als diese 1992 im recht stattlichen Alter von neunundachtzig Jahren verstarb. Onkel Paul war der Bruder von Caitlins Mutter. Die beiden Geschwister hatten sich seit Jahren nicht mehr gesehen, daher war die Freude auf beiden Seiten groß, auch wenn Caitlins Mutter mit dem Lebensweg und Lebensstil ihres Bruders nicht viel anfangen konnte. Sie konnte nicht verstehen, wie Paul kurz nach seinem Studienabschluss ein Leben in der New Yorker High Society aufgeben konnte, um eine irische Malerin zu heiraten und mit ihr in einem kleinen, langweiligen Land in Europa zu leben. Und dann nicht mal wenigstens in der Hauptstadt, sondern in einem kleinen, langweiligen Ort an der Westküste. Für Caitlins Mutter änderte daran auch die Tatsache nichts, dass die Wurzeln ihrer Familie in Irland lagen. Für sie war es dort einfach langweilig.

„Es ist so schön, endlich mal wieder in den Hamptons zu sein." Onkel Paul strahlte, als er mit seinem Drink durch den weitläufigen Garten schritt und ihm dabei der stürmische Atlantikwind ins Gesicht blies. „Fast wie zu Hause. Zumindest der Wind und das Meer, stimmt's, Niamh?" Seine Frau stimmte ihm lachend zu, während Caitlins Mutter diese Bemerkung mit einem ungläubigen Blick und Naserümpfen quittierte. Als wenn man die mondänen Hamptons mit dem armseligen West-Irland vergleichen könnte!

„Wie genau sehen eure Pläne eigentlich aus, Onkel Paul?", mischte sich Caitlin ein.

„Nun ja, wir werden noch bis nächste Woche hierbleiben, dann starten wir Richtung Florida und die Karibik. Von dort geht es über Mittel- und Südamerika nach Südafrika, Australien, Indonesien, Thailand, Japan, China. Anschließend wollten wir uns noch etwas in der arabischen Welt umsehen, bevor es wieder Richtung Europa geht, wo wir uns unter der Sonne Spaniens von den Strapazen dieser Weltreise erholen werden. Und dann geht es wieder zurück auf die Grüne Insel. Soweit der Plan, aber wir sind wie immer offen für spontane Änderungen."

Caitlin war begeistert. Ihr Onkel war schon immer ein Freigeist gewesen und tat, wozu er Lust hatte. Da war es auch kein Wunder, dass er sich in eine Künstlerin verliebt hatte. „Das hört sich unglaublich toll an, Onkel Paul", schwärmte sie. „Ich wünschte, ich könnte mitkommen." Auch wenn diese Aussage nicht ernst gemeint war, brachte sie Caitlin einen bösen Blick ihrer Mutter ein.

„Ich glaube, du hast in nächster Zeit andere Verpflichtungen, mein Kind", ermahnte sie ihre Tochter. Onkel Paul warf Caitlin einen mitleidigen Blick zu. „Das einzige Problem, das wir noch haben, ist, was wir die ganze Zeit über mit Scotty anstellen."

Scotty war der Berner Sennenhund von Onkel Paul, der ihm eigentlich auf Schritt und Tritt folgte. „Wir können ihn nicht mitnehmen, das wäre zu viel Stress für ihn auf seine alten Tage, aber finde mal jemanden, der ein ganzes Jahr lang auf deinen Hund aufpasst. Im Moment ist er bei einer Nachbarin untergekommen, aber ich habe ihr versprochen, so schnell wie möglich eine andere Lösung zu finden, obwohl sie sagt, es sei kein Problem. Aber sie ist auch nicht mehr die Jüngste, daher will ich sie nicht länger als nötig als Hundesitterin in Beschlag nehmen."

Caitlin konnte sich noch gut an Scotty erinnern, allerdings hatte sie ihn zum letzten Mal gesehen, als er ein Welpe war. Er war so niedlich gewesen und plötzlich sehnte sie sich richtig danach, das Wollknäuel noch mal wiederzusehen.

Eine Woche später fand die Abschiedsparty für Onkel Paul statt. Freunde und Bekannte hatten es sich nicht nehmen lassen, den Robertsons zu diesem Anlass einen Besuch abzustatten. Alle waren sie pünktlich da, bis auf

Eric. Caitlin hatte schon mehrfach versucht, ihren Verlobten telefonisch zu erreichen, und begann sich allmählich Sorgen zu machen. Mit über einer Stunde Verspätung trudelte er dann schließlich ein.

„Wo bist du denn so lange gewesen?", fragte Caitlin. „Und warum bist du nicht an dein Telefon gegangen? Ich habe mir schon Sorgen gemacht."

„Alles ist gut, Süße. Ich habe nur echt viel um die Ohren im Moment. Soll ich dir einen Drink besorgen? Ich könnte dringend einen gebrauchen."

Caitlin wurde stutzig. Eric benahm sich in den letzten Tagen merkwürdig. Er hatte sie weder geküsst noch in den Arm genommen, so als wären sie Fremde. Normalerweise tat er das immer, wenn sie sich sahen. Und richtig angesehen hatte er sie auch nicht. Aber vielleicht bildete sie sich das alles auch nur ein. Schließlich hatte er auf seiner Arbeit viel zu tun und war einfach etwas gestresst. Allerdings änderte sich Erics Verhalten auch während des Abends nicht. Seine Worte waren zwar wie immer, allerdings spiegelten sie nicht seine Körpersprache wider. Auch Caitlins Versuche, herauszufinden, was mit ihm los war, schlugen fehl.

„Es ist alles in Ordnung, Süße. Mach dir keine Sorgen", versuchte er sie wiederholt zu beruhigen, aber Caitlin konnte nicht verhindern, dass sie es doch tat.

Kapitel 3

New York, April 2007

Seit drei Monaten absolvierte Caitlin ein Praktikum im Consultingbereich eines großen Wirtschaftsunternehmens, nachdem sie im letzten Jahr ihren Bachelor in Wirtschaftswissenschaften mit summa cum laude abgeschlossen hatte. Als sie Montagmorgen auf dem Weg zur Arbeit war, bekam sie eine SMS von Zach, Erics zukünftigem Trauzeugen und gutem Freund von ihnen beiden. Er fragte sie, ob sie sich in der Mittagspause im Central Park treffen könnten. Den genauen Grund für dieses Treffen nannte er nicht, allerdings machte er deutlich, dass er dringend etwas mit ihr besprechen musste. Caitlin vermutete, dass es irgendetwas mit der bevorstehenden Hochzeit zu tun hatte und willigte ein. Als sie Zach am vereinbarten Treffpunkt fand, strahlte sie ihn an, denn er war einer ihrer ältesten Freunde. Als sie jedoch sein ernstes Gesicht sah, erstarb ihr Lächeln und ein ungutes Gefühl machte sich in ihr breit. Nervös schritt sie auf ihn zu, versuchte aber, sich nichts anmerken zu lassen. „Hi Zach, schön dich zu sehen. Wie geht es dir?"

Sein Gesichtsausdruck nahm einen mitleidigen Zug an. „Mir geht es gut, danke. Aber ich muss dringend mit dir sprechen. Ich kann das nicht länger für mich behalten."

Caitlin begann innerlich zu zittern. So wie Zach sie anblickte, erwartete sie das Schlimmste. „Was meinst du damit? Ist etwas mit Eric? Ist ihm etwas passiert? Geht es ihm nicht gut?"

Zach lachte verächtlich. „Könnte man sagen. Ich befürchte, in seinem Kopf ist etwas nicht ganz richtig, denn er ist ein riesiger Idiot."

Caitlin hatte das Gefühl, gleich ohnmächtig zu werden. Was meinte er bloß damit? „Was ist denn mit ihm? Jetzt rück doch endlich mit der Sprache raus!"

„Ich glaube, es ist besser, du setzt dich hin, für das, was ich dir jetzt erzähle."

Sie setzten sich auf eine Parkbank und beide holten tief Luft. Caitlin, um ihre Nerven zu beruhigen und Zach, um Mut zu fassen.

„Du weißt ja, dass wir zum Junggesellenabschied in Las Vegas waren ..."

„Ja und weiter?"

„Na ja, da ist etwas passiert. Wir haben ein bisschen zu viel getrunken und da haben wir Mädels kennengelernt. Eine davon hatte es mächtig auf Eric abgesehen und ihm schien es zu gefallen."

Caitlin merkte, wie sich ihr Herzschlag beschleunigte und sich Übelkeit in ihr breitmachte. Sie wollte nicht weiter zuhören, aber sie musste wissen, was geschehen war.

„Als wir ins Bett gehen wollten, ist er nochmal losgezogen, um sich mit dem Mädel auf einen letzten Drink zu treffen, aber dabei ist es nicht geblieben. Er hat dich betrogen, Caitlin. Es tut mir so leid für dich. Eric hat uns schwören lassen, dass wir dir nichts erzählen, aber ich kann dich in dem Punkt nicht belügen. Du bist schließlich auch meine Freundin und ich kann euch nicht heiraten lassen, ohne dass du weißt, was in Las Vegas vorgefallen ist."

Caitlin war sprachlos. Sie konnte keinen klaren Gedanken fassen. Eric hatte sie betrogen, kurz vor ihrer Hochzeit. Bei seinem Junggesellenabschied. Das klang einfach nur nach billigem Klischee.

„Hast du Beweise?", fragte sie geistesabwesend.

„Leider ja, aber die möchte ich dir ungern zeigen. Du kannst mir glauben, es ist wahr. Warum sollte ich dir so etwas erzählen, wenn es nicht wahr wäre? Es tut mir so leid für dich."

Eine Weile saßen sie schweigend nebeneinander und starrten, beide in ihre jeweiligen Gedanken versunken, vor sich hin. Bis Caitlin plötzlich aufstand und rief: „Ich muss zurück zur Arbeit." Dann ging sie, ohne Zach eines weiteren Blickes zu würdigen, davon.

Zurück an ihrem Arbeitsplatz merkte Caitlin schnell, dass sie sich nicht würde konzentrieren können und meldete sich für den restlichen Nachmittag krank. Wie ein Geist taumelte sie nach Hause. Caitlin konnte einfach nicht glauben, was Zach ihr erzählt hatte. Sie musste mit Eric sprechen. Sofort. Ohne Vorwarnung machte sie sich auf den Weg in seine Kanzlei und stürmte, ohne auf die Sekretärin zu achten, in sein Büro, wo er gerade in ein Gespräch mit einem Klienten vertieft war. Ungläubig sprang er auf und wollte schon anfangen sich zu beschweren. Als er aber in das Gesicht seiner Verlobten blickte, blieben ihm die Worte im

Halse stecken. „Würden Sie mich bitte für einen Moment entschuldigen?", säuselte er dem Klienten zu. „Es handelt sich hier um eine wichtige Familienangelegenheit. Nehmen Sie doch bitte kurz im Wartezimmer Platz, meine Sekretärin bringt ihnen so lange einen Kaffee." Nachdem der Klient das Zimmer verlassen und Eric die Tür hinter ihm geschlossen hatte, brach es aus Caitlin heraus: „Ich hatte soeben ein Gespräch mit Zach. Willst du mir vielleicht etwas dazu sagen?"

Einen Moment lang sah Eric so aus, als suche er tatsächlich nach einer Erklärung, die Caitlin beschwichtigen konnte, scheiterte damit aber kläglich. „Es ist nicht so, wie du denkst", antwortete er platt.

„Ach ja? Dann erklär mir bitte, wie es ist."

„Es war mein Junggesellenabschied, wir hatten etwas zu viel getrunken, da kann man schon mal Dummheiten machen."

Caitlin war sprachlos. Versuchte Eric ihr etwa gerade zu sagen, dass seine Untreue nur ein „Unfall" gewesen war, für den sie auch noch Verständnis haben sollte? „Du hast mich also tatsächlich betrogen. Kurz vor unserer Hochzeit. Tickst du eigentlich noch richtig?"

„Würdest du bitte etwas leiser sein? Die Klienten und Kollegen müssen das ja nicht unbedingt mitkriegen, oder?"

„Deine Klienten und Kollegen sind mir sowas von egal. Aber schön, dass du auf ihre Bedürfnisse und ihr Wohlbefinden Rücksicht nimmst, während dir deine Verlobte offenbar völlig egal ist." Caitlin hatte nicht vor Eric in Tränen ausbrechen wollen, konnte es aber nicht verhindern. Er war ja so ein Arsch!

„Hey, es war ein blöder Unfall, aber ich liebe dich trotzdem. Ich hoffe, du kannst mir verzeihen. Schließlich wollen wir doch bald heiraten. Du kannst doch jetzt wegen so einer Kleinigkeit nicht alles wegwerfen wollen.“

„*Du* hast alles weggeworfen“, schluchzte sie, warf Eric ihren Verlobungsring vor die Füße und rannte aus seinem Büro.

Caitlin war in Tränen aufgelöst. Ziellos lief sie die Straße hinunter und scherte sich nicht darum, dass Passanten ihr mitleidig hinterhersahen. Sie war nicht in der Lage, klar zu denken und musste irgendwo innehalten, weil sie in ihrem Zustand sonst vermutlich von irgendeinem Auto überfahren würde. Sie lief in die nächstbeste öffentliche Toilette und verbarrikadierte sich darin. Dann begann sie hemmungslos zu weinen. Was hatte Eric sich nur dabei gedacht? Hatte er sie eigentlich je wirklich geliebt? Wenn man seine Verlobte nämlich liebte, betrog man sie nicht auf seinem Junggesellenabschied. Wie sollte es jetzt bloß weitergehen? Nach einer guten halben Stunde war Caitlin endlich in der Lage, die Toilette zu verlassen und nach Hause zu gehen. Sie musste dringend mit ihren Eltern sprechen und ihnen sagen, dass es keine Hochzeit geben würde. Aber momentan war sie nicht in der Lage, diesen schweren Gang auf sich zunehmen. Sie rief Jenna an und erzählte ihr, was passiert war.

„Das ist doch einfach unglaublich, was für ein Scheißkerl“, empörte sie sich. „Ich bin in zwei Minuten bei dir, dann kannst du mir alles Weitere erzählen.“

Zwei Stunden dauerte das Gespräch mit ihrer Freundin und danach ging es Caitlin zumindest ein klein wenig besser. Dennoch stand sie immer noch neben sich und konnte nicht richtig begreifen, wie ihre vorgezeichnete Lebensplanung von einem auf den anderen Moment so zerbrechen konnte.

Einige Tage später hatte sie sich dann so weit im Griff, dass sie ihre Eltern zu einem Gespräch in ihre Wohnung bestellen konnte. „Schön, dass ihr beide so kurzfristig Zeit hattet", begann sie schweren Herzens. „Ich muss dringend etwas mit euch besprechen, das nicht mehr länger warten kann." Caitlin holte einmal tief Luft und sah in die besorgten Augen ihrer Eltern. Aus Angst, dass sie der Mut verließ, begann sie ohne Umschweife zu erzählen. „Eric und ich werden nicht heiraten! Wir müssen die Hochzeit absagen."

Caitlins Eltern sahen sie ungläubig an. „Was genau meinst du damit, ihr werdet nicht heiraten?", rief Caitlins Mutter. „Natürlich werdet ihr heiraten."

„Nein, Mom, werden wir nicht. Ich habe erfahren, dass Eric mich auf seinem Junggesellenabschied betrogen hat und unter diesen Umständen kann ich ihn nicht heiraten."

Während Caitlins Vater nur ungläubig den Kopf schüttelte, sagte Caitlins Mutter nach einer kurzen Pause: „Das sieht ihm doch gar nicht ähnlich. Wenn es stimmt, war es wirklich sehr dumm von ihm. Aber das muss doch noch lange nicht bedeuten, dass du gleich die Flinte ins Korn wirfst. Hat er sich denn für sein Verhalten entschuldigt?"

„Er hat es versucht, aber ich glaube ihm nicht, dass er es sonderlich ernst meint."

„Wenn er sich entschuldigt hat, ist es doch halb so schlimm", antwortete ihre Mutter. „Jeder Mensch macht Fehler und Männer ganz besonders. Aber du musst trotz allem an deine Zukunft denken. Er ist die beste Partie, die New York zu bieten hat, das darfst du nicht leichtsinnig hinschmeißen, nur, weil dein Verlobter für einen Moment die Beherrschung verloren hat." Caitlin konnte nicht glauben, was sie aus dem Mund ihrer Mutter hörte. „Erwartest du etwa, dass ich einfach so über seinen Fehltritt hinwegsehe und ihn trotzdem heirate? Ist es das, was du willst?"

„Wenn du es genau wissen willst: ja, genau das erwarte ich von dir. Er wird sicher daraus gelernt haben und es nicht wieder tun."

Caitlin wandte sich ungläubig an ihren Vater. „Dad, was sagst du dazu?"

Caitlins Vater hielt sich aus unangenehmen Dingen meist heraus, aber nun war seine Meinung explizit gefragt und er konnte diese Tatsache nicht ignorieren. „Ich verstehe dich voll und ganz Kind, dass du diesen Mann nicht mehr heiraten willst. Aber in gewisser Weise denke ich, deine Mutter hat nicht ganz Unrecht mit ihrer Meinung. Es geht hier um viel mehr als um persönliche Befindlichkeiten. Diese Verbindung wird euch beiden gegenseitig sehr zu Gute kommen und sollte nicht so einfach weggeworfen werden. Wir können die Hochzeit sicher verschieben, aber sie ganz abzusagen, das würde einen riesigen Skandal auslösen."

„Den ich nicht zu verantworten habe“, rief Caitlin empört. „Eric ist schließlich derjenige, der alles ruiniert hat.“

„Vielleicht brauchst du nur etwas Zeit, um über alles nachzudenken“, versuchte ihre Mutter zu beschwichtigen. „Du bist momentan sehr aufgewühlt. Aber mit etwas Abstand siehst du die Dinge bestimmt ganz anders. Jeder macht mal Fehler und wäre Eric nicht in dieser lasterhaften Umgebung gewesen, gepaart mit Alkoholeinfluss, dann hätte er dich mit Sicherheit nie betrogen.“

Caitlin war fassungslos. Ihre Eltern schienen eine Hochzeit weiterhin zu befürworten, trotz allem, was Eric ihr angetan hatte. Wie sollte sie mit einem Mann glücklich werden, der sie kurz vor ihrer Hochzeit ohne mit der Wimper zu zucken betrog? Caitlin war sich bewusst, warum ihre Eltern diese Verbindung unbedingt mit einer Hochzeit besiegeln wollten. Es war für beide Familien vorteilhaft, in die jeweils andere einzuheiraten und da Caitlins Vater wie auch Erics Vater erfolgreiche Geschäftsleute waren, ging es eben um Profit. Etwas Anderes schien für sie keine Rolle zu spielen. Aber Caitlin war kein Luxusprodukt, das einen Käufer finden musste. Sie war ein Mensch mit Gefühlen und diese waren gerade zerstört worden.

Nachdem ihre Eltern gegangen waren und ihr das Versprechen abgerungen hatten, dass sie sich alles noch einmal gründlich überlegen würde, bevor man irgendwelche weiteren Schritte einleitete, schmiss sich Caitlin auf ihr Bett und dachte nach. Dann fing sie wieder an, hemmungslos zu Weinen. Nachdem sie zuerst keine Ahnung gehabt hatte, wie es nun weitergehen sollte, kam ihr plötzlich eine Idee. Zwar keine, die ihr Problem mit Eric dauerhaft lösen, aber eine, die ihr fürs Erste etwas Luft verschaffen würde. Sie sprang von ihrem Bett und suchte nach ihrem Telefon. Dann tippte sie hastig eine Nummer ein und wartete.

„Hallo?"

„Hey, Onkel Paul", antwortete Caitlin betont locker. „Wie geht es dir denn so?"

„Caitlin, das ist ja eine Überraschung. Mir geht's gut, stecke natürlich in den Vorbereitungen für die große Reise, ist etwas stressig, weil noch einiges last minute organisiert werden muss. Aber das brauche ich dir ja nicht zu sagen, du hast ja sicher ähnliche Probleme im Moment."

„Ja, ähm, was das betrifft ... Also ich denke, die Hochzeit muss erst mal verschoben werden." Am anderen Ende der Leitung herrschte einige Sekunden Stille. „Was genau meinst du damit, dass sie verschoben werden muss? Ist etwas passiert?", fragte ihr Onkel verwundert.

„Kann man so sagen. Aber ich möchte jetzt nicht darüber sprechen. Das ist auch nicht der Grund, warum ich dich angerufen habe. Ich wollte dich vielmehr etwas fragen."

„Schieß' los."

„Brauchst du eigentlich immer noch einen Hundesitter für Scotty? Ich würde ihn gerne mal wiedersehen und habe auch gerade große Lust, zu verreisen. So weit weg von New York wie möglich, wenn du verstehst?"

Ihr Onkel schien zu verstehen. „Du meinst, du brauchst Abstand von Eric? Was hat er denn angestellt, dass du deine Hochzeit verschieben und auf einen anderen Kontinent flüchten willst?"

„Ich möchte jetzt wirklich nicht darüber reden, aber ja, es hat mit ihm zu tun. Frag' einfach Mom, die gibt dir sicherlich gerne Auskunft."

Caitlins Onkel hatte aber offensichtlich kein Bedürfnis, dieses Thema zu vertiefen. „Es geht mich auch eigentlich nichts an. Und um dich abzulenken, würdest du dich jetzt also gerne als Hundesitter betätigen?"

„Genau. Ich würde auf Scotty aufpassen und auf dein Haus gleich mit. Was hältst du davon?"

„Das wäre großartig. Für wie lange willst du denn bleiben?"

Darüber hatte Caitlin sich noch keine Gedanken gemacht. Sie wusste nur, dass sie einige Zeit von hier weg und ihre Gedanken sortieren musste. Da war ein kleines, langweiliges Nest in Irland, wo sie niemanden kannte und niemand sie kannte, einfach perfekt. „Ich weiß es noch nicht genau. Einen Monat vielleicht. Vielleicht auch länger, kommt drauf an."

„Also von mir aus kannst du das gerne machen. Ich wäre sogar froh, wenn Scotty in seiner gewohnten Umgebung bleiben könnte. Zumindest für eine Weile."

„Vielen Dank, Onkel Paul. Ich verspreche dir, dass ich mich gut um dein Haus und deinen Hund kümmern werden."

„Da mache ich mir gar keine Sorgen." Onkel Paul lachte. „Ich komme dann später mal bei dir vorbei, wenn es dir recht ist. Dann können wir alle Einzelheiten besprechen."

„Ist gut. Dann bis später."

Erstaunlicherweise lief Caitlins Plan reibungsloser, als sie es sich vorgestellt hatte. Mit der Unterstützung von Onkel Paul konnte sie ihre Eltern relativ schnell überzeugen, dass die Hochzeit verschoben wurde und Caitlin eine Auszeit bekam. Dafür musste sie aber versprechen, nochmal gründlich über alles nachzudenken und keine überstürzte Entscheidung zu treffen. Mit etwas Abstand würde sie Eric vielleicht doch verzeihen und ihm eine zweite Chance geben können, auch wenn diese Idee für sie im Moment noch reinste Utopie war. Seit ihrem unrühmlichen Gespräch in seiner Kanzlei war er mehrmals mit Blumen bei ihr aufgetaucht und hatte sich tränenreich für seine Dummheit entschuldigt. Aber Caitlin war einfach noch zu sehr verletzt und hatte immer noch Zweifel bezüglich seiner Ehrlichkeit. Vor diesem Vorfall war sie überzeugt gewesen, in Eric den Mann fürs Leben gefunden zu haben. Nun hatte dieses Bild erhebliche Risse bekommen. Dennoch glaubte sie, ihn noch zu lieben. Sie war einfach total durcheinander und brauchte dringend die räumliche Distanz, um wieder klare Gedanken fassen zu können. Nach der Zeit in Irland, so hoffte sie, würde sie wissen, wie es weitergehen würde. Caitlin hatte Eric nicht erzählt, wo genau sie hinfahren würde und hatte auch ihre Eltern angehalten, ihm nichts zu sagen. Das war Teil des Deals, denn Caitlin wollte unter allen Umständen vermeiden, dass Eric dort aufkreuzte. Nur, wenn sie wirklich einige Zeit für sich allein war, würde sie wieder klar sehen und die richtige Entscheidung für ihr weiteres Leben treffen können. Aber ganz allein würde sie die Reise über den großen Teich nicht antreten müssen. Ihre Freundin Jenna hatte sich mehr oder weniger

selbst eingeladen und wollte eine Woche mit ihrer
Freundin in Irland verbringen, damit die Eingewöh-
nung besser gelang und die Umstellung zu New York
nicht zu groß wurde. Caitlin war ihrer Freundin sehr
dankbar dafür, denn auch wenn sie es nie zugegeben
hätte, so fürchtete sie sich doch ein wenig vor den Ver-
änderungen, die nun auf sie zukamen.

Kapitel 4

Irland, Mai 2007

„Na das nenn' ich mal einen niedlichen Flughafen. Der hat ja fast die gleiche Größe wie der Heli-Landeplatz in unserem Ferienhaus in den Hamptons." Während Jenna sich über ihre eigene Aussage köstlich zu amüsieren schien, rollte Caitlin mit den Augen. „Jetzt übertreib mal nicht. Du kannst den Flughafen von Shannon genauso wenig mit dem JFK Airport vergleichen wie Irland mit den USA."

„Stimmt. New York ist ja vermutlich sogar größer als Irland." Caitlin warf ihrer Freundin einen vorwurfsvollen Blick zu. „Ja, ja, ist ja schon gut. Ich wollte doch nur die Stimmung etwas aufheitern und von dem trüben Wetter ablenken."

Das Wetter war wirklich nicht besonders. Der Himmel war grau und bedeckt, aber immerhin regnete es nicht. Nachdem die beiden jungen Frauen ihr Gepäck abgeholt hatten, machten sie sich auf den Weg zum Mietwagenverleih, wo Jenna ihnen einen protzigen Range Rover mietete. Caitlins Ansicht nach hätte es ein Golf ebenso getan, aber Jenna war anderer Meinung. „Mit einem Golf kommt man hier doch nicht weit. In so einem rauen Landstrich braucht man etwas Robusteres. So ein Range Rover ist unkaputtbar und genau das Richtige für diese Gegend."

Die beiden stiegen ein und brausten los.

„Hast du dir schon überlegt, wie lange du bleiben möchtest?", fragte Jenna ihre Freundin unterwegs. „Wenn ich mich hier so umsehe muss ich leider sagen, dass ich jetzt schon froh bin, wenn ich in ein paar Tagen wieder nach Hause kann. Ich meine, sieh dich doch mal um. Hier gibt es so gut wie keine Zivilisation. Wenn dein Onkel wenigstens in Dublin wohnen würde. Wie hält er das hier nur aus?"

„Mein Onkel ist kein Großstadtmensch. Sind vermutlich seine irischen Gene, die er alle abgestaubt hat. Meine Mutter hat davon wohl nichts abbekommen."

Jenna stimmte Caitlin lachend zu. „Nein, da hast du recht. Kannst du dir deine Mutter in so einer Gegend vorstellen?"

Nein, das konnte Caitlin wahrlich nicht. Schließlich bemitleidete sie ihren Bruder bei jeder sich bietenden Gelegenheit für sein langweiliges, armseliges Leben, obwohl er es doch nicht anders gewollt hatte und hier glücklich war. Nachdem sie ungefähr eine Dreiviertelstunde unterwegs waren, hörten sie plötzlich ein komisches Geräusch, gefolgt von einer Rauchschwade aus dem Motorraum. „Scheiße, was ist denn jetzt los?", rief Jenna entsetzt. „Ich kann gar nichts mehr sehen vor lauter Qualm."

„Fahr rechts ran, äh, ich meine natürlich links ran. Das sieht nicht gut aus." Jenna hielt den Wagen in einer Parkbucht und beide stiegen aus, um nachzusehen, was los war. Unschlüssig standen sie vor der immer noch qualmenden Motorhaube.

„Und was machen wir jetzt?", fragte Jenna.

„Vermutlich sollten wir mal reinsehen. Aber wonach sollen wir da gucken? Hast du zufällig Ahnung von Autoelektronik?", fragte Caitlin mehr rhetorisch.

„Sehe ich etwa so aus?"

Nachdem sie eine Weile ratlos neben ihrem qualmenden Auto gestanden hatten, hielt ein Auto an und ein Mann stieg aus. Er trug eine blaue Arbeitshose und schien wohl gerade von der Arbeit zu kommen. Mit seinen schwarzen Haaren und seinem Schnurrbart erinnerte er Caitlin ein bisschen an Onkel Paul. „Braucht ihr vielleicht Hilfe?"

„Ja, vielleicht." Die beiden Freundinnen lächelten den Fremden, der sich als Gary McNamara vorstellte, dankbar an.

Der Mann kam zu ihnen rüber und warf einen Blick unter die Motorhaube. „Hm, das sieht nicht so gut aus, auch wenn ich kein Experte bin. Ein Kumpel von mir hat eine Werkstatt im nächsten Ort. Wenn ihr wollt, schlepp ich euch bis dahin ab. Ich denke, so solltet ihr jedenfalls nicht weiterfahren, aber vermutlich könnt ihr das auch sowieso nicht."

Da Caitlin und Jenna keine bessere Idee hatten, willigten sie ein und ließen sich zu der Werkstatt bringen. Mr McNamara klingelte bei seinem Kumpel, kam dann aber schnell wieder. „Sorry meine Damen. Heute geschlossen. Ich kann ihm aber eine Nachricht schicken und er wird sich dann mit euch in Verbindung setzen."

Die beiden Frauen sahen ihn ungläubig an. „Aber wir müssen weiter. Gibt es hier denn keine andere Werkstatt?" Mr McNamara lachte. „Leider nein. Wir sind hier in Lisdoonvarna, nicht in Dublin."

„Und einen Mietwagenverleih?", fragte Jenna hoffnungsvoll.

„Auch nicht. Aber meine Schwägerin führt hier ein B&B. Da es schon recht spät ist, könnte ich sie fragen, ob sie bis morgen ein Zimmer für euch frei hat. Und morgen wird mein Kumpel den Wagen dann wieder fit machen."

Caitlin und Jenna mussten einen Augenblick überlegen. „Ehrlich gesagt habe ich wenig Lust, hier in einem drittklassigen B&B abzusteigen", beschwerte sich Jenna.

„Du weißt doch gar nicht, ob es drittklassig ist. Außerdem bin ich hundemüde von der langen Reise und könnte wirklich erstmal ein Bett gebrauchen und mich ausschlafen. Auf den einen Tag kommt es jetzt doch auch nicht an."

Gesagt, getan. Sie nahmen das freundliche Angebot von Mr McNamara an und er brachte die beiden zu dem besagten B&B, das zwar klein aber sehr gemütlich war. Die Besitzerin bot Caitlin und Jenna sofort an, sie Peggy zu nennen und stellte sich auch sonst als ausgesprochen sympathische und herzliche Frau heraus. Sobald sie den Freundinnen ihr Zimmer gezeigt hatte, fielen diese auch schon buchstäblich in ihre Betten und schliefen schnell ein.

Am nächsten Morgen sah die Welt tatsächlich schon besser aus, denn sie wurden von strahlendem Sonnenschein begrüßt. Außerdem hatte sich Mr Travers von der Werkstatt gemeldet und ihnen mitgeteilt, dass er sich schnellstmöglich um ihren Wagen kümmern würde. Am Nachmittag sollten sie ihn anrufen und nachfragen, wie der Stand der Dinge sei. Da sie nicht viel tun konnten als warten, machten Caitlin und Jenna das Beste daraus und unternahmen einen Streifzug durch den Ort. Plötzlich fiel ihnen ein Werbeplakat auf.

„Was soll das denn bitte sein? Lisdoonvarna Matchmaking Festival. Mist, leider erst im September. Das ist wahrscheinlich die einzige Zeit, wo hier mal was los ist." Jenna schien enttäuscht, wollte aber unbedingt mehr wissen. „Komm, wir fragen mal nach, was es damit auf sich hat."

Caitlin seufzte. „Muss das wirklich sein? Das ist doch nur irgendeine größere Single-Party."

Aber Jenna ließ nicht locker. Als sie zurück im B&B waren, fragte sie Peggy ohne Umschweife über das Festival aus und diese gab bereitwillig Auskunft. „Ja, das ist *das* Ereignis des Jahres für unseren Ort. Tausende Heiratswillige aus dem In- und Ausland kommen hierher, um den Partner fürs Leben zu finden."

„Und warum ausgerechnet hier in dieser Einöde?", fragte Jenna skeptisch.

„Nun ja, weil hier die Heimat des letzten irischen Matchmakers ist und daher sozusagen ein besonders günstiger Ort für die Liebe."

Jennas Neugierde war geweckt. „Was ist denn ein Matchmaker?"

„Er bringt einsame Herzen zusammen. Dafür hat er ein magisches Buch, das in seiner Familie über Generationen weitergegeben wurde. Wenn man seine Hand darauflegt und sich seinen Wunschpartner vorstellt, kommt dieser früher oder später um die Ecke."

Jenna war Feuer und Flamme. „Und das funktioniert?"

„Aber natürlich. Sonst würden doch nicht die ganzen Leute jedes Jahr kommen."

„Aber erst im September, oder? Da sind wir ja leider schon wieder in Amerika", meinte Jenna enttäuscht.

Aber Peggy wusste Rat. „Man kann auch außerhalb des Festivals einen Termin mit dem Matchmaker vereinbaren. Soll ich euch seine Adresse und Telefonnummer geben?"

„Auf jeden Fall." Jenna strahlte, während Caitlin bei dem ganzen Humbug die Augen verdrehte.

„Das sollten wir unbedingt versuchen", meinte Jenna, nachdem sie wieder auf ihrem Zimmer waren. „Das ist bestimmt lustig."

„Das ist a) absoluter Blödsinn und b) brauche ich keinen Mann", meinte Caitlin genervt.

„Also willst du Eric doch noch eine Chance geben?"

„Das habe ich nicht gesagt. Aber ich bin auch nicht auf der Suche nach jemand anderem. Ich brauche überhaupt keinen Mann, um glücklich zu sein."

Jenna sah ihre Freundin mit hochgezogener Augenbraue an. „Wie du meinst, aber ich möchte das gerne ausprobieren. Nur zum Spaß. Kommst du wenigstens mit?"

Caitlin zuckte lustlos mit den Schultern. Was sollte sie auch sonst tun, um sich die Zeit zu vertreiben? Sie gingen zu der Adresse, die Peggy ihnen gegeben hatte und Jenna klingelte an der Haustür. Nach einer Weile öffnete ein Mann um die 60 mit graumelierten Haaren die Tür. „Ja, bitte?"

„Wir wollen zum Matchmaker, damit er uns hilft, unseren Traumprinzen zu finden", sprudelte es aus Jenna heraus.

Der Mann lachte. „Da seid ihr bei mir genau richtig. Kommt rein." Der Mann führte sie in ein kleines Büro und bat sie Platz zu nehmen. Er reichte beiden einen Fragebogen, den Caitlin freundlich ablehnte. „Ich bin nur zur Unterstützung mitgekommen", sagte sie höflich, aber bestimmt.

„Ach, komm schon. Mach mit, das ist doch lustig", meinte Jenna. „Nicht, dass du die Chance auf die Liebe deines Lebens verpasst."

„Der Traummann heißt Traummann, weil er nur in deinen Träumen existiert. Ich nehme lieber einen realen Mann."

„Der dich dann auf seinem Junggesellenabschied betrügt, ja?" Jenna konnte sich diesen Seitenhieb nicht verkneifen, auch wenn ihr das direkt wieder leidtat.

Caitlin warf ihr einen bösen Blick zu, was dem Matchmaker nicht verborgen blieb. „Ok, dann fangen wir mit Ihnen an, die offenbar noch Hoffnung auf die Liebe hat", wandte er sich an Jenna. „Ihre Freundin muss das selbst entscheiden, aber ich kann ihnen sagen, es funktioniert wirklich."

Caitlin blieb unbeeindruckt, während Jenna in Nullkommanix ihren Fragebogen ausgefüllt hatte und dem Matchmaker reichte. Dann legte er den Fragebogen in das „magische" Buch und ihre Hand darauf. „Jetzt schließen Sie bitte die Augen und konzentrieren sich auf den Mann ihrer Träume.“

Jenna tat wie ihr geheißen. „Und wie geht es jetzt weiter?“, fragte sie hoffnungsvoll.

„Ich werde mich melden, sobald ich jemanden für sie im Auge habe. Oder aber er wird sich ihnen selbst vorstellen. Warten Sie es einfach ab.“

Als die beiden Frauen wieder gehen wollten, steckte der Matchmaker Caitlin den Fragebogen zu. „Nehmen Sie ihn ruhig mit und überlegen Sie es sich nochmal. Schließlich haben Sie dabei nichts zu verlieren, nur zu gewinnen“, sagte er mit einem Augenzwinkern.

„Nein, danke. Ich habe wirklich kein Interesse“, sagte Caitlin und verließ das Büro.

„Geben Sie ihn mir“, sagte Jenna. „Ich werde sie schon noch umstimmen.“

Die jungen Frauen gingen zurück in ihr B&B, von wo aus Jenna die Werkstatt anrufen und nach dem Stand der Dinge fragen wollte. Während sie sich vor der Pension auf eine Bank setzte, um den Anruf zu tätigen, ging Caitlin schon mal auf ihr Zimmer. Sie war gerade zur Tür herein, als ihr Handy klingelte. Caitlin kramte in ihrer Handtasche nach dem Telefon und erschrak, als sie sah, dass es Eric war. Sie hatte nicht die geringste Lust, mit ihrem untreuen Verlobten zu sprechen. Wieso respektierte er nicht, dass eine gewisse Funkstille erstmal das Beste für sie war? Sie ignorierte das Klingeln und machte sich einen Tee. Währenddessen hörte sie, dass sie eine Kurznachricht empfangen hatte. Und obwohl sie es gar nicht wollte, las Caitlin sie. Eric brachte darin sein ganzes schlechtes Gewissen zum Ausdruck und entschuldigte sich erneut bei ihr. Dann bat er sie eindringlich, mit ihm zu sprechen. Es sei dringend und sehr wichtig. Caitlin war hin- und hergerissen. Sie hatte ihm doch klar und deutlich gesagt, dass sie sich bei ihm melden würde, wenn sie dafür bereit war. Dennoch versuchte er ständig, sie zu kontaktieren und hielt sich nicht an ihre Abmachung. Caitlins Gedanken fuhren Achterbahn. Was, wenn es ihm tatsächlich leidtat und er seinen „Fehler" aufrichtig bereute? Sollte sie nicht wenigstens anhören, was er zu sagen hatte? Nach einigem Hin und Her schickte sie ihm eine SMS mit der Erlaubnis, sie anzurufen. Keine Minute später klingelte Caitlins Handy.

„Hey Baby, ich bin so froh, dass du wieder mit mir sprichst. Die letzte Zeit war die Hölle für mich. Bitte komm' endlich zurück zu mir. Du hast ja keine Ahnung, was ich durchmache."

Frag mich mal, was ich durchmache, dachte Caitlin. Ihr Mitleid hielt sich in Grenzen. Dennoch konnte sie nicht leugnen, dass sie sich freute, Erics Stimme zu hören.

„Also Baby, wann kommst du endlich zurück?"

„Ich weiß es noch nicht. Ich bin doch gerade erst angekommen. Ich habe meinem Onkel versprochen, mich um seinen Hund zu kümmern. Außerdem brauche ich erstmal etwas Abstand und Ruhe." Am anderen Ende der Leitung entstand eine kurze Pause.

„Aber dein Onkel ist doch ein ganzes Jahr lang fort. Du willst doch nicht etwa bis nächstes Jahr wegbleiben, oder?"

Darüber hatte Caitlin sich noch keine Gedanken gemacht. Ein ganzes Jahr lang wollte sie sicher nicht in Irland bleiben, aber einige Wochen, vielleicht sogar

Monate konnte sie sich durchaus vorstellen. „Ein ganzes Jahr wird es nicht werden. Aber ich weiß es einfach noch nicht. Ich sagte dir doch, ich werde dir Bescheid geben, sobald ich mir darüber im Klaren bin.“

„Dann komme ich eben zu dir. Ich muss dich endlich wiedersehen. Wo genau bist du nochmal?“

Caitlin bekam einen leichten Panikanflug. Sie wollte Eric nicht sehen, auch wenn ihr Verhalten möglicherweise kindisch war. Sie liebte ihn noch, ja. Aber immerhin hatte er sie betrogen und sie hatte noch keine Entscheidung darüber getroffen, wie es mit ihnen beiden weitergehen sollte. Und sie konnte auch keine klare Entscheidung treffen, wenn Eric in der Nähe war. „Ich denke, es wäre keine gute Idee, wenn du hierhin kommen würdest. Ich weiß noch nicht, wie es weitergeht.“

„Du weißt noch nicht, wie es weitergeht?“, fragte Eric ungläubig. „Ich kann dir sagen, wie es weitergeht: Du kommst so schnell wie möglich nach Hause, alternativ hole ich dich ab und dann legen wir einen neuen Termin für die Hochzeit fest. Du wirst meine Frau und wir vergessen einfach das dumme, kleine Missgeschick, das mir damals passiert ist. Wohlgemerkt unter dem Einfluss von Alkohol. Ansonsten wäre das ohnehin niemals geschehen.“

Caitlin gefiel nicht, wie Eric versuchte, seinen Seitensprung kleinzureden. Für ihn mochte es ja nur ein dummes Missgeschick gewesen sein, aber für sie war eine Welt zusammengebrochen. Sie hatte nicht den Eindruck, dass ihn ihre Gefühle zu dem Thema besonders interessierten.

„Hör zu Eric. Ich muss erst mal meine Gedanken ordnen“, begann Caitlin ein letztes Mal, Eric ihren Standpunkt begreiflich zu machen. „Es ist möglich, dass ich dir dein *dummes Missgeschick*, wie du es nennst, verzeihen kann. Aber ich brauche erst etwas Abstand, bevor ich wieder zurückkomme. Ich brauche einfach Zeit. Ich hoffe, du verstehst das.“

„Und ich hoffe, dass du verstehst, dass dein Verhalten mich in einem schlechten Licht dastehen lässt. Ständig fragen mich die Leute, wo du bist, wie es mit uns weitergeht und was mit der Hochzeit ist“, rief er ungehalten. „Abgesehen davon habe ich gewisse Bedürfnisse und wenn du nicht willst, dass ich diese wieder anderweitig befriedige, nimmst du jetzt gefälligst das nächste Flugzeug nach New York und kommst zurück. Du bist schließlich immer noch meine Verlobte, verdammt noch mal.“

Caitlin erschrak über Erics Ausdrucksweise. So hatte sie ihn noch nie erlebt und sie war in diesem Moment richtig froh, dass er tausende von Kilometern weit weg war. Im ersten Moment war sie so perplex, dass sie nicht wusste, was sie darauf antworten sollte.

„Habe ich mich klar und deutlich ausgedrückt?“, sagte Eric in einem Tonfall, der keine Widerrede zuließ.

Caitlin atmete einmal tief durch und versuchte, beherrscht zu klingen, was ihr äußerst schwerfiel. „Ja, das hast du. So deutlich, dass es für mich keinen Sinn macht, dieses Gespräch fortzuführen.“ Dann legte sie einfach auf. Caitlin begann innerlich zu zittern und versuchte krampfhaft, nicht in Tränen auszubrechen. Erics Wutanfall würde ihre Entscheidung sicher einfacher machen. Das Telefongespräch mit Eric hatte sie sehr aufgewühlt. Was war denn bloß los mit ihm? Caitlin war bis zu seinem unheilvollen Junggesellenabschied davon ausgegangen, ihren Freund gut zu kennen, aber seit sie ihn auf seinen Seitensprung angesprochen hatte, war sie sich nicht mehr sicher. Er hatte in den letzten Wochen ein Verhalten an den Tag gelegt, das sie von ihm nicht kannte und welches sie obendrein nicht gewillt war, zu tolerieren, so viel stand fest. In Gedanken versunken trank sie ihren Tee und merkte gar nicht, dass Jenna wieder ins Zimmer gekommen war.

„Alles erledigt", rief diese freudestrahlend. „In einer Stunde können wir den Wagen abholen und dann geht's endlich weiter. He, was ist denn los mit dir?"

„Eric hat angerufen", antwortete Caitlin abwesend.

„Und was hat er gesagt? Hat er sich wieder entschuldigt?"

„Nicht wirklich. Wobei, anfangs schon. Aber dann hat er mir Vorwürfe gemacht und mir befohlen, sofort zurückzukommen, weil er sich sonst wieder anderweitig vergnügen müsse, wenn ich nicht seine Bedürfnisse befriedige."

Jenna fiel die Kinnlade runter. „Das hat er wirklich gesagt?", rief sie ungläubig. „So ein Mistkerl. Ich hoffe doch sehr, dass du nicht mit dem Gedanken spielst, zu ihm zurückzukehren. Du findest was Besseres, glaub mir. Vielleicht ja sogar hier." Sie kramte den Fragebogen des Matchmakers aus ihrer Tasche und wedelte damit vor ihrer Freundin rum.

„Lass mich damit in Ruhe. Ich habe im Moment überhaupt kein Interesse an Männern."

„Na ja, wie du meinst. Aber das ist doch ganz unverbindlich und nur ein riesen Spaß. Und es heißt ja auch gar nicht, dass er jemanden für dich findet. Vielleicht bist du ja unvermittelbar." Jenna lachte, aber Caitlin war im Moment nicht danach zu Mute. „Wie dem auch sei. Ich spring mal grad unter die Dusche und dann holen wir den Wagen ab. Ich muss ja ab jetzt immer vorbereitet sein und gut aussehen, falls mir Mr. Right über den Weg läuft." Sie legte den Fragebogen auf den Schreibtisch im Zimmer und ging ins Bad.

Caitlin blickte auf das Stück Papier und überlegte kurz. Dann setzte sie sich an den Schreibtisch und griff nach einem Kugelschreiber.

Nachdem sie den Wagen abgeholt hatten, konnte es endlich zu ihrem eigentlichen Bestimmungsort gehen. Als sie im Auto saßen, bat Caitlin ihre Freundin noch um einen kurzen Gefallen. „Meinst du, wir könnten noch kurz irgendwo anhalten, bevor wir nach Port Kirrie fahren?"

Jenna stutzte. „Klar, wo denn?"

„Beim Matchmaker", nuschelte Caitlin vor sich hin.

„Wo?", fragte Jenna, die nichts verstanden hatte.

Caitlin atmete einmal tief durch. „Beim Matchmaker. Aber nur zum Spaß, verstanden? Ich glaube nämlich nicht an so einen Quatsch."

Jenna strahlte. „Gute Entscheidung."

Sie parkten vor dem Büro und klingelten. Als hätte er die beiden Frauen bereits erwartet, ging sofort die Tür auf und der Matchmaker lächelte sie vielsagend an.

„Meine Freundin hat ihre Meinung geändert", rief Jenna überschwänglich.

„Das war eine gute Entscheidung“, sagte der Matchmaker und bat die beiden in sein Büro. Er holte sein magisches Buch hervor und Caitlin reichte ihm den ausgefüllten Fragebogen. Sie legte ihre Hand auf das Buch, schloss ihre Augen und stellte sich für ein paar Sekunden die perfekte, wahre Liebe vor. Zumindest versuchte sie das. Dann verabschiedeten sie sich, Caitlin und Jenna stiegen wieder in ihren reparierten Range Rover und machten sich auf den Weg zu Onkel Pauls Haus in Port Kirrie. Der Matchmaker stand indes in der Tür seines Hauses und schaute ihnen noch eine Weile zufrieden lächelnd nach.

Kapitel 5

Port Kirrie, Mai 2007

Das Haus von Onkel Paul sah noch genauso aus, wie Caitlin es in Erinnerung hatte. Sie schloss die Tür auf und die jungen Frauen stellten ihr Gepäck im Flur ab. Im Haus roch es salzig und nach Meer. Sie machte mit Jenna einen kurzen Rundgang durch das Haus, das in einer gemütlichen Mischung aus Shabbychic-Romantik und maritimen Elementen eingerichtet war. Und natürlich gab es an den Wänden jede Menge Bilder ihrer Tante Niamh. Während Jenna sich nicht sonderlich für die Werke begeistern konnte, da sie für Kunst nicht viel übrighatte, betrachtete Caitlin fasziniert das ein oder andere Bild. Die meisten waren Landschafts- und Blumenbilder, aber es gab auch detailgetreue Darstellungen von Bauwerken, wie zum Beispiel dem Eiffelturm oder einer alten Burg. Vermutlich würde ihre Tante mit sehr vielen neuen Ideen und Skizzen von ihrer Weltreise zurückkehren, die sie dann in weiteren Bildern verarbeitete. Nachdem sie ihren Rundgang durch das Haus beendet hatten, öffnete Caitlin die Terrassentür, um einen Blick in den Garten zu werfen. Dort fiel ihr vor allem die Blumenpracht auf, gleich gefolgt von dem Pool, an den sie sich jedoch nicht erinnern konnte. Ein richtiges kleines Paradies war das hier und Caitlin freute sich auf die nächste Zeit an diesem wundervollen Ort – zunächst mit Jenna und dann ganz alleine. In dem Moment erinnerte Caitlin sich daran, dass sie unter normalen Umständen jetzt gar nicht alleine wäre, sondern eine verheiratete Frau und ihre gute Stimmung bekam einen Dämpfer, als sie an die Sache mit Eric dachte. Auf einmal fühlte sie sich sehr einsam.

Jenna war von dem Haus nicht sonderlich begeistert. „Wie können dein Onkel und deine Tante nur dauerhaft hier wohnen? Als Ferienhaus ist das ja ganz ok, aber ansonsten ist es ganz schön klein."

„So klein ist es doch gar nicht. Mein Onkel und meine Tante haben sogar mit zwei Kindern hier gewohnt", meinte Caitlin, was einen ungläubigen Ausdruck auf das Gesicht ihrer Freundin zauberte. Schnell fiel Caitlin dann ein, dass sie ja noch jemanden abzuholen hatte und machte sich mit ihrer Freundin auf den Weg, Onkel Pauls Hund abzuholen. Die Nachbarin wohnte ebenfalls in einem gemütlichen Haus, dessen Eingangsbereich mit Rosen umrankt war. Als sie die Klingel betätigte, hörte Caitlin bereits mehrfaches Hundegebell und rasant zur Tür stürmende Hundepfoten. Eine ältere Frau, vielleicht Anfang 70, öffnete die Tür.

„Guten Tag, mein Name ist Caitlin. Ich bin die Nichte von Paul und Niamh. Ich bin hier, um Scotty abzuholen."

Die ältere Dame lächelte. „Ja, ja, die Nichte aus dem fernen Amerika. Paul hat mir schon von dir erzählt. Ich bin Mrs Barnett. Aber kommt erst mal kurz rein, wenn ihr es schafft, an diesen Rackern vorbeizukommen."

Caitlin und Jenna sahen zu ihren Füßen hinunter und erblickten drei Hunde in unterschiedlichen Ausführungen. Ein Beagle, ein Windhund und ein flauschiges braun, weiß und schwarz gemustertes Fellknäuel. „Das muss wohl Scotty sein", sagte Caitlin erfreut. „Zumindest ist das der einzige, auf den meine Erinnerung passt."

Mrs Barnett lachte erneut. „Ja, das ist er. Scotty ist wirklich ein sehr lieber Hund. Ansonsten hätte ich mir das auch nicht angetan, ihn für eine Weile aufzunehmen, du siehst ja, ich habe noch zwei andere Hundekinder zu versorgen. Aber wenn du irgendwelche Ratschläge oder Hilfe brauchst, kannst du mich jederzeit gerne fragen. Übrigens, ich habe euch schon einen Einkauf mit den nötigsten Sachen in die Küche gestellt, wie ihr vielleicht bereits gesehen habt. Damit ihr nicht direkt nach der langen Reise noch in den Supermarkt hetzen müsst."

Caitlin hatte sich schon gewundert, von wem die Lebensmittel stammten, die in der Küche gestanden hatten. Sie bedankte sich bei Mrs Barnett für die freundliche Geste und begrüßte dann Scotty ausgiebig. Es schien tatsächlich, als könne er sich noch an Caitlin erinnern, denn er sprang schwanzwedelnd an ihr hoch und versuchte ihr einen Hundekuss aufzudrücken. Jenna indes, die Haustiere jeglicher Art nicht gewohnt war, hielt sich abseits und versuchte so gut es ging, den Liebesbekundungen der Hunde zu entkommen.

Scotty ging ganz ohne Murren mit, als Caitlin ihm die Leine anlegte und ihn von seinen Freunden wegführte. Er schien sogar erfreut darüber, wieder in seiner gewohnten Umgebung zu sein. Wie von der Hornisse gestochen lief er durch den Garten, bevor er sich unter einem der vielen, in Blüte stehenden Hortensienbüsche hinlegte und seine Zunge fast bis auf den Boden hängen ließ. Caitlin musste über diesen Anblick lachen und selbst Jenna amüsierte sich über das verrückte Tier. Caitlin war sich sicher, dass sie mit Scotty viel Spaß haben und definitiv auf andere Gedanken kommen würde, wenn Jenna wieder in Amerika war. Allerdings fragte sie sich auch, was sie abgesehen davon hier eigentlich machen sollte. Ganz allein, in fremder Umgebung, noch dazu in einem Ort, in dem man die Einwohner praktisch an einer Hand abzählen konnte. Für eine Weile war das sicherlich wohltuend und entspannend, aber auf längere Sicht gesehen? Nun, vielleicht würde sie ja schnell eine Entscheidung treffen und schon bald nach New York zurückkehren. Ihre Zeit in Irland war schließlich begrenzt und sie musste nicht für immer hierbleiben. Aber insgeheim freute sie sich auf die nächsten Wochen wie ein kleines Kind.

Die Tage mit Jenna vergingen wie im Fluge, was Caitlin trauriger stimmte, als sie angenommen hatte. Jenna indes war anzumerken, dass sie froh war, endlich wieder in die Zivilisation zu kommen. „Willst du nicht doch mit mir zurückkommen?", fragte sie ihre Freundin hoffnungsvoll.

„Noch nicht. Ich bin noch nicht so weit."

„Aber wirst du hier nicht vor Langeweile und Einsamkeit eingehen?"

„Ich komme schon klar. Und ich bin doch gar nicht allein, ich habe schließlich Scotty."

Jenna bezweifelte, dass ein Hund ein adäquater Ersatz für menschliche Gesellschaft war, sagte aber nichts. „In Ordnung. Aber wenn es zu langweilig wird oder du eine Entscheidung getroffen hast, komm bitte sofort zurück, ok?"

„Ich verspreche es." Die Freundinnen umarmten sich innig. Dann stieg Jenna in ihren Range Rover und machte sich auf den Weg zum Flughafen.

Um sich abzulenken beschloss Caitlin, sich Scotty zu schnappen und mit ihm einen ausgiebigen Spaziergang zu machen. Von Onkel Pauls Haus aus war es gar nicht weit bis zum Meer. Obwohl das Wetter relativ frisch war, verleitete der Sonnenschein und der Strand Caitlin dazu, ihre Schuhe auszuziehen und barfuß durch den Sand zu laufen. Scotty hatte sie von der Leine genommen und ließ ihn über den Strand toben und den Möwen hinterherjagen. Sie tastete sich bis zum Wasser vor und steckte mutig den nackten Fuß hinein, zog ihn aber schnell wieder zurück als sie merkte, dass es sehr kalt war. Während Scotty trotz der Kälte nicht müde wurde, durch die Wellen zu sprinten und Möwen zu jagen, setzte sich Caitlin in den Sand und blickte aufs Meer hinaus. Wie schön es hier war. Die Weite, die wenigen Menschen, der Wind. Es tat so gut und Caitlin merkte, wie sie sich seit langer Zeit zum ersten Mal so richtig entspannte. Plötzlich spürte sie feuchtes, nasses Fell an ihrer Hand. Scotty war von seinem Streifzug zurückgekehrt und hatte sich neben sie in den Sand gesetzt. Jetzt blickte er genauso ruhig auf das Meer hinaus wie sie. „Na, mein Junge. Hast du dich genug ausgetobt?", fragte Caitlin und strich Scotty liebevoll über das nasse Fell. Eine Weile saßen beide stumm da, blickten auf das Meer hinaus und lauschten den Wellen. Dann hatte Scotty jedoch genug pausiert und teilte Caitlin durch Anstupsen und knurrende Geräusche mit, dass er offenbar den Heimweg anzutreten wünschte.

„Du hast recht, mein Guter. Für heute ist es genug. Lass uns nach Hause gehen und es uns gemütlich machen."

Scotty gab daraufhin ein fröhliches Bellen von sich, was in Hundesprache offenbar Zustimmung bedeutete. Er schien es jetzt außerordentlich eilig zu haben, denn er rannte so weit vor, dass Caitlin Mühe hatte, mit ihm Schritt zu halten. „Scotty, warte", rief sie verzweifelt, wurde aber nicht erhört. Plötzlich hatte Caitlin ihn komplett aus den Augen verloren. Panik stieg in ihr auf. Wo konnte er denn bloß auf einmal hin sein? Hilfe suchend sah sie sich um. Auf einmal erblickte sie einen Reiter auf sich zukommen. „Entschuldigung, haben sie vielleicht einen Berner Sennenhund gesehen?", fragte sie.

„Ja, der rennt wie von der Tarantel gestochen den Weg Richtung Straße hoch. Ist das Ihrer?"

„Eigentlich der meines Onkels. Ich soll auf ihn aufpassen, aber der freche Kerl ist mir einfach davongelaufen", rief Caitlin verzweifelt.

„Wenn Sie mir die Leine geben, versuche ich ihn einzufangen", bot der Reiter an.

Sie reichte ihm die Leine. Dann drehte er um und galoppierte den Weg zurück, auf dem er gekommen war. Caitlin blieb nichts anderes übrig, als ihm langsam hinterher zu gehen, denn für mehr reichte ihre Luft nicht mehr aus. Nach einer Weile sah sie, wie der Reiter zurückkehrte, mit Scotty im Schlepptau. Caitlin fiel ein riesiger Stein vom Herzen. Wie hätte sie ihrem Onkel erklären sollen, dass Scotty verschwunden war, während er sich in ihrer Obhut befand? Der Reiter hielt neben ihr an und überreichte ihr die Leine mit Scotty. Er schien ungefähr in ihrem Alter zu sein. Er trug dunkelblaue Reithosen und ein helles Poloshirt. Unter seinem Reithelm lugten dunkelbraune, leicht gewellte Haare hervor. „Hier ist er. War gar nicht mal so einfach ihn einzufangen, den alten Schlingel. Sagen Sie, ist das zufällig Scotty? Der Hund von Paul und Niamh?"

Caitlin war einen Moment erstaunt, dass der Reiter ihren Onkel und ihre Tante zu kennen schien. Andererseits war Port Kirrie so klein, dass es nicht verwunderte, dass jeder jeden kannte. „Ja, das ist er. Ich bin die Nichte von Paul und Niamh. Kennen Sie die beiden?"

Der Reiter nickte. „Ja, das ist hier ein recht übersichtlicher Ort. Da kennt man sich halt. Aber Sie habe ich hier noch nie gesehen, oder?"

„Nein, ich komme auch nicht von hier. Ich wohne in New York. Ich bin nur zu Besuch."

Der Reiter machte ein interessiertes Gesicht. „New York, wow. Das muss ja ein richtiger Kulturschock für Sie sein." Er lachte herzlich und Caitlin fielen in dem Augenblick seine strahlend blauen Augen auf. „Aber ich dachte, Paul und Niamh wären auf Weltreise", fuhr er nachdenklich fort.

„Das sind sie auch. Ich bin nur für einige Zeit der Haus- und Hundesitter. Ich fliege aber schon bald zurück nach New York."

Der Reiter nickte. „Verstehe. Na, dann wünsche ich Ihnen noch viel Spaß in unserem kleinen, bescheidenen Nest. Und passen sie gut auf Scotty auf."

„Das werde ich. Und danke nochmal, dass Sie mir geholfen haben."

„Keine Ursache. Also dann, auf Wiedersehen." Er schnalzte seinem Pferd zu und galoppierte Richtung Strand davon, während Caitlin mit dem umtriebigen Scotty nach Hause ging.

Den ersten Abend ohne Jenna ließ Caitlin gemütlich auf dem Sofa ausklingen. Scotty saß derweil erwartungsvoll davor und hoffte auf eine Aufforderung, sich neben ihr niederlassen zu dürfen. Sie war sich nicht sicher, ob Onkel Paul seinem Hund erlaubte, sich aufs Sofa zu legen. Aber Scotty sah sie so lieb und erwartungsfroh an, dass sie ihm das Vergnügen nicht verwehren wollte. Auffordernd klopfte sie auf den Platz neben sich und Scotty ließ sich das nicht zweimal sagen. Mit einem Satz war er oben auf dem Sofa und hatte es jetzt offenbar auf Caitlins Leckereien abgesehen. Aber was das betraf, war sie nicht so nachgiebig. „Nein, mein Junge. Das kannst du dir gleich aus dem Kopf schlagen. Das ist nicht gut für Hunde", mahnte sie.

Scotty machte ein zerknirschtes Geräusch und starrte noch einige Sekunden hoffnungsvoll auf die Schüssel mit M&M's und Gummibärchen, gab sich dann aber geschlagen und kuschelte sich an sie. Um 22 Uhr 30 Uhr konnte Caitlin die Augen beim besten Willen nicht mehr aufhalten und machte sich auf den Weg nach oben, um sich bettfertig zu machen. Als sie aus dem Badezimmer kam und in das Gästezimmer ging, das früher einmal das Zimmer ihrer Cousine gewesen war, musste sie feststellen, dass sie heute Nacht wohl nicht allein schlafen würde. Scotty hatte sich auf dem Bettvorleger zusammengerollt und blickte Caitlin schwanzwedelnd an. Bei diesem Anblick fing sie an zu lachen. „Ist schon gut, mein Junge. Du kannst gerne bei mir im Zimmer schlafen. Ein bisschen Gesellschaft kann schließlich nicht schaden." Sie stieg über Scotty in ihr Bett, der keinerlei Anstalten machte, zur Seite zu gehen und las noch einige Seiten in ihrem Buch. Dann knipste sie das Licht aus und schlief tief und traumlos.

Kapitel 6

Port Kirrie, Mai 2007

Zwei Wochen waren seit Caitlins Ankunft in Irland vergangen und sie hatte sich ganz gut eingelebt. Das Wetter war gar nicht so schlecht wie befürchtet, sodass sie täglich an den Strand gehen konnte. Und je weiter der Sommer voranschritt, desto besser konnte es nur werden. Caitlin hatte sich bisher noch keine Gedanken über ihre Rückkehr nach New York gemacht. Die erste Zeit wollte sie einfach nur auf andere Gedanken kommen und hatte sich seit ihrer Ankunft auch noch nicht ernsthaft mit ihren Problemen zu Hause auseinandergesetzt. In New York war ihre auf unbestimmte Zeit verschobene Hochzeit mit Eric vermutlich *das* Gossip-Thema Nummer 1. Gut, dass sie weit genug weg war, um davon nichts mitzubekommen. Sollte Eric sich damit herumschlagen, schließlich war es ohnehin seine Schuld, dass alles so gekommen war. Seit ihrem Telefonat hatte er ihr noch einige Nachrichten aufs Handy geschrieben, aber Caitlin hatte alle ignoriert. Sie brauchte ihre Zeit und die würde sie sich auch nehmen. Der einzige Mann, den sie momentan an ihrer Seite ertragen konnte war Scotty und der stellte sich, im Gegensatz zu Eric, als überaus treu heraus. Er folgte ihr auf Schritt und Tritt und machte ein trauriges Gesicht, wenn Caitlin beschloss, einmal ohne ihn das Haus zu verlassen. Oft genug nahm sie ihn dann doch mit und verbrachte viel Zeit mit ihm am Strand.

An einem windigen und regnerischen Sonntag, der keinen Strandspaziergang zuließ, ging Caitlin einen Plan an, den sie sich schon lange vorgenommen, bisher aber immer aufgeschoben hatte. Onkel Paul hatte sie gebeten, falls es keine Umstände machte, Kartons mit Bildern ihrer Tante Niamh auf den Dachboden zu bringen. Vor ihrer Abreise hatte sie selber das nicht mehr geschafft. Sie waren auf einer Ausstellung gezeigt worden und sollten nun erst mal an einem sicheren Platz verstaut werden, damit sie nicht zu Schaden kamen. Tante Niamh hatte auf dem Dachboden eine ganze Ecke mit ihren Bildern und Künstlerutensilien, die sie nicht mehr oder momentan nicht in ihrem Atelier brauchte und die für spätere Verwendung dort oben aufbewahrt wurden. Caitlin stieg die steile Treppe zum Dachboden hinauf und öffnete die Tür. Hier oben sah es genau so aus, wie man es von einem Dachboden in einem alten Haus wie diesem erwarten würde. Schwere Holzbalken durchzogen die Decke und den Raum. Die Luft war stickig und staubig und durch die kleinen Fenster drang relativ wenig Licht. Der Regen trommelte auf das Dach und gab dem Ganzen eine gespenstische Atmosphäre. Schnell knipste Caitlin den Lichtschalter an und alles sah gleich viel freundlicher aus. Sie fand die Ecke mit den Exponaten ihrer Tante und stellte den Karton dazu. Viele Werke ihrer Tante standen hier oben, alle gut mit Tüchern abgedeckt, damit ihnen der Staub nichts anhaben konnte. Caitlin sah sich die Bilder im Karton an. Die Ausstellung, auf der die Bilder gezeigt worden waren, hatte den Titel „From Dusk till Dawn" gehabt. Dementsprechend zeigten die Bilder verschiedene irische Landschaften entweder bei Sonnenaufgang, Sonnenuntergang oder im Mondschein. Caitlin war von der Strahlkraft der Bilder fasziniert. Nachdem sie die Werke eingehend betrachtet hatte, schweifte ihr Blick über den restlichen Dachboden. Neben alltäglichen Gegenständen, die saisonal bedingt hier oben abgestellt worden waren, gab es auch einige Dinge, die aus einer anderen Zeit zu stammen schienen. Caitlin wusste, dass ihr Onkel und ihre Tante eine große Leidenschaft für Floh- und Antikmärkte hegten. Sie beschloss, ein wenig in diesem Sammelsurium herumzustöbern. Sie fand ein altes Holzschaukelpferd, ein Regal mit unterschiedlichen nostalgischen Metalldosen, Kartons mit alten Klamotten und Spielsachen ihrer Cousine und ihres Cousins, offenbar ausgemusterte Bürostühle, ein wunderschönes Grammophon und vieles mehr. Plötzlich fiel Caitlin eine alte Truhe ins Auge. Sie stand etwas versteckt hinter einem Balken. Die Truhe sah aus, als stamme sie aus der Beute eines Piratenschiffs und weckte in Caitlin das Bedürfnis, sie sich näher anzusehen. Sie zog die Truhe aus der Ecke hervor, sodass sie einen besseren Blick drauf werfen konnte. Zuerst hatte Caitlin vermutet, dass die Truhe irgendein nachgemachter Nippes war, den ihr Onkel und ihre Tante von einem ihrer Flohmarkt-Streifzüge mitgebracht hatten. Aber bei näherer Betrachtung fiel ihr auf, dass diese Truhe tatsächlich schon recht alt zu sein schien. Vielleicht ein Familienerbstück. Neugierig versuchte Caitlin die Truhe zu öffnen, was kein Problem darstellte, da das Schloss, welches die Truhe in der Vergangenheit vor neugierigen Blicken geschützt hatte, mittlerweile kaputt war. Langsam hob sie den Deckel an, der schwerer war, als sie vermutet hatte. Als sie den Inhalt sah, war sie mehr als verblüfft. Es befanden sich Briefe, Fotografien und offenbar sogar ein Brautkleid darin, das allerdings nicht mehr ganz der aktuellen Mode entsprach. Nachdem Caitlin den Inhalt stichprobenartig durchgesehen hatte war sie sich sicher, dass es sich dabei um Dinge ihrer verstorbenen Urgroßmutter Maureen handelte. Sie hielt einen Moment inne. Caitlin hatte keine allzu klare Erinnerung an ihre Urgroßmutter, denn sie war bei ihrem Tode noch ein Kind gewesen. Aber sie hatte im Familienkreis einiges über sie gehört. Caitlin wusste, dass ihre Urgroßmutter in den 1920er Jahren aus Irland in die USA ausgewandert war und dort ein neues Leben begonnen hatte. Ihre Großmutter Rosie sprach immer in den höchsten Tönen von ihrer Mutter. Sie bezeichnete sie immer als bewundernswert starke Frau, die trotz aller Widrigkeiten ihren Weg gegangen war und alles für ihre Familie getan hatte. Wenn Caitlin wieder zurück war, würde sie sich mal mit ihr zum Tee treffen und nähere Informationen einholen. Bisher hatte sie sich nicht sonderlich für die Geschichte ihrer Vorfahren interessiert, aber jetzt, wo sie die alten Dinge sah, bekam alles plötzlich eine ganz andere Bedeutung. Caitlin kramte sich bis auf den Boden der Truhe vor und stieß plötzlich auf ein Buch. Kein gewöhnliches Buch, es schien eine Art Notizbuch zu sein. Vorsichtig blätterte sie die alten, empfindlichen Seiten durch und merkte, dass es ein Tagebuch war. Der erste Eintrag datierte auf den 11. Februar 1916. Caitlin setzte sich im Schneidersitz auf den Boden und begann zu lesen. Ihre Urgroßmutter schrieb darin über alltägliche Dinge, aber auch über einen Jungen, den sie offensichtlich sympathisch fand. Caitlin war augenblicklich fasziniert. Sie packte die anderen Sachen wieder in die Truhe und schob sie etwas auf Seite, aber nicht zurück in die Ecke, sodass sie bei Bedarf schnell wieder darauf zugreifen konnte. Das Tagebuch nahm sie mit nach unten. Scotty wartete schon vorwurfsvoll an der Treppe.

„Sorry, mein Junge. Habe ich dich etwa zu lange alleine gelassen? Hast du Lust auf einen kleinen Spaziergang? Das Wetter hat sich gebessert und ich denke, wir können es jetzt wagen." Scotty gab ein zustimmendes Bellen von sich. Sie gingen den üblichen Weg zum Strand hinunter und Scotty hatte wie immer seine helle Freude an dem Ausflug. Caitlin jedoch war nach dem Dachbodenfund in nachdenklicher Stimmung. In ihr ließ sich das Gefühl nicht mehr abstellen, dass sie unbedingt mehr über das Leben ihrer Urgroßmutter erfahren wollte. Und das Tagebuch konnte ein erster Schritt sein, Licht ins Dunkel der Vergangenheit zu bringen. So würde ihr in den nächsten Wochen sicher nicht langweilig werden.

Kapitel 7

Dublin, April 1916

„Paddy, komm schnell. In der Stadt ist mächtig was los. Das musst du dir ansehen."

Der 16-jährige Padraig O'Halloran, von allen meist nur Paddy genannt, ließ sich von den aufgeregten Rufen seines gleichaltrigen Freundes Joseph nicht aus der Ruhe bringen und schnitzte weiter unbeeindruckt an einem Stück Holz herum. „Ist etwa der Osterhase gesichtet worden? Du sagst andauernd, dass du irgendwas Wichtiges gesehen oder gehört hast und dann ist es doch meist nur heiße Luft. Wird diesmal auch nicht anders sein."

„Diesmal ist es was anderes. Die Volunteers und die Citizen Army sind unterwegs, bewaffnet. Jimmy ist auch dabei. Vielleicht beginnt bald eine neue Zeitrechnung und das will ich nicht verpassen. Los, lass uns mal nachsehen."

Paddy ließ sich widerwillig überreden und machte sich mit seinem Freund auf den Weg. In der Sackville Street schien der Aufmarsch zum Stillstand gekommen zu sein. Die Jungs blieben in einiger Entfernung zum Geschehen stehen, konnten aber immer noch genug sehen, was vor sich ging.

„Sie stehen vor dem General Post Office“, meinte Joseph und verrenkte sich den Hals dabei, einen Blick auf das Spektakel zu erhaschen. „Sie werden wohl kaum einen Brief aufgeben wollen, heute ist doch Feiertag.“

Mit Staunen und Unglauben sahen die Jungs sowie andere Passanten zu, wie sich eine Person, mit einem Papier in der Hand, vor dem Gebäude positionierte.

„Das ist Patrick Pearse“, rief Joseph freudig. „Ich wusste es. Jetzt schlägt die Stunde von Irlands Freiheit, du wirst schon sehen.“

Paddy wunderte sich, dass sein Freund so viel darüber wusste. Vermutlich hatte er diese Informationen von seinem älteren Bruder Jimmy, der sich stark für die irische Sache engagierte. Paddy hingegen hatte sich bisher nicht um Politik geschert. Zwar war niemand, den er kannte, mit der britischen Herrschaft über Irland einverstanden, aber seine Familie hielt sich lieber aus allem raus und hatte ihm stets vermittelt, dass man sich in sein Schicksal ergeben musste. Die Meinungen der armen Leute interessierte ohnehin niemanden und mit Ärger und Frust konnten sie schließlich auch nichts an ihrer Situation ändern. Josephs Familie hingegen war da ganz anders.

Zögerlich gingen die Jungs näher an das Postgebäude heran und lauschten gebannt, was Patrick Pearse zu verkünden hatte:

„DIE PROVISORISCHE REGIERUNG DER IRISCHEN REPUBLIK FÜR DAS VOLK VON IRLAND

IREN UND IRINNEN: Im Namen Gottes und der toten Generationen, von denen sie ihre alte Tradition der Nationalität erhält, ruft Irland durch uns ihre Kinder zu ihrer Flagge und strebt nach ihrer Freiheit.

Nachdem sie ihre Bevölkerung durch ihre geheime revolutionäre Organisation, die Irish Republican Brotherhood, und durch ihre offenen Militärorganisationen, die Irish Volunteers und die Irish Citizen Army, organisiert und ausgebildet, ihre Disziplin geduldig perfektioniert und entschlossen auf den richtigen Moment gewartet hat, um sich zu zeigen, nutzt sie nun diesen Moment, um unterstützt von ihren im Exil lebenden Kindern in Amerika und von galanten Verbündeten in Europa, aber vor allem auf ihre eigene Kraft setzend, im Vertrauen auf den Sieg zuzuschlagen.

Wir erklären, dass das Recht des irischen Volkes auf das Eigentum Irlands und auf die uneingeschränkte Kontrolle der irischen Geschicke souverän und unantastbar ist. Die lange Usurpation dieses Rechts durch ein ausländisches Volk und eine ausländische Regierung hat das Recht nicht ausgelöscht, noch kann es jemals ausgelöscht werden, außer durch die Zerstörung des irischen Volkes. In jeder Generation hat das irische Volk sein Recht auf nationale Freiheit und Souveränität geltend gemacht; sechsmal in den letzten dreihundert Jahren hat es dies in Waffen bekräftigt. Auf der Grundlage dieses Grundrechts und es im Angesicht der Welt erneut unter Waffen ausübend, proklamieren wir hiermit die Irische Republik als souveränen unabhängigen Staat, und wir verpflichten uns, unser Leben und das Leben unserer Waffengenossen für die Sache ihrer Freiheit, ihres Wohlergehens und ihrer Erhöhung unter den Nationen zu geben.

Die Irische Republik hat das Recht auf die Loyalität aller Iren und Irinnen und erhebt hiermit Anspruch darauf. Die Republik garantiert allen ihren Bürgern Religions- und Bürgerrechte, Gleichberechtigung und Chancengleichheit und erklärt ihren Willen, das Glück und den Wohlstand der gesamten Nation und aller ihrer Teile zu verfolgen, indem sie alle Kinder der Nation gleichermaßen schätzt, ungeachtet der von einer fremden Regierung geförderten Unterschiede, die in der Vergangenheit eine Minderheit von der Mehrheit getrennt haben.

Bis unsere Streitkräfte den geeigneten Zeitpunkt für die Einsetzung einer ständigen nationalen Regierung herbeigeführt haben, repräsentativ für das gesamte irische Volk und durch das Wahlrecht aller ihrer Männer und Frauen gewählt, wird die vorläufige Regierung, die hiermit gebildet wird, die zivilen und militärischen Angelegenheiten der Republik treuhänderisch für das Volk verwalten.

Wir stellen die Sache der Irischen Republik unter den Schutz des allerhöchsten Gottes, dessen Segen wir für unsere Waffen erbitten, und wir beten, dass niemand, der dieser Sache dient, sie durch Feigheit, Unmenschlichkeit oder Plünderung entehrt. In dieser höchsten Stunde muss sich die irische Nation durch ihren Mut und ihre Disziplin und die Bereitschaft ihrer Kinder, sich für das Gemeinwohl zu opfern, als würdig erweisen für das erhabene Schicksal, zu dem sie berufen ist.

Unterzeichnet im Namen der Provisorischen Regierung Thomas J. Clarke, Sean Mac Diarmada, Thomas MacDonagh, P. H. Pearse, Éamonn Ceannt, James Connolly, Joseph Plunkett."

Nachdem er die Irische Republik publikumswirksam ausgerufen hatte, auch wenn viele Passanten sich davon nicht beindrucken ließen und einfach weitergingen, zog sich Pearse mit den anderen Volunteers ins Hauptpostamt zurück, das ihnen von nun an als Hauptquartier für ihren Kampf dienen sollte.

Joseph war von den Ereignissen, denen er soeben hatte beiwohnen dürfen, sehr ergriffen. „Ich will mich ihnen anschließen. Kommst du mit?", fragte er an Paddy gewandt. Der jedoch zögerte.

„Ich glaub' nicht. Ich will da nicht mit reingezogen werden."

„Nicht mit reingezogen werden? Als echter Ire hast du keine andere Wahl. Oder willst du dich lieber weiterhin von den Briten rumkommandieren lassen?", rief Joseph empört.

„Mach was du willst. Wenn du meinst, es bringt irgendwas, sich gegen die Briten aufzulehnen, bitte. Ich jedenfalls geh nach Hause und überlasse die Politik anderen."

„Dann bist du vermutlich kein wahrer Ire. Vielmehr ein Feigling vor dem Feind."

Ohne ein weiteres Wort drehte sich Paddy um und machte sich auf den Heimweg. Als er zu Hause ankam, wurde er schon von seiner Mutter erwartet. „Padraig O' Halloran, wo zum Henker hast du dich wieder rumgetrieben?", rief sie aufgebracht. „Hast du denn nicht gehört, was in der Stadt los ist?"

„Natürlich habe ich das. Ich komme ja gerade von da."

Seine Mutter blickte ihn erschrocken an. „Hast du dich etwa an dem Aufruhr beteiligt?"

„Nein, natürlich nicht. Aber Joseph war Feuer und Flamme. Er wollte sich den Volunteers anschließen.“

„Genau wie sein Bruder. Die arme Mutter. Wenn die Briten sie kriegen, wird es ihnen schlecht ergehen.“

„Joe sagt, jeder wahre Ire muss sich dem Kampf anschließen.“

„So, sagt er das?“, meinte Paddys Mutter genervt. „Wir haben schon genug Probleme. Aus unserer Familie wird sich jedenfalls niemand mit den Briten anlegen, dass das klar ist.“ Paddy wusste, dass es sinnlos war, weiter mit seiner Mutter über dieses Thema zu diskutieren. Innerlich musste er sich jedoch eingestehen, dass ihn die Ereignisse des Tages nicht ganz unberührt gelassen hatten. Den ganzen Weg nach Hause hatte er sich Gedanken gemacht. Über die Ausrufung der Irischen Republik, über Patrick Pearse und die anderen Männer, die sich unter Lebensgefahr gegen die Briten auflehnten, über Joseph und Jimmy Gleeson, deren Eltern ihre Söhne im Kampf für ein freies Irland unterstützten und darüber, ob er kein wahrer Ire war, wenn er nicht auch seinen Beitrag leistete. Josephs Aussage hatte ihn mehr getroffen, als er sich hatte eingestehen wollen. Zudem musste er zugeben, dass die Ansprache von Patrick Pearse irgendetwas in ihm ausgelöst hatte, auch wenn er nicht genau wusste, warum.

Für die nächsten Tage befand sich Dublin im Ausnahmezustand. Die Rebellen hatten überall in der Stadt Straßensperren errichtet und kämpften tapfer gegen die britische Übermacht, die diesem Treiben naturgemäß ein schnelles Ende bereiten wollte. Die Stadt, vor allem die Gegend um das Hauptpostamt, glich einem

Trümmerfeld und es waren nicht wenige Opfer zu beklagen. Die Rebellen hatten zwar anfangs den Überraschungsmoment auf ihrer Seite gehabt, mussten sich aber schließlich der britischen Übermacht geschlagen geben. Am Morgen des 29. April war der Traum von einer unabhängigen irischen Republik ausgeträumt. Um weitere Verluste auf Seiten der Zivilisten zu vermeiden, wurde bedingungslos kapituliert. Viele Aufständische wurden verhaftet und zu Fuß durch die Straßen Dublins ins Gefängnis gebracht. Dabei kamen sie auch durch die Straße, in der Paddys Familie wohnte. Die Bewohner standen an den Fenstern oder vor ihren Haustüren und viele verspotteten und beschimpften die Männer, die sich für Irlands Freiheit aufgeopfert hatten. Paddys Mutter war da keine Ausnahme. „Da siehst du, was es bringt, sich gegen die Briten auflehnen zu wollen. Gar nichts. Guck' sie dir an, Jimmys und Joes Helden. Möchte wissen, ob die Jungs auch dabei sind oder ob man sie schon abgemurkst hat. Hast du in den letzten Tagen etwas von ihnen gehört?"

Paddy schüttelte stumm mit dem Kopf. Er hatte Mitleid mit den Männern, die da von den Briten durch die Straßen getrieben wurden. Und nicht nur Mitleid. Er fühlte sich ihnen verbunden. In den letzten Tagen hatte er viel über die Rebellen nachgedacht und über das, was sie forderten. Im Grunde nur das, was jedem Iren rechtmäßig zustand. Ein eigenes, unabhängiges Land, in dem sie selbst entscheiden konnten, was für Irland das Beste war.

„Komm jetzt rein", meinte seine Mutter abrupt und schob ihren Sohn zurück in die Wohnung. „Wir haben Besseres zu tun, als uns dieses Spektakel anzusehen.

Man muss die Realität akzeptieren und sich anpassen, gerade wir armen Leute, die sowieso nichts ändern können und für deren Meinung sich niemand interessiert."

Am nächsten Tag traf Paddy endlich seinen Freund Joseph wieder. Er sah zwar etwas lädiert aus, unter anderem hatte er eine große Wunde am Kinn und ein blaues Auge, schien aber ansonsten guter Dinge. Paddy fiel ein Stein vom Herzen, denn er hatte sich um seinen Freund gesorgt. „Joe, ich bin echt froh, dich zu sehen. Wo hast du denn die ganze Zeit gesteckt?"

Joe grinste seinen Freund an. „Ich war im Postgebäude mit Jimmy und den anderen Kämpfern. Es war einfach fabelhaft. Naja, zumindest anfangs. Am Donnerstag haben die britischen Bastarde angefangen, das Postamt zu bombardieren. Da hat mich Jimmy gezwungen, nach Hause zu gehen. Meine Mutter wollte mich daraufhin nicht mehr rauslassen, deswegen konnte ich mich nicht früher melden. Aber immerhin war ich eine Zeit lang dabei. Das kann ich später noch meinen Enkelkindern erzählen", meinte er stolz.

„Und was ist mit Jimmy?"

„Der ist auch wieder daheim. Ihn hat's am Arm erwischt, ist aber nicht weiter schlimm. Ist ja schließlich eine ehrenhafte Verletzung."

„Was glaubst du, was mit den Rebellen passieren wird, die sie festgenommen haben?"

„Tja, die werden wohl einige Zeit im Kittchen verbringen müssen. Aber wie ich sie einschätze, werden sie das mutig durchstehen und wenn sie wieder freikommen, starten wir einen erneuten, besseren Angriff gegen die

Briten und werden sie endlich aus unserem Land jagen.“

Leider sollten sich Josephs positive Zukunftsaussichten nicht bewahrheiten, im Gegenteil. Den Hauptverantwortlichen, unter ihnen alle sieben Unterzeichner der Unabhängigkeitserklärung, wurde eine schnelle, geheime und brutale Strafe zuteil. Man stellte sie vor ein Kriegsgericht und sie wurden alle Anfang Mai hingerichtet. James Conolly, der aufgrund einer Verwundung nicht stehen konnte, wurde an einen Stuhl gefesselt erschossen. Roger Casement wurde des Hochverrats für schuldig befunden und Anfang August in London gehängt. Von den Hinrichtungen bekam die Öffentlichkeit erst nach deren Vollstreckung etwas mit, was zu einer Welle der Empörung in Irland, aber auch in anderen Ländern Europas führte. Verfügten die Rebellen zu der Zeit des Osteraufstandes nur über eine geringe Unterstützung in der Bevölkerung, so führte die harte Niederschlagung zu einer verstärkten anti-britischen Stimmung. Paddy hatten diese Tage verändert, auch wenn er es anfangs nicht für möglich gehalten hätte. Die Männer, die für Irlands Freiheit gekämpft hatten, an ihm vorüberziehen zu sehen und das Wissen, dass man sie danach eiskalt ermordet hatte, machte ihn traurig und wütend. Sehr wütend. In der Folgezeit hatte er einen Entschluss gefasst. Er würde sich so schnell wie möglich mit den Gleesons treffen und sich mit ihnen besprechen. Die Männer um Patrick Pearse sollten nicht umsonst gestorben sein, dafür würde er in Zukunft kämpfen. Wie es die Pflicht eines wahren Iren war.

Kapitel 8

Nachdem Scotty Caitlin bei einem ihrer letzten Spaziergänge wieder davongelaufen war, hatte sie sich geschworen, ihn nicht mehr ohne Leine laufen zu lassen, auch wenn dies für beide keine befriedigende Lösung war. Für Scotty nicht, weil er so gerne am Strand die Möwen jagte und nicht verstand, warum er diese Freiheit nicht mehr genießen durfte und für Caitlin nicht, weil er gegen alle Vernunft ununterbrochen an der Leine zerrte und sie permanent dagegen steuern musste, um nicht umgerissen zu werden. Allerdings hatte sie auch keine Lust darauf, dass der Hund wieder ausbüxte und unter ein Auto geriet oder die Steilklippe hinabstürzte. Wie sollte sie so etwas Onkel Paul und Tante Niamh erklären? Sie würden sich beide damit abfinden müssen, dass die Spaziergänge in Zukunft anders ablaufen würden. Caitlin hatte sich für den Spaziergang heute Shorts angezogen, damit sie Scotty ein Stück ins Wasser folgen konnte und er schien damit halbwegs zufrieden. Während sie mit dem Hund an der Leine in den Fluten stand, nahm sie aus dem Augenwinkel plötzlich etwas wahr. Als sie näher hinschaute, sah sie, dass es ein Pferd war, das den Strand entlang galoppiert kam. Caitlin dachte an den jungen Reiter, der ihr geholfen hatte, Scotty wieder einzufangen. Das Pferd sah ähnlich aus, jedoch bemerkte sie zu ihrem Erstaunen, dass es reiterlos war. Erschrocken blickte sie in die Richtung, aus der das Pferd kam und sah in weiter Entfernung eine Person. Caitlin wollte das Pferd anhalten, wusste aber, dass es lebensmüde wäre, sich vor ein herangaloppierendes Pferd zu stürzen. Stattdessen hob sie den rechten Arm, machte „Brr" und rief: „Stopp." Etwas Besseres fiel ihr auf die Schnelle nicht ein, aber offenbar schien es zu helfen, denn das Pferd verlangsamte seinen Schritt und trabte jetzt gemächlich auf sie zu. Caitlin war erstaunt über ihre verborgenen Fähigkeiten als Pferdeflüsterin. Mit der freien Hand ergriff sie die Zügel des Pferdes und redete beruhigend auf das Tier ein. „Na, wo hast du denn deinen Reiter gelassen?", fragte sie und blickte den Strand entlang. Der mutmaßliche Besitzer war schon etwas nähergekommen, aber noch ein gutes Stück entfernt. Scottys Leine in der einen und die Zügel des Pferdes in der anderen Hand ging Caitlin dem Reiter entgegen. Als er schließlich zu ihnen aufschloss, war er nicht nur aus der Puste, sondern auch sichtlich genervt. Und zu Caitlins Überraschung war es derselbe junge Mann, dem sie kürzlich schon einmal begegnet war.

„Mistvieh", murmelte er und nahm Caitlin die Zügel aus der Hand. Dann besann er sich doch seiner Manieren und bedankte sich bei ihr. „Sagen Sie, sind wir uns nicht schon mal begegnet?", fragte er irritiert.

Caitlin musste unwillkürlich lachen. „Ja, ich glaube schon. Mir ist damals etwas abhandengekommen oder besser gesagt, jemand." Sie blickte hinab zu Scotty, der sich brav in den Sand gesetzt hatte und vor sich hin hechelte. Erst jetzt schien dem jungen Mann klar geworden zu sein, wen er eigentlich vor sich hatte. „Stimmt, sie sind Scottys Hundesitterin. Ja, da war doch vor Kurzem etwas." Er lachte verlegen. „Schon komisch, dass man sich zweimal in kurzer Zeit begegnet und jedes Mal, weil einem das Haustier weggelaufen ist."

„Ja, das stimmt. Ich freue mich jedenfalls, dass ich mich revanchieren konnte. Ich schätze, wir sind jetzt quitt."

Der junge Mann sah Caitlin für einen Augenblick aufmerksam an und ein leichtes Lächeln umspielte seine Lippen. „Vielen Dank dafür. Ich bin übrigens Aidan. Nur für den Fall, dass wieder mal ein tierischer Notfall zwischen uns eintritt." Er reichte ihr die Hand.

„Caitlin. Hast du dir eigentlich wehgetan? Bei dem Sturz meine ich."

Aidan blickte an seinen beschmutzten Klamotten herunter und winkte dann ab. „Ach, alles halb so schlimm. Das passiert schon mal, vor allem, wenn man so regelmäßig aufs Pferd steigt wie ich."

Caitlin war im Ort gar kein Reiterhof aufgefallen. „Wo bist du denn jetzt hergekommen? Ich habe hier bisher noch keinen Reiterhof gesehen und ich bin eigentlich sicher, dass ich in den letzten Wochen jeden Winkel kennengelernt habe." Aidan lachte. „Ja, das kann ich mir gut vorstellen. Ist recht überschaubar hier. Einen Reiterhof gibt es tatsächlich nicht, aber im Nachbarort, in Templeton. Da komme ich her, also heute. Ich wohne aber hier im Ort." Caitlin fragte sich, wo sich Aidan den ganzen Tag versteckt hielt, denn bisher war sie ihm im Alltag noch nie begegnet. Und das, obwohl sie ihrer Meinung nach viel draußen unterwegs und die hiesige Einwohnerzahl recht überschaubar war.

„Ist es dir hier noch nicht zu langweilig geworden?" Aidan lachte und Caitlin musste sich eingestehen, dass er sehr gut aussah. Schnell schob sie diesen Gedanken beiseite. „Bisher noch nicht. Vielmehr genieße ich für den Moment die Ruhe und Abgeschiedenheit."

Aidan zog ungläubig eine Augenbraue hoch. „Ist es denn so schlimm in New York? Es war doch New York, oder?"

Caitlin freute sich, dass sich Aidan an ihren Wohnort erinnert hatte. „Schlimm nicht. Aber hektisch und laut. Manchmal. Außerdem muss ich aus privaten Gründen etwas Abstand von dort bekommen." Sie biss sich auf die Lippen. Sie konnte doch nicht anfangen, einem völlig Fremden gegenüber ihre Probleme zu erzählen.

Aidan ging jedoch nicht weiter darauf ein. „Verstehe. Also, falls du mal wieder Lust auf Geselligkeit hast, hier im Ort gibt es einige Pubs mit gutem irischen Bier, Essen und Live-Musik."

„Das hört sich toll an. Aber alleine in einen Pub zu gehen ist nicht so mein Ding."

Aidan kratzte sich nervös am Kopf. „Naja, ich meinte ja auch eigentlich, dass ich dich vielleicht begleiten könnte. Als Fremdenführer sozusagen."

Caitlin musste lächeln. Sollte das etwa eine Art Date sein? Aber das war ja albern, sie kannten sich erst seit gefühlten fünf Minuten. „Danke für das Angebot. Ich lass es dich wissen, wenn mir nach Gesellschaft ist."

Aidan lächelte ebenfalls. „Ok. Vielleicht sollten wir dann die Telefonnummern austauschen. Nur für alle Fälle."

„Na klar, warum nicht?"

„Du kannst mich ruhig auch sonst kontaktieren. Falls du Fragen hast oder Hilfe benötigst, meine ich. Oder einen Reiseführer. Hier gibt es einige interessante Orte, die einen Ausflug lohnen."

„Danke, das ist nett von dir. Aber du brauchst dir wirklich keine Umstände zu machen. Du hast doch bestimmt andere Dinge zu tun."

„Ach, kein Problem. Ich mach das gerne. Außerdem habe ich was gut bei dir, schließlich hast du Lucky davon abgehalten, bis nach Dublin zu galoppieren."

Caitlin fand es süß, dass Aidan meinte, ihr etwas schuldig sein zu müssen. Erstens war es eher Glück gewesen, dass Lucky bei ihr zum Stehen gekommen war und zweitens hatte er ihr mit ihrem Hund genauso geholfen. „Und du hast Scotty davon abgehalten, das Gleiche zu tun."

„Stimmt. Schon komisch, oder?"

„Ja, sehr komisch."

Sie verabschiedeten sich und jeder ging beziehungsweise ritt seiner Wege. In Caitlins Kopf machte sich ein großes Durcheinander breit. Sie dachte über die beiden Begegnungen mit Aidan nach. Und über die Tatsache, dass der junge Ire äußerst attraktiv war. Für einen kurzen Moment erinnerte sie sich an den Matchmaker in Lisdoonvarna zurück. Aber Blödsinn, da gab es natürlich überhaupt keinen Zusammenhang. Außerdem war sie offiziell immer noch mit Eric verlobt, auch wenn sie in der letzten Zeit so gut wie keinen Gedanken an ihn verschwendet hatte. Caitlin versuchte sich auf etwas anderes zu konzentrieren. Zum Beispiel auf die Kiste mit den Sachen ihrer Urgroßmutter. Damit wollte sie sich in der nächsten Zeit intensiver beschäftigen und so würde ihr auch sicher nicht langweilig werden. Als sie nach Hause kam, kochte sie sich erst mal eine große Tasse Tee. Dann setzte sie sich in den gemütlichen Lehnsessel im Wintergarten und machte es sich mit dem Tagebuch ihrer Urgroßmutter gemütlich. Trotz guter Vorsätze war sie bisher nicht über den ersten Eintrag vom Februar 1916 hinausgelangt. Die anderen Seiten hatte sie nur lose durchgeblättert und dabei festgestellt, dass es bei den Einträgen teils erhebliche Zeitsprünge gab. Der letzte Eintrag des Buches datierte vom 11. November 1918, dem Tag des Waffenstillstandes. Caitlin war sich unschlüssig, ob sie chronologisch beginnen sollte, entschied sich dann aber dafür, einfach irgendein Datum herauszupicken und dann zu sehen, was sie herausfinden würde. Sie schloss die Augen und blätterte blind die Seiten durch. Dann blieb sie bei einer aufgeschlagenen Seite hängen und begann den Eintrag vom 19. Juli 1916 zu lesen:

Liebes Tagebuch,
heute war ein unsagbar heißer Tag. In unserer Dachge-
schosswohnung war es kaum auszuhalten, sodass wir bis
spät abends draußen blieben. Mutter sagte, man könne auf
dem Herd Spiegeleier braten, ohne ihn anzumachen. Aber
gemacht hat sie es dann doch nicht, da wir keine Eier mehr
hatten. Dafür trocknete die Wäsche nun viel schneller, und
wir konnten zwei Waschladungen aufhängen, die bis
abends trocken waren. Ich bin mit Helen, Lizzie und Baby

Willie durch die Straßen spaziert, die immer noch Spuren des Osteraufstandes zeigen. Ein paar Jungs pfiffen mir hinterher und machten anzügliche Bemerkungen, aber ich habe sie einfach ignoriert. Abends, als die Kleinen im Bett waren, habe ich mit Mutter am offenen Fenster gesessen und mich unterhalten. Sie hat dann angefangen zu weinen, weil sie Vater so schrecklich vermisst. Seit Wochen haben wir nichts mehr von ihm gehört und die Leute erzählen, dass im Moment eine furchtbare Schlacht in Frankreich geschlagen wird, wo schon viele Soldaten ums Leben gekommen sind. Mutter hat Angst, dass Vater auch einer von ihnen sein könnte, aber ich habe sie beruhigt, dass das gar nicht sein kann. Schließlich ist Vater so tapfer wie Fionn Mac Cumhaill. Ich hoffe wir hören bald von ihm, damit Mutter sich keine Sorgen mehr zu machen braucht.

Caitlin legte das Tagebuch beiseite. Es kam ihr merkwürdig vor, sich ihre Urgroßmutter als Teenager vorzustellen, der diese Zeilen schrieb. Damals, während des Ersten Weltkrieges in den Armenvierteln von Dublin. Auf einmal hatte sie das dringende Bedürfnis, dort hinzufahren und sich die Gegend anzuschauen, in der ihre Urgroßmutter ihre Kindheit und Jugend verbracht hatte. Leider befand sich Dublin am anderen Ende von Irland, aber Caitlin musste es einfach schaffen, dorthin zu fahren, solange sie noch hier war. Natürlich würde es heutzutage nicht mehr so aussehen wie damals. Dennoch hatte sie das starke Gefühl, dass sie diesen Ort besuchen musste, um ihrer Urgroßmutter näher zu sein. Sie nahm das Tagebuch wieder auf und blätterte zum nächsten Eintrag zwei Tage später.

21. Juli 1916
Liebes Tagebuch,
heute ist eigentlich nichts Besonderes passiert. Es ist immer
noch sehr heiß, und wir mussten wieder den ganzen Tag
draußen verbringen, obwohl es dort auch nicht viel kälter
war. Joe Gleeson und Paddy O'Halloran kamen vorbei und
haben Flugblätter verteilt, in denen sie uns dazu aufriefen,
ihre Gruppe zu unterstützen, die sich für die Freiheit Ir-
lands einsetzt und die Männer des Oster-Aufstandes rächen
will. Ich habe ihnen gesagt, dass ihnen sowieso niemand
zuhören wird, da sie doch nur kleine Jungs sind, worüber
sie sich sehr aufgeregt haben. Paddy O'Halloran meinte, es
wäre schade um mich, dass ich so wenig Verstand in mei-
nem hübschen Köpfchen hätte.

Caitlin musste bei diesen Zeilen schmunzeln. Sie
wusste, dass dieser Paddy O' Halloran ihr Urgroßvater
war. Schnell blätterte sie zur letzten beschriebenen
Seite vor und landete beim 11. November 1918:

Liebes Tagebuch,
aus, aus, aus! Der Krieg ist wirklich aus! Ich kann es immer
noch nicht glauben, aber es ist wirklich so. Das bedeutet,
dass Vater endlich wieder zu uns zurückkommt. Wie lange
haben wir auf diesen Tag gewartet? Baby Willie, der gar
kein Baby mehr ist, hat Vater außer auf Fotos noch nie ge-
sehen. Der wird vielleicht Augen machen! Und Vater
ebenso, wenn er sieht, was für ein strammer Junge sein klei-
nes Baby geworden ist. Ach, wie ich mich freue, jetzt wird
alles wieder gut.

Paddy O'Halloran und ich treffen uns in letzter Zeit häufiger. Er ist wirklich nett und bringt mich immer zum Lachen. Außerdem sieht er auch recht gut aus, aber ich mache es ihm nicht zu leicht, er darf sich ruhig ein wenig anstrengen. Manchmal mache ich mir Sorgen um ihn, weil er für Irlands Unabhängigkeit kämpft, was ich mutig finde, aber die Briten werden sich das nicht gefallen lassen. Ich hoffe, er passt immer gut auf sich auf.

Caitlin klappte das Tagebuch zu und hielt einen Moment inne. Gerade, wo es anfing interessant zu werden, brach das Tagebuch ab. Was hatte das zu bedeuten? Hatte es überhaupt etwas zu bedeuten? Sie begab sich auf den Dachboden, um noch einmal genauer nachzusehen, was sich in der alten Truhe befand, entdeckte aber keine weiteren Tagebücher. Caitlin war enttäuscht. Stattdessen nahm sie einen Stapel Briefe und das alte verblichene Hochzeitsfoto ihrer Urgroßeltern mit nach unten. Das Glas des Bilderrahmens hatte einige Risse und Caitlin beschloss, einen neuen Rahmen zu beschaffen. Das hatte das Bild verdient. Vorsichtig entfernte sie den kaputten Rahmen und betrachtete das Hochzeitsbild. Wie jung ihre Urgroßeltern aussahen. Sie drehte das Bild um und las „Dublin, 10.Juni 1920". Vorsichtig stellte sie das Bild auf den Kaminsims und legte den Stapel Briefe daneben. Sie betrachtete das Bild noch eine Weile und bekam dabei ein merkwürdiges Gefühl. Für einen kurzen Moment kam es ihr so vor, als würden ihre Vorfahren aus dem Bild zu ihr sprechen, aber das konnte natürlich nicht sein. Vermutlich hatte sie sich in letzter Zeit zu intensiv mit dem

Thema beschäftigt und sah nun Gespenster. Möglicherweise war sie doch zu oft alleine, nur mit Scotty und den Geistern der Vergangenheit. Das war auf Dauer keine allzu gute Gesellschaft. Sie überlegte, ob sie Aidan kontaktieren und sein Angebot annehmen sollte, aber vielleicht hatte er auch einfach nur höflich sein wollen und es gar nicht ernst gemeint. Schließlich hatte er ein eigenes Leben und Freunde. Und eine Freundin. Da wäre es doch komisch, wenn sie ihm jetzt hinterherlief, immerhin waren sie sich bisher nur zweimal begegnet. Caitlin dachte eine Weile darüber nach. Dann hatte sie eine Idee.

Kapitel 9

Dublin, Mai 1919

Maureen stand schon seit geraumer Zeit hinter dem Fenster und spähte auf die Straße hinaus. Sie hatte wegen ihres Plans ein schlechtes Gewissen, andererseits konnte sie es nicht abwarten, ihn endlich in die Tat umzusetzen. Plötzlich sah sie auf der Straße, was sie sehen wollte. „Ich bin dann mal kurz weg, Mutter", rief sie, packte ihre Strickjacke und lief ohne eine Antwort abzuwarten nach unten. Sie hatte ihrer Mutter erzählt, dass sie einer Bekannten bei Näharbeiten helfen müsste, da diese einen wichtigen Auftrag hatte, sich aber die Hand verletzt hatte und nun Maureens Hilfe bedurfte. Wahrlich eine schlechte Lüge und Maureen wunderte sich, warum ihre Mutter ihr diese Geschichte überhaupt abgekauft und keine Fragen gestellt hatte. Egal. Hauptsache, es hatte funktioniert. Als sie um die Straßenecke bog, breitete sich ein strahlendes Lächeln auf ihrem Gesicht aus. Paddy O'Halloran stand dort, das eine Bein lässig angewinkelt gegen eine Hauswand gelehnt. Seine karierte Schiebermütze hatte er tief ins Gesicht gezogen, so als wolle er nicht erkannt werden. Als er Maureen sah, hob er sie jedoch etwas an, erwiderte ihr Lächeln und nickte ihr zu. „Guten Tag Madam. Schöner Tag für einen Spaziergang, finden Sie nicht?"

„Lass die Albernheiten", sagte Maureen und gab ihm einen freundschaftlichen Schlag auf den Arm. Paddy hielt ihn ihr hin und sie hakte sich bei ihm unter. „Hat deine Mutter die Geschichte geglaubt?", fragte er.

„Ich bin mir nicht sicher. Wenn nicht, hat sie es mich jedenfalls nicht spüren lassen. Aber sie sorgt sich sehr, wegen der momentanen Lage."

Seit Januar befand sich Irland im Krieg gegen die Briten, um endlich die ersehnte Unabhängigkeit zu erreichen. Weil man sich bewusst war, dass man den verhassten Briten militärisch unterlegen war und aus den Fehlern der Vergangenheit gelernt hatte, bedienten sich die Iren hauptsächlich eines Guerilla-Kampfes. Daher konnte man nie genau sagen, wann und wo es zu Zusammenstößen kommen oder etwas passieren würde.

„Ich pass' schon auf dich auf", sagte Paddy und legte seinen Arm schützend um Maureen. Es fühlte sich gut an, so nah an ihn geschmiegt zu sein. Maureen sorgte sich sehr um ihn, denn es war kein Geheimnis, dass Paddy sich aktiv am Unabhängigkeitskampf beteiligte. Auch wenn sie das sehr mutig und tapfer von ihm fand, wünschte sie doch oft, er würde sich nicht an den Aktionen der IRA beteiligen. Sie bogen in eine kleine Gasse ab und Paddy klopfte dreimal an eine unscheinbar aussehende Haustür.

„Wo sind wir hier?", fragte Maureen ein wenig misstrauisch, aber Paddy beruhigte sie. „Wart's ab. Es ist nichts Schlimmes. Versprochen."

Nach einigen Sekunden öffnete sich die Tür und ein Maureen unbekanntes Gesicht erschien dahinter.

„Kommt schnell rein." Die beiden taten wie ihnen geheißen und folgten dem jungen Mann, der die Tür geöffnet hatte, eine steile Treppe hinauf. Er führte sie zu einem Zimmer am Ende des Ganges. „So, hier wären wir. Eine Stunde, wie abgemacht."

„Genau. Geld auch wie abgemacht?"

„Natürlich."

Maureen sah interessiert zu, wie Paddy und der Unbekannte Geld austauschten. Dann bekam Paddy einen Schlüssel in die Hand gedrückt und der andere Mann stieg wieder die Treppe herab. Maureen schaute ihm neugierig hinterher. „Was hat das zu bedeuten?", fragte sie mit leicht ängstlichem Unterton.

„Das wirst du gleich sehen", sagte er verschwörerisch. Paddy schloss die Tür auf und Maureen folgte ihm in ein kleines Zimmer, in dem ein Tisch mit vier Stühlen, eine Kommode, ein Schrank und ein Bett standen. Sie konnte sich immer noch keinen Reim darauf machen, warum Paddy sie hierhergebracht hatte. „Ich dachte, wir wollten einen Spaziergang machen. Sollen wir den etwa hier in dem Zimmer machen?"

„Ich habe keine Lust mehr auf einen Spaziergang. Außerdem ist es zu gefährlich. Ich dachte, wir machen es uns lieber hier eine Weile gemütlich. Hier können wir uns in Ruhe unterhalten und sind ungestört." Er setzte sich auf das Bett und klopfte auf den freien Platz neben ihm, um Maureen aufzufordern, es ihm gleichzutun.

Sie zögerte jedoch. „Padraig O'Halloran, du hast doch wohl nicht irgendwelche schlimmen Absichten?" Er konnte sich ein Lachen nicht verkneifen.

„Was denkst du denn von mir? Abgesehen davon bist du doch freiwillig mitgekommen, also darfst du dich gar nicht beschweren, wenn es so wäre."

Maureen war sich nicht sicher, ob sie lieber das Weite suchen sollte, obwohl sie Paddy bisher eigentlich sehr sympathisch gefunden hatte. Aber in diesem Moment war sie sich seiner Absichten nicht mehr sicher. Er merkte, dass sie sich unwohl fühlte und streckte lachend den Arm in ihre Richtung aus. „Jetzt komm schon her, unsere Zeit läuft ab. Du hast Pete doch gehört: eine Stunde. Und davon sind jetzt bestimmt schon einige kostbare Minuten vergangen. Ich verspreche dir, ich habe keine unehrlichen Absichten, auch wenn das hier für dich vielleicht so aussehen mag. Ich erkläre dir alles, sobald du dich zu mir setzt." Maureen willigte zögerlich ein. Paddy nahm ihre Hand in seine Hände. „Darf ich?", fragte er. Maureen nickte.

„Also, dann will ich mal versuchen, deine offensichtlichen Bedenken zu zerstreuen. Wie du vielleicht schon gemerkt hast, kann ich dich gut leiden. Und da wir weder bei dir noch bei mir ungestört sein können, habe ich einen Bekannten aufgesucht, der sein Zimmer stundenweise vermietet. So können wir Zeit miteinander verbringen und uns ungestört unterhalten. Ist doch clever, oder?"

„Ja, schon." Maureen biss sich auf die Lippe und überlegte einen Moment, bevor sie fortfuhr. „Und wie viele Mädchen hast du schon hier rauf gebracht?"

Paddy machte ein erschrockenes Gesicht. „Was ist denn das für eine Frage? Hältst du mich etwa für so jemanden?", fragte er empört.

Maureen bereute schon, dass sie ihre Gedanken ausgesprochen hatte. „Es tut mir leid, ich wollte dich nicht
beleidigen. Es ist nur so..."

„Wie ist es denn?"

„Naja, die Mädchen aus der Nachbarschaft. Einige
von denen haben ein Auge auf dich geworfen und reden ständig über dich. Auch unanständige Sachen. Und
dann kichern sie und streiten sich darum, wer von
ihnen dich einmal erobern und heiraten wird."

Paddy warf sich rücklings auf das Bett und schlug lachend die Hände vor das Gesicht. „Ach du meine Güte!
Ich war mir meines Charmes gar nicht bewusst. Wie
soll ich denn so viele Ladys gleichzeitig glücklich machen." Jetzt musste auch Maureen lachen. „Ich fürchte,
du musst dich früher oder später für eine entscheiden."

Paddy setzte sich wieder auf und sah Maureen an.
„Das habe ich schon. Vor Jahren bereits, als ich immer
auf dem Nachhauseweg einen Umweg durch eine be-
stimmte Straße gemacht habe in der Hoffnung, ein rot-
haariges Mädchen mit langen Zöpfen zu sehen, das
wieder einmal auf ihre kleinen Geschwister aufpassen
musste, während ihr Vater in Flandern kämpfte und
ihre Mutter arbeiten musste."

Maureen spürte, wie ihr Gesicht so rot wie ihre ange-
sprochenen Zöpfe wurde. „Wer kann das wohl sein?",
fragte sie und starrte dabei nervös auf ihre Füße.

„Wenn du ein bisschen nachdenkst, kommst du vielleicht drauf. Ich habe schon zu viel gesagt, von mir
wirst du darüber nichts weiter erfahren." Eine Weile
saßen sie schweigend nebeneinander.

Dann fasste sich Maureen ein Herz und sprach Paddy
auf etwas an, dass ihr schon lange auf der Seele

brannte. „Ist es eigentlich gefährlich, was ihr so macht? Ich meine, euer Kampf gegen die Briten?“

Paddy musste lachen, ob wegen Maureens Sorge um ihn oder ihrer Naivität, wusste er selber nicht genau. „Naja, wir befinden uns im Krieg. Also als ungefährlich würde ich das nicht gerade bezeichnen. Aber wir versuchen natürlich unser Bestes, dass wir heil aus der Sache rauskommen.“

Maureen nickte stumm.

Paddy rückte näher an sie heran. „Hast du etwa Angst um mich?“, fragte er schelmisch.

„Warum sollte ich?“, fragte sie mit abgewandtem Gesicht, aber Paddy merkte an ihrer Reaktion, dass es so war. „Ich verspreche dir, dass ich immer gut auf mich aufpasse. Aber unsere Sache ist einfach zu wichtig, als dass ich hier rumsitzen und andere die Drecksarbeit machen lassen könnte.“

„Aber du bist doch im Grunde noch ein Kind.“

„Ich bin 19. Mein Bruder war in dem Alter schon verheiratet und Vater. Ich bin ganz bestimmt kein Kind mehr“, antwortete er empört.

„Tut mir leid, so habe ich das nicht gemeint. Ich meinte vielmehr … ungeübt. Im Kampf. Verstehst du?“

„Mag schon sein. Aber ich lerne täglich dazu. Und nur so kann ich auch besser werden und helfen, die Briten aus unserem Land zu vertreiben.“

„Und Joe ist auch dabei?“

„Natürlich, wir sind ein gutes Team. Anfangs war ich skeptisch, aber die Ereignisse von 1916 haben etwas in mir geweckt. Ich fühle einfach, dass es meine Pflicht ist, für Irlands Freiheit zu kämpfen. Damit unsere Kinder eine friedliche und glückliche Zukunft haben können.“

Maureen blickte unsicher lächelnd zu Paddy hinüber. „Unsere Kinder?“

Er erwiderte ihren Blick ernst. „Ja, genau. Unsere Kinder. Eine neue Generation O’Hallorans, die in einem freien Land leben und aufwachsen kann.“ Er blickte sie zärtlich an. „Es ist jetzt vielleicht nicht der richtige Augenblick und eigentlich hatte ich es auch origineller geplant, aber wer weiß, was die Zukunft bringt. Also tue ich es einfach jetzt und hier.“ Er atmete einmal tief durch, kniete sich vor die erstaunte Maureen und nahm ihre Hände. „Maureen Roisin Gallagher, würdest du mir die große Ehre erweisen und meine Frau werden?“

Maureen war sprachlos. Mit einem Heiratsantrag hatte sie nun wirklich nicht gerechnet. „Ist das dein Ernst?“

„Natürlich ist das mein Ernst, sonst würde ich mich doch hier nicht zum Affen machen und vor dir auf die Knie gehen.“ Maureen war so überrascht, dass sie anfing zu lachen. Natürlich wollte sie Paddys Frau werden. Von dem Moment an, als sie ihn zum ersten Mal gesehen hatte, wusste sie, dass sie keinen anderen haben wollte. Drei Jahre war das jetzt her, kurz nach dem Osteraufstand. Und seit einem Jahr trafen sie sich immer wieder heimlich, weil ihre Eltern der Meinung waren, sie hätten jemand Besseres verdient. Aber für Maureen gab es niemand Besseren und für Paddy, so schien es, auch nicht.

„Wenn es nicht zu viel verlangt ist, wäre ich dir sehr dankbar für eine Antwort, welcher Art auch immer, denn mein Bein schläft langsam ein.“

Maureen warf sich ihm um den Hals. „Ja, ja und nochmals ja. Ist das deutlich genug?"

„Ich denke schon." Sie standen auf und küssten sich innig. Nach einer Weile meldete Maureen jedoch Bedenken bezüglich einer baldigen Hochzeit an. „Wie hattest du dir das denn mit unseren Eltern gedacht?", fragte sie vorsichtig.

Paddy kratzte sich nachdenklich am Kopf. „Tja, darüber habe ich bisher noch gar nicht nachgedacht. Das sollten wir vielleicht demnächst mal tun. Und dann sehen wir weiter."

Maureen nickte. Diese Aufgabe verursachte ihr einiges Unwohlsein. Auf der anderen Seite war für sie sonnenklar, dass sie niemand anderen außer Paddy heiraten würde. Dann würde sie lieber als alte Jungfer sterben.

Tatsächlich brauchten beide einige Überredungskünste, ihre Familien von ihren Plänen zu überzeugen. Da Paddy schon als erwachsen galt, gaben seine Eltern relativ schnell nach. Maureens Eltern fanden zwar, dass sie zum Heiraten noch zu jung war und fürchteten außerdem, dass ihnen Maureens Gehalt nicht mehr zur Verfügung stehen würde, auf das die Familie dringend angewiesen war. Andererseits war die Wohnung der Familie Gallagher schon seit längerer Zeit viel zu klein für alle Familienmitglieder, daher wäre eine Person weniger im Haushalt wiederum auch eine Erleichterung. Man einigte sich darauf, dass sie mit der Hochzeit noch bis zum nächsten Jahr warten sollten. Dann wäre Maureens jüngere Schwester alt genug, um Geld zu verdienen und könnte sich dann am Unterhalt für die Familie beteiligen. So wurde es beschlossen und alle Beteiligten konnten gut damit leben.

Kapitel 10

Port Kirrie, Juni 2007

Caitlin blickte auf das Handy in ihrer Hand und zögerte. Sie hatte soeben eine Nachricht an Aidan verfasst, war sich aber nicht mehr sicher, ob sie diese auch abschicken sollte. Sie las die Nachricht noch einmal durch. Klang sie neutral? Oder konnte er daraus schließen, dass sie ihn interessant fand und seine Nähe suchte? Sie atmete einmal tief durch und klickte auf senden. Jetzt war es zu spät. Die Nachricht war unterwegs. Im selben Augenblick bereute sie, dass sie die Nachricht verschickt hatte. Was war bloß in sie gefahren? Sie kannte den jungen Mann doch gar nicht und nun bat sie ihn quasi um ein Date. Naja, kein Date im wirklichen Sinne. Aber sie wollte sich mit ihm treffen. Natürlich unter einem Vorwand. Aber insgeheim musste sie sich eingestehen, dass er ihr spätestens seit ihrer letzten Begegnung immer wieder im Kopf rumspukte. Vermutlich war das nur die Einsamkeit und ein kläglicher Versuch, sich von Eric zu distanzieren. Nachdem Caitlin die Nachricht an Aidan abgeschickt hatte, versuchte sie sich krampfhaft abzulenken, um nicht permanent auf ihr Handy zu schauen. Sie nahm sich einige Briefe ihrer Urgroßmutter mit in den Wintergarten und begann zu lesen. Dabei musste sie feststellen, dass zwischen den persönlichen Zeilen auch eine ganze Menge über die politische Situation in Irland zur Sprache kam. Caitlin musste zu ihrer Schande gestehen, dass sie sich nicht sonderlich gut mit irischer Geschichte auskannte. In der Schule war das Thema nicht großartig behandelt worden. Der Osteraufstand von 1916 war ihr ein Begriff, auch Éamon de Valera, der wie sie in New York geboren worden war und nach dem Zweiten Weltkrieg mehrmals als Präsident die Geschicke Irlands geleitet hatte. Und von den Troubles in Nordirland hatte sie auch gehört. Von der Zeit, in der ihre Urgroßeltern gelebt hatten, hatte sie jedoch recht wenig Ahnung. Und genau diese Tatsache wollte sie sich zunutze machen, um mit Aidan ins Gespräch zu kommen. Schließlich war er Ire und würde ihr daher sicher Nachhilfe in irischer Geschichte geben können. Naja, wenn er wollte. Nachdem sie ein paar Briefe gelesen hatte, blickte Caitlin verstohlen auf ihr Handy. Keine neue Nachricht. Vermutlich hatte Aidan einfach noch keine Zeit gehabt, ihre Nachricht zu lesen. Er hatte tagsüber sicher zu tun, schließlich ging fast jeder zu dieser Tageszeit einer Arbeit nach. Caitlin überlegte, was für einen Beruf er wohl ausübte. Wie ein Banker sah er jedenfalls nicht aus. Auch nicht wie ein Fischer. Oder ein Matchmaker. Caitlin musste unwillkürlich lachen. Schon ein komischer Beruf, Menschen zu verkuppeln. Wie hoch wohl die Erfolgsquote war? Und wie hoch die Scheidungsrate? Das schrille Klingeln ihres Handys riss sie aus ihren abstrusen Gedanken. Sie sah auf das Display und erschrak als sie sah, dass es Aidan war, der sie anrief. Sie nahm ihren ganzen Mut zusammen, atmete einmal tief durch und drückte auf „Anruf annehmen“.

„Hallo?“

„Hey, spreche ich mit Caitlin?“, fragte Aidan zaghaft.

„Ja, ja hier ist Caitlin. Wer ist da?“, fragte sie und hätte sich am liebsten dafür geohrfeigt. Schließlich konnte sie doch sehen, dass es die gleiche Nummer war, an die sie zuvor ihre Nachricht geschickt hatte.

„Hier ist Aidan. Ähm, der vom Strand. Mit dem Pferd. Ich glaube, ich habe gerade eine Nachricht von dir bekommen.“

„Ja, kann sein. Ähm, ich meine ja, ich habe dir eine Nachricht geschickt. Ich hoffe das war nicht zu aufdringlich.“

Aidan lachte. „Nein, wieso denn? Ich hatte dir doch angeboten dich zu melden, wenn du irgendwelche Hilfe benötigst. Und das ist jetzt wohl der Fall schätze ich.“

„Naja, was heißt Hilfe. Es ist vielmehr eine Frage die ich hätte. Vielleicht auch mehrere. Zur irischen Geschichte. Ich habe nämlich etwas im Haus meines Onkels gefunden und dachte, du könntest mir eventuell dabei helfen, etwas Licht ins Dunkel zu bringen.“

„Hm. Klingt ja interessant. Hast du etwa einen Schatz gefunden?“

„Naja, sowas Ähnliches.“ Caitlin lachte. „Es sind ein Tagebuch und Briefe meiner Urgroßmutter und ich verstehe manche Dinge, über die sie schreibt, nicht so gut. Ich dachte, vielleicht könnten wir uns mal treffen und darüber sprechen. Ich spendiere dir auch einen Kaffee für deine Mühen.“

Aidan lachte. „Klingt gut. Auf dem Reiterhof, wo ich arbeite, gibt es eine nette Gastwirtschaft. Da könnten wir etwas trinken und sogar noch einen Happen essen, denn dort werden echt leckere Snacks angeboten. Man kann von dort auch dem Reittraining zusehen, denn die Terrasse liegt direkt am Reitplatz. Der letzte Vorschlag ist natürlich optional, wie du magst."

Caitlin lächelte. Das lief doch eigentlich ganz gut soweit. „Hört sich perfekt an, sogar der letzte Punkt."

„Cool, wann sollen wir uns denn treffen?"

„Also ich habe im Moment keine Verpflichtungen, daher richte ich mich ganz nach dir."

Aidan überlegte einen Moment. „Ok, wie wär's dann mit Donnerstagnachmittag, so gegen 17.00 Uhr? Dann bin ich mit meiner Reitstunde fertig und könnte dich anschließend nach Hause fahren. Du müsstest dann nur mit dem Bus hier rüberkommen, aber der fährt relativ regelmäßig."

„Abgemacht. Also Donnerstag, 17.00 Uhr, Reiterhof. Und danke nochmal, dass du dir die Zeit nimmst für meine Fragen."

„Keine Ursache. Also bis dann."

Als Aidan aufgelegt hatte merkte Caitlin, dass ihr die Hitze ins Gesicht gestiegen war. War es womöglich so etwas wie Vorfreude, Aidan wiederzusehen? Sie wollte diesem Gedanken keinen Raum geben und überlegte stattdessen, was genau sie Aidan bei ihrem Treffen fragen wollte. Und was sie anziehen sollte.

Der Donnerstag kam und Caitlin war nervös, seitdem sie die Augen aufgeschlagen hatte. Sie ahnte den Grund, versuchte aber ihre Stimmung kleinzureden. Schließlich war sie immer noch verlobt. Sozusagen. Da ihr Treffen auf einem Reiterhof stattfinden sollte, entschied sie sich für ein legeres Outfit, bestehend aus Jeans, Sneakers und einem enganliegenden Top mit Frontprint. Darüber zog sie eine oversized Jeansjacke und bearbeitete ihre Haare leicht mit dem Lockenstab. Dann machte sie sich auf den Weg zur Bushaltestelle. Aidan hatte zwar gesagt, dass die öffentlichen Verkehrsmittel in dieser Gegend ganz in Ordnung waren, immerhin gab es überhaupt welche! Allerdings fuhr der Bus nur einmal in der Stunde, was Caitlin als New Yorkerin jetzt nicht unbedingt „regelmäßig" fand. Zum Glück hatte ihr Aidan angeboten, sie nach ihrem Treffen nach Hause zu fahren, also würde sie wohl eine Tour mit dem Bus verkraften. Der Bus war fast leer. Nur zwei alte Damen und ein älterer Herr leisteten ihr auf der Fahrt in den Nachbarort Gesellschaft. Caitlin vermutete, dass die jüngeren Leute wohl alle über ein eigenes Auto verfügten. Wenn sie länger hierbleiben wollte, sollte sie sich besser auch eines zulegen. Zum Glück war die Fahrt nicht sehr lang. Sie stieg aus und sah auf ihr Handy, auf dem sich die Wegbeschreibung zum Reiterhof befand. Dieser schien ganz nah zu sein. Sie ging einen schönen Pfad entlang und sah schon bald von weitem eine steinerne Tafel mit einem Pferderelief. Auf dem Schild stand *Templeton Equestrian Centre* und zeigte Caitlin an, dass sie an ihrem Zielort angekommen war, was augenblicklich wieder ihre Nervosität aufflackern ließ. Sie bog um die Ecke und sah zu ihrer Linken den Reitplatz und davor die sehr ansprechende Außenterrasse der Gastronomie, von der Aidan gesprochen hatte. Rechts befand sich offenbar das Hauptgebäude des Reitstalls sowie der Innenbereich des Restaurants. Daran anschließend sah sie eine lange Reihe mit Pferdeboxen, aus denen immer mal wieder ein brauner, schwarzer oder gescheckter Kopf herausschaute. Am Ende dieser Reihe befand sich die überdachte Reithalle. Caitlin gefiel dieser Hof auf Anhieb. Sie blickte sich nach Aidan um, konnte ihn aber nirgends entdecken. Da sie ohnehin ein bisschen zu früh dran war, schaute sie sich auf dem Hof um und begrüßte die Pferde. Der Reiterhof war größer als Caitlin gedacht hatte, denn er ging um die Ecke herum, wo sich nochmal ungefähr doppelt so viele Stallungen befanden wie auf den ersten Blick ersichtlich. Schnell war sie in ihrem Element und streichelte einem nach dem anderen Pferd den Kopf. Dabei sprach sie ihnen automatisch und unbewusst gut zu. Plötzlich hörte sie eine vertraute Stimme hinter sich. „Wie ich sehe hast du schon neue Bekanntschaften gemacht." Abrupt drehte sich Caitlin um und sah in Aidans lächelndes Gesicht. Dabei fragte sie sich, ob seine Augen immer schon so strahlend blau gewesen waren oder ob es am Sonnenlicht lag, das nun durch die Wolkendecke brach. Als sie ihren Blick von seinen Augen abwandte bemerkte sie, dass er ein Polohemd, Reithosen und Reitstiefel trug und damit wahnsinnig attraktiv aussah. „Hey, ja, der hübsche Junge hier hat mir geholfen, die Wartezeit zu verkürzen", stammelte Caitlin nervös.

„Wie nett. Allerdings ist das eine Stute." Aidan lachte und Caitlin merkte, wie ihr die Röte ins Gesicht stieg. „Oh, davon hat sie mir gar nichts gesagt. Vielleicht ist sie ein trans-gender Pferd."

Aidan zog irritiert eine Augenbraue nach oben und Caitlin hätte sich für ihren dummen Spruch am liebsten selbst geohrfeigt. Was sollte Aidan denn von ihr denken? „Also, sollen wir dann mal rüber auf die Terrasse gehen? Du wolltest doch mit mir über etwas sprechen, wenn ich mich recht erinnere?", wechselte er charmant das Thema.

„Ja, genau. Ich will deine Zeit auch nicht länger als nötig in Anspruch nehmen." Schon wieder so ein blöder Spruch. Caitlin hatte keine Ahnung, was heute mit ihr los war. Aidan lächelte zwar, erwiderte aber nichts. Als sie an der Terrasse ankamen, hielt er einen Moment inne. „Hier gibt es leider nur Selbstbedienung. Was möchtest du trinken? Dann hol' ich das schnell und die Befragung kann beginnen."

Caitlin hätte aufgrund ihrer Nervosität gut etwas Alkoholisches gebrauchen können, hatte aber die Befürchtung, dass sie dann nur noch mehr Blödsinn von sich geben würde. „Ich hätte gern ein Wasser. Oder nein, gibt es hier vielleicht Eistee?"

„Ich glaube schon. Ich seh' mal, was sich machen lässt." Während Aidan die Getränke holte hatte Caitlin einen Moment Zeit, durchzuatmen. Sie musste sich zusammenreißen, ansonsten würde Aidan sofort durchschauen, dass seine Anwesenheit sie nervös machte und diesen Eindruck wollte sie ihm auf gar keinen Fall vermitteln. Als sie einen Tisch auf der Terrasse gefunden hatte sah sie plötzlich, dass Aidan mit einer jungen Blondine in ein Gespräch vertieft war. Sie schienen sich gut zu amüsieren und Caitlin konnte nicht verhindern, dass eine gewisse Eifersucht in ihr aufkeimte. Krampfhaft versuchte sie, sich nichts anmerken zu lassen.

Schließlich war das hier kein Date und Aidan ihr nichts schuldig. Vielleicht war die junge Frau seine Freundin. Gegen sie hätte Caitlin vermutlich keine Chance, dafür sah die junge Frau einfach zu umwerfend aus. Sie zwang sich wegzugucken und drehte ihren Stuhl stattdessen Richtung Reitplatz.

„Sorry, dass es etwas gedauert hat. Ich wurde aufgehalten." Caitlin verkniff sich einen Kommentar und dankte Aidan für den Eistee.

„Also, dann schieß' mal los", sagte er und trank einen Schluck von seiner Cola.

„Ja, also, ich weiß gar nicht so recht, wie ich anfangen soll. Ich habe im Haus meines Onkels eine Kiste mit alten Sachen meiner Urgroßeltern gefunden, darunter auch ein Tagebuch und viele Briefe meiner Urgroßmutter. Sie ist 1923 nach Amerika ausgewandert. In ihren Briefen und Tagebucheinträgen, die sie zwischen 1916 und 1923 in Irland verfasst hat, schreibt sie manchmal über Menschen und Dinge, die ich nicht so ganz verstehe. Ich denke, sie nimmt Bezug auf historische Ereignisse und Persönlichkeiten. Und da ich mich nicht so gut in irischer Geschichte auskenne und du ja Ire bist, dachte ich, du könntest mir da vielleicht helfen. Also, manche Dinge besser zu verstehen, meine ich."

Aidan war mächtig beeindruckt. „Wow, das klingt wahnsinnig interessant. Vielleicht kannst du mir diese Schriftstücke bei Gelegenheit mal zeigen. Also, falls es in Ordnung für dich und nicht zu persönlich ist. Du musst nämlich wissen, dass ich in meiner Freizeit als Hobby-Historiker unterwegs bin. Das beantwortet auch gleich deine Frage, ob ich dir helfen kann. Ja, das kann ich. Sehr gerne sogar."

Caitlin strahlte. „Danke, das ist wirklich sehr freundlich von dir."

„Aber ich muss dich warnen. Das ist eine turbulente Zeit gewesen, 1916 bis 1923. Erster Weltkrieg, Osteraufstand, Unabhängigkeitskrieg, Bürgerkrieg. Nicht gerade die friedlichste Zeit in der Geschichte Irlands. Dagegen leben wir heutzutage geradezu in paradiesischen Zuständen." Sie unterhielten sich noch ungefähr eine Stunde, nicht nur über Caitlins Fragen, sondern auch über persönlichere Dinge. Caitlin erzählte Aidan von ihrer Herkunft, allerdings erwähnte sie nichts von ihrem untreuen Verlobten und ihrer geplatzten Hochzeit. Aidan erzählte ihr, dass er ein Fernstudium in BWL absolvierte, um eine solide Ausbildung zu haben. Abgesehen davon arbeitete er hier auf dem Reiterhof als Reitlehrer, nahm aber auch selbst an Turnieren als Springreiter teil.

„Pferde sind meine große Leidenschaft", schwärmte er mit glänzenden Augen. „Mein Traum ist es, irgendwann einen eigenen Reiterhof mit Gestüt zu besitzen. Nicht so einfach, aber, naja, es schadet sicher nichts, Träume zu haben."

„Und auch nicht zu versuchen, sie Realität werden zu lassen", meinte Caitlin. Sie sahen sich einen Augenblick schweigend an. „Da hast du wohl recht." Er erhob sein Cola-Glas und hielt es in Caitlins Richtung. „Auf unsere Träume. Mögen sie alle in Erfüllung gehen."

Caitlin stieß lächelnd mit Aidan an. „Auf unsere Träume!"

Als Aidan Caitlin später nach Hause brachte, machten sie gleich einen neuen Termin aus, um sich zu treffen. Da Caitlin das Haus ihres Onkels für sich alleine hatte, beschlossen sie, ihr nächstes Treffen hier abzuhalten. Eine Weile blieb sie noch im Türrahmen stehen und blickte Aidan nach, als er sein Auto aus der Einfahrt manövrierte. Sie hatte die Zeit mit ihm sehr genossen und hoffte, dass es ihm ähnlich ergangen war. Er hatte irgendetwas an sich, was Caitlin auf Anhieb sympathisch fand. Und dabei spielte sein gutes Aussehen noch eine untergeordnete Rolle. Obwohl sie sich heute zum ersten Mal längere Zeit unterhalten hatten, hatte Caitlin das Gefühl gehabt, ihn schon ewig zu kennen. Normalerweise war sie bei fremden Personen erst mal eine Weile zurückhaltend und brauchte eine gewisse Zeit, um aufzutauen. Aber bei Aidan war das anders. Er war ihr direkt vertraut vorgekommen. Schon merkwürdig.

Eine nasse Zunge an ihrer Hand riss sie aus ihren Gedanken. „Ist ja schon gut Scotty. Du bekommst ja jetzt dein Abendessen." Caitlin warf noch einen letzten Blick auf die verlassene Straße und schloss dann die Haustür.

Kapitel 11

Port Kirrie, Juni 2007

Schon zwei Tage später trafen sich Caitlin und Aidan wieder, um über die Schriftstücke zu sprechen. Sie setzten sich in den gemütlichen Wintergarten in die Lehnsessel und Scotty legte sich auf den Teppich davor, um nichts zu verpassen. Caitlin hatte Tee gekocht und diesen zusammen mit einem Teller Keksen auf den Beistelltisch gestellt.

„So, nun bin ich aber mal gespannt", sagte Aidan aufgeregt. „Ist sehr spannend, einen Blick in die Vergangenheit werfen zu können."

Caitlin reichte Aidan das Tagebuch. Sie beobachtete ihn dabei, wie er sorgsam die alten Seiten umblätterte und den ein oder anderen Eintrag überflog. Als er fertig war, gab er ihr fast ehrfurchtsvoll das Buch zurück. „Wow, das ist wirklich ein kostbares, historisches Dokument, das du da gefunden hast."

„Ja. Das ist es. Aber die anderen Dinge, die sich in der Kiste befinden, haben ebenso ihren Reiz. Briefe, Bilder und sogar das Hochzeitskleid meiner Urgroßmutter aus dem Jahr 1920." Aidan hörte fasziniert zu. „Das ist echt total interessant. Hast du die Briefe schon gelesen? Und was für Bilder sind das?"

„Alte Familienfotos. Ein paar wenige aus der Zeit in
Irland, aber hauptsächlich aus der Zeit, nachdem
meine Urgroßmutter in die USA ausgewandert ist. Teilweise sogar aus ihren letzten Lebensjahren."

Aidan nickte gedankenversunken. „Dann kannst du
ja quasi das ganze Leben deiner Urgroßmutter anhand
der Bilder rekonstruieren. Das ist echt toll. Ich
wünschte, ich hätte auch so alte Dinge von meiner Familie."

Aidan griff nach dem Hochzeitsfoto von Caitlins Urgroßeltern. „Ist das deine Urgroßmutter?", fragte er interessiert.

„Ja. Und mein Urgroßvater Padraig. Er ist aber schon
früh gestorben. Während des Bürgerkrieges. Danach ist
meine Urgroßmutter mit meiner Granny nach Amerika ausgewandert, um ein neues Leben zu beginnen."

„Das muss doch hart für sie gewesen sein. Warum ist
dein Urgroßvater denn schon so früh gestorben? Hat er
aktiv gekämpft?"

„Keine Ahnung. Meine Granny weiß es angeblich
nicht. Ihre Mutter hat nie darüber gesprochen. Es muss
sie wohl sehr mitgenommen haben."

„Kann ich mir denken. Vielleicht können wir es ja
herausfinden."

Caitlin sah ihn fragend an. „Ich wüsste nicht wie. Außerdem war es doch damals häufig, dass Menschen in
jungen Jahren starben. Wenn es einen besonderen
Grund gegeben hätte, wüsste man in meiner Familie
doch sicher etwas darüber. Vielleicht ist er einfach nur
einer Krankheit erlegen."

„Ja, kann sein. Aber man kann ja nie wissen. Weißt du
denn, in welchem Jahr er gestorben ist?"

Caitlin überlegte einen Moment. „Nicht genau. Meine Urgroßmutter ist 1923 nach Amerika gekommen, da muss mein Urgroßvater also schon tot gewesen sein."

„Wenn du möchtest, kann ich dir helfen, mehr darüber herauszufinden", schlug Aidan vor. „Ich meine, naja, ich kann es versuchen. Leider kann ich dir keine Garantie geben, dass wir erfolgreich sein werden. Aber Ahnenforschung ist mein Steckenpferd und die Geschichte deiner Urgroßmutter klingt sehr interessant. Wie es der Zufall so will, ist mein Großvater auch sehr an solchen Sachen interessiert. Er kennt sich recht gut aus mit der Geschichte unseres Landes. Wenn du willst, können wir ihn besuchen und ein bisschen ausquetschen."

Caitlin musste über Aidans Eifer lachen. Sie freute sich sehr, bei der Suche nach Antworten auf ihre Familiengeschichte einen Verbündeten gefunden zu haben.

Einige Tage später waren Caitlin und Aidan auf dem Weg zu einem Gespräch mit dessen Großvater, der in Lisdoonvarna lebte. Ausgerechnet Lisdoonvarna, die Heimat des ominösen Matchmakers. Einen kurzen Moment überlegte Caitlin, ob Aidans Anwesenheit in ihrem Leben vielleicht doch etwas mit ihm zu tun hatte, verwarf diesen Gedanken aber schnell wieder.

Sie hielten vor einem kleinen Reihenhaus mit gepflegtem Vorgarten, in dem von einem Fahnenmast die irische Fahne wehte.

„Sehr patriotisch", bemerkte Caitlin.

Aidan lachte. „Ja, in zunehmendem Alter betont er seine Herkunft immer mehr, keine Ahnung warum."

Aidan klingelte. Nur einige Sekunden später wurde die Tür geöffnet und ein kleiner, weißhaariger Mann mit ebenso weißem Schnurrbart stand vor ihnen. „Dachte ich mir doch, dass ich vor der Tür etwas gehört habe", sagte er belustigt.

„Du bist doch fast taub, Großvater. Gib's zu, du hast mal wieder vor dem Fenster gehangen und die Nachbarn ausspioniert", lachte Aidan.

Sein Großvater war empört. „So etwas würde ich niemals tun, das habe ich gar nicht nötig. Und mach' dich nicht über mein schlechtes Gehör lustig. Das hat nichts mit dem Alter zu tun, sondern ist eine ehrenhafte Kriegsverletzung."

Aidan drehte sich zu Caitlin und erklärte: „Mein Großvater hat als junger Mann als Pilot der Royal Air Force an der Battle of Britain teilgenommen. Einmal wurde er über dem Meer abgeschossen, hat aber wie durch ein Wunder überlebt. Allerdings hat sein Gehör dabei Schaden genommen und seitdem ist er schwerhörig. Im Alter ist es noch schlimmer geworden, auch wenn er das nicht wahrhaben will."

„Was erzählst du da über mich?"

Aidan ignorierte die Frage seines Großvaters und ging stattdessen dazu über, ihm Caitlin vorzustellen.

„Ah, die junge Dame aus dem fernen Amerika! Ich bin Aidans Großvater, wie du wohl schon gehört hast. Aber du darfst mich gerne Mick nennen", sagte er. „Na dann kommt mal rein, ich habe extra Kaffee und Kuchen vorbereitet."

Sie traten in das gemütliche Wohn- und Esszimmer. Aidan und Caitlin setzen sich an den großen, voluminösen Tisch aus Eichenholz, während der ältere Herr ihnen Kaffee einschenkte. „Also, nun erzählt mal. Ich habe gehört, ihr wollt etwas mit mir besprechen oder Informationen haben oder so ähnlich." Caitlin erzählte Mick grob von ihrer Entdeckung.

„Ich würde gerne ein paar Informationen über die geschichtlichen Hintergründe in Irland zwischen 1916 und 1923 bekommen. Und im Idealfall herausfinden, warum mein Urgroßvater schon so jung gestorben ist. Es ist mir klar, dass meine Vorfahren am anderen Ende von Irland, in Dublin, gelebt haben, aber Aidan meinte, Sie würden sich in ihrer Freizeit viel mit irischer Geschichte beschäftigen. Daher hatten wir die Hoffnung, Sie könnten uns vielleicht irgendwelche Tipps geben, wo wir mit der Suche beginnen sollen oder mir auch einfach allgemein etwas über die Geschichte Irlands in dieser Zeit erzählen. Ich habe nämlich nicht so viele Kenntnisse auf dem Gebiet."

Mick überlegte einen Moment, bevor er antwortete. „Also das mit der Recherche kann ich euch auch nicht genau sagen. Das ist nach so langer Zeit natürlich schwierig, da es keine Zeitzeugen mehr aus dieser Zeit gibt. Und wenn man kaum Anhaltspunkte oder Informationen hat, ist es schwer etwas herauszufinden. Allerdings habe ich zufällig eine besondere Beziehung zu Dublin, denn dort wurde ich 1923 geboren. Leider bin ich dann schon bald mit meinen Eltern nach England gezogen."

Caitlin sah Aidan erstaunt an. „Ach, ich wusste gar nicht, dass dein Großvater in Dublin geboren wurde. Und dann noch im gleichen Jahr wie meine Großmutter"!"

Aidan zuckte mit den Schultern. „Darüber habe ich tatsächlich gar nicht nachgedacht. Aber da er zu der Zeit noch ein Baby war, ist er als Zeitzeuge nicht sehr hilfreich.“

„Leider nein“, erwiderte sie nachdenklich.

„Ich kann mal nachsehen, ob ich etwas Brauchbares für euch finde. Das kann aber unter Umständen eine Weile dauern “, sagte Mick.

„Das macht nichts, Großvater. Ich könnte dir am Wochenende dabei helfen, denn zu zweit kommt man bekanntlich schneller voran.“

Caitlin war gerührt, dass ihr wildfremde Menschen bei ihrer Ahnenforschung helfen wollten. Dieses Engagement hatte sie nicht erwartet.

„Es wäre hilfreich, wenn du uns die Namen deiner Urgroßeltern aufschreiben könntest. Für den Fall der Fälle“, meinte Aidan an Caitlin gewandt.

„Na klar. Sie hießen Maureen Gallagher, geboren am 23. April 1902 in Dublin und Padraig O'Halloran, geboren am 12. November 1900 ebenfalls in Dublin. Und gestorben sein müsste er vor Juni 1923, denn da ist meine Urgroßmutter nach Amerika ausgewandert.“

Während Aidan sich die Namen und Daten notierte, fasste Caitlin den Entschluss ihre Großmutter mal explizit nach gewissen Dingen zu fragen. Die wusste doch vermutlich am besten über das Leben ihrer Eltern Bescheid. Wieso war ihr das nicht schon viel eher in den Sinn gekommen?

Mick erzählte Caitlin im Verlauf des Nachmittags einiges aus seinem eigenen bewegten Leben. Abgerundet wurde das Ganze durch einen Crashkurs in irischer Geschichte für den Zeitraum von 1916 bis 1923, mit diversen Ausflügen in ältere Zeiten, weil er der Meinung war, dass dies wichtig für das Gesamtverständnis wäre.

Als sie wieder auf dem Heimweg waren, gingen Caitlin tausend Dinge durch den Kopf.

Aidan entging ihr abwesender Gesichtsausdruck nicht.

„Das war bestimmt ein bisschen viel für dich, oder?", fragte er mitfühlend. „Wenn mein Großvater erstmal anfängt über Geschichte zu sprechen, hört er so schnell nicht wieder auf."

„Das ist schon in Ordnung. Ich fand seine Erzählungen wirklich interessant. Und ich finde ihn sehr sympathisch. Man kann ihm gut zuhören, auch längere Zeit."

Aidan lächelte zufrieden. Er hielt vor ihrem Haus und brachte sie noch persönlich bis zur Haustür. „Ich hoffe, der Ausflug hat dir ein wenig geholfen. Obwohl du ja mehr über die Lebensgeschichte meines Großvaters gehört hast, als dass es dich auf der Suche nach deiner Familiengeschichte weitergebracht hat."

„Da wäre ich mir nicht so sicher", antwortete Caitlin. „Dein Großvater hat mich vielleicht auf eine neue Spur gebracht. Ich meine, er ist der gleiche Jahrgang wie meine Großmutter. Ich denke, ich werde sie so schnell wie möglich anrufen und mal ausfragen. Wer weiß, vielleicht kann sie sich an das ein oder andere erinnern, was ihre Mutter oder andere Verwandte ihr mal erzählt haben."

Aidan stimmte ihr zu. „Es wäre immerhin ein Anfang. Und denk dran, wenn du Hilfe brauchst, kannst du mich jederzeit kontaktieren. Ich will jetzt selber wissen, was damals passiert ist. Das ist wirklich spannend, weil es hier nicht um einen Film, sondern um reale Ereignisse und Menschen geht. Am besten treffen wir uns nächste Woche nochmal. Dann kann ich dir sagen, was bei der Recherche meines Großvaters herausgekommen ist."

„Hört sich gut an", antwortete Caitlin. „Aber ich glaube, jetzt muss ich mich erstmal um Scotty kümmern. Der Arme ist heute etwas zu kurz gekommen."

„Bestell' ihm schöne Grüße von mir. Ich muss dann jetzt auch mal los. Die Arbeit ruft. Also bis dann."

„Bis dann", rief Caitlin. Sie schloss die Tür auf und widmete ihre Aufmerksamkeit sofort Scotty, der sie offenbar schon sehnsüchtig erwartet hatte. Nachdem sie ihn versorgt und ihr schlechtes Gewissen mit Hundeleckerli beruhigt hatte, rollte er sich zufrieden in seinem Hundekorb zusammen. Caitlin brühte sich eine Tasse Ingwertee auf, setzte sich in den Wintergarten und dachte nach. Das waren viele Eindrücke und Impulse, die ihr der Besuch bei Aidans Großvater gebracht hatte und sie brauchte einige Zeit, um ihre Gedanken zu sortieren und einordnen zu können. Dann musste sie überlegen, wie sie nun weiter vorgehen wollte. Als erstes würde sie das Gespräch mit ihrer Großmutter suchen. Sie blickte auf die Uhr: 17 Uhr 30. Das hieß, dass es zu Hause jetzt 11 Uhr 30 war. Caitlin wusste, dass ihre Großmutter immer um Punkt 13 Uhr zu Mittag aß und sich danach ein Mittagsschläfchen gönnte. Vielleicht wäre es also keine schlechte Idee, sie jetzt einmal kurz anzurufen. Sie wollte ihr erstmal nur eine einzige Frage stellen, das dauerte schließlich nicht lange. Außerdem brauchte Caitlin die Gewissheit, ob jemand in der Familie von Paddys Schicksal wusste oder nicht. Sie griff zum Telefonhörer und wählte die Nummer ihrer Großmutter. Es klingelte. Und klingelte. Und klingelte. Als Caitlin gerade auflegen wollte, hörte sie eine abgehetzte Stimme am anderen Ende der Leitung: „Ja, bitte?“

„Hallo Granny, ich bin's, Caitlin. Ich hoffe, ich habe dich nicht gestört?“

„Caitlin, das ist ja eine schöne Überraschung. Nein, nein, du störst natürlich nicht. Aber ich bin leider nicht mehr die Schnellste und war gerade in der Küche. Wie geht es dir mein Kind? Ist es nicht ganz furchtbar, so mutterseelenallein in einem fremden Land, tausende Kilometer von der Heimat entfernt?“

Caitlin war von der Fürsorge ihrer Großmutter gerührt. „Alles Bestens, Granny. Du brauchst dir keine Sorgen zu machen. Ich wollte dich nur mal etwas fragen. Ich habe auf Onkel Pauls Dachboden einige Dinge deiner Mutter gefunden, darunter auch alte Briefe und ein Hochzeitsfoto von deinen Eltern. Ich weiß, dass dein Dad schon jung gestorben ist, aber weißt du auch warum? Nur so aus Neugierde?“

Für einige Sekunden blieb es am anderen Ende der Leitung still. Nach einer Weile antwortete Caitlins Großmutter: „Tut mir leid, mein Kind. Das kann ich dir leider nicht sagen.“

„Und weißt du zufällig sein genaues Sterbedatum? Ich würde gerne etwas Ahnenforschung für unsere Familie betreiben.“

„Auch da kann ich dir leider nicht helfen. Meine Mutter hat nur sporadisch über ihn gesprochen und ich habe nie genauer nachgefragt. Das habe ich im Nachhinein oft bedauert, aber es ist jetzt nicht mehr zu ändern. Ich weiß nur, dass er schon tot war, als wir nach Amerika gegangen sind. Wann und wieso kann ich dir leider nicht sagen."

Caitlin war enttäuscht darüber, dass sie das Telefongespräch mit ihrer Großmutter kein Stück weitergebracht hatte. Wäre sie bloß zu Lebzeiten ihrer Urgroßmutter kein Kind gewesen oder zumindest eines, das sich für die Vergangenheit seiner Familie interessiert hätte. Hätte sie doch bloß damals schon von den turbulenten Zeiten gewusst, in denen ihre Urgroßeltern als junge Leute gelebt hatten! Und hätte sie ihre Urgroßmutter doch nur nach ihrem Urgroßvater und den Umständen seines frühen Todes gefragt, dann müsste sie jetzt nicht mühsam nach der Nadel im Heuhaufen suchen. Vermutlich würde sie ohnehin nie eine Antwort darauf bekommen. Aber im Moment war das Bedürfnis sehr groß, es wenigstens zu versuchen. Allerdings hatte sie einfach keine Ahnung, wo und wie sie anfangen sollte zu suchen. Hätte sie das genaue Todesdatum ihres Urgroßvaters gewusst, hätte sie sicher bei den Behörden etwas in Erfahrung bringen können, denn es musste irgendwo dokumentiert worden sein. Caitlin ärgerte sich, dass dummerweise alle Menschen, die etwas darüber wissen konnten, bereits verstorben waren. Ihre Großmutter war ihre einzige Hoffnung gewesen, Informationen aus erster Hand zu bekommen, aber offensichtlich hatte deren Mutter ihr nichts von diesen Dingen erzählt. Vielleicht wäre es besser, die Sache einfach auf sich beruhen zu lassen. Aber Caitlin hatte Feuer gefangen und ihre Neugierde war zu groß, als dass sie die Sache einfach ad acta legen konnte. Sie dachte noch mal über die Dinge nach, die sie wusste. Was sie etwas merkwürdig fand, war die Tatsache, dass nach dem Tod ihres Urgroßvaters anscheinend nicht viel über ihn gesprochen worden war. Sollte man seinem Kind nicht von seinem verstorbenen Vater erzählen, damit es sich ein Bild machen konnte? Es schien Caitlin fast, als hätte ihre Urgroßmutter ihrer Großmutter absichtlich so gut wie nichts von ihrem Vater erzählt. Aber warum nur? Das war doch komisch. Vielleicht steckte doch irgendetwas Ungewöhnliches dahinter. Je länger Caitlin darüber nachdachte, desto motivierter wurde sie, der Sache auf die Spur zu kommen. Und glücklicherweise hatte sie in Aidan einen leidenschaftlichen Unterstützer gefunden. Sie freute sich schon auf ihre nächsten Treffen, die hoffentlich früher oder später Antworten auf ihre Fragen liefern würden.

Kapitel 12

Dublin, April 1920

Sie trafen sich im Morgengrauen in einer alten Schneiderei. Es musste äußerst vorsichtig und behutsam vorgegangen werden, denn sie durften sich nicht anmerken lassen, dass sie einen wichtigen Auftrag zu erledigen hatten. Joe und Paddy saßen im obersten Stockwerk des Gebäudes, dicht aneinander gedrängt, und lauschten den Instruktionen. „Die Ablösung wird gegen sieben Uhr stattfinden. Und wir werden dafür sorgen, dass es dazu nicht kommt. Ihr wisst hoffentlich alle noch, was ihr zu tun habt?" Die versammelten Männer nickten ernst. „In Ordnung. Dann macht euch jetzt bereit, wir haben keine Zeit zu verlieren." Den Männern wurden Waffen ausgehändigt. Dann machten sie sich nacheinander auf den Weg nach unten. Ihr Ziel war es, einen Wagen der *Royal Irish Constabulary* anzuhalten und die Männer von ihrem Dienstantritt abzuhalten. Für Paddy war es der erste Einsatz unter Waffen. Er hatte in der Vergangenheit nur spioniert und Informationen weitergegeben, sich aber bisher nicht an bewaffneten Überfällen beteiligen dürfen. Das sollte heute anders werden. Spätestens seit der Ermordung des Corker Bürgermeisters Tomas Mac Curtain, der vor ziemlich genau einem Monat vor den Augen seiner Frau und seines Sohnes in seinem eigenen Haus ermordet worden war und das auch noch an seinem Geburtstag, brannte Paddy förmlich darauf, es den Leuten, die dafür verantwortlich waren, heimzuzahlen. Und zwar mit gleicher Münze. Sein Eifer hatte vermutlich überzeugt, denn er durfte sich an dem Anschlag beteiligen. Für Paddy war klar, dass sich Irlands Freiheit nur mit der Waffe erreichen ließ, eine diplomatische Sprache kannten die Briten nicht und wurde von ihnen auch nicht gehört. Für sie zählte nur die gewaltsame Durchsetzung ihrer Herrschaft und genauso musste man auch mit ihnen umspringen. Paddy und die anderen Männer versteckten sich hinter einer Hauswand und beobachteten die Straße, auf der der Wagen langkommen musste. Im Moment war noch alles ruhig und niemand zu sehen. Dies nutzen einige ihrer erfahreneren Männer und platzierten schnell ein Hindernis auf der Straße und zwar so, dass es von dem Fahrer erst im letzten Moment gesehen werden konnte. Das sollte verhindern, dass er frühzeitig eine Ausweichmöglichkeit fand. Der Wagen würde also kurz anhalten müssen und in dieser Sekunde würden Paddy und die anderen zuschlagen. Eine gefühlte Ewigkeit verharrten sie in ihrer Stellung, bis sie endlich Motorengeräusche wahrnahmen.

„Bereit machen, Männer", flüsterte ihnen jemand zu und Paddy griff intuitiv nach seiner Pistole, wobei er die Straße nicht aus den Augen ließ. Er durfte nichts falsch machen. Er wollte den anderen unbedingt zeigen, dass er bereit war, für Irland zu kämpfen und, wenn es nötig war, zu töten. Wie erwartet stoppte der Wagen genau vor ihnen und ehe die Männer auf dem

Wagen begriffen, dass sie in eine Falle gelockt worden waren, eröffneten Paddy und seine Kameraden das Feuer. Einige Sekunden ging das so, bis die Männer begannen, zurückzufeuern und Paddy und die anderen den Befehl bekamen, sich zurückzuziehen.

„Komm jetzt, Paddy!“, ermahnte Joe und zerrte ihn gegen seinen Willen von dem Ort der Schießerei weg. Sie hatten einige Männer getroffen, aber zwei von ihnen nahmen die Verfolgung auf. Paddy, Joe und die anderen rannten kreuz und quer durch die engen Gassen von Dublin und kletterten über Mauern, um ihren Verfolgern zu entkommen, was ihnen schlussendlich gelang. Als die Luft wieder rein war, fanden sie sich wieder in der alten Schneiderei ein, um über den Angriff zu sprechen.

„Ich bin stolz auf euch Männer“, verkündete ihr Anführer. „Wir haben fünf von ihnen getötet, und die zwei, die entkommen sind und euch verfolgt haben, kriegen wir dann eben nächstes Mal. Ich werde Mick von diesen Ereignissen berichten und ihm sagen, dass er hier Männer hat, auf die er sich uneingeschränkt verlassen kann.“

Paddy verspürte einen gewissen Stolz, dass Michael Collins von ihren Taten erfahren sollte. Schon seit längerem bewunderte er den Geheimdienstchef der IRA, der bereits 1916 im Osteraufstand gekämpft hatte, und seinen unermüdlichen Kampf für Irlands Freiheit. Für Paddy war er ein irischer Held. Er wollte genauso werden wie er und hoffte, ihn eines Tages persönlich zu treffen. Und im Idealfall würden sie dann Seite an Seite kämpfen. Doch im Moment waren dies noch hochfliegende Träume, dessen war sich Paddy bewusst. Er würde sich erstmal weiter bei Aktionen wie der heutigen beweisen müssen.

Neben seinem Einsatz für die IRA und Irland durfte er jedoch nicht vergessen, dass er in zwei Monaten heiraten wollte. Maureen hatte ihn deshalb schon öfters ermahnt, da sie der Ansicht war, er würde zu viel Zeit mit dem Krieg verschwenden, anstatt sich um sie und ihre Zukunft zu kümmern. Den Vorwurf wollte er nicht auf sich sitzen lassen und er hatte sich geschworen, in Zukunft mehr Zeit mit ihr zu verbringen. Zumindest so viel, dass sie keinen Grund hatte, sich zu beschweren. Er war an diesem Tag zum Mittagessen bei Maureens Familie eingeladen, worauf er wenig Lust hatte. Wie sehr er sich darauf freute, bald mit Maureen in eine eigene Wohnung zu ziehen und endlich ungestört zu sein. Als er gerade an der Tür von Maureens Wohnung klopfen wollte, wurde diese bereits von ihr geöffnet. „Du bist tatsächlich gekommen. Ich hatte ja so meine Zweifel", sagte sie in einem Tonfall, der Paddy aufhorchen ließ.

„Warum sollte ich nicht kommen? Wir waren schließlich verabredet, oder?"

„Das waren wir in der Vergangenheit auch öfters und dann ist immer etwas Wichtiges dazwischengekommen."

„Ich weiß, aber ich habe mich stets dafür entschuldigt. Und es waren wirklich äußerst wichtige Notfälle."

„Natürlich, das sind es ja immer", zischte sie ihn an. „Du scheinst zu vergessen, dass wir bald heiraten wollen. Im Moment bin ich mir allerdings nicht sicher, ob es überhaupt so weit kommt. Ich habe eher die Befürchtung, dass ich als erste Frau in der Geschichte Irlands schon Witwe werde, bevor ich überhaupt geheiratet habe."

Paddy verstand Maureens Ängste, konnte sich bei dieser Aussage aber das Lachen nicht verkneifen, wofür er sich prompt schämte.

„Du scheinst das alles sehr lustig zu finden. Vielleicht findest du es ja noch lustiger, wenn ich unsere Verlobung auflöse. Dann kannst du von morgens bis abends auf die Jagd nach Briten gehen und von mir aus Irland heiraten."

Paddy ging einen Schritt auf Maureen zu und nahm sie in die Arme. Widerwillig ließ sie es zu. „Nun übertreib doch nicht gleich. Du willst doch nicht wirklich unsere Verlobung auflösen und die Hochzeit platzen lassen?"

„Doch, das will ich", antwortete sie trotzig. „Du hast doch überhaupt keine Zeit mehr für mich. Du liebst Irland viel mehr als mich."

Paddy versuchte, seine Verlobte zu beschwichtigen. „Du weißt genau, wie sehr ich dich liebe. Aber Irland liebe ich auch und du tust es genauso, davon bin ich überzeugt. Und genau deshalb muss ich im Moment gewisse Dinge tun. Es ist unsere Heimat und soll auch die Heimat unserer Kinder werden. Ich gebe zu, im Moment ist alles etwas schwierig und teils grausam, aber es kommen bessere Zeiten, das verspreche ich dir. Wenn dieser Krieg erst gewonnen ist, wirst du sehen, dass sich alles gelohnt hat. Ich glaube fest daran."

Maureen schmollte wortlos vor sich hin.

„Hör zu. Ich verspreche dir, bis zu unserer Hochzeit kürzer zu treten. Damit du nicht schon vor der Hochzeit Witwe wirst." Er lachte und Maureen musste sich zusammenreißen, es ihm nicht gleichzutun.

„Du machst dich lustig über mich, dass ist nicht nett."

„Ich mache mich nicht lustig. Ich liebe dich und daher will ich dich heiraten und mein Leben mit dir verbringen. Es wird alles wieder gut. Versprochen." Er küsste sie erst auf die Stirn, dann auf den Mund und Maureen war fürs Erste wieder etwas beruhigt.

„Versprich mir bitte, dass du immer gut auf dich aufpasst und dich nicht in irgendwelche waghalsigen Abenteuer stürzt. Das ist es nicht wert."

Paddy dachte anders darüber, hielt es aber für klüger, nicht zu widersprechen. „Versprochen. Und jetzt lass uns reingehen. Wir wollen doch deine Familie nicht mit dem Essen warten lassen."

Am Morgen der Hochzeit wurde Dublin von einem heftigen Regenschauer heimgesucht, was Maureen an den Rand eines Nervenzusammenbruchs brachte. „Das ist ein schlechtes Omen", rief sie aufgelöst. „Jeder weiß doch, dass Regen am Hochzeitstag Unglück bringt."

Ihre Schwester, die ihr beim Ankleiden half, versuchte sie zu beruhigen, aber vergebens. Glücklicherweise lockerte sich der Himmel im Laufe des Vormittags auf und als sie gegen zwölf Uhr an der *Christ Church Cathedral* ankamen, wurden sie von strahlendem Sonnenschein empfangen. Maureen schritt am Arm ihres Vaters den Mittelgang entlang und sah Paddy herausgeputzt am Altar stehen. In diesem Moment waren alle ihre Ängste und Befürchtungen vergessen. Ihr wurde schlagartig klar, dass dies der Mann war, mit dem sie den Rest ihres Lebens verbringen wollte, auch wenn sie in der vergangenen Zeit hin und wieder Zweifel gehabt hatte, ob sie das Richtige tat. Dies bezog sich allerdings weniger auf Paddy als Person, den sie über alles liebte, als auf seine immer mehr Zeit in Anspruch nehmenden Aktivitäten im Dienste Irlands. Aber jetzt spielte das alles keine Rolle. Nach ihrer Hochzeit würde sie es schaffen, ihn zu überzeugen, mit ihr nach Amerika auszuwandern und dort ein neues Leben zu beginnen. Da war sie sich ganz sicher.

Nach der Trauung versammelte sich die ganze Hochzeitsgesellschaft in einem gemieteten Saal und feierte bis in die frühen Morgenstunden. Als alle Gäste gegangen waren, saßen Paddy und Maureen alleine in ihrem Hotelzimmer, das Freunde für sie gebucht hatten und ließen die letzten Stunden Revue passieren. „Hat dir der Tag gefallen?", fragte Paddy liebevoll und gab seiner Frau einen zärtlichen Kuss aufs Haar. „Sehr. Es war wirklich der bisher schönste Tag in meinem Leben. Ich habe immer gedacht, dass es nur eine Floskel ist, wenn jemand so etwas sagt. Aber es ist wirklich so."

Paddy lächelte zufrieden. „Tut mir bloß leid, dass wir fürs erste keine Flitterwochen haben werden. Aber ich verspreche, dass wir diese so schnell wie möglich nachholen."

„Ich brauche gar keine Flitterwochen. Ich möchte nur mit dir zusammen sein und das kann genauso gut in Dublin wie in Amerika sein." Maureen hielt einen Moment inne. „Apropos Amerika", versuchte sie das Gespräch zaghaft auf ein Thema zu lenken, das ihr schon lange auf dem Herzen lag. „Wie sieht es eigentlich mit unserer Zukunft aus? Wir hatten doch darüber gesprochen, dass wir in Übersee ein neues Leben anfangen wollen.“

Paddy seufzte. „Ja, das hatten wir. Aber das muss ja nicht gleich morgen sein, oder? Die momentane Lage erfordert es, dass ich bis auf Weiteres hierbleibe. Ich habe geschworen, für Irlands Freiheit meinen Beitrag zu leisten und diesen Schwur werde ich auch einhalten. Das verstehst du doch sicher.“

Nein, Maureen hatte kein großes Verständnis für Paddys Meinung. Ihr lag Irland zwar auch am Herzen, aber Paddys Bereitschaft, alles andere hintenan zu stellen, gefiel ihr gar nicht. „Aber du bist doch jetzt verheiratet, da solltest du dich in erster Linie um deine Familie kümmern.“

„Genau das tue ich doch, das habe ich dir schon mehrmals versucht zu erklären. Es geht nicht nur darum, die Briten aus unserem Land zu verjagen. Es geht darum, in unserem Land selbstbestimmt zu leben. Nur so können unsere Kinder und Enkel ein gutes Leben haben. Oder willst du, dass sie in Armut, Unterdrückung und Unterwerfung leben müssen?“

„Natürlich nicht. Aber darum müssen sich die Politiker kümmern und nicht du. Und außerdem möchte ich, dass meine Kinder in Amerika in Freiheit leben.“

„Wenn wir hier fertig sind, brauchen wir nicht mehr nach Amerika zu gehen. Dann ist Irland ein freies Land mit unbegrenzten Möglichkeiten. Wäre das nicht wunderbar?“

Maureen erwiderte nichts. Im Moment konnte sie sich einfach nicht vorstellen, dass in Irland mal Verhältnisse herrschen würden, in denen ein gutes Leben möglich war. Bisher hatte sie nur Armut, Unterdrückung und Gewalt kennengelernt.

„Mick Collins braucht jeden von uns. Und wenn er mich ruft bzw. mir einen Auftrag erteilt, werde ich ihm folgen. Er wird uns helfen, unser Land in die Freiheit zu führen."

Maureen wurde sauer. „Dein Michael Collins kennt dich überhaupt nicht und er kümmert sich auch nicht darum, wenn du in seinem Auftrag draufgehst. Er lässt euch Jungs die Drecksarbeit machen und erntet am Schluss die Lorbeeren."

„Hör' auf, so über ihn zu reden!", rief Paddy verärgert. „Du hast überhaupt keine Ahnung von solchen Dingen. Und er ist nicht so, wie du denkst. Du redest wie ein beschissener Engländer, ist dir das eigentlich klar?"

Maureen war über die Art und Weise, wie Paddy mit ihr sprach, schockiert. Sie sprang auf, stellte sich mit verschränkten Armen vor das Fenster und starrte hinaus in die Dunkelheit. „Du weißt ja nicht was du da redest. Gleich morgen gehe ich zur Kirche und lasse unsere Ehe annullieren. Hätten wir dieses Gespräch doch nur gestern geführt, dann hätte ich dich nie geheiratet." Sie begann bitterlich zu weinen und Paddy wusste nicht, was er machen sollte. Er hätte diese Worte nicht sagen dürfen, allerdings sah er sich abgesehen davon nicht im Unrecht, ganz im Gegenteil. Daher hatte er auch keine große Lust, sich bei Maureen zu entschuldigen. Intuitiv wusste er jedoch, dass er das besser tun sollte. Er ging zu ihr hinüber und schlang die Arme um sie. „Tut mir leid, ich habe das alles nicht so gemeint. Es sind schwierige Zeiten. Verzeihst du mir?“

Sie antwortete zuerst nicht. „Du hast dich verändert, Padraig O'Halloran.“

„Nein, das habe ich nicht. Aber die Zeiten haben sich verändert. Wenn wir jetzt nicht bis zum Ende kämpfen, dann war alles umsonst. Dann sind unsere Männer, die so tapfer während des Osteraufstandes gekämpft haben, genauso umsonst gestorben wie die Opfer, die wir seit dem Beginn des Krieges zu beklagen haben. Und das dürfen wir nicht zulassen. Ich verspreche dir, dass ich mich in Zukunft etwas zurückhalten werde und mich nicht unnötig in Gefahr bringe.“ Paddy hatte ein schlechtes Gewissen, dass er Maureen in dieser Hinsicht belog, hatte aber an ihrer Reaktion gemerkt, dass sie für die Sache einfach kein Verständnis hatte. Und schließlich wollte er auch nicht ständig mit ihr streiten. Wenn es nicht anders ging, musste er eben von nun an eine Art Doppelleben führen und sie über seine Aktivitäten im Unklaren lassen beziehungsweise diese vor ihr geheim halten. Der Krieg würde nicht ewig dauern und danach würde alles besser werden und Maureen einsehen, dass sie im Unrecht gewesen war. Dann würde sie ihm vielmehr danken, dass er so tapfer und unermüdlich für Irlands Freiheit gekämpft hatte.

„Meinst du das ernst?“, fragte Maureen misstrauisch.

Paddy nickte. „Natürlich. Schließlich will ich mich nicht mit dir streiten. Dennoch werde ich hin und wieder Kleinigkeiten erledigen müssen, vielleicht Botengänge oder Ähnliches.“

„Aber du wirst dich nicht an irgendwelchen Mordaufträgen beteiligen.“

Paddy fiel es schwer seine Fassade aufrechtzuerhalten. „Nein, nichts dergleichen. Nur unterstützende Arbeit. So viel musst du mir zugestehen, denn ich kann hier nicht tatenlos rumsitzen, während unsere Freiheit in erreichbare Nähe gerückt ist.“

„In Ordnung. Ich denke, das kann ich tolerieren. Und ich verzeihe dir. Ausnahmsweise.“ Sie küssten sich zur Versöhnung und genossen den Rest ihrer Hochzeitsnacht, so wie es sich gehörte.

Kapitel 13

Port Kirrie, Juni 2007

Eine Woche war seit dem Besuch bei Aidans Großvater vergangen, als Caitlins samstägliches Frühstück unerwartet durch einen Telefonanruf gestört wurde. Es war Aidan.

„Hey, ich wollte mal fragen, ob du heute schon was vorhast? Ich weiß, es ist etwas kurzfristig, aber das Wetter soll richtig gut werden. Daher dachte ich, es wäre eine gute Gelegenheit, dir mal ein paar Instagram-taugliche Plätze in der Umgebung zu zeigen."

„Instagram-tauglich?", fragte Caitlin verwundert.

„Naja, es gibt doch so viele Leute, die um die Welt reisen, um atemberaubende Fotos für diese Plattform zu bekommen."

„Und du denkst, ich bin so jemand? Dass es mir wichtig ist, wenn fremde Menschen meine Bilder liken und ich mir dann toll vorkomme?" Am anderen Ende der Leitung wurde es still. „Ähm ... naja ... nicht unbedingt. Ich meine ja nur, dass ist doch momentan angesagt, oder? Ist ja auch egal, vergiss einfach, was ich gesagt habe. Fakt ist, es ist schönes Wetter und ich würde gerne die irische Gastfreundschaft unter Beweis stellen und dir ein paar nette Plätzchen in der Umgebung zeigen. Also, hast du Lust?"

Caitlin fand den Anruf zwar etwas merkwürdig, willigte aber sehr gerne ein. Etwas mehr Vorlauf und Planung hätte sie zwar besser gefunden, aber wenn Aidan sie schon einlud, konnte sie natürlich nicht nein sagen. Im Gegenteil, sie freute sich sehr darauf, ihn wiederzusehen.

Bereits eine halbe Stunde später stand er bei ihr vor der Tür und holte sie ab.

„Sollen wir den da mitnehmen?", fragte Aidan und zeigte lachend auf Scotty, der sich schon vor der Haustür positioniert und bereitgemacht hatte.

„Ist dieser Ort denn neben seiner Social-Media-Tauglichkeit auch Hunde-tauglich?"

„Ja, ich denke schon. Allerdings auch sehr von Touristen überlaufen. Bei dem Wetter und am Wochenende werden wir dort definitiv nicht alleine sein."

Caitlin überlegte einen Augenblick. Scotty war relativ anstrengend, wenn er auf andere Menschen traf, da er ständig zu ihnen lief und sie freudig begrüßen wollte, egal, ob er sie kannte oder nicht. Und es gab nicht wenige Leute, die etwas gegen so aufdringliche Hunde hatten. „Ich denke, wenn viele Menschen da sind, ist das nichts für ihn. Und für die anderen Menschen auch nicht." Caitlin beugte sich zu ihm herunter und versuchte, sich nicht von seinem traurigen Hundeblick weichkochen zu lassen. „Tut mir leid, mein Junge. Du kannst leider nicht mitkommen, aber ich verspreche dir, dass ich heute Abend mit dir einen ausgiebigen Strandspaziergang mache, damit du den Möwen nachjagen kannst."

Scotty schien einen Moment über das Angebot nachzudenken, dann antwortete er mit einem zustimmenden Bellen. Caitlin gab ihm zur Beschwichtigung noch ein großes Stück Wurst und machte sich dann mit Aidan auf den Weg. „Wo fahren wir denn eigentlich hin?", fragte sie, als sie im Auto saßen.

„Lass dich überraschen. Es ist aber gar nicht weit, eigentlich hätten wir fast zu Fuß gehen können."

Die Überraschung hielt nicht besonders lange an, da schnell Schilder das Ziel ihres Ausflugs verrieten.

„*Cliffs of Moher*", las Caitlin laut vor. „Hört sich gut an. Was genau ist das?"

„Das sind wahrscheinlich die bekanntesten Steilklippen in Irland. Das Panorama ist großartig und es wurde schon oft als Filmkulisse verwendet. Oder für Instagram-Posts." Aidan lachte und Caitlin ebenso. Sie stiegen auf dem Besucherparkplatz aus und Caitlin bemerkte, dass Aidan einen großen Rucksack aus dem Kofferraum holte.

„Was ist das denn?", fragte sie verwundert, obwohl sie die Antwort schon ahnte.

„Das sind Zutaten für ein Picknick. Wenn man einen Ausflug macht, gehört ein ordentliches Picknick dazu. Ist das in den USA etwa anders?"

Caitlin lachte. „Kommt drauf an. Aber meist passt das schon ganz gut."

Sie machten sich auf den Weg und Aidan hatte nicht zu viel versprochen. Die Aussicht war einfach atemberaubend und die Klippen, die teilweise senkrecht aus dem aufgepeitschten Meer aufragten, hatten für Caitlin eine magisch-mystische Ausstrahlung. Sie hätte sich nicht gewundert, wenn jeden Augenblick eine Fee vorbeigeschwebt oder ein Einhorn den Weg entlanggaloppiert wäre. „Das ist schon echt imposant“, sagte sie gedankenverloren.

Aidan sah sie lächelnd an. „Ja, manchmal bedient Irland tatsächlich die Klischees, die Touristen ihm gerne zuschreiben. Aber selbst für mich als Einheimischen ist diese Landschaft und auch andere Sehenswürdigkeiten immer wieder faszinierend. In diesen Momenten kann ich mit Fug und Recht behaupten, dass ich stolz bin, Ire zu sein.“

„Ja, das ist wohl auch mehr als ein Klischee. Der stolze, patriotische Ire.“ Beide mussten lachen.

„Hast du Hunger?“, fragte Aidan nachdem sie eine Weile entlang der Klippen spazieren gegangen waren. Caitlin nickte. Also suchten sie sich ein nettes Plätzchen und machten ein Picknick, bei dem sie die wundervolle Aussicht genossen und sich über Gott und die Welt unterhielten. Als sie beide gleichzeitig nach demselben Cupcake greifen wollten, berührten sich ihre Finger für einen kurzen Moment. Beide sahen sich erschrocken an, mussten dann aber lachen.

„Ladys first“, meinte Aidan gentlemanlike und reichte ihr den Cupcake. Caitlin merkte, wie ihr die Röte ins Gesicht stieg und auch Aidans Gesicht hatte eine nervöse Färbung angenommen. Um die merkwürdige Situation zu beenden fing Caitlin an, Aidan über irische Mythologie auszufragen. Etwas Besseres fiel ihr auf die Schnelle nicht ein. Aidan schien ein Themenwechsel ebenfalls willkommen und er hatte sofort ein paar Geschichten auf Lager, die er Caitlin bereitwillig erzählte.

Als Aidan Caitlin am späten Nachmittag wieder nach Hause brachte, bedauerte sie, dass der Tag so schnell vorbeigegangen war. Sie hatte die Zeit mit Aidan sehr genossen. Er war ein guter Reiseführer und hatte Sinn für Humor. Und sah dabei noch umwerfend aus. Alles in allem fast zu perfekt, um wahr zu sein. Dabei durfte sie solche Dinge doch gar nicht denken.

„Ich hoffe der Ausflug hat dir gefallen", sagte er zum Abschied. „Auch wenn die Einladung zugegebenermaßen etwas kurzfristig war."

„Kein Problem. Es war wirklich ein schöner Tag."

„Fand ich auch. Also dann. Ich muss mich etwas beeilen, weil ich gleich noch eine Reitstunde habe." Er machte sich bereit zum Gehen.

„Sag' mal, hast du eigentlich noch mal etwas von deinem Großvater gehört? Wegen der Recherche?", rief ihm Caitlin hinterher.

Er drehte sich zu ihr um. „Bisher nicht. Aber ich kann gerne nochmal nachfragen."

„Nein, nicht nötig. Mach dir keinen Stress. Es ist ja auch etwas kompliziert."

Aidan lächelte. „Kompliziert heißt ja nicht gleich aussichtslos. Manchmal dauert es eben, bis man Antworten auf seine Fragen bekommt." Caitlin sah Aidan lächelnd an.

„Ok, dann werde ich versuchen, mich mehr in Geduld zu üben."

„Das ist die richtige Einstellung." Er umarmte sie zum Abschied und Caitlin musste zugeben, dass es sich gut anfühlte. „Also, dann. Wir sehen uns", sagte er und sah sie für einen kurzen Moment mit einem Blick an, den Caitlin nicht zu deuten wusste. Dann stieg er in seinen blauen Golf, schenkte ihr noch mal sein umwerfendes Lächeln und fuhr nach Hause. Caitlin blieb irritiert zurück. Sie befürchtete, dass sie auf dem Weg war, unangebrachte Gefühle für Aidan zu entwickeln. Das konnte sie im Moment wirklich nicht gebrauchen. Besonders nicht, bevor die Sache mit Eric geklärt war. Schließlich war sie offiziell noch verlobt. Es wäre schon längst an der Zeit gewesen, mit ihm ein klärendes Gespräch zu führen, aber Caitlin fürchtete sich vor diesem Schritt. Lange würde sie das aber nicht mehr aufschieben können. Immerhin war das der Grund, warum sie überhaupt nach Irland gekommen war und alle erwarteten, dass sie schon bald zurückkehrte. Aber in diesem Moment wollte sie nicht über New York und seine Bewohner nahdenken. Sie beschloss, sich von ihren Gedanken abzulenken und landete wieder beim Nachlass ihrer Urgroßmutter. Sie nahm sich die Briefe vor. Und das waren einige. Die meisten stammten von Freunden und Familienangehörigen und enthielten mehrheitlich Trivialitäten aus ihrem Alltag. Dann fand sie jedoch einen, der sich von den anderen unterschied. Mehr noch, er gab ihr ein neues Rätsel auf. Der Brief datierte vom 27. April 1924, also aus der Zeit, als ihre Urgroßmutter bereits in den USA gelebt hatte und er war an ihre Schwester Helen in Irland adressiert. Caitlin wunderte sich, dass der Brief im Nachlass ihrer Urgroßmutter gelandet war. Hatte sie ihn vielleicht gar nicht abgeschickt? Oder war er zurückgekommen, da er unzustellbar gewesen war? Sie besah sich den zugehörigen Briefumschlag konnte aber keine Hinweise darauf erkennen, dass er nicht ursprünglich ordnungsgemäß zugestellt worden war.

Liebe Helen,

ich hoffe es geht euch allen gut. Ich habe mich mit Rosie so weit gut eingelebt. Joe hat Arbeit in einer Fabrik bekommen und muss immer so lange arbeiten, dass wir uns im Moment kaum sehen. Aber wir brauchen das Geld und haben die Hoffnung, dass die Zeiten besser werden. Hast du schon etwas für mich herausfinden können? Ich weiß, es ist schwierig, aber ich gebe die Hoffnung nicht auf, Klarheit in dem Punkt zu bekommen. Ich weiß, dass mein Sohn lebt. Ich habe ihn schreien gehört, es war ein gesundes Schreien. Irgendetwas stimmt nicht und es macht mich wahnsinnig, dass ich nicht weiß, was passiert ist. Wieso durfte ich ihn nicht wenigstens ein letztes Mal sehen und in den Armen halten? Darf man einer Mutter etwa verwehren, sich von ihrem Kind zu verabschieden? Mir wurde es verwehrt und dafür gibt es meines Erachtens nur einen Grund. Er lebt und man hat ihn mir weggenommen. Nur weiß ich nicht, warum. Und wo er hingekommen ist. Es zerreißt mir das Herz, meine Vermutung auszusprechen, aber ich befürchte, Paddy hat etwas damit zu tun. Er hatte ihn im Arm, als ich eingeschlafen bin. Als ich wieder aufwachte, war er weg und als er wiederkam sagte er, dass unser Sohn tot sei. Aber ich glaube ihm nicht. Ich habe mein Baby nie wiedergesehen und die arme Rosie muss ohne ihren Bruder aufwachsen. Ich hoffe so, du kannst mir helfen, Antworten zu finden. Versprich mir, dass du alles versuchst!
Ich melde mich bald wieder,
deine große Schwester Maureen

Als Caitlin den Brief beendet hatte, konnte sie nicht glauben, was sie gerade gelesen hatte. Ihre Großmutter hatte einen Bruder und ihre Urgroßmutter war der festen Überzeugung, dass man ihn ihr nach der Geburt weggenommen hatte. Das war einfach unglaublich. Caitlin hatte mit ihrer Recherche eigentlich nur herausfinden wollen, warum ihr Urgroßvater so jung gestorben war, aber nun sah sie sich mit einem neuen Rätsel in ihrer Familie konfrontiert. Von dieser Geschichte hatte sie noch nie gehört. Wusste ihre Großmutter davon? Und wenn ja, warum hatte sie es nie erzählt? Oder hatte Maureens Schwester die Antwort darauf gefunden und es hatte sich alles geklärt? Caitlin schwirrte der Kopf. Hastig durchsuchte sie die anderen Briefe und überflog sie nach Hinweisen auf des Rätsels Lösung, aber vergeblich. Ihr schwirrte der Kopf. Was sollte sie jetzt nur machen? Wie sollte sie vorgehen? Klar war nur eines: sie wollte unbedingt herausfinden, was passiert war. Jetzt hatte sie schon zwei Fragen, auf die sie Antworten suchte. Das machte die Dinge noch komplizierter. Gab es möglicherweise sogar einen Zusammenhang? In ihrem Brief schrieb Maureen ihrer Schwester von ihrem Verdacht, dass Paddy etwas mit der Sache zu tun haben könnte. War dort vielleicht der Grund seines frühen Todes zu suchen? Hatte er möglicherweise sich selbst das Leben genommen, weil er seinem Kinde etwas angetan hatte? Caitlin versuchte, solchen Gedanken keinen Raum zu geben. Schließlich waren dies alles nur Spekulationen und sie durfte keine falschen Schlüsse ziehen. Sie brauchte Fakten und Beweise. Nur, wo sollte sie diese herbekommen? Sie würde so bald wie möglich mit Aidan darüber sprechen. Durch ihre neuen Erkenntnisse hatte sie einen guten Grund, ihn wieder zu kontaktieren und sich mit

ihm zu treffen. Dass dabei noch andere Dinge eine
Rolle spielten, musste er ja nicht wissen.

Kapitel 14

Dublin, November 1920

Obwohl Paddy Maureen geschworen hatte, er würde sich in Zukunft nicht mehr in aktiver Weise am Unabhängigkeitskampf beteiligen, hatte er dies nie ernsthaft in Erwägung gezogen. Im Gegenteil. Wenn sein großes Vorbild Unterstützung brauchte, war Paddy bereit, seinen Beitrag zu leisten. Und dies war am Sonntagmorgen des 21. November 1920 der Fall. Paddy und die anderen hatten einen Auftrag zu erledigen, den sie nur allzu gerne ausführten. In verschiedenen Gruppe machten sie sich im Morgengrauen auf den Weg, um britische Agenten in deren Privatwohnungen zu liquidieren. Die Aktion war ein voller Erfolg und man fühlte sich stolz, dass ihnen solch ein Coup gelungen war. Leider war die Freude darüber nur von kurzer Dauer. Die Briten forderten Vergeltung und noch am selben Tag sollten sie diese bekommen. Am Nachmittag fand im altehrwürdigen *Croke-Park Stadium* ein *Gaelic Football* Spiel zwischen Dublin und Tipperary statt. Die Briten entsandten eine *Black and Tans* Truppe ins Stadion, die plötzlich und ohne Vorwarnung das Feuer auf Spieler und Zuschauer eröffnete. Vierzehn Menschen kamen dabei ums Leben. Paddy erreichte die Nachricht, als er mit Joe und zwei weiteren Jungs zusammen in einem

Versteck hockte und weitere Pläne besprach. Plötzlich
klopfte jemand aufgeregt an die Tür. Erschrocken zuckten sie zusammen und wurden plötzlich mucksmäuschenstill. Das Herz schlug ihnen bis zum Hals, als auf
einmal von draußen eine bekannte Stimme ertönte.
„Jungs? Seid ihr da?“

Ihnen allen fiel ein Stein vom Herzen und Joe sprach
seufzend aus, was alle dachten: „Sean!“

Paddy sprang auf und ließ ihren Kameraden hinein.
„Hast du etwa schon wieder unser geheimes Klopfzeichen vergessen?“

„Tut mir leid, Jungs. Das war die Aufregung, ich bin
nämlich den ganzen Weg gerannt. Im *Croke Park* ist
was passiert. Die verfluchten *Black and Tans*.“ Dann erzählte Sean den anderen von dem Massaker im Stadion.

„So eine Scheiße. Was sind das nur für Barbaren? Rache an unschuldigen Zivilisten zu nehmen, das sieht
diesen Leuten wieder mal ähnlich“, empörte sich
Paddy. „Wir töten wenigstens Leute, die es nicht anders
verdient haben, aber was haben Zuschauer und Spieler
mit unserem Kampf zu tun?“

Die Euphorie vom Vormittag war augenblicklich verflogen. Die Nachricht vom „Croke Park Massaker“
hatte sie zutiefst erschüttert, dennoch mussten sie sich
zusammenreißen, um ihr Ziel nicht aus den Augen zu
verlieren. Das waren sie Irland und den Männern, die
für ihr Land gestorben waren, schuldig. Gerade in den
letzten Wochen hatte Irland wieder einige neue Märtyrer hinzubekommen. Nachdem der Bürgermeister von
Cork, Tomas MacCurtain, im März brutal ermordet
worden war, war sein Nachfolger Terence MacSwiney

im August wegen dem Besitz aufrührerischer Schriften zu einer zweijährigen Gefängnisstrafe verurteilt worden. Dort war er mit anderen Gefangenen in einen Hungerstreik getreten und Ende Oktober, am 74. Tag seines Hungerstreiks, gestorben. Und nur einige Tage später, am 1. November, wurde der erst 18-jährige Kevin Barry im *Mountjoy Prison* gehängt, weil er an einer Aktion beteiligt gewesen war, bei der drei junge britische Soldaten getötet worden waren. Und heute nun die Toten vom *Croke Park*. Paddy saß nach vorne gebeugt auf seinem Stuhl und stützte das Gesicht in seine Hände. Auch die anderen schienen betroffen. War es das wirklich alles wert? All das Leid und Elend, all die Toten? Man war sich schnell einig, dass es das war. Trotz allem, was passiert war, musste der Kampf weitergehen, jetzt erst recht. Die Guerilla-Taktik, die Michael Collins ihnen befohlen hatte, schien trotz der Verluste, die es gegeben hatte, erste Erfolge zu zeigen und würde die Briten hoffentlich früher oder später in die Knie zwingen.

„Wir dürfen jetzt nicht aufgeben", sprach Jimmy Gleeson, Joes Bruder, ihnen Mut zu. „Wir wussten, dass unser Kampf nicht leicht werden würde, aber wir sind trotz allem noch lange nicht geschlagen. Wir müssen einfach weitermachen und dann werden wir am Ende auch siegreich sein."

Als Paddy am frühen Abend nach Hause kam, fiel es ihm schwer, seine fröhliche Fassade aufrecht zu erhalten, was von Maureen nicht unbemerkt blieb. „Was ist los mit dir?", fragte sie besorgt. „Ist etwas passiert?"

„Hast du es denn noch nicht gehört? Die *Black and Tans* haben im *Croke Park* ein Massaker angerichtet. Sie haben einfach auf Spieler und Zuschauer geschossen und es gab viele Tote und Verletzte. Diese Schweine."

Maureen rannte zu Paddy herüber und umarmte ihn. „Du meine Güte, wie schrecklich. Warst du etwa dabei?" Einen Moment überlegte Paddy, ob er ihr das nicht tatsächlich vorgaukeln sollte, entschied sich dann aber dagegen.

„Nein, aber ich war mit Joe und Jimmy zusammen Karten spielen. Ein Kumpel hat uns davon erzählt."

Maureen drückte ihn so fest an sich, dass es Paddy schon fast unangenehm wurde. „Und genau deshalb will ich nicht, dass du dich an irgendwelchen illegalen Aktivitäten beteiligst. Wenn man schon nicht mehr bei einem Fußballspiel sicher ist, dann erst recht nicht bei anderen Aktivitäten. Du willst doch wohl nicht enden wie Kevin Barry, oder?"

Natürlich wollte Paddy das nicht. Er wollte sich nicht von den Briten schnappen und aufhängen lassen. Aber für Irland sein Leben zu geben, wenn es sein musste, darüber hatte er schon öfters nachgedacht und fand diese Vorstellung gar nicht so abwegig. Natürlich nur im äußersten Notfall und wenn es sich gar nicht verhindern ließ. Aber er hatte nicht vor, sich schnappen zu lassen. Ganz bestimmt nicht.

Maureen ließ ihn wieder los und sah ihm ernst ins Gesicht. „Übrigens habe ich in der Nachbarschaft gehört, dass es heute Morgen Angriffe auf Briten gegeben hat. Mordanschläge." Sie sah ihn intensiv an und Paddy hatte Mühe, ihrem Blick standzuhalten.

„Das freut mich, das haben die Dreckskerle verdient."

Maureen sah ihren Ehemann misstrauisch an. „Du hast hoffentlich nichts damit zu tun, oder?"

Paddy blieb standhaft und setzte sein Pokerface auf. „Wie kommst du denn darauf?“, fragte er betont erstaunt. „Ich habe dir doch versprochen, dass ich mich nur noch passiv beteiligen werde. Zweifelst du etwa an meinen Worten?“

Maureen war sich nicht sicher. „Als ich aufgewacht bin, warst du aber nicht da.“

Paddy schluckte einen Moment. „Ja, aber nur, weil ich bei der Bäckerei war. Das hast du doch gesehen und geschmeckt, oder?“ Maureen war sich unsicher, ob sie ihm glauben sollte. Sie wollte es so gerne, aber sie kannte auch seinen Dickkopf und seine Starrsinnigkeit, wenn er sich etwas in den Kopf gesetzt hatte und von einer Sache überzeugt war. Das bereitete ihr große Sorgen. „Ich weiß nicht, was ich glauben soll. Es ist alles so anders geworden. Du bist so oft unterwegs und sagst mir nicht, wo du hingehst.“

„Aber doch nur, um dich zu schützen. Ich sagte dir doch, ich werde für Irlands Freiheit kämpfen, wenn auch nicht an vorderster Front, aber auf alle Fälle im Hintergrund. Und dafür muss ich nun mal auch Dinge erledigen. Aber heute Morgen war ich nur in der Bäckerei.“

„Ich habe Angst um dich!“, brach es aus Maureen heraus.

Paddy nahm sie in den Arm. „Das weiß ich doch, mein Herz. Und ich fühle mich geehrt. Aber du siehst ja selbst, was heute passiert ist. Nicht einmal als Zivilist ist man vor den britischen Kugeln sicher. Ich werde mit den anderen dafür sorgen, dass Irland wieder ein sicherer Ort wird. Für jeden von uns. Vertrau’ mir einfach.

Wenn wir erst gewonnen haben, dann wird alles einfacher und die Zeit der Sorgen und Entbehrungen werden der Vergangenheit angehören."

„Wenn es doch nur schon so weit wäre", seufzte Maureen.

„Bald meine Liebste. Bald."

Kapitel 15

Port Kirrie, Ende Juni 2007

Als Caitlin am nächsten Morgen die Augen aufschlug, fasste sie den Plan, Aidan so schnell wie möglich die neuen Erkenntnisse mitzuteilen. Aus diesem Grund fuhr sie am Nachmittag zum _Templeton Equestrian Centre_. Zwar war sie sich unsicher, wie er darauf reagieren würde, wenn sie an seiner Arbeitsstelle auftauchte, aber die Neuigkeiten konnten einfach nicht warten. Und er hatte gesagt, dass er ihr bei ihrer Familienforschung helfen wollte. Immerhin ging es nicht mehr nur um einen zu früh verstorbenen Urgroßvater, sondern auch um das mysteriöse Schicksal eines Kindes. Um genau zu sein, einem vermeintlichen Bruder von Caitlins Großmutter. Sie hatte bisher nur von zwei jüngeren Brüdern ihrer Großmutter gewusst, die aus der zweiten Ehe ihrer Urgroßmutter stammten. Von denen war der eine als junger Mann einem Unfall zum Opfer gefallen und der andere vor zwei Jahren gestorben. Diese beiden waren definitiv nach 1924 geboren, also musste ihre Urgroßmutter tatsächlich schon vorher einen Sohn gehabt haben. Caitlin rauchte der Kopf. Wenn sie gewusst hätte, mit was für komplizierten Dingen sie hier in Irland konfrontiert werden würde, wäre sie vermutlich in New York geblieben und hätte Eric geheiratet. Sie war nach Europa gekommen, um Ruhe und Entspannung zu finden, damit sie sich über ihre Zukunft klarwerden konnte. Stattdessen hatte sie rätselhafte Bruchstücke aus der Vergangenheit ihrer Ahnen gefunden, von denen sie nicht wusste, was sie zu bedeuten hatten und wie sie Licht ins Dunkel bringen konnte. Noch dazu die Begegnung mit Aidan. Ihr Leben schien stetig komplizierter zu werden.

Als Caitlin das Schild am Eingang des Reiterhofes erblickte, wurde sie nervös. Wie würde Aidan wohl reagieren, wenn sie ohne Ankündigung in seinem Arbeitsrevier auftauchte? Sie warf einen Blick auf den Hof und bekam sofort innerlich einen Stich versetzt, als sie Aidan sah. Er saß auf der Terrasse bei einem Drink und schien sich gut zu amüsieren, denn er lächelte sein umwerfend natürliches Lächeln. Allerdings nicht zu ihr, denn er war nicht allein. Neben ihm und offenbar ebenfalls guter Laune, saß die Blondine, mit der Caitlin Aidan schon beim letzten Mal gesehen hatte. Sie war wohl ebenfalls Reiterin, denn sie trug eine Reithose, Reitstiefel und ein pinkfarbenes Polohemd. Caitlin war für einen Augenblick wie paralysiert. Eigentlich hätte sie es sich doch denken können. Ein sympathischer, humorvoller und gut aussehender Kerl wie Aidan war wohl kaum Single. Vor allem nicht, wenn er als Reitlehrer arbeitete, wo ungefähr 99% der Schüler weiblich waren. Reitlehrer, also das war doch schon fast so klischeehaft wie Skilehrer. Caitlin wäre am liebsten sofort umgekehrt, aber nach einem Augenblick der Schockstarre meldete sich plötzlich eine latente Eifersucht in ihr. Caitlin wusste nicht genau, woher dieses starke Gefühl kam. Immerhin wartete in New York ihr Verlobter auf sie, mit dem sie dringend ein klärendes Gespräch führen musste. Zudem hatte sie sich geschworen, sich in nächster Zeit ausschließlich auf sich selbst und ihre Bedürfnisse zu konzentrieren. Es war nun wirklich nicht der richtige Zeitpunkt, weitere komplizierte Beziehungen anzufangen. Caitlin atmete tief durch und straffte die Schultern. Sie musste vernünftig sein. Erstens wusste sie nicht mit Sicherheit, ob die Blondine wirklich Aidans Freundin war. Außerdem sollte das keine Rolle spielen, denn sie hatte schließlich nur Geschäftliches mit ihm zu besprechen. Zumindest versuchte sie, sich das einzureden. Caitlin atmete noch einmal tief durch und ging dann auf die beiden zu. Bevor sie ein Wort sagen konnte, hatte Aidan sie bereits entdeckt. Einen Moment schien er über ihre Anwesenheit überrascht, begrüßte sie dann aber herzlich. „Caitlin, was machst du denn hier? Waren wir etwa verabredet?“

Caitlin blickte flüchtig zu der Blondine rüber, die Aidan erstaunt und interessiert ansah, aber nichts sagte. „Nein, keine Sorge. Ich bin spontan vorbeigekommen, weil ich mit dir reden wollte. Und ich dachte, im Zweifel finde ich dich hier.“ Caitlin lachte und gab sich alle Mühe, die hübsche Frau neben ihm zu ignorieren. Aidan lachte ebenfalls.

„Ja, das war gar keine schlechte Idee. Schließlich verbringe ich viel Zeit auf diesem Hof. Darf ich dir meine Kollegin Katrina vorstellen? Ich glaube, ihr kennt euch noch nicht. Also Caitlin Katrina, Katrina Caitlin.“

Die beiden Frauen gaben sich mit einem etwas gezwungenen Lächeln die Hand. Caitlin mochte sie jetzt schon nicht und sie war sich sicher, dass Katrina dasselbe über sie dachte. „Du bist also diese Amerikanerin, richtig? Aidan hat mir schon viel von dir erzählt."

Mir von dir nicht das kleinste bisschen, dachte Caitlin, sprach es aber nicht aus. „Was hat er denn so erzählt, ich hoffe nur Gutes." Caitlin hätte sich für diesen plumpen Spruch am liebsten selbst geohrfeigt.

Katrina lächelte nur verschwörerisch, antwortete aber nicht. „Ok, Aidan, ich muss dann mal wieder an die Arbeit. Ist nicht mehr viel Zeit bis zum Turnier. Bis dann." Katrina umarmte ihn zum Abschied so intensiv, als wolle sie ihn sich einverleiben und Caitlin musste unweigerlich an eine Schlange denken, die ihr hilfloses Opfer mit einem Bissen verschlang. Als sie endlich gegangen war, bot Aidan Caitlin an sich zu setzen und ihr einen Drink zu holen.

„Nein danke, ich wollte auch gar nicht lange stören. Ich wollte dir nur etwas mitteilen, was ich gestern entdeckt habe und was mich vor neue Herausforderungen bezüglich meiner Familienforschung stellt."

Aidans Gesichtsausdruck barg eine Mischung aus Verblüffung und Neugierde. Caitlin erzählte ihm von dem Brief, den sie gefunden hatte und davon, dass sie bisher nichts von einem Bruder ihrer Großmutter gewusst hatte, der in Irland zur Welt gekommen war. Aidan hörte aufmerksam zu und Caitlin konnte ihm ansehen, dass seine Gedanken in Bewegung geraten waren.

„Das hört sich unglaublich interessant an. Aber kann es nicht sein, dass das Baby doch gestorben ist und deine Urgroßmutter es einfach nicht wahrhaben wollte? So was soll vorkommen."

„Keine Ahnung. Aber hältst du es nicht für möglich, dass eine Mutter einfach spürt, dass ihr Baby noch lebt, egal, was man ihr erzählen will? So eine Art sechster Sinn oder Mutterinstinkt?"

Aidan machte ein verunsichertes Gesicht. „Ich glaube, da bin ich der falsche Ansprechpartner. Mit Mutterinstinkten kenne ich mich nicht so gut aus."

Caitlin überging seinen Einwand und führte ihre Gedanken einfach fort. „Vielleicht ist an der Sache doch etwas dran. Ich will es auf jeden Fall rausfinden, aber ich habe keine Ahnung, wie ich das anstellen soll. Ich meine, falls wirklich jemand etwas vertuschen wollte und es keine offiziellen Dokumente gibt, wie soll ich dann jemals die Wahrheit herausfinden?"

Aidan machte ein ratloses Gesicht. „Es wird auf alle Fälle nicht leicht werden, soviel steht fest. Dennoch ist es nicht unmöglich, zumindest wenn das Baby wirklich überlebt haben sollte. Dann muss es ja in seinem Leben irgendwelche Spuren hinterlassen haben, wenn wir auch nicht wissen, wo und unter welchem Namen."

Beide schwiegen für einen Augenblick. „Wir sollten versuchen, an eine Geburtsurkunde zu kommen", schlug Aidan vor. „Selbst, wenn das Baby nach der Geburt gestorben ist, muss es doch irgendwo beurkundet worden sein. Auch in diesen turbulenten Zeiten. Oder aber eine Sterbeurkunde. Ich werde mich mal drum kümmern."

Ein paar Tage später klopfte es an Caitlins Tür, während sie gerade das Mittagessen kochte. Zuerst war sie über die Ruhestörung verärgert, da sie bereits drauf und dran war, das Fleisch in der Pfanne verbrennen zu lassen und es nicht für eine Sekunde aus den Augen lassen wollte. Ihre Stimmung besserte sich aber schlagartig, als sie Aidan vor der Tür stehen sah. „Was machst du denn hier?", fragte sie erstaunt.

„Nun ja. Ich habe Neuigkeiten, die ich dir nicht vorenthalten wollte. Sag mal brennt hier irgendwas?" Er schnupperte prüfend in die Luft und Caitlin hastete zurück in die Küche und überließ es Aidan selbst, sich hineinzubitten.

„Ich würde dir ja gerne etwas anbieten, aber ich glaube, das Essen wird diesmal nicht vorzeigbar sein. Die Pfanne ist schon etwas in die Jahre gekommen und hat ihre Beschichtung verloren. Daher kleben jetzt circa 90% von dem Fleisch am Pfannenboden." Caitlin versuchte halbwegs lustig zu klingen, was ihr aber mehr schlecht als recht gelang, da sie ihre misslungene Kochaktion alles andere als lustig fand. „Vielleicht kann ich ja noch was retten", meinte Aidan und nahm sich der Pfanne mit den Steaks an. Caitlin war es äußerst unangenehm, dass ihr das Fleisch verbrannt war. Da musste erst ein Mann kommen und ihr zeigen, wie es ging. Sehr peinlich. „Naja, ein bisschen was konnte ich retten. Holst du mal einen Teller?"

Caitlin ging wortlos zum Küchenschrank und stellte den Teller auf die Anrichte. „Der Rest scheint mir auch fertig zu sein. Ich bin mal so frei, aufzutischen." Flink wie ein Kellner hatte er das Essen auf den Teller verteilt und jonglierte ihn ins Esszimmer. Caitlin wusste kaum wie ihr geschah. Aidan benahm sich fast wie zu Hause und sie konnte nicht leugnen, dass ihr die utopische Vorstellung gefiel in Zukunft öfter ihre Mittagessen mit ihm gemeinsam einzunehmen. Aber da ging mal wieder ihre Fantasie mit ihr durch. „Möchtest du auch etwas? Wir können es uns teilen, auch wenn es etwas gewöhnungsbedürftig aussieht." Aidan lachte.

„Beurteile niemals ein Buch nach seinem Einband. Ich bin nicht wählerisch, was Essen angeht und stelle mich gerne als Versuchskaninchen zur Verfügung." Caitlin holte für Aidan einen Teller aus dem Schrank und schob ihm die Hälfte des Mittagessens rüber.

„Möchtest du auch etwas trinken?", fragte sie schnell hinterher, schließlich war sie die eigentliche Gastgeberin.

„Gern. Ein Wasser, bitte." Caitlin holte zwei Gläser und schenkte ihnen ein.

„Na dann, guten Appetit", sagte er lässig.

„Danke gleichfalls, aber erwarte nicht zu viel von dem Fleisch, die Pfanne …"

„… hat keine anständige Beschichtung mehr. Ja wenn das Werkzeug nicht stimmt, kann selbst ein Meisterkoch nicht viel ausrichten." Aidan lachte und Caitlin fragte sich, ob er sich über sie und ihre Kochkünste lustig machte.

„Was genau hast du denn für Neuigkeiten, die nicht warten können?", fragte sie, um das Thema zu wechseln.

„Ich habe mich mal wegen der Urkunden umgehört. Ich hatte ja nur die Namen deiner Urgroßeltern und ich bin davon ausgegangen, dass beide die Eltern des mysteriösen Kindes sind."

„Sag' nicht mysteriös. Es geht hier schließlich um den Bruder meiner Großmutter."

Aidan machte ein schuldbewusstes Gesicht.

„Entschuldige. Naja, jedenfalls habe ich zwei Geburtsbekundungen gefunden, die zu deinen Urgroßeltern passen. Wurden mir heute Morgen aus Dublin geschickt." Er kramte einige lose Blätter aus seiner Tasche und entfaltete sie. „Also, dass erste ist ein Mädchen namens Rosalie Mary, geboren am 12. Januar 1923 in Dublin und einen Michael Patrick."

„Das muss er sein. Grandmas andere Geschwister sind alle in Amerika geboren", freute sich Caitlin. „Ich danke dir für deine schnelle Hilfe."

„Nichts zu danken. Aber das ist noch nicht alles. Die Lebensdaten sind interessant. Hier." Er reichte Caitlin das Papier herüber. „Dieser Michael Patrick ist ebenfalls am 12. Januar 1923 in Dublin geboren. Das heißt, dass er und deine Grandma Zwillinge gewesen sein müssen."

Caitlin ließ abrupt ihre Gabel fallen. Sie konnte nicht glauben, was Aidan gerade gesagt hatte. Ihre Großmutter hatte nie erwähnt, dass sie ein Zwilling war. Oder wusste sie es gar nicht? Aber warum sollte ihre Mutter es ihr verschwiegen haben?

„Das wusste ich nicht. Bist du sicher?"

„Naja, was heißt sicher. Es steht hier in den Unterlagen. Natürlich könnten die auch falsch sein, aber das halte ich für unwahrscheinlich."

„Und hast du auch etwas zu seinem Sterbedatum gefunden? Wenn er gleich nach der Geburt gestorben ist, muss es doch etwas darüber geben." Aidan nickte.

„Sollte man meinen. Und da ich ja jetzt das Geburts- und angebliche Sterbedatum hatte, habe ich die Urkunde dazu gesucht und ... nichts gefunden."

Caitlin überkam ein Kälteschauer. Sollte ihre Urgroßmutter tatsächlich mit ihrer Vermutung recht gehabt haben, dass ihr Sohn gar nicht gestorben war? Aber warum sollte ihr Mann ihr das erzählt haben, wenn es nicht stimmte?

„Ich habe auch zur Sicherheit noch die Daten für ein paar Tage später gecheckt, aber da war nichts zu finden. Zumindest nichts Offizielles.“

„Und was machen wir jetzt?“, fragte Caitlin entmutigt. „Meine Großmutter hatte einen Zwillingsbruder, der vielleicht sogar noch am Leben sein könnte. Aber wie finden wir das heraus?“

„Das könnte schwierig werden. Du wirst mir verzeihen, dass ich nicht sämtliche Dokumente von Michael O'Hallorans gecheckt habe, die es in Irland gibt. Das sind nämlich einige.“

„Ich vergebe dir. Du kannst das noch in den nächsten Tagen nachholen.“ Caitlin lachte. „Aber mal im Ernst. Wie können wir herausfinden, was mit dem Baby passiert ist? Ich meine, falls es nicht gestorben ist?“

Aidan überlegte einen Moment. „Hast du schon mal etwas von Friedenskindern gehört? Es gibt Fälle, in denen verfeindete Familien Kinder ausgetauscht haben, um Frieden zwischen den Familien zu schließen. Eine Art Opfer. Weißt du vielleicht, ob es in deiner Familie so eine Fehde gab oder gibt?“

„Nicht dass ich wüsste. Aber wie gesagt, ich habe eigentlich nie etwas aus der Vergangenheit meiner Familie gehört und auch nicht gefragt, weil es mich nie besonders interessiert hat. Mittlerweile ist das anders, allerdings ist jetzt jeder tot, der mir Auskunft über diese

Zeit geben könnte." Caitlin stützte ihr Gesicht in die Hände und seufzte.

„Hey, Kopf hoch", sprach ihr Aidan ermutigend zu. „Wo ein Wille ist, da ist auch ein Weg. Es wird nicht einfach, aber ich denke, wir können es schaffen. Es dauert vielleicht nur etwas länger. Aber ich helfe dir gern."

Caitlin sah Aidan dankbar an. „Das musst du nicht, du hast doch schon genug zu tun mit deinem Job und deinem Reiten." Und Katrina, dachte sie betrübt.

„Das ist kein Problem, das krieg ich schon unter einen Hut. Am besten rede ich auch noch mal mit meinem Großvater. Vielleicht hat er noch ein paar nützliche Tipps für uns. Ich rufe ihn gleich mal an, wenn ich zu Hause bin."

Caitlin war gerührt. Mit Aidan an ihrer Seite hatte sie tatsächlich das Gefühl, das Geheimnis lösen zu können. Nach dem Mittagessen ging Caitlin eine Runde mit Scotty an den Strand und Aidan begleitete sie. Dabei mussten sie unweigerlich an den Plätzen vorbei, wo sie sich das erste und zweite Mal begegnet waren, was beide sehr amüsant fanden. Als sie zurück waren, plauderten sie bei einem gemeinsamen Kaffee noch eine Weile über alles mögliche, bevor Aidan am späten Nachmittag wieder zum Reitstall musste, um sich auf sein Turnier vorzubereiten. Dieses fand in zwei Wochen im *Templeton Equestrian Centre* statt. Aidan hatte Caitlin eingeladen, es sich anzusehen und obwohl sie Springreiten bisher immer als Tierquälerei angesehen hatte, hatte sie versprochen zu kommen. Alleine schon, um Katrina im Auge zu behalten.

Kapitel 16

Dublin, Dezember 1921

Am 6. Dezember 1921 trafen sich Delegierte der britischen Regierung und Abgesandte der republikanischen Führung Irlands in London, um einen Schlussstrich unter die kriegerischen Handlungen der letzten Jahre zu setzen. Dieser Anglo-Irische Vertrag beendete nicht nur den Unabhängigkeitskrieg, sondern führte auch zur Gründung des Irischen Freistaats, der den Iren ein eigenständiges Herrschaftsgebiet zusprach. Allerdings innerhalb des britischen Empire. Irland war verpflichtet, einen Treueid auf die englische Krone zu schwören. Zudem manifestierte dieser Vertrag die Teilung der Insel, da den Counties Nordirlands die Möglichkeit eröffnet wurde, aus dem Freistaat auszutreten, was diese auch prompt taten. Diese Teilung schmerzte viele Iren, vielmehr jedoch störte sie die nicht vorhandene, vollständige Autonomie.

Als Paddy von dem Ergebnis hörte, war er mieser Stimmung. „Ich glaube das einfach nicht", rief er aufgeregt, während er durch die Wohnung lief und sich die Haare raufte. Maureen saß auf dem Sofa und schaute ihren Mann ernst an. Sie verstand nicht, was sein Problem war. Hatte er nicht die letzten Jahre dafür gekämpft und sein Leben riskiert, dass Irland seine Angelegenheiten selber regeln durfte? Und so wie sie es verstand, war dies jetzt der Fall.

„Du verstehst das nicht. Du hast keine Ahnung von Politik“, schimpfte er.

„Aber du bist neuerdings Experte in diesen Dingen, oder wie?“

„Nein, aber ich weiß, dass dieser Vertrag ein fauler Kompromiss ist. Damit ist nichts gewonnen.“

„Aber dein Michael Collins findet den Vertrag eine gute Sache. Sonst hast du auch immer so viel auf seine Meinung gehalten, warum jetzt nicht mehr?“

Paddy funkelte seine Frau böse an. „Hör’ mir bloß mit diesem Collins auf. Er hat uns enttäuscht und im Stich gelassen. Schlimmer noch, er hat Irland verraten. Ich will diesen Namen nie wieder hören.“

„Das hat sich in der Vergangenheit aber ganz anders angehört. Ich dachte zeitweise, du wärst lieber mit ihm verheiratet als mit mir. Er war doch immer dein großes Vorbild.“

„Dann habe ich mich eben getäuscht. Er ist ein Verräter und ich hasse ihn.“

Maureen war Paddys Wutausbruch nicht geheuer. Ihrer Meinung nach sah er die ganze Sache viel zu ernst und das machte ihr richtig Angst. Sie versuchte ihn zu beschwichtigen. „Warte doch erstmal ab, wie sich die Dinge entwickeln. Vielleicht wird es gar nicht so schlimm wie du es dir vorstellst, im Gegenteil. Auch wenn dieser Vertrag noch nicht perfekt ist, so ist er immerhin ein Schritt in die richtige Richtung.“

Paddy stand mit in die Hüfte gestemmten Händen vor dem Fenster. „Nein, ist es nicht. Wir bleiben weiterhin

Marionetten der Briten und das ist nicht das, wofür wir gekämpft haben. Ich kann die Vertragsbefürworter nicht verstehen. Wie können sie nur so dumm sein? Sie haben so getan, als liege ihnen Irland am Herzen und dann verraten sie es und ziehen den Schwanz ein vor den Briten. Sie sind eine Schande für unser Land!"

Maureen wusste nicht weiter. Es hatte keinen Zweck, Paddy irgendetwas erzählen zu wollen, denn er war taub für ihre Einwände. Sie hatte stets die Hoffnung gehabt, dass er nach dem Krieg wieder der Alte werden würde. Aber im Moment sah es ganz und gar nicht danach aus. „Und was willst du jetzt tun?", fragte sie.

Paddy schüttelte den Kopf. „Keine Ahnung. Ich werde sehen müssen, was die anderen machen oder vorschlagen. Scheint, dass der einzige Vernünftige in diesem Land Éamon de Valera ist. Er hat erkannt, dass der Vertrag und seine Annahme eine Schande für unser Land ist."

Maureen hatte langsam genug. „Jetzt hör' doch mal mit diesem blöden Vertrag auf. Du kannst an diesen Dingen sowieso nichts ändern. Und falls du es noch nicht vergessen hast, du hast eine Frau, um die du dich kümmern solltest und nicht nur um dein Land. Auch wenn du mit dem Vertrag nicht einverstanden bist, es ist im Moment wie es ist. Hör' auf zu kämpfen und überlass es den Politikern, weitere Freiheiten für Irland zu erstreiten. Bitte Paddy."

Paddy sah Maureen verständnislos an, dann starrte er stumm aus dem Fenster, als wenn draußen auf der Straße die Lösung des Problems zu finden wäre.

So leicht würde er nicht aufgeben. Eine Schlacht war verloren, aber der Krieg noch lange nicht.

Kapitel 17

Irland, Juli 2007

An einem sonnigen Samstagmorgen Anfang Juli fuhren Aidan und Caitlin wieder nach Lisdoonvarna, um sich mit Aidans Großvater Mick zu treffen. Da das Wetter so schön war, hatte Aidan vorgeschlagen, anschließend dem *Burren-Nationalpark* einen Besuch abzustatten. Caitlin stimmte nur allzu gerne zu. Zwar hatte sie keine Ahnung, was es dort zu sehen gab, aber jede Verlängerung der Zeit, die sie mit Aidan verbringen durfte, war ihr willkommen. Als sie vor dem Haus von Aidans Großvater parkten, stand dort bereits ein anderer Wagen. „Das ist der Wagen von meinem Dad", rief Aidan. „Dann lernt ihr euch auch mal kennen. Aber ich muss dich warnen. Mein Dad hat einen etwas eigentümlich Beruf, naja, Nebenberuf heutzutage."

Caitlin war irritiert. „Und was?"

„Naja, dass soll er dir lieber selber erklären." Aidan lachte und Caitlin war sich nicht mehr sicher, ob sie überhaupt die Bekanntschaft mit Aidans Dad machen wollte. Er klingelte und schon eine gefühlte Sekunde später öffnete Mick freudestrahlend die Tür. Er bat die beiden ins Wohnzimmer, wo Aidans Vater vom Sofa aufsprang und seinen Sohn begrüßte. Als Caitlin

Aidans Dad sah, konnte sie nicht glauben, wer da vor ihr stand.

„Dad, darf ich dir Caitlin vorstellen? Sie kommt aus Amerika und hütet in Paul und Niamh's Abwesenheit ihr Haus und ihren Hund." Er forderte Caitlin auf näher zu treten, was sie zögerlich tat.

„Guten Tag, Caitlin. Ich bin Mr O'Connor, aber das wissen Sie ja bereits. Sie dürfen mich aber gerne James nennen. Es freut mich, Sie wiederzusehen." Er reichte ihr lächelnd die Hand, was nun Aidan mit einem irritierten Gesichtsausdruck quittierte. „Ihr kennt euch bereits? Woher?", fragte er verwirrt.

„Das hatte berufliche Gründe", antwortete sein Vater und Caitlin merkte, wie sie rot anlief. „Caitlin und ihre Freundin haben vor einiger Zeit meine Hilfe gesucht." Er lachte wieder so als wäre das alles eine sehr lustige Geschichte, aber Caitlin war es zutiefst peinlich. Aidan musste doch jetzt denken, dass sie es besonders nötig hatte, einen Mann fürs Leben zu finden, wenn sie sich auf einen Matchmaker einließ. „Du warst bei meinem Dad, um die große Liebe zu finden?", fragte Aidan sichtlich amüsiert.

„Meine Freundin hat damit angefangen. Wir hatten auf der Hinfahrt nach Port Kirrie eine Autopanne und mussten uns hier in Lisdoonvarna die Zeit vertreiben. Dann hat meine Freundin von dem Matchmaker gehört und gedacht, es wäre eine lustige Idee. Sie hat mich überredet, es auch zu versuchen."

„Und hat es bisher schon gewirkt?", fragte Mr O'Connor schelmisch lächelnd.

„Nein. Und ich glaube immer noch nicht an solchen Humbug. Ich habe das nur meiner Freundin zu liebe getan.“

Der Matchmaker sah aufmerksam zwischen Aidan und Caitlin hin und her, was Aidan unangenehm war und Caitlin nervig fand und lächelte dann. „Nicht die Hoffnung aufgeben. Was zusammen gehört, wird einen Weg zueinander finden. Aber ich wollte sowieso gerade gehen. Ich habe noch einiges an Arbeit zu erledigen.“ Mr O'Connor verabschiedete sich und Caitlin war froh, dass er ging. Seine Gegenwart und Worte erinnerten sie an etwas, dass sie mit aller Kraft zu verdrängen versuchte. Je mehr Zeit sie mit Aidan verbrachte desto öfter ertappte sie sich dabei, vielleicht doch eine gewisse Schicksalhaftigkeit in ihrer Begegnung zu sehen. Und dem wollte sie keinen Raum geben. Schließlich war das alles Humbug. Sie musste ihren Kopf frei halten, für die wichtigen Dinge, um die sich kümmern musste.

Mick brühte ihnen Tee auf und stellte einen Teller mit Gebäck auf den Tisch. Dann klärten Aidan und Caitlin ihn über die neuesten Erkenntnisse auf.

„Das klingt ja sehr interessant. So wie ihr die Sache beschreibt könnte es durchaus sein, dass das Baby wirklich überlebt hat. Aber was ist dann mit ihm geschehen? Möglicherweise ist es adoptiert worden. Aber warum und von wem?“

Das war die große Frage. Caitlin hatte sich bisher nicht getraut, ihre Großmutter über das Thema zu befragen. Ob sie von ihrem Bruder wusste?

„Du solltest sie anrufen", meinte Aidan. „Wir müssen jeder Spur nachgehen, die wir finden können. Und vielleicht weiß sie ja doch mehr. Warum sollte sie auch Auskunft über etwas geben, wonach sie nicht gefragt wird? Also frag sie einfach."

Caitlin war sich unsicher. Sie hatte Angst, wie ihre Großmutter reagieren würde, so oder so. Wenn sie nichts davon wusste, wäre es sicher ein Schock für sie, es nach all den Jahren zu erfahren, vor allem, wenn ihr Bruder die ganze Zeit gelebt hat und sie nie die Gelegenheit gehabt hatten, sich kennenzulernen. Andererseits wusste sie vielleicht doch etwas, mochte aber nicht darüber sprechen. So ähnlich, wie ihre Urgroßmutter offensichtlich nie über ihren verstorbenen Mann sprechen wollte.

Aidan merkte, dass Caitlin von seinem Vorschlag nicht sehr erfreut war. „Versuch es doch einfach. Was kann schon groß passieren? Das könnte uns wichtige neue Erkenntnisse bringen." Caitlin sah auf die Uhr. „Es ist fünf Uhr morgens in New York, das ist jetzt nicht so günstig."

„Dann versprich mir, dass du sie heute Nachmittag anrufst, ok?"

„Ok."

Dann gingen sie dazu über, weitere Dinge und Möglichkeiten zu besprechen. Mick hatte einige interessante Artikel, Fotos und Informationen aus der Zeit in seiner umfangreichen Sammlung, die für das Allgemeinverständnis interessant waren, aber Caitlin nicht für ihre persönliche Suche weiterhalfen.

„Kopf hoch, wir werden schon herauskriegen, was passiert ist", meinte Mick aufmunternd. „Du musst wissen, ich wurde in dieser Zeit auch adoptiert." Caitlin wurde hellhörig.

„Im Ernst? Wann?

„Das war so Anfang 1923. Meine Mutter ist bei meiner Geburt und mein Vater im Bürgerkrieg gestorben. Ich wurde dann von einem Paar adoptiert, das keine eigenen Kinder bekommen konnte. Und kurz darauf sind wir nach England umgezogen. Da war ich, wie gesagt, später auch bei der Royal Air Force. Aber irgendwann wollte ich zurück in meine alte Heimat und bin wieder in Irland gelandet. Dort habe ich die Bekanntschaft eines Matchmakers gemacht und fand das interessant." Er lachte herzlich, während er so in Erinnerungen schwelgte. „Dann hat er mich in die Lehre genommen und ich wurde auch ein Matchmaker, genauso wie jetzt Aidans Dad. Es ist also eine Familientradition, die hoffentlich in Zukunft fortgeführt wird."

Er zwinkerte Aidan erwartungsvoll zu, der aber abwehrend die Hände hob. „Vergiss es, Grandpa. Ich werde so was bestimmt nicht machen."

„Naja, wir werden ja sehen."

Caitlin fand das Gespräch recht erhellend, besonders den ersten Teil. Aidans Großvater wurde ungefähr zur selben Zeit adoptiert wie möglicherweise ihr Großonkel. Hatte das etwa System in der damaligen Zeit? Sie wollte unbedingt mehr herausfinden, wusste aber, dass es schwierig war, an Informationen über Adoptionen zu gelangen, da diese meistens einem besonderen Schutz unterlagen.

„Darf ich noch mal eine Frage zu deiner Adoption stellen?“, fragte Caitlin behutsam.

„Sicher. Was willst du denn wissen?“

„Falls mein Großonkel auch adoptiert wurde, gibt es eine Möglichkeit, das irgendwo zu überprüfen?“

„Ich denke, das könnte schwierig werden. Du müsstest die Namen der Adoptiveltern haben und den genauen Zeitpunkt.“

„Ich weiß ja noch nicht mal, ob er überhaupt adoptiert wurde. Angeblich ist er gleich nach der Geburt gestorben, aber wir konnten keine offizielle Sterbeurkunde finden. Daher ist das mit der Adoption nur eine Vermutung.“

Mick nickte gedankenverloren. „Ja, das ist wirklich etwas schwierig. Am besten wäre es, man fände irgendwelche Hinweise oder Beweise, die einem die Richtung weisen könnten.“

„Hast du denn schon alle Briefe aus dem Nachlass deiner Urgroßmutter durchgesehen?“, fragte Aidan.

„Natürlich nicht. Das sind gefühlte tausend. Ich fürchte, meine Urgroßmutter war schreibsüchtig.“

„Aber das ist doch für uns super, dass sie so viele Briefe geschrieben hat. Dann finden sich vielleicht irgendwelche weiteren Hinweise in den Schriftstücken, die uns weiterbringen können. Ich helfe dir gerne dabei und zu zweit kommt man mit dem Lesen auch schneller voran. Hast du morgen schon was vor? Sonst könnten wir gleich mit der Suche beginnen.“

Caitlin freute sich, dass Aidan so Feuer und Flamme für dieses Projekt war. Sie kannte keinen Mann, der sich für so „langweilige“ Dinge wie Briefe lesen und Ahnenforschung interessierte. Mit Eric hätte sie so eine

Sache nie angehen können. „Ich dachte, du hast morgen Training?“

„Ja, aber schon um 09.00 Uhr. Dann trainiere ich eine Stunde oder zwei und komme dann rüber. Anschließend machen wir uns gemeinsam auf die Suche nach Hinweisen. Das wird bestimmt spannend.“

„Oder sehr ernüchternd“, meinte Caitlin.

„Das glaube ich nicht. Wenn deine Urgroßmutter so viele Schriftstücke hinterlassen hat, wird bestimmt irgendwas dabei sein, was uns weiterhilft. Immer schön positiv denken!“

Kapitel 18

Dublin, April 1922

Einige Monate nach der Unterzeichnung des Anglo-Irischen Vertrages war Paddy wieder im Einsatz. Zusammen mit anderen Vertragsgegnern hatte er sich auf den Weg gemacht, das Dubliner Gerichtsgebäude zu besetzen. Ihr Ziel war es, erneut militärische Auseinandersetzungen mit den Briten zu provozieren, um die Iren wieder zu vereinen – im Kampf gegen einen gemeinsamen Gegner. Doch so einfach wie sie gehofft hatten, wurde es nicht. Die Besetzung dauerte insgesamt zwei Monate und nur mit Mühe und Not schaffte es Paddy, zu fliehen und einer Verhaftung zu entgehen. Nachdem die Luft rein war, machte er sich auf den Weg nach Hause. Allerdings versteckte er sich erst noch einige Stunden um zu überlegen, was er Maureen erzählen sollte. Er hatte sich die letzten zwei Monate nicht bei ihr gemeldet, was bedeutete, dass sie ihn kaum mit offenen Armen empfangen würde. Es war nicht geplant gewesen, dass die Aktion so lange dauerte. Am Ende hatten sie aufgeben müssen, weil das Gerichtsgebäude unter Beschuss genommen und zurückerobert worden war. Leider fiel Paddy auf die Schnelle keine glaubhafte Erklärung ein, warum er sich die letzten Wochen nicht bei Maureen hatte melden können. Trotzdem machte er sich irgendwann auf den Weg nach Hause. Kurz vor der Haustür steckte er sich eine Zigarette an, um seine Nerven zu beruhigen. Als er fertig geraucht hatte, warf er die Zigarette achtlos weg, atmete einmal tief durch und ging ins Haus. Als er die Treppe zu seiner Wohnung hinaufstieg, vernahm er Stimmen aus der Wohnung. Er hielt vor der Tür inne und lauschte. Er hörte Maureen lachen. Und da war noch eine andere Stimme. Eine männliche, die ihm aber bekannt vorkam. Eine gewisse Eifersucht stieg in ihm auf, als er ohne Vorwarnung die Tür aufriss. Das Gespräch verstummte sofort und Paddy sah, dass es sein alter Freund Joe war, der bei Maureen stand. Beide starten ihn für einen Moment an, als hätten sie einen Geist gesehen.

„Paddy“, rief Joe und ging langsam auf ihn zu. Aber anstatt seinen Freund und seine Frau zu begrüßen, wurde er wütend. „Was geht hier vor sich?“, fragte er drohend. „Hast du dich etwa in meiner Abwesenheit an meine Frau rangemacht? Du hast doch schon immer ein Auge auf sie geworfen und jetzt dachtest du wohl, ist die Zeit reif.“

Joe blieb stehen und sah ihn ungläubig an. „Was redest du denn da? Ich bin dein Freund, so etwas würde ich nie tun.“

„Und was treibt ihr dann hier? Muss ja sehr spaßig gewesen sein, ich habe euch bis unten lachen gehört.“

Joe und Maureen sahen sich fragend an.

„Sieh nicht zu ihr, sieh mich gefälligst an, du Betrüger.“ Paddy wollte auf Joe losgehen, aber Maureen ging dazwischen. „Wie kannst du es wagen!“, zischte sie ihn wütend an. „Wie kannst du es wagen hier aufzukreuzen und dich so aufzuführen? Wo zum Teufel bist du die letzten Wochen gewesen, Padraig O'Halloran? Ach, du brauchst es mir gar nicht zu sagen, ich kann ja eins und eins zusammenrechnen. Oder denkst du, ich habe nicht mitbekommen, was in den *Four Courts* los war?"

Paddy fühlte sich auf einmal sehr mies. Er hätte sich wirklich bei ihr melden sollen.

„Ich geh' dann mal", sagte Joe und schlich sich an Paddy vorbei zur Tür. „Wenn du Hilfe brauchst, weißt du ja wo du mich findest."

Als er gegangen war, sah Paddy Maureen misstrauisch an. „Wenn du Hilfe brauchst? Warum solltest du seine Hilfe brauchen?"

„Das geht dich überhaupt nichts an", schrie sie ihn an. „Du hast dich die letzten Wochen einen Dreck um mich geschert."

„Ich war beschäftigt."

„Beschäftigt! Natürlich. Für dein Land bist du Tag und Nacht im Einsatz, aber für deine Frau hast du nichts übrig. Ich habe geglaubt, du seist tot, weil ich nichts von dir gehört habe. Hätte ich dich doch bloß nie geheiratet!"

Maureens Wut war in einen Tränenausbruch übergegangen. Mal wieder. Paddy hatte immer noch nicht gelernt, damit umzugehen. Er wusste, dass sie das Recht hatte, sauer auf ihn zu sein, aber konnte sie denn nicht verstehen, dass er seine Pflicht seinem Land gegenüber erfüllen musste?

„Ich bin schwanger."

Paddy starrte sie wortlos an.

„Ist das alles, was dir dazu einfällt?", fragte Maureen, nachdem er keine Reaktion zeigte.

„Ich bin gerade etwas verwirrt und überrumpelt. Damit habe ich nicht gerechnet."

„Ja, es ist ja auch so unwahrscheinlich, dass ein Ehemann und eine Ehefrau ein Baby bekommen", antwortete Maureen sarkastisch.

Paddy ließ sich aufs Sofa fallen. „Es tut mir leid. Ich weiß auch nicht ... Es ist alles so kompliziert im Moment."

„Du machst die Dinge kompliziert. Wieso kannst du nicht einfach wie andere Menschen den Vertrag akzeptieren? Warum meinst du, immer gegen irgendetwas kämpfen zu müssen? Lass es einfach gut sein und kümmere dich um mich, um uns. Ich bin am Ende meiner Kräfte. Das ist nicht das Leben, dass ich mir mit dir vorgestellt habe."

Paddy blickte seine Frau müde und kraftlos an.

Er wusste nicht, was er sagen oder tun sollte. Er musste sich eingestehen, dass er Maureen sehr vermisst hatte. Und jetzt, da sie sein Kind erwartete, fühlte er sich hin- und hergerissen zwischen seinem Wunsch, Irland endlich zu der Freiheit zu verhelfen, die es verdiente und dem, sich um seine wachsende Familie zu kümmern. Beides schien ihm in diesem Moment unvereinbar.

„Es tut mir leid", sagte er erneut.

Beide schwiegen sich eine Weile an. Maureen wusste nicht, wie es weitergehen sollte. Sie liebte Paddy trotz allem sehr und wollte nicht, dass er sein Leben riskierte. Aber wie konnte sie ihm das begreiflich machen, ohne dass er sie für egoistisch oder schlimmer noch hysterisch hielt? Für ihn mochte das alles ein großes Abenteuer sein, aber das war es nicht. Hatte er denn vergessen, was mit den Anführern des Osteraufstandes passiert war? Oder wie viele Menschen in den letzten Jahren während des Krieges gegen die Briten umgekommen waren, auch Zivilisten? Wenn er sich aktiv an Kampfhandlungen beteiligte, setzte er sich einer großen Gefahr aus. Aber darüber schien er sich keine Gedanken zu machen.

„Warum war Joe eigentlich hier?", fragte Paddy plötzlich.

„Darf er mich als alter Freund etwa nicht besuchen kommen? Er wollte sehen, wie es mir geht. Mein Ehemann war ja nicht zu erreichen. Mir hätte sonst was passiert sein können in den letzten Wochen, das hättest du gar nicht mitbekommen."

Paddy seufzte erneut schwer. „Ich weiß. Hör' zu, ich weiß nicht, was ich sagen soll. Es ist alles so kompliziert."

„Das muss es aber nicht sein. Akzeptiere die gegenwärtige Situation, so wie Joe. Er findet, dass der Vertrag ein erster Schritt in die richtige Richtung ist. Und du solltest das auch."

„Hat er das wirklich gesagt? Dann ist er genauso ein Verräter wie Michael Collins."

„Wieso ist in deinen Augen jeder ein Verräter, der realistisch ist? Was hast du davon, permanent die Realität zu bekämpfen?"

„Weil diese Realität und dieser Vertrag nicht das Ergebnis sind, wofür wir die letzten Jahre gekämpft und unser Leben riskiert haben."

Maureen war verzweifelt. Wie konnte jemand nur so stur sein. Sie hatte keine Ahnung, wie sie Paddy überzeugen konnte, die Dinge anzunehmen, wie sie waren.

„Und wie soll es jetzt weitergehen?", fragte sie kraftlos.

„Ich weiß es nicht."

Maureen startete einen letzten Versuch. Sie setzte sich zu Paddy aufs Sofa und nahm seine Hand. „Wie wäre es, wenn wir eine Abmachung treffen? Bleib bei mir, solange das Baby unterwegs ist und warte ab, wie sich die Dinge entwickeln. Das ist vermutlich ein halbes Jahr. Vielleicht hat sich die Situation in Irland dann beruhigt und alles ist gut. Bitte. Bleib die nächsten Monate bei mir, ich brauche dich, Paddy. Wir brauchen dich."

Paddy standen Tränen in den Augen, für die er sich schämte, die er aber nicht zurückhalten konnte. „Ich weiß. Es tut mir leid."

Maureen schlang ihre Arme um ihn und sie umarmten sich lange, ohne ein Wort zu sagen. Nach einer Weile löste sich Maureen aus der Umarmung und sah Paddy tief in die Augen. „Was sagst du zu meinem Vorschlag? Versprichst du es mir?"

„Ich verspreche es."

Kapitel 19

Port Kirrie, Juli 2007

„Wow, das ist ja ein großer Stapel Briefe", meinte Aidan fasziniert. Caitlin lachte.

„Habe ich dir ja gesagt. Deswegen bin ich auch noch nicht dazu gekommen, alles zu lesen. Viele der Briefe stammen auch aus späteren Zeiten, die können wir vielleicht erst mal außer Acht lassen. Allerdings können da natürlich auch Andeutungen drinstehen. Aber um nicht total im Chaos der Masse zu versinken, sollten wir uns am besten auf die Briefe konzentrieren, die zwischen 1920 bis 1923 geschrieben wurden." Aidan stimmte dem Vorschlag zu. Die nächste Stunde waren sie damit beschäftigt, die Briefe nach Datum zu sortieren. Zurück blieb ein relativ überschaubarer Stapel, der den gesuchten Zeitraum abdeckte.

Sie machten sich an die Arbeit und Caitlin begann mit einem Brief vom 6. August 1923:

Liebe Schwester,
ich hoffe ihr seid gut in Amerika angekommen und konntet euch bereits etwas einleben. Ich vermisse dich und Rosie sehr, wir alle vermissen euch. Es ist immer noch unge-
wohnt, dass ich dich nicht besuchen oder zu einer Tasse Tee einladen kann, aber ich freue mich, dass du deinen Traum

verwirklichen konntest. Ich habe deinen Brief erhalten und versuche mein Bestes, etwas herauszufinden. Aber sei mir nicht böse, wenn es etwas dauert oder ich möglicherweise nichts herausfinde. Ohne genaue Anhaltspunkte wird es schwer werden, aber ich tue, was ich kann. Ich kann mir nicht vorstellen, dass Paddy zu so einer Tat fähig gewesen sein soll. Warum sollte er euer Kind verschwinden lassen? Ich verstehe es einfach nicht. Aber du bist die Mutter und wenn du ein komisches Gefühl bei der Sache hast, ist vielleicht etwas dran. Ich hoffe für dich, dass du recht hast und dein Baby noch lebt. Und noch mehr hoffe ich, dass ich dir helfen kann es zu finden. Damit ihr wieder zusammen sein könnt. Melde dich bitte bald wieder und berichte, wie es euch in Amerika so geht. Ich werde dich ebenfalls auf dem Laufenden halten und melde mich sofort, wenn ich etwas herausgefunden habe.
Auf bald
deine kleine Schwester Helen

Caitlin kämpfte mit den Tränen. Dieser Brief war so traurig. Ihre Urgroßmutter hatte ihrer Schwester offenbar den Auftrag erteilt, nach ihrem Sohn zu suchen, von dem sie überzeugt war, dass er noch lebte. Und ihre Schwester versprach, ihr zu helfen, damit sie sich eines Tages wiedersehen konnten. Caitlin wusste jedoch, dass dieses Wiedersehen wohl nie stattgefunden hatte. Aidan sah Caitlins Tränen und fragte sie besorgt, was los war. Sie reichte ihm den Brief und Aidan las ihn. Danach war auch er betroffen. „Das ist wirklich traurig. Deswegen will ich diese privaten Dinge eigentlich nicht lesen. Das steht mir einfach nicht zu."

„So darfst du das nicht sehen. Schließlich sind meine Urgroßmutter und die meisten Beteiligten längst tot, das stört sie also nicht mehr. Und ich denke, wenn wir durch die Recherche Anhaltspunkte finden können, was damals passiert ist, würde sie sich freuen und uns gerne ihre Korrespondenz zur Verfügung stellen."

Aidan zog unsicher eine Augenbraue hoch. „Naja, möglicherweise hast du Recht. Aber komisch ist es schon."

„Aber für mich doch auch. Außerdem erfahre ich hier zum ersten Mal Dinge, von denen ich bisher keine Ahnung gehabt habe."

„Hast du denn endlich mal mit deiner Großmutter über das Thema gesprochen?"

„Nein. Das wollte ich zwar, aber dann habe ich es wieder vergessen. Ich habe immer noch Probleme mit der Zeitumstellung. Jedes Mal, wenn ich sie anrufen will, sehe ich, dass es unpassend ist und vergesse es dann später wieder."

„Warum rufst du sie nicht jetzt an?", fragte Aidan ermutigend. „Wir haben jetzt kurz nach 15.00 Uhr, das heißt in New York ist es kurz nach 10.00 Uhr. Ist das zu früh für deine Großmutter?"

Caitlin überlegte kurz. Ihre Großmutter war eigentlich schon immer eine Frühaufsteherin gewesen, auch wenn sie den Tag mit zunehmendem Alter etwas ruhiger und entspannter angehen ließ. „Ich bin mir nicht sicher. Ich könnte es ja mal versuchen."

„Unbedingt."

Caitlin holte das Telefon und wählte die Nummer ihrer Großmutter. Sie stellte es auf Lautsprecher, damit Aidan mögliche Informationen mithören konnte. Ihr war etwas mulmig zumute, weil sie nicht sicher war, wie ihre Großmutter reagieren würde, wenn sie sie zu diesem Thema befragte. Es klingelte eine gefühlte Ewigkeit und als Caitlin schon wieder auflegen wollte, erklang doch noch eine ihr wohl bekannte Stimme am anderen Ende der Leitung. „Ja, hallo?"

„Hallo Granny. Ich bin's, Caitlin. Ich hoffe, ich habe dich nicht geweckt?"

„Oh nein, nein. Ich habe mir gerade zum Frühstück *Falcon Crest* angesehen. Kenne ich zwar schon in- und auswendig, ist aber immer wieder schön."

Caitlin musste lachen. Ihre Großmutter war einfach zu goldig. „Hör' mal Granny, ich habe dir doch erzählt, dass ich mich seit einiger Zeit mit Ahnenforschung beschäftige. Und ich bin da auf einige Dinge gestoßen, die ich nicht verstehe. Also ich meine, es gibt da einige Dinge, die ich dich gerne fragen würde."

„Du kannst mich alles fragen, mein Kind. Aber ich weiß natürlich nicht, ob ich auf alles eine befriedigende Antwort habe. Oder ob ich dir auf alles eine Antwort geben will." Sie lachte über ihre Worte, während Aidan und Caitlin sich fragend ansahen.

„Ok, also ich hatte dich ja schon zu deinem Vater gefragt, ob du etwas über die Umstände seines Todes weißt. Und dir ist auch nichts mehr dazu eingefallen?"

„Nein, mein Kind. Er starb schon kurz nach meiner Geburt und meine Mutter hat mir nicht viel darüber erzählt. Da ich ihn nie kennengelernt habe, hatte ich auch nie das Bedürfnis, mehr über ihn zu erfahren. Für mich war Onkel Joe der einzige Vater, den ich kannte und er war der beste, den ich mir hätte vorstellen können."

„Wieso hast du ihn eigentlich immer Onkel Joe genannt, wenn er doch dein Stiefvater war?", fragte Caitlin verwundert.

„Weil meine Mutter das so wollte. Ich hatte ja einen leiblichen Vater, wenn ich ihn auch nie kennengelernt habe und nicht viel über ihn gesprochen wurde. Onkel Joe war für mich mein Vater, aber ich sollte ihn nicht so nennen. Das war für meine Mutter sehr wichtig."

Caitlin dachte eine Weile darüber nach und fand es ein bisschen merkwürdig. Sie hatte Onkel Joe nie kennengelernt, weil er gestorben war, bevor Caitlin geboren wurde. Sie wusste nur, dass ihre Urgroßmutter ihn kurz nach ihrer Ankunft in Amerika geheiratet hatte.

„Woher kannten sich deine Mutter und Joe eigentlich? Ich meine, sie haben ja relativ schnell nach dem Tod von deinem leiblichen Vater geheiratet?"

„Das hatte wohl hauptsächlich Sicherheitsgründe. Meine Mutter war ja Witwe mit einem kleinen Kind und wie hätte sie da alleine in Amerika Fuß fassen sollen? Joe hatte ebenfalls Pläne gehabt, nach Amerika auszuwandern und da hat es sich wohl so ergeben. Außerdem kannten sie sich schon lange, schließlich war Joe der beste Freund meines Vaters gewesen, bevor ... naja ..." Caitlin wurde hellhörig. Sie hatte nicht gewusst, dass Joe und ihr richtiger Urgroßvater beste Freunde gewesen waren. Aber offenbar war diese Freundschaft durch irgendetwas zerstört worden.

„Bevor was, Granny? War es wegen Urgroßmutter Maureen?"

„Nein, natürlich nicht. Meine Eltern haben sich wohl sehr geliebt und Joe hat das stets respektiert. Ich weiß auch gar nicht, ob er damals schon an meiner Mutter interessiert gewesen ist. Es hatte andere Gründe, dass sie sich entzweit haben."

„Und welche?", fragte Caitlin vorsichtig.

„Der Anglo-Irische Vertrag. Sie hatten unterschiedliche Vorstellungen von der Zukunft Irlands. Beide hatten sich seit dem Osteraufstand gemeinsam für die Unabhängigkeit und Freiheit Irlands eingesetzt. Besonders im Unabhängigkeitskrieg waren sie ein gutes Team. Aber zu dem Vertrag hatten sie auf einmal unterschiedliche Ansichten. Für Joe war der Vertrag, wenn er auch nicht perfekt war, eine gute Grundlage, mit der man weitere Schritte zur Autonomie machen konnte. Für meinen Vater war er eine Schande und er war entschieden gegen den Vertrag. Leider sah er auch jeden, der diesen Vertrag befürwortete, als Feind und Gegner an, so auch seinen ehemals besten Freund Joe."

Caitlin war schockiert darüber, was sie gerade gehört hatte. Das war ja eine weitere tragische Episode in ihrer Familiengeschichte. „Und wie ist es dann weitergangen, Granny?"

„Naja, sie haben im Bürgerkrieg auf verschiedenen Seiten gekämpft und waren seitdem keine Freunde mehr. Offenbar ging das von meinem Vater aus, der sich zunehmend radikalisierte und verblendet wurde. So hat es mir zumindest Joe erzählt. Und dann ist er irgendwann gestorben, wann und wie genau weiß ich nicht und Joe und meine Mutter sind mit mir nach Amerika ausgewandert. Viel mehr weiß ich über die Zeit in Irland nicht, denn es war nie Thema bei uns zu Hause. Mutter hat auch so gut wie nie über meinen richtigen Vater gesprochen und schon gar nicht, warum er gestorben ist."

„Und wusste Joe es nicht? Schließlich war er doch sein bester Freund?"

„Zu dem Zeitpunkt nicht mehr. Und wie gesagt, ich habe mich damals nicht für das Thema interessiert, da ich meinen richtigen Vater ohnehin nicht kannte. Daher habe ich auch nie nachgefragt."

Caitlin musste diese Informationen erstmal verarbeiten. Eigentlich hatte sie ihre Großmutter wegen ihres Zwillingsbruders befragen wollen, wusste aber im Moment nicht, wie sie das anstellen sollte.

„Ok. Und in Amerika haben Urgroßmutter Maureen und Urgroßvater Joe dann ein neues Leben angefangen und noch mehr Kinder bekommen?"

„Ähm, ja, im Grunde war es so. Aber die Geschichten aus Amerika kennst du ja bereits, nehme ich an?"

„Ja, die meisten schon. Aber sonst hast du keine Geschwister gehabt? Ich meine, keine, die noch in Irland geboren wurden?", fragte Caitlin ungelenk.

Einen Moment wurde es am anderen Ende der Leitung still und Caitlin bereute schon, dass sie diese Frage überhaupt gestellt hatte. Sie sah Hilfe suchend zu Aidan herüber, der aber nur ratlos mit den Schultern zuckte. Dann meldete sich ihre Großmutter wieder. „Nein. Ich bin die älteste und die einzige, die noch in Irland geboren wurde. Wieso fragst du?"

„Ach nur so. Nur, um auf Nummer sicher zu gehen. Danke für deine Zeit und deine Informationen, Granny. Ich muss jetzt auflegen, denn ich habe gleich einen wichtigen Termin. Ich melde mich bald wieder bei dir. Mach's gut."

Als Caitlin aufgelegt hatte, brauchte sie einen Moment, um ihre Gedanken zu sortieren.

„Wieso hast du sie nicht direkt auf ihren Zwillingsbruder angesprochen?", fragte Aidan und erntete dafür
einen verständnislosen Blick von Caitlin.

„Das war nicht der richtige Moment. Wenn sie nichts
von ihm weiß und so sieht es ja aus, wird das ein Rie-
senschock für sie. Immerhin bedeutet das, dass ihre Eltern sie ihr ganzes Leben lang belogen haben."

„Oder es ihr einfach nicht gesagt haben, was im
Grunde keine Lüge ist."

„Dennoch waren sie nicht ehrlich zu ihr. So was kann
ich ihr nicht am Telefon mitteilen."

„Aber vielleicht weiß sie mehr, als sie dir sagen will.
Immerhin hat sie nach deiner Frage eine merkwürdige
Pause gemacht", warf Aidan ein.

Caitlin war das zwar auch aufgefallen, wollte dem
aber nicht unnötig Bedeutung beimessen. „Vielleicht
hat sie einfach nur eine kleine Denkpause eingelegt."

„Ja klar. Man muss ja auch erstmal einen Moment
darüber nachdenken, ob und wie viele Geschwister
man hat."

Caitlin warf Aidan einen ernsten Blick zu, den er mit
den Händen abwehrend erwiderte. „Ich meine ja nur,
dass das komisch war. Aber vielleicht interpretiere ich
da auch nur zu viel hinein."

„Nein, du hast ja recht. Ich werde sie demnächst noch
mal fragen, aber eigentlich würde ich das lieber persönlich machen. Dann kann ich auch ihren Gesichtsausdruck sehen und daraus vielleicht etwas ablesen."

Sie sahen noch eine Zeitlang weitere Briefe durch,
fanden aber keine Hinweise, die sie weiterbringen

konnten. Am Ende des Tages beschlossen sie, ihre gemeinsame Recherche bis nach dem Turnier ruhen zu lassen.

„Hast du vielleicht Lust heut Abend kurz mit ins Pub zu gehen?", fragte Aidan. „Da gibt es heute hervorragende Live-Musik, hab ich mir sagen lassen." Caitlin musste nicht lange darüber nachdenken.

„Zu hervorragender Live-Musik kann ich nicht nein sagen." Aidan lächelte sie zufrieden an und sie verabredeten sich für 20 Uhr vor dem Pub.

„Wenn wir Glück haben finden wir vielleicht noch ein Plätzchen an der frischen Luft", sagte Aidan.

„Aber hören wir denn dann überhaupt etwas von der Musik?"

„Klar. Erstens sind die Türen geöffnet und zweitens kommen die Musiker auch raus, um dort die Leute mit ihrem Können zu unterhalten." Sie fanden tatsächlich noch einen Tisch im Garten des Pubs, von wo aus sie einen tollen Blick aufs Meer hatten.

„Sieht so aus, als würden wir heute noch Zeuge eines tollen Sonnenuntergangs werden", meinte Aidan. Caitlin war indes hin- und hergerissen. Die Szenerie an diesem Ort entbehrte nicht einer gewissen Romantik und plötzlich musste sie unwillkürlich an Eric denken. Wenn er sie jetzt so sehen könnte. Auf der anderen Seite hatte sie ja noch was gut bei ihm, für seinen „Spaß" in Las Vegas. Caitlin schwor sich, in den nächsten Tagen eine längst überfällige Entscheidung zu treffen. Aber heute wollte sie den Abend in Ruhe genießen. Die Musik war super, die Gespräche mit Aidan amüsant und das Bier lecker. Nach dem zweiten großen Guinness merkte Caitlin zu ihrer Freude, wie sie auf einmal ganz gelassen wurde. Ihre Sorgen und Bedenken waren wie weggeflogen. Als die Musiker gegen zehn Uhr eine Pause einlegten, beschlossen Aidan und Caitlin zu gehen. Zusammen schlenderten sie Richtung Onkel Pauls Haus.

„Sieh' mal. Jetzt ist es gleich so weit", rief Aidan und meinte damit den Sonnenuntergang, der ein imposantes Schauspiel bot. Ohne Vorwarnung nahm Aidan Caitlins Hand und führte sie auf eine kleine Anhöhe auf der anderen Straßenseite, von wo aus man einen besseren Blick aufs Meer hatte.

„So einen tollen Sonnenuntergang habe ich lange nicht gesehen", schwärmte Caitlin, während sie sich unbewusst die Arme rieb.

„Ist dir kalt?", fragte Aidan.

„Nur ein bisschen. Es wird langsam frisch." Plötzlich trat Aidan hinter sie und schlang seine Arme um Caitlin.

„Ich würde dir ja gerne meine Jacke anbieten, aber leider habe ich keine dabei. Da muss ich versuchen, dir so etwas Wärme zu spenden." Caitlin wusste in dem Augenblick nicht, wie ihr geschah, ließ es aber gerne geschehen und genoss die Nähe zu Aidan.

Als die Sonne untergegangen war, machten sie sich auf den Weg nach Hause.

„Der Abend hat mir sehr gut gefallen", meinte Aidan. „Das sollten wir ruhig mal wiederholen." Er lächelte Caitlin an und sie merkte, wie ihre Beine wacklig wurden. Ob wegen des Alkohols oder Aidans Nähe wusste sie nicht.

„Ich fand es auch sehr nett. Und die Musik war wirklich gut." Aidan sah sie wieder mit diesem speziellen

Blick an, bevor sie sich zum Abschied umarmten. Als er die Straße nach Hause entlangschlenderte, sah er sich hin und wieder lächelnd zu ihr um. Caitlin war sich nach diesem Abend sicher, dass da etwas Besonderes zwischen ihnen war. Sie würde in den nächsten Tagen das Gespräch mit Eric suchen, denn sie hatte eine Entscheidung getroffen.

Kapitel 20

Irland, Juli 2007

Eine Woche später, am Turniertag, wachte Caitlin unerklärlicherweise schon um sechs Uhr morgens auf. Nachdem sie mehrere Minuten erfolglos versucht hatte, wieder in den Schlaf zu finden, gab sie es schließlich auf und ging hinunter in die Küche, um sich einen Kaffee zu machen. Sie setzte sich in den Wintergarten und sah den Vögeln zu, die auf der Suche nach Würmern den Rasen zerpickten. Währenddessen machte sie sich Gedanken darüber, was sie auf dem Reitturnier wohl erwartete und was sie anziehen sollte. Caitlins einzige Vorstellung von Reitveranstaltungen beinhaltete elegante Damen mit ausladenden, exotischen Hüten. Aber natürlich war das hier nicht das Pferderennen von Ascot, sondern ein lokales Reitturnier in West-Irland. Wenn sie sich wie die Damen in Ascot kleidete, würde sie vermutlich merkwürdige Blicke ernten. Aber Jeans und Pulli erschienen ihr auch nicht angemessen. Am Ende entschied sie sich für ein geblümtes Sommerkleid, das sie im vorigen Jahr in Paris gekauft hatte. Darüber zog sie eine hellblaue Jeansjacke und schlüpfte in ihre Lieblingsballerinas. Sie betrachtete sich im Spiegel von allen Seiten und befand ihr Outfit für gut. Dann war es auch schon Zeit, sich auf den Weg zu machen.

Als Caitlin am *Templeton Equestrian Centre ankam*, war dieses bereits gut besucht. Caitlin war froh, dass sie so frühzeitig losgefahren war. So konnte sie noch einen der letzten freien Plätze auf der Terrasse ergattern, auch wenn sie ihren Tisch mit einem älteren Ehepaar teilen musste, das extra aus Cork gekommen war, um deren Enkelin anzufeuern. Caitlin bestellte sich einen Ginger Ale und setzte ihre Sonnenbrille auf, die ihr, wie sie fand, einen mondäneren Auftritt verlieh. Ein junger Mann im Teenageralter zwängte sich durch die Besucher und verteilte Programmhefte. Caitlin warf einen Blick auf die Startreihenfolge und ihr Herz machte einen kleinen Sprung, als sie Aidans Namen las. Er war genau in der Mitte an der Reihe und sie freute sich schon sehr auf seinen Auftritt. Aber noch ein anderer Name fiel ihr ins Auge: Katrina Donelly. In Caitlin machte sich erneut ein Anflug von Eifersucht breit. Sie hatte nicht vergessen, wie vertraut Aidan und Katrina gewirkt hatten und dummerweise störte sie das sehr. Aidan hatte bisher stets vermieden, etwas über seinen Beziehungsstatus zu erzählen und Caitlin hatte nicht gefragt. Aber nach ihren letzten Treffen wagte Caitlin zu hoffen, dass er ungebunden war und sie ebenfalls sympathisch fand. Die Stimmung zwischen ihnen war jedenfalls immer sehr positiv gewesen und sie hatten eine Menge Gemeinsamkeiten feststellen können.

Aber selbst wenn Aidan kein Interesse an Katrina hatte, so war sich Caitlin sicher, dass Katrina ein Auge auf ihn geworfen hatte. Ihre Blicke waren jedesmal, wenn Caitlin sie zusammen mit Aidan gesehen hatte, zu eindeutig gewesen. Und deswegen mochte Caitlin sie nicht. Katrina war am Anfang dran und zu Caitlins

Leidwesen lieferte sie eine fehlerlose Leistung ab. Danach kamen einige andere Reiter, die hin und wieder eine Stange abräumten, alles in allem aber auch eine gute Performance ablieferten. Zumindest, soweit Caitlin das als Reitsportlaie beurteilen konnte. Dann war es endlich soweit. Der Sprecher kündigte Aidan O'Connor auf „Liberty Rose" an und Caitlin rückte automatisch ein Stück näher an die Abgrenzung heran, um nichts von Aidans Ritt zu verpassen. Ihr Herz begann schneller zu schlagen und sie drückte beide Daumen so fest, dass sie ihr wehtaten. Aidan lieferte ebenfalls einen fehlerfreien Ritt ab und das Publikum applaudierte stürmisch. Vor dem Finale gab es eine Pause, in der sich Caitlin nicht von ihrem Platz wagte aus Angst, ihn zu verlieren. Dabei hätte sie eigentlich mal die Toilette aufsuchen müssen. Aber sie blieb standhaft. Im Finaldurchgang traten die besten Reiter noch einmal gegeneinander an, um den Sieg unter sich auszumachen. Aidan war aufgrund seiner Punktzahl als Vorletzter dran, Katrina als Letzte. Wie schon im ersten Durchgang zeigte Aidan eine fehlerlose Leistung und würde mindestens auf dem zweiten Platz landen. Jetzt kam es auf Katrinas Performance an und obwohl Caitlin ihr trotz allem nichts Böses wünschte, hatte sie die Hoffnung, dass ihr Pferd vielleicht an dem ein oder anderen Hindernis hängenbleiben und eine Stange runterreißen würde. Gebannt sah sie zu, wie Katrina anfangs wieder mühelos durch den Parcours kam. Aber beim letzten Hindernis passierte es dann doch: ihr Pferd blieb mit dem Hinterhuf an der Stange hängen und riss sie hinab. Damit war klar, dass Aidan der Sieger des

Turniers war. Caitlin konnte ihre Freude kaum verbergen. Bei der anschließenden Siegerehrung sah er so glücklich aus und lächelte permanent, während Katrina so tat, als würde ihr der zweite Platz nichts ausmachen. Das nahm Caitlin ihr jedoch nicht so richtig ab. Caitlin freute sich riesig für Aidan und war mächtig stolz auf ihn. Sobald sich die Gelegenheit bot, wollte sie ihm ihre persönlichen Glückwünsche überbringen. Aber zuerst musste sie dringend einen gewissen anderen Ort aufsuchen. Als sie zurückkam, hatten sich die Zuschauer bereits auf dem Hof verstreut und einige Reiter hatten sich unter die Menge gemischt. Caitlin hielt nach Aidan Ausschau, konnte ihn aber auf Anhieb nicht finden. Sie zwängte sich durch die Menge und sah ihn plötzlich vor den Stallungen stehen. Aber er war nicht allein. Katrina stand bei ihm und zwar so nah, dass Caitlin es unangebracht fand, zu ihnen hinzugehen. Sie konnte nicht hören, worüber die beiden sprachen, aber sie blieb stehen, um die Szene zu beobachten. Katrina redete unablässig auf Aidan ein und kokettierte mit ihm, während dieser nur zuhörte und ab und zu an seiner Bierflasche nippte. Dann umarmten sie sich wie zur Verabschiedung. Aber dabei blieb es nicht, denn plötzlich küsste Katrina Aidan direkt auf den Mund. Caitlin blieb fast das Herz stehen. Sie konnte ihren Blick nicht abwenden, auch wenn es noch so schmerzhaft war. Aidan versuchte sich nervös lächelnd aus dieser Umarmung zu befreien, aber Katrina schien noch nicht genug zu haben. Er sah sich nervös um und sein Lächeln erstarb, als er Caitlin sah, die mit erschrockenem Blick die Szene beobachtet hatte. In dem Moment hatte sie genug. Sie drehte sich um und verschwand in der Menschenmenge. Sie wollte auf dem schnellsten Weg nach Hause. Glücklicherweise kam gerade der Bus vorbei und Caitlin rannte so schnell sie konnte, um ihn noch zu erwischen. Im Bus angekommen stiegen ihr die Tränen in die Augen, die sie jedoch ärgerlich wegwischte. Wenigstens hatte sie jetzt die Gewissheit, dass zwischen Aidan und Katrina etwas lief. Er sah das Ganze wohl nur als eine Art Geschäftsbeziehung oder harmlosen Spaß, während Caitlin so dumm gewesen war, sich mehr zu erhoffen.

Zu Hause angekommen, lief sie ohne auf Scottys Annäherungsversuche einzugehen in ihr Schlafzimmer und warf sich schluchzend auf ihr Bett. Wieso nur war sie so dämlich gewesen? Sie hatte sich so auf diesen Tag gefreut und gehofft, dass er sie und Aidan einander näherbringen würde. Stattdessen waren ihre dummen Träume wie eine Seifenblase zerplatzt. Sie hätte es besser wissen müssen. Sie wusste von Bekannten aus New York, dass die Reiterszene eine Welt für sich war. Gerade wenn man den Sport professionell betrieb, war man oft unterwegs und bandelte dann häufig mit seinesgleichen an. Außerdem würde Caitlin nicht für immer in Irland bleiben. Früher oder später hätte sie ein gewaltiger Ozean voneinander getrennt, wie sollte man unter solchen Bedingungen eine Beziehung führen? Wollte sie Aidan zwingen, zu ihr nach New York zu kommen? Dafür wäre er weiß Gott nicht der Typ. Caitlin war sich sicher, dass man ihn nicht aus seiner Heimat fort bekam und sie konnte sich auch nicht vorstellen, den Rest ihres Lebens hier zu verbringen, so schön sie die Gegend auch fand. Es hätte also ohnehin nicht funktioniert, selbst wenn Aidan ihre Gefühle erwidert hätte. Caitlin fühlte sich einfach nur schrecklich. Vermutlich wäre es das Beste, sofort nach New York zurückzukehren. Sie war schließlich schon lange genug in Irland und die Wogen in New York hatten sich mittlerweile sicher längst geglättet. Vielleicht sollte sie Eric anrufen und ihm mitteilen, dass sie ihm verzieh und sie ihre Hochzeit nun vorantreiben sollten. Dann würde sie ein sicheres und glamouröses Leben in New York führen, mit einem Mann, den sie zwar nicht wirklich liebte, sich aber bemühen würde, diese Tatsache zu verdrängen, zwei bis drei Kinder bekommen und einfach gute Miene zum bösen Spiel machen. Caitlin erschauderte ein wenig bei dieser Vorstellung, aber vermutlich war das unterm Strich die beste Lösung. Sie zog sich die Bettdecke über den Kopf und versuchte, das Chaos in ihrem Kopf in den Griff zu bekommen. Caitlin wusste nicht, wie lange sie im Bett gelegen hatte, als es plötzlich an der Haustür klingelte. Sie hatte keine Ahnung, wer das sein konnte und hatte auch wenig Lust, es herauszufinden. Scotty saß bellend vor der Tür und Caitlin versuchte angestrengt, Klingel und Hund zu ignorieren. Es klingelte erneut. Und dann nochmal. Und dann klopfte es lautstark an der Tür. Caitlin wurde ärgerlich. Wer nervte sie denn da so penetrant? Sie konnte sich nicht erklären, was das zu bedeuten hatte, aber womöglich war es doch etwas Wichtiges. Also schälte sie sich lustlos und mühsam aus ihrer Decke und ging nach unten. Sie jagte Scotty von der Tür weg und als sie diese öffnete, erschrak sie. Es war Aidan, der aufgeregt und außer Puste vor ihr stand.

„Caitlin“, keuchte er. „Ich muss dringend mit dir reden. Darf ich reinkommen?“

Sie zögerte einen Moment. „Wenn du mir sagen willst, dass du und Katrina ein Paar seid und es dir leidtut, dass du es mir nicht früher gesagt hast, kannst du dir das sparen.“

Aidan machte ein irritiertes Gesicht.

„Was? Nein, wir sind kein Paar. Ich muss dir was anderes sagen.“

„Also küsst du einfach immer jeden, der dir gerade begegnet? Ist das in Irland so üblich?“, fragte Caitlin scharf.

Aidan machte ein verzweifeltes Gesicht.

„Darf ich reinkommen und es dir erklären?“

Caitlin hatte gerade ein sehr unangenehmes Déja-vu. Ob Aidan wohl etwas kreativer in seiner Ausrede sein würde als Eric damals?

„Von mir aus. Aber es ist mir eigentlich auch egal, was du so treibst.“

„Und warum bist du dann so wütend auf mich?“

„Und warum kommst du dann hierher um dich zu rechtfertigen?“

Auf Aidans Gesicht zeigte sich ein zaghaftes Lächeln.

„Lass uns das drinnen besprechen, ok? Es muss ja nicht die ganze Nachbarschaft mitkriegen.“

Caitlin zuckte mit den Schultern und ließ ihn widerwillig hinein. Sie gingen in den Wintergarten und setzten sich wortlos gegenüber. Aidan spielte nervös an seinen Fingern herum. Als er zögerte zu sprechen, wurde Caitlin ungeduldig. „Wolltest du mir nicht etwas erklären?“, fragte sie schroff. „Ja, natürlich, eigentlich schon.

Aber erstmal möchte ich dich etwas fragen. Wieso bist du so schnell von dem Reitturnier verschwunden?"

Caitlin sah ihn ungläubig an. Am liebsten hätte sie ihm wegen dieser blöden Frage eine Ohrfeige verpasst. Schließlich konnte er sich ja wohl gut denken, warum sie abgehauen war.

„Naja, eigentlich war ich auf der Suche nach dir, um dir zu deinem grandiosen Sieg zu gratulieren. Dann habe ich aber gesehen, wie du und Katrina diesen Sieg in intimer Runde gefeiert habt und wollte das süße Glück nicht stören", meinte sie sarkastisch.

Aidan blickte betreten zu Boden.

„Scheiße, das habe ich befürchtet. Aber es war nicht so wie du denkst. Ja, sie hat mir zu meinem Sieg gratuliert, vielleicht auch etwas zu stürmisch. Ich war selber überrascht, das kannst du mir glauben."

„Ist mir egal. Macht was ihr wollt, ich fahre ohnehin bald zurück nach New York."

Aidan erschrak bei Caitlins Aussage.

„Du gehst zurück nach New York? Wann?"

„So bald wie möglich. Spätestens nächste Woche."

„Und was ist mit unserer Recherche? Wir sind doch schon so weit gekommen."

„Ich weiß gar nicht, ob es mich noch interessiert. Wenn ich zurück bin, werde ich noch mal mit meiner Großmutter darüber sprechen und wenn sie wirklich nichts weiß, ist es vielleicht auch besser so. Ich meine, was bringt es mir zu wissen, warum mein Urgroßvater so jung gestorben ist? Es war ja schließlich in der Zeit des Bürgerkrieges, vermutlich war er einfach zur falschen Zeit am falschen Ort oder ist an einer Krankheit gestorben. Beides nicht ungewöhnlich in dieser Zeit.

Und wenn meine Großmutter nichts von einem Zwillingsbruder weiß, ist es sicherlich auch besser, wenn sie es nie erfährt. Vielleicht verkraftet sie in ihrem Alter solche Nachrichten nicht gut oder es zerstört die Erinnerung an ihre Mutter. Schließlich hat diese sie quasi ihr Leben lang belogen, was ihren Bruder anging."

Aidan wusste nicht, was er dazu sagen sollte.

„Also war es das jetzt? Alles, was wir bisher rausgefunden haben, war umsonst?" Caitlin zuckte mit den Schultern.

„Keine Ahnung. Aber vielleicht sollten wir die Vergangenheit einfach ruhen lassen."

Beide saßen sich eine Weile schweigend gegenüber und starrten vor sich hin, als plötzlich das Telefon klingelte.

„Willst du nicht rangehen?", fragte Aidan, aber Caitlin war im Moment nicht danach mit jemandem zu sprechen. Dann sprang auf einmal der Anrufbeantworter an und eine Caitlin nur allzu bekannte Stimme meldete sich.

„Hey Caitlin, was ist los mit dir? Du hast dich schon so lange nicht gemeldet und ich mache mir langsam Sorgen. Komm' endlich zurück nach New York. Wir müssen dringend über unsere Hochzeit sprechen."

Caitlin lief schuldbewusst rot an und Aidan sah sie verunsichert an.

„Wer war das und welche Hochzeit meinte er?", fragte er mit nervösem Unterton in der Stimme.

Caitlin wusste, dass leugnen keinen Sinn machte. Außerdem war es in diesem Moment auch egal, schließlich stand Aidan offensichtlich auf Katrina und nicht auf sie.

„Das war Eric, mein Verlobter."

Aidan machte ein Gesicht, das Caitlin kaum einordnen konnte. „Oh, verstehe. Deshalb musst du auch zurück nach New York. Verstehe", stammelte er.

Caitlin wusste nicht, was sie tun sollte. Sie merkte nur, dass hier etwas mächtig schieflief.

„Aidan", sagte sie mit leiser Stimme. „Ich hätte es dir sagen sollen, aber ..."

Aidan winkte ab. „Nein, schon in Ordnung. Ich geh' dann mal und falls wir uns nicht mehr sehen, alles Gute." Er sprang wie von der Tarantel gestochen auf und lief zur Tür. „Ich bin ja so dämlich!", murmelte er, als er zielstrebig das Haus verließ.

Caitlin blieb wie paralysiert im Eingang stehen. Das durfte doch alles nicht wahr sein. Jetzt war endgültig alles aus mit Aidan. Er wusste, dass sie jemand anderen heiraten würde und selbst wenn er die Wahrheit gesagt hatte, was Katrina betraf, spielte es jetzt keine Rolle mehr. Der Anruf von Eric war zu eindeutig gewesen. Sie begann erneut hemmungslos zu weinen. Wieso war alles in ihrem Leben nur so wahnsinnig kompliziert?

Nachdem sie sich wieder einigermaßen beruhigt hatte wurde ihr klar, dass sie jetzt tatsächlich nichts mehr in Irland hielt. Sie würde Onkel Paul Bescheid sagen, dass sie abreiste und würde mit Mrs Barnett sprechen, ob sie sich eine Weile um Scotty kümmern konnte, bis Onkel Paul eine dauerhafte Lösung für ihn gefunden hatte. Dann würde sie alle Zelte hier abbrechen und nach Hause zurückkehren, dorthin, wo sie doch eigentlich hingehörte. Sie war sich in diesem Moment sicher, dass dies für alle Beteiligten das Beste war.

Kapitel 21

Dublin, Ende Oktober 1922

Der kalte Wind pfiff Maureen um die Ohren, als sie das Haus verließ. Der Herbst zeigte nun deutlich seine Spuren. In ein paar Monaten würde das Baby zur Welt kommen. Paddy schien bisher Wort gehalten zu haben, zumindest hatte sie nichts Verdächtiges an seinem Verhalten feststellen können. Auch war er abends häufiger zu Hause als in der Vergangenheit. Ab und zu traf er sich noch mit Kumpels, aber seltener als früher. Ansonsten kam er meist pünktlich von der Arbeit, außer, wenn er Überstunden machen musste. Der Kontakt zu seinem ehemaligen besten Freund Joe war mittlerweile völlig zum Erliegen gekommen und Paddy hatte auch Maureen verboten, mit ihm zu sprechen geschweige denn ihn zu treffen. Maureen konnte nicht verstehen, wie sich die einst besten Freunde so hatten auseinanderleben können. Alles nur wegen dem Vertrag? Das konnte doch kein Grund sein, sich mit seinem langjährigen besten Freund zu überwerfen. Man musste doch auch in einer Freundschaft unterschiedliche Meinungen haben dürfen. Maureen war sich bewusst, dass es an Paddy lag, denn Joe hatte ihr schon oft versichert, dass ihm die Freundschaft immer noch sehr am Herzen lag und er sie gerne weiterpflegen würde. Aber Paddy, so sagte er immer, habe sich verändert. Maureen sah es leider genauso. Er hatte sich wirklich verändert und das nicht zum Besseren. Der Anglo-Irische Vertrag hatte in ihm etwas ausgelöst, was keiner so richtig verstehen konnte. Ihm schien es wichtiger zu sein, den Kampf radikal weiterzuführen und dafür sogar Freundschaften und seine Beziehung zu Maureen aufs Spiel zu setzen, als die gegenwärtige Situation zu akzeptieren. Wenigstens hatte er versprochen, sich bis zur Geburt des Babys zurückzuhalten. Maureen hegte die Hoffnung, dass er, wenn er erst das Baby sehen würde, wieder zur Vernunft kommen würde. Dann würde er endlich begreifen, was wirklich wichtig war im Leben. Sie erinnerte sich daran, wie Paddy die Nachricht vom Tod seines einstigen Idols Michael Collins vor gut zwei Monaten aufgenommen hatte. Er hatte sich gefreut und gesagt, wenn dieser Attentäter ihn nicht erschossen hätte, hätte er es eines Tages getan. Diese Worte hatten sie zutiefst schockiert und sie hatte große Angst, den Paddy, den sie kannte und liebte, endgültig zu verlieren. Der Padraig O' Halloran, in den sie sich damals verliebt hatte, hätte niemals solche Dinge gesagt. Aber sie liebte ihn trotz allem und hatte bei ihrer Hochzeit geschworen, in guten wie in schlechten Tagen zu ihm zu stehen.

Sie ging über die windige *Liffey-Bridge* und sah plötzlich eine Frau über das Geländer klettern. Maureen erschrak. „Hey, was machen sie da? Das ist gefährlich." So schnell sie konnte lief sie zu der Frau hinüber, die unbeirrt weiter kletterte und jetzt mit dem Körper zum Fluss gewandt hinter dem Geländer stand. Maureen befürchtete, dass sie jeden Moment springen würde und wusste nicht, wie sie mit dieser Situation umgehen sollte. „Bitte tun sie es nicht", flehte sie. „Egal warum sie glauben das tun zu müssen, es gibt eine andere Lösung. Ganz bestimmt."

„Sie haben doch überhaupt keine Ahnung", schluchzte die Frau. „Wenn es eine andere Lösung gäbe, hätte ich sie längst gefunden. Oder glauben sie vielleicht, ich hätte nicht lange darüber nachgedacht?"

Maureen schaute sich auf der Brücke um. Es waren nur wenige Menschen in der Nähe und die meisten schauten nur kurz in ihre Richtung, gingen dann aber weiter. Ein oder zwei blieben in einiger Entfernung stehen, beteiligten sich aber nicht weiter. „Lassen Sie mich Ihnen zurückhelfen. Bitte. Erzählen Sie mir von ihrem Problem und ich verspreche Ihnen, wir finden eine Lösung, die besser ist als das hier. Vertrauen Sie mir."

Die Frau hinter der Brücke zögerte. Maureen deutete dies als ein hoffnungsvolles Zeichen. Wenn sie sich wirklich hätte hinunterstürzen wollen, hätte sie es längst getan. Wahrscheinlich war sie einfach nur sehr verzweifelt, aber nicht wirklich lebensmüde. Maureen reichte ihr die Hand. „Kommen Sie. Ich helfe Ihnen herüber."

Die Frau drehte sich langsam um und Maureen sah ihr verweintes Gesicht. Die fremde Frau tat ihr unendlich leid, auch wenn sie nicht einmal wusste, was mit ihr los war. Wie verzweifelt musste jemand sein, dass er sich in die eisige Liffey stürzen wollte? Sie half ihr über das Geländer, wo sie weinend zusammenbrach. Die umstehenden Passanten gingen wortlos weiter. Maureen hockte sich neben sie und umarmte sie.

„Kommen Sie, ich bringe sie nach Hause. Hier draußen ist es viel zu kalt und zugig." Sie half der Frau auf, die sich bemühte, die Fassung wiederzuerlangen.

„Wieso tun Sie das?", fragte sie an Maureen gerichtet. „Wieso wollen Sie mir helfen, Sie kennen mich doch gar nicht?"

„Ich muss jemanden nicht kennen, um ihm zu helfen. Wollen Sie mir erzählen, was passiert ist? Dann können wir gemeinsam eine Lösung finden?"

Anfangs zögerte die fremde Frau, sich Maureen anzuvertrauen, rückte dann aber allmählich mit der Sprache heraus. „Ich bin eine Schande für meinen Mann, denn ich kann ihm keine Kinder schenken. Seit über 15 Jahren versuchen wir es und ich sehe, wie alle um mich herum schwanger werden und ein Kind nach dem anderen bekommen, nur bei mir will es nicht funktionieren. Und dabei wünscht sich mein Mann doch so sehnlichst einen Stammhalter." Die Frau begann wieder zu weinen und Maureen schloss den Mantel enger um ihren Körper, damit die Frau nicht sah, dass sie selbst schwanger war. Das wäre in diesem Augenblick alles andere als hilfreich gewesen. „Das tut mir sehr leid für Sie. Aber das ist doch kein Grund, ihr Leben zu beenden. Sie dürfen die Hoffnung nicht aufgeben."

„Sie können gut reden. Haben Sie Kinder?"

„Nein, bisher nicht."

„Und wünschen Sie sich welche?"

„Natürlich. Irgendwann ..."

„Ich auch. Seit Jahren schon. Und es will einfach nicht klappen und ich fürchte, es wird auch nicht mehr klap-

pen. Und daher will ich meinem Mann das Elend erspa-
ren. Wenn ich tot bin, kann er sich eine andere Frau
nehmen, die ihm dann einen Erben schenkt."

Maureen tat es weh, den Worten der fremden Frau
zuzuhören. „Sagen Sie doch so etwas nicht. Sie sind
noch jung, es kann Ihnen immer noch ein Kind geschenkt werden."

„Meine Liebe, ich bin 38 Jahre alt. Wenn es bisher
nicht geklappt hat, wird es jetzt auch nicht mehr klappen."

„Haben Sie denn mal über Adoption nachgedacht? Es
gibt viele Kinder, die ein liebevolles Zuhause suchen."

„Das ist nicht dasselbe. Es wäre kein blutsverwandter
Erbe." Maureen wusste nicht, was sie noch sagen sollte,
um der Frau zu helfen. „Ich bringe Sie am besten nach
Hause. Sie brauchen jetzt Ruhe."

Die Frau nannte Maureen widerwillig ihre Adresse.
Das Haus befand sich in einer sehr noblen Gegend Dublins und Maureen fühlte sich unwohl, dass sie mit ihrer
einfachen Kleidung und in Begleitung einer offenbar
wohlhabenden Dame hier angetroffen wurde. Als sie
am Wohnhaus ankamen, wurde die Tür bereits geöffnet.

„Mary, Liebes. Wo hast du denn nur gesteckt? Ich war
völlig in Sorge um dich." Ein elegant gekleideter Mann
in mittleren Jahren hatte die Tür geöffnet und war augenscheinlich sehr besorgt. Da die Frau keine Anstalten
machte zu erzählen, was passiert war, nahm Maureen
dies in die Hand.

„Sind Sie der Ehemann?" Der Mann nickte leicht irritiert, so als habe er Maureen erst jetzt wahrgenommen.
„Entschuldigen Sie bitte, ich habe ihre Frau auf der

Liffey-Bridge gefunden. Sie hatte vermutlich einen Schwächeanfall, da habe ich sie nach Hause begleitet."

Die Frau blickte Maureen dankbar an.

„Ein Schwächeanfall, ohje. Ich danke Ihnen vielmals, dass Sie meine Frau nach Hause gebracht haben. Kommen Sie doch bitte kurz mit rein, dann können Sie sich ein wenig aufwärmen, während mein Butler uns einen heißen Tee aufbrüht. Das Wetter ist ja eiskalt heute."

Maureen zögerte einen Moment, ob sie das Angebot annehmen sollte. Sie schämte sich, in ihrem schäbigen Aufzug das Haus dieses Gentlemans zu betreten. Aber da er sie so freundlich eingeladen hatte, wollte sie nicht unhöflich erscheinen. Der Mann bat sie, am Kamin Platz zu nehmen, während er seine Frau ins Schlafzimmer brachte. Maureen sah sich verstohlen um. Solch ein Zimmer hätte sie auch gerne gehabt. Bücherregale säumten die Wände, dazu gab es eine gemütliche Sofagarnitur. Und durch den Kamin war es gemütlich warm. In ihrer eigenen Wohnung war es trotz des Ofens eher kalt, da er meistens nicht richtig funktionierte. Der Butler kam mit einem Tablett und brachte Tee und Gebäck. Maureen traute sich jedoch nicht, davon zu kosten, bevor der Hausherr zurück war. Als er in die Stube trat, machte er ein nachdenkliches Gesicht. „Sie sagten, Sie haben meine Frau auf der *Liffey-Bridge* gefunden? Mit einem Schwächeanfall?"

Maureen nickte und nahm ihre Teetasse in die Hand. Zu ihrem Erstaunen stützte der Mann seinen Kopf in die Hände und wirkte äußerst niedergeschlagen. „Ich weiß nicht weiter mit Mary", sagte er verzweifelt. „Ihre Gemütslage verschlechtert sich und ich kann nichts tun. Hat Sie Ihnen irgendwas erzählt?"

Maureen war sich nicht sicher, was sie erzählen sollte, erzählen durfte. Der Mann schien ihr kein Unmensch zu sein, ganz im Gegenteil. „Sie hat mir erzählt, dass sie unter einem unerfüllten Kinderwunsch leidet."

Der Mann nickte nachdenklich. „Ja, das stimmt. Es ist uns bisher nicht vergönnt gewesen, Kinder zu bekommen und mit jedem Monat, in dem es wieder nicht funktioniert, wird Marys Gemütszustand schlimmer."

Maureen schlug auch dem Mann das Thema Adoption vor.

„Davon will sie bisher nichts wissen. Ich weiß langsam nicht weiter."

„Sagen Sie ihr, wenn Sie jemanden zum Reden braucht, kann Sie mich gerne kontaktieren." Maureen öffnete ihren Mantel und kramte einen Notizblock und einen Bleistift aus der Innentasche. Den hatte sie immer dabei für den Fall, dass sie etwas Wichtiges notieren musste. Sie schrieb ihren Namen und Adresse auf den Zettel und reichte ihn dem Mann. „Ich muss jetzt leider wieder los, ich habe gleich einen Termin. Vielen Dank für den Tee. Ich wünsche Ihnen und ihrer Frau alles Gute."

Der Mann nahm den Zettel und brachte Maureen zur Tür. Als sie aufstand, sah er, dass sich unter ihrem offenen Mantel ein Babybauch abzeichnete. Er starrte kurz hin, sagte aber weiter nichts. Dann verabschiedeten sie sich und Maureen ging ihrer Wege. Der Mann beobachtete sie noch eine Weile nachdenklich, bis sie hinter der Straßenecke verschwunden war.

Kapitel 22

Port Kirrie, Juli 2007

Caitlins Koffer standen gepackt im Flur und wurden argwöhnisch von Scotty beschnuppert. „Tut mir leid, mein Kleiner. Aber es wird Zeit für mich, nach Hause zu fahren." Sie streichelte ihm sanft über seinen flauschigen Kopf. So hatte sie sich ihren Abschied aus Irland nicht vorgestellt, aber es war das Beste so. Sie brachte Scotty zu Mrs Barnett, die sich bereit erklärt hatte, fürs Erste auf ihn aufzupassen. Onkel Paul würde sich dann um alles Weitere kümmern. Nachdem sie Scotty abgegeben hatte und er ihr mit traurigen und ungläubigen Hundeaugen hinterher geschaut hatte, wollte Caitlin einfach nur noch weg. Sie hatte sich ein Taxi gerufen, das sie zum Flughafen nach Shannon bringen würde. Von da aus ging es dann zurück nach New York. Aidan hatte sich seit ihrem unglücklichen letzten Treffen nicht mehr bei ihr gemeldet, was Caitlin ein wenig traurig stimmte. Aber warum sollte er es auch tun? Schließlich hatte er völlig unvorbereitet davon erfahren, dass Caitlin verlobt war und in ihre Heimat zurückkehren würde. Sie hatte auch keinen Versuch unternommen, ihm die Sache zu erklären, denn sie wusste einfach nicht, wie. Außerdem hatte er ja Katrina, die perfekt zu ihm passte, weil sie ebenfalls Reiterin und noch dazu dauerhaft in Irland lebte. Das Taxi kam und Caitlin warf einen kurzen wehmütigen letzten Blick auf Onkel Pauls Haus. Dann fuhr das Taxi los und Caitlin bemühte sich, nicht aus dem Fenster zu sehen und dort die idyllische irische Landschaft vorzufinden, in der sie so oft mit Scotty spazieren gewesen war. Andernfalls hätte sie ihre Entscheidung vielleicht bereut. Aber es gab kein Zurück mehr. Als sie am Flughafen angekommen war, hatte sie noch ein bisschen Zeit, ihren Aufenthalt in Irland Revue passieren zu lassen. Was hatte sie eigentlich damit erreicht? Sie war hierhergekommen, um sich über ihre Beziehung und Zukunft mit Eric Klarheit zu verschaffen. Im Grunde war sie dazu aber gar nicht gekommen, da die Entdeckung des Nachlasses ihrer Urgroßmutter sie so sehr in ihren Bann gezogen hatte. Und natürlich ihre Bekanntschaft mit Aidan. Aber den Gedanken an ihn verscheuchte sie schnell wieder aus ihrem Kopf. Es ging jetzt um sie und Eric. Caitlin beschloss, sich während des Fluges mit diesem Thema zu beschäftigen, denn schließlich würde er nach ihrer Ankunft eine Entscheidung von ihr erwarten. Und das war im Grunde nur fair. Das Leben musste irgendwann weitergehen und dazu gehörte auch, dass man Entscheidungen treffen und dazu stehen musste. Auch unangenehme. Caitlin beschloss, sich noch einen Schokoriegel am Flughafenkiosk zu besorgen, denn wenn sie unter emotionalem Stress stand, war Schokolade immer die beste Medizin. Als sie an der Kasse stand, fiel ihr Blick auf eine Lokalzeitung. Sie traute ihren Augen nicht. Am linken Rand der Titelseite prangte ein Foto von Aidan. Sie schaute sich die Zeitung näher

an und sah, dass es sich dabei um einen Artikel über ihn
handelte. Die Überschrift lautete:

*Junges Reittalent aus dem County Clare auf dem Sprung
nach oben.*

Caitlin beschloss, die Zeitung ebenfalls mitzunehmen. Als sie im Flugzeug saß und die Startphase vorbei
war, kramte sie die Zeitung hervor und suchte nach
dem Artikel über Aidan. Dieser beinhaltete eine Be-
schreibung zu seinem Werdegang sowie ein kurzes Interview. Dazu gab es ein Foto von ihm, auf dem er lächelnd neben seinem Pferd stand. Für Caitlin war es
schwer, das Foto zu betrachten, denn er sah darauf äußerst attraktiv aus. Wehmütig dachte sie an die schönen Momente, die sie gehabt hatten und genauso an ihr
letztes Treffen, an das sie sich nicht so gerne erinnerte.
Sie las den Artikel aufmerksam durch. Caitlin erfuhr,
dass Aidan schon von klein auf eine Liebe zu Pferden
besessen hatte und er davon träumte, eines Tages einen
eigenen Reiterhof zu besitzen, auf dem er auch Pferde
züchten wollte. Genau das hatte er auch Caitlin anver-
traut. Auch die Tatsache, dass sein Vater Matchmaker
in Lisdoonvarna war, wurde erwähnt mit dem Zusatz,
dass er nun wohl viele Anfragen von jungen Mädchen
bekommen würde, die hofften, mit Aidan verkuppelt
zu werden. Da er mittlerweile als Springreiter sehr erfolgreich war, hatte er einen Startplatz bei einem inter-
nationalen Reitturnier erhalten, dass in einigen Wochen stattfinden würde.

Davon hatte Caitlin nichts gewusst. Vielleicht war es
das gewesen, was er ihr hatte mitteilen wollen. Naja,

jetzt wusste sie es. Es spielte keine Rolle mehr. Dann las sie das Interview. Er wurde gefragt, wie er sich so fühle, als hoffnungsvoller Nachwuchsspringreiter. Dann noch, welche Ziele er kurz-, mittel- und langfristig erreichen wolle und zu guter Letzt, ob seine Freundin sauer wäre, dass er in nächster Zeit so viel beschäftigt sein würde. Caitlin wollte die Antwort darauf zuerst gar nicht lesen, tat es dann aber doch, da sie Aidan ohnehin nie wiedersehen würde. Seine Antwort lautete:

„Glücklicherweise habe ich momentan keine Freundin, die ich vernachlässigen könnte. Ich will mich in nächster Zeit ganz dem Reitsport widmen und es wäre nicht fair, wenn ich so viel unterwegs bin und meine Freundin allein zu Hause säße. Daher ist es momentan gut so, wie es ist und ich muss kein schlechtes Gewissen haben."

Caitlin brauchte eine Weile, um diese Information zu verarbeiten. In dem Bericht stand, Aidan hätte keine Freundin. Er war Single. Aber das konnte sich natürlich mittlerweile geändert haben. Schließlich musste es sich hierbei nicht um ein aktuelles Interview handeln. Sie sah sich den Bericht noch einmal genauer an. Am Ende stand im Kleingedruckten, dass dieses Interview nach seinem Sieg beim Templeton Equestrian Springturnier geführt worden war. Also letzte Woche erst. Als Caitlin ihn und Katrina beim Knutschen erwischt hatte. Diese Neuigkeit irritierte sie. War es zwischen den beiden vielleicht wirklich nicht so wie es den Anschein gehabt hatte? Aber die Situation war doch eindeutig gewesen. Katrina hatte ihn umarmt und geküsst. Natürlich. Katrina hatte *ihn* geküsst. Aidan war vermutlich genauso überrascht gewesen wie Caitlin.

Genau so schätzte sie Katrina ein. Es war also alles ihre Schuld. Und sie hatte Aidan Vorwürfe und eine Szene gemacht. Na toll. Jetzt hatte sie keine Möglichkeit mehr, mit ihm darüber zu sprechen. Aber sie hätten ohnehin keine Zukunft, schließlich wusste Aidan, dass Caitlin verlobt war und bald heiraten würde. Das zu erklären und zu entkräften würde weitaus schwieriger sein als die Situation mit Katrina. Verzweifelt ließ Caitlin sich in ihren Sitz fallen. Sie kam jetzt mit noch mehr Fragen nach Hause zurück, als sie losgefahren war. Sie musste Irland und alles, was damit zu tun hatte, endlich vergessen und sich auf New York und seine dort beheimateten Probleme konzentrieren. Also, konnte sie Eric verzeihen und ihn trotzdem heiraten? Die Tatsache, dass sie ihn in Irland im Grunde vergessen und bis zu seinem Telefonanruf letzte Woche nicht an ihn gedacht hatte, sollte diese Frage eigentlich zur Genüge beantworten. Tatsächlich hatte sie ihn nicht sonderlich vermisst und freute sich auch nicht auf ein Wiedersehen mit ihm. Allerdings stellte sie sich die Frage, ob das überhaupt das Wichtigste in einer Beziehung war. Gab es denn wirklich Ehepaare, die sich aus tiefstem Herzen liebten und buchstäblich füreinander bestimmt waren? Caitlin gefiel diese Vorstellung, fragte sich aber, ob der Glaube an so eine Liebe ihrem extensiven Konsum an Disney- und Hollywood-Filmen zu verdanken war. So etwas existierte doch im wahren Leben nicht. Im wahren Leben ging man eine Ehe eher aus pragmatischen und sicherheitsorientierten Gründen ein. Das sah sie doch jeden Tag an ihren Eltern. Vielleicht waren sie früher einmal verliebt gewesen, aber solche Gefühle ließen mit der Zeit nach und Caitlin hatte den Eindruck, dass man dann einfach aus Gewohnheit zusammenblieb. Ihre Eltern hatten jedenfalls nicht viel gemeinsam, weder von ihrer Persönlichkeit her noch von ihren Interessen, denen jeder unabhängig voneinander mit seinen jeweiligen Freunden nachging. Zu „offiziellen" Anlässen trat man als Ehepaar auf, aber ansonsten ging im Grunde jeder seinen eigenen Weg. Für Caitlin war das die Realität von Ehepaaren. Und daher würde sie es auch schaffen, sich mit so einer Ehe zu arrangieren. Tiefe, innige Liebe, gegenseitige Unterstützung und Verständnis, sowie Interessen, denen man mit Freude gemeinsam nachging, das gab es doch nur in Filmen. Klar, Onkel Paul und Tante Niamh schienen sehr glücklich miteinander, aber die beiden waren wohl eine seltene Ausnahme. Mit viel Glück fand man vielleicht jemanden, mit dem man gerne sein Leben teilte. Aber das war nun mal nicht die Regel. Mit Eric würde sie eine ähnliche Ehe führen wie ihre Eltern und obwohl Caitlin innerlich fühlte, dass dies nicht das Leben war, das sie in Zukunft führen wollte, glaubte sie nicht daran, dass etwas anderes realistisch war. Sie wollte schließlich nicht als alte Jungfer enden, weil sie ihr Leben lang nach ihrem Seelenverwandten suchte, den sie doch niemals finden würde.

Kapitel 23

New York, Juli 2007

Caitlin hatte niemandem von ihrer Rückkehr erzählt, nicht einmal Jenna. Sie nahm sich ein Taxi und ließ sich zu ihrem Apartment fahren. Prompt landeten sie mitten in der Rush-Hour und Caitlin hatte Zeit, gedankenverloren aus dem Fenster zu sehen. Wie anders hier doch alles war, im Kontrast zu Irland. Obwohl Caitlin in New York geboren und aufgewachsen war und sich nie hätte vorstellen können, jemals woanders zu wohnen, kam ihr die Stadt in diesem Moment zutiefst einengend vor. Die Straßen, die von den Wolkenkratzern begrenzt wurden, der Stau, die Menschenmassen auf den Bürgersteigen, das alles löste bei ihr eine Beklemmung aus, die sie bisher noch nie verspürt hatte. Als sie endlich in ihrem Apartment angekommen war, ließ sie sich auf das Sofa fallen und dachte nach. Wen sollte sie zuerst von ihrer Rückkehr in Kenntnis setzen? Jenna kam ihr sofort in den Sinn und sie würde ihre Freundin auch so schnell wie möglich anrufen. Aber zuerst würde sie jemand anderen kontaktieren. Sie sprang unter die Dusche, um ihren Jetlag abzuwaschen, zog sich etwas Frisches an und machte sich auf den Weg.

„Caitlin, das ist ja eine Überraschung!"

„Hallo Granny. Ich hoffe ich störe nicht."

„Wie kommst du denn darauf? Ich freue mich doch immer dich zu sehen. Aber ich bin etwas verwirrt, denn deine Mutter sagte, du seist noch in Irland.“

„Ich bin heute Morgen angekommen und dachte mir, ich komme dich direkt mal besuchen.“ Ihre Großmutter machte ein überraschtes Gesicht, bat sie dann aber mit einem Lächeln in die Wohnung. Ihre Großmutter bewohnte ein stilvolles Apartment an der Upper Eastside mit Ausblick auf den Central Park. Trotz ihrer fast 85 Jahre schaffte sie es noch, sich größtenteils allein zu versorgen. Nur einmal in der Woche kam eine Betreuungskraft, um nach dem Rechten zu sehen und sie bei gewissen Dingen zu unterstützen. Caitlin bewunderte ihre Großmutter dafür, dass sie in ihrem Alter noch so rüstig war, geistig wie körperlich. Die Großmutter bat Caitlin auf dem Sofa Platz zu nehmen, während sie in die Küche ging, um ihnen einen Kaffee zu machen.

„Den kannst du sicher gut gebrauchen, nach der langen Reise, stimmt's?“.

„Auf alle Fälle, denn ein bisschen müde bin ich schon, auch wenn ich im Flugzeug etwas geschlafen habe. Aber lass mich das doch machen, Granny“, meinte Caitlin, aber die Großmutter wollte davon nichts wissen.

„Das kriege ich schon hin. Du solltest dich ausruhen, schließlich bist du gerade erst aus der alten Welt zurückgekehrt und es war ein langer Flug.“ Caitlin lachte. „Zum Kaffee kochen reichen meine Kräfte gerade noch aus.“ Die Großmutter ließ sie trotzdem nicht. Caitlin stibitzte sich in ihrer Abwesenheit einen selbstgebackenen Keks, der in einem eleganten Glas auf dem Wohnzimmertisch stand. Ihre Großmutter backte diese wöchentlich frisch, das war Tradition. Nach einer Weile kam sie mit einem Tablett zu Caitlin ins Wohnzimmer und stellte es neben dem Keksglas ab.

„Wie ich sehe hast du dir schon eine kleine Stärkung einverleibt." Sie lachte und goss den Kaffee in nostalgische Tassen mit Rosenmuster.

„Ich kann deinen Keksen einfach nicht widerstehen. Das weißt du doch."

„Nimm dir ruhig so viele wie du willst. Und nun erzähl mal. Wie war es in Irland?" Caitlin wurde ein wenig wehmütig, als sie auf Irland angesprochen wurde.

„Es war schön. Sehr erholsam. Und natürlich ganz anders als New York." Ihre Großmutter nickte.

„Ja, das ist es. Es ist schon eine ziemliche Weile her, dass ich drüben war. Manchmal würde ich auch gerne mal wieder dorthin reisen, aber ich fühle mich mittlerweile zu alt für so eine lange Reise." Caitlin überlegte, wie sie ihre Großmutter auf das ansprechen konnte, was ihr auf dem Herzen lag.

„Ich habe dir ja erzählt, dass ich auf Onkel Pauls Dachboden eine Kiste mit alten Sachen deiner Mutter gefunden habe. Das hat mich so fasziniert, dass ich beschlossen habe, ein wenig Ahnenforschung zu betreiben. Ich habe daraufhin versucht, ein wenig über unsere Familie herauszufinden." Sie machte eine Pause, um die Reaktion ihrer Großmutter zu testen. Diese blickte sie jedoch nur aufmerksam an.

„Und, bist du auf etwas Interessantes gestoßen?" Caitlin biss sich auf die Lippe.

„Kann man so sagen. Aber ich weiß nicht, was es zu bedeuten hat. Und auch nicht, ob ich dir davon erzählen soll." Die Großmutter machte große Augen.

„Wie meinst du das? Was hast du denn herausgefunden?" Caitlin seufzte tief bevor sie begann.

„Naja. Zum Beispiel einen Brief deiner Mutter an ihre Schwester in Irland. Er stammt aus der Zeit, als ihr schon in Amerika gelebt habt. Ich habe mich gewundert, warum er im Nachlass deiner Mutter zu finden war. Müsste er nicht bei ihrer Schwester sein?"

„Tante Helen hat vor ihrem Tod bei uns gewohnt. Danach hat meine Mutter ihre persönlichen Sachen auf dem Speicher verstaut. Und als diese dann auch starb, haben wir ihre dann dazugestellt. Vermutlich ist er aus Versehen in die Nachlasskiste meiner Mutter gerutscht."

„Und wo ist der Nachlass von Tante Helen jetzt?", fragte Caitlin interessiert.

„Den haben wir irgendwann ihren Kindern gegeben, keine Ahnung, was die damit gemacht haben. Aber von dem Nachlass deiner Urgroßmutter konnte sich Paul nicht trennen, du weißt ja, wie sehr er an alten Sachen hängt."

„Verstehe. Also in dem Brief an ihre Schwester schreibt deine Mutter, dass sie einen Sohn hatte, der angeblich gleich nach der Geburt gestorben ist. Deine Mutter glaubte aber wohl nicht daran, dass er gestorben ist, sondern dass irgendetwas mit ihm passiert ist, dass sie nicht erfahren sollte." Caitlin hielt inne und sah ihre Großmutter mit einer Mischung aus Nervosität und Angst an. Die Großmutter indes machte ein sehr verstörtes Gesicht.

„Daher deine Frage, ob ich noch weitere Geschwister hatte. Meine Mutter soll also noch einen Sohn gehabt haben? Wann?"

Caitlin biss sich erneut auf die Lippe.

„Geboren am 12. Januar 1923." Ihre Großmutter sah sie ungläubig an.

„Das muss ein Fehler sein. Mein Geburtstag ist doch am 12. Januar 1923, wie kann dann..." Die Großmutter begriff langsam. „Aber das würde ja bedeuten, dass ..."

„Du einen Zwillingsbruder hattest, ja genau. Hat dir deine Mutter denn nie etwas davon erzählt?" Die Großmutter schüttelte geistesabwesend den Kopf.

„Nein. Davon hatte ich keine Ahnung." Caitlin tat es leid, ihre Großmutter mit dieser Nachricht konfrontiert zu haben. Vielleicht hätte sie besser nicht damit angefangen. Auf der anderen Seite verspürte sie einen großen Drang, den Ungereimtheiten in ihrer Familie auf die Spur zu kommen. Und ihre Großmutter war nun mal das nächstliegende Glied in der Kette und der älteste lebende Verwandte, der ihr Auskunft geben konnte. Aber offensichtlich hatte sie keine Ahnung davon, was damals vorgefallen war. Warum nur hatte ihre Urgroßmutter nie darüber gesprochen?

„Es tut mir leid, Granny. Ich hatte gehofft, du hättest davon gewusst", meinte Caitlin schuldbewusst. Ihre Großmutter stand vom Sofa auf und ging gedankenverloren zum Fenster.

„Ich hatte einen Zwillingsbruder", murmelte sie vor sich hin und Caitlin wünschte, sie hätte ihre Großmutter nicht mit dieser Geschichte aus der Vergangenheit belästigt. „Hast du etwas über ihn herausfinden können?"

„Leider nein. Zumindest bis jetzt nicht. Ich habe in Irland ein paar Leute kennengelernt, die mir bei der Suche nach Antworten helfen wollten, aber wir standen diesbezüglich noch am Anfang. Und jetzt bin ich ja wieder hier…" Caitlin machte eine nachdenkliche Pause. Vielleicht war es die falsche Entscheidung gewesen, so überstürzt zurück zu reisen.

„Wieso bist du eigentlich schon wieder hier?", riss die Großmutter sie aus ihren Gedanken. „Deine Mutter meinte, du würdest vermutlich noch länger bleiben." Caitlin machte einen tiefen Atemzug.

„Ich weiß auch nicht. Eric hat mich angerufen und gefragt, wie es mit uns weitergeht. Und da fühlte ich mich verpflichtet, nach Hause zu kommen und die Dinge zu klären."

„Und wie geht es jetzt mit euch weiter? Du hast doch hoffentlich nicht vor, diesen Idioten zu heiraten?" Caitlin war von der Ausdrucksweise ihrer Großmutter überrascht. Sie hatte keine Ahnung gehabt, dass sie so über ihn dachte.

„Ich weiß es nicht, Granny. Manchmal denke ich, dass ich das tun sollte. Ich meine, welche Ehe ist schon wie im Märchen? Als Frau ist es doch wichtig, Sicherheit zu haben."

„Oh ja, Sicherheit wirst du mit ihm bestimmt haben. Die Sicherheit, dass er dich unglücklich machen wird", meinte die Großmutter ärgerlich. „Er ist und bleibt ein Idiot und mit seiner Aktion in Las Vegas hat er das mal wieder glänzend bestätigt." Caitlin machte ein betretenes Gesicht. Aber ihre Eltern, allen voran ihre Mutter, verlangten von ihr, dass sie ihn trotz allem heiratete.

„Liebst du ihn?", fragte die Großmutter. Caitlin dachte einen Moment ernstlich darüber nach.

„Nein. Ich glaube nicht."

„Dann solltest du ihn auch nicht heiraten. Vielmehr solltest du froh sein, dass er dir noch vor eurer Ehe sein wahres Gesicht gezeigt hat.“

„Du hast ja recht, Granny. Aber Mutter verlangt von mir, dass ich über seine Fehler hinwegsehe, da diese Verbindung für unsere beiden Familien von Vorteil ist.“ Die Großmutter blickte sie ungläubig an.

„Ich bin ernstlich schockiert, solche Worte aus deinem Mund zu hören, Kind. Bist du etwa eine mittelalterliche Prinzessin oder ein mittelloses Mädchen aus Kalkutta? Du hast doch solch eine Denkweise nicht nötig.“

„Aber du kennst doch Mutter.“

„Ja, ich kenne sie. Aber hier geht es nicht um deine Mutter oder Eric oder die öffentliche Meinung von New York. Hier geht es nur um dich und dein zukünftiges Glück. Und wenn er dich so hintergangen hat und du ihn noch nicht mal liebst, solltest du deine Verlobung unverzüglich lösen und nach vorne schauen.“ Jetzt war es an Caitlin gedankenverloren aus dem Fenster zu sehen.

„Wenn das doch nur so einfach wäre.“

„Das ist es auch. Ruf’ ihn an oder schick ihm einfach eine Nachricht auf sein Telefon, was Besseres hat er ohnehin nicht verdient.“ Caitlin sah ihre Großmutter vorwurfsvoll an, aber die zuckte nur unschuldig mit den Schultern.

„Nein, ich muss es ihm schon selbst sagen.“

„Dann mach das. Und dann fährst du sofort zurück nach Irland und findest heraus, was mit meinem Bruder passiert ist.“

„Aber Granny, ich habe doch überhaupt keine Anhaltspunkte, wo ich mit der Suche anfangen soll."

„Na, Dublin wäre doch schon mal gut, oder? Da sind wir schließlich geboren. Ich kann in meinem Alter nicht ohne Weiteres dorthin reisen und recherchieren, zumal ich gar nicht weiß, wie man das heutzutage macht. Du bist jung und kennst dich aus und du sagtest, dass du vor Ort Leute hast, die dir helfen wollen."

„Ja, aber jetzt vermutlich nicht mehr."

„Wieso nicht?"

„Da war so ein junger Mann ..."

„Verstehe!", fiel ihr die Großmutter ins Wort. Caitlin hatte weder Lust, etwas zu dementieren noch zu erklären, daher fuhr sie unbeirrt fort.

„Also dieser junge Mann hat einen Großvater und der interessiert sich für Geschichte und auch Heimatforschung. Die beiden haben mir sehr geholfen."

„Und warum glaubst du, sie würden es jetzt nicht mehr tun?"

„Das ist kompliziert." Caitlin seufzte schwer.

„Du magst diesen jungen Mann, stimmt's? Aber irgendwas ist zwischen euch vorgefallen, daher auch die stürmische Abreise." Entweder standen Caitlin ihre Gedanken auf die Stirn tätowiert oder ihre Großmutter war eine gedankenlesende Hexe. Sie sah ihre Enkelin erwartungsvoll an, ob sie mit ihrer Vermutung richtig lag. Caitlin nickte schweigend.

„Aha, habe ich es mir doch gedacht. Möchtest du vielleicht darüber sprechen? Vielleicht finden wir dann eine Lösung für das Problem."

„Da gibt es keine Lösung. Er war dabei, als Eric mir auf den Anrufbeantworter gesprochen und von unserer Hochzeit geredet hat."

„Oh, verstehe. Und du hast ihm vorher nicht gesagt, dass du verlobt bist?" Caitlin schüttelte den Kopf. Sie war den Tränen nahe.

„Dann ist er gegangen und ich bin zurück nach New York geflogen. Und jetzt bin ich gespannt zu hören, wie man das Problem lösen kann."

„Das ist tatsächlich etwas knifflig, aber nicht unmöglich. Sofern er dich genauso mag, wie du ihn, ist noch alles möglich."

„Das weiß ich aber nicht, Granny. So lange kannten wir uns ja nicht."

„Aber offenbar lange genug, dass du ihm dein Herz geschenkt hast. Also, dass erste was du jetzt zu tun hast ist, die Sache mit Eric ein für alle Mal zu klären. Wenn du dir dafür Mut antrinken willst, kannst du dich gerne an meinem Gin bedienen."

Caitlin wusste, dass ihre Großmutter recht hatte und sie diese Aufgabe nicht länger vor sich herschieben durfte. Die ungeklärte Situation mit Eric belastete sie und dabei war es doch im Grunde so einfach, wie ihr ihre Großmutter gerade vor Augen geführt hatte. Er hatte sie betrogen. Und was noch wichtiger war, sie liebte ihn nicht. Das war ihr in den letzten Wochen klargeworden. Sie hatte kaum an ihn gedacht und ihn auch nicht vermisst. Versuchte sie sich ein Leben ohne ihn vorzustellen, musste sie sich eingestehen, dass es ihr nichts ausmachte. Dachte sie jedoch daran, Aidan nie wiederzusehen, zerriss es ihr das Herz. Sie sehnte sich nach ihm und musste ständig daran denken, wie unglückselig ihr letztes Zusammentreffen verlaufen war. Wie sollte sie das je wieder kitten können? Ihre Großmutter tätschelte ihr liebevoll den Arm.

„Hör' auf deine Großmutter. Geh und kläre die Dinge mit Eric. Und dann kommst du nochmal zu mir und wir versuchen eine Lösung für das andere Problem zu finden."

Kapitel 24

New York, Juli 2007

Caitlin hatte Eric eine knappe SMS geschrieben, dass sie wieder in New York war und dringend mit ihm sprechen musste. Sie trafen sich im Central Park, was Eric zwar nicht ganz standesgemäß fand, Caitlin aber lieber war. Sie fühlte sich nicht wohl bei dem Gedanken, mit Eric in einem Raum allein zu sein. Ein Platz an der frischen Luft war ihr wesentlich angenehmer. Eric erschien überpünktlich, mit einem großen Strauß Rosen in der Hand. Das konnte ja heiter werden. Er grinste über das ganze Gesicht und breitete die Arme für eine Umarmung aus. Caitlin ließ es über sich ergehen, erwiderte diese aber nicht. Einem Kuss von ihm wich sie gekonnt aus, was Eric nicht verborgen blieb.

„Was ist los mit dir? Willst du deinen Verlobten nach dieser langen Zeit der Abwesenheit nicht anständig begrüßen?", fragte er fast beleidigt. Caitlin versuchte ruhig zu bleiben und die Fassung zu bewahren.

„Wir müssen reden!"

„Ja, natürlich. Das stand ja in der Mitteilung. Dann schieß mal los."

„Lass uns dort auf die Bank setzen, ok?" Er folgte ihr irritiert zu der nächstgelegenen Bank.

„Also? Über was willst du mit mir reden? Doch sicher über unsere Hochzeit." Caitlin holte einmal tief Luft und ärgerte sich, dass sie das Ginangebot ihrer Großmutter nicht angenommen hatte.

„Als ich in Irland war hatte ich viel Zeit zum Nachdenken. Und ich bin zu dem Entschluss gekommen, dass es keine gute Idee wäre, wenn wir heiraten." Caitlin traute sich nicht, Eric anzusehen und starrte stattdessen auf eine Schokoriegelverpackung, die jemand achtlos vor die Bank geworfen hatte. „Was genau meinst du damit, es wäre keine gute Idee zu heiraten?"

„Eric, sieh' uns doch an. Wir führen diese Beziehung doch im Grunde nur, weil unsere Eltern das von uns verlangen. Das hast du in Las Vegas bewiesen, denn wenn du mich wirklich aufrichtig lieben würdest, hättest du mir das nicht angetan. Hoffe ich zumindest." Eric stützte sich mit den Ellbogen auf seinen Knien ab und schien ebenfalls die Schokoriegel-Verpackung anzustarren.

„Ich glaube, ich war ein ziemlicher Idiot", gab er kleinlaut zu.

„Ja, das warst du", pflichtete Caitlin ihm bei. „Aber vielleicht musste es alles so kommen. Ich denke nicht, dass wir auf Dauer ein glückliches Paar wären. Ich brauche jemand anderes und du brauchst auch jemand anderes. Jemand, der das Blitzlicht und die Aufmerksamkeit der Öffentlichkeit liebt. Ich habe öffentliche Auftritte und das ganze lächerliche Gepose vor den Fotografen immer gehasst."

„Ich finde das eigentlich gar nicht so schlecht."

„Ich weiß und ich mache dir keinen Vorwurf. Und es gibt Frauen, die das genauso gut finden wie du. Und eine solche solltest du heiraten."

„Jemand wie Virginia Mason?" Eric lachte schelmisch.

„Zum Beispiel." Caitlin wusste, dass Eric das New Yorker IT-Girl schon länger gut fand. „Lad sie doch mal zum Essen ein."

„Ja, vielleicht mach ich das mal." Sie gab Eric ihren Verlobungsring zurück, den er gedankenverloren in den Fingern hin und her rollen ließ.

„Mach's gut, Eric. Ich wünsche dir für die Zukunft alles Gute."

„Ja, ich dir auch. Die Blumen kannst du ruhig behalten." Sie umarmten sich und beide gingen ihrer Wege. Nach dem Gespräch mit Eric atmete Caitlin erstmal tief durch. Sie hatte es tatsächlich überstanden. Sie hatte endlich das aussprechen können, was ihr schon lange auf der Seele lag und die Sache mit Eric beendet. Sie hätte nicht erwartet, dass er so gelassen reagieren würde, aber vielleicht hatte er in den letzten Wochen auch etwas nachgedacht. Wie dem auch sei. Diese Sache war nun geklärt. Zumindest zwischen ihnen beiden. Ihren Eltern und allen voran ihrer Mutter beizubringen, dass es keine Hochzeit zwischen ihr und Eric geben würde, war eine ganz andere Sache. Aber damit würde sie sich zu einem späteren Zeitpunkt befassen. Sie machte noch einen Spaziergang durch den Central Park und fühlte sich von einer großen Last befreit. Dann kam ihr nach einer Weile wieder das Gespräch mit ihrer Großmutter in den Sinn. Sollte sie wirklich wieder zurückkehren und mit ihrer Suche weitermachen? Aber was, wenn sie keine Antworten finden würde? Oder aber Antworten, die sie lieber nicht finden wollte? Sie setzte sich auf eine Parkbank mit Blick auf den See und dachte nach. Im Grunde wollte sie weiter an ihrer Familiengeschichte forschen, aber besonders sehnte sie sich nach der gemeinsamen Arbeit mit Aidan. Caitlin glaubte nicht, dass er ihr noch helfen würde, wenn sie zurückkehrte. Dafür war ihr Abschied zu endgültig gewesen. Andererseits konnte es ihm doch egal sein, dass Caitlin verlobt war. Es änderte doch nichts an ihrer Bekanntschaft, es sei denn ... Caitlin wollte sich nicht einreden, dass der Grund für Aidans Verhalten womöglich Eifersucht gewesen war. Das hätte sie natürlich sehr gefreut, aber warum hatte er dann bei ihren gemeinsamen Treffen nie versucht ihr näher zu kommen? Caitlin wusste nicht, was sie denken sollte. Sie beschloss Jenna anzurufen und sie zu fragen, ob sie heute Zeit hatte, um mit ihr den Abend zu verbringen.

Jenna reagierte genauso überrascht wie Caitlins Großmutter darauf, dass sie plötzlich wieder in New York war.

„Ist es dir endlich zu langweilig da drüben geworden?", neckte sie ihre Freundin. „Hat ja lange genug gedauert."

„Langweilig nicht, aber ... Ich hatte etwas Heimweh", log sie.

„Kann ich gut verstehen. Ich muss sagen, ich war heilfroh, als ich nach einer Woche wieder nach Hause durfte. Wundert mich, dass du so lange ausgehalten hast. Noch dazu alleine." Caitlin hatte vergessen, dass sie Aidan ja erst nach Jennas Abreise kennengelernt hatte. Sie hatte es bisher versäumt, ihr von ihm zu erzählen. Aber da die Sache ohnehin erledigt war, musste sie es jetzt auch nicht mehr erfahren.

„Übrigens, erinnerst du dich noch an diesen komischen Verkuppler-Typen bei dem wir waren und der gesagt hat, innerhalb eines halben Jahres wird man nicht mehr allein sein? Eigentlich habe ich das ja für Spinnerei gehalten, aber es war einfach witzig, dass mal auszuprobieren. Und dann habe ich auf dem Rückflug von Irland nach New York Dave kennengelernt." Caitlin hob überrascht die Augenbrauen.

„Wer ist denn Dave?" Jenna grinste verschmitzt.

„Dave ist mein neuer Freund. Er arbeitet für die Marketingabteilung eines Whiskey-Herstellers. Momentan führen wir noch eine Fernbeziehung, weil er in Tennessee lebt, aber wir suchen bereits nach einer für beide Seiten akzeptablen Lösung. Und die lautet natürlich, dass er nach New York ziehen muss. Was soll ich schließlich in Tennessee?"

Caitlin konnte sich ihre Freundin tatsächlich nicht in Tennessee vorstellen. Im Grunde konnte sie sich Jenna nirgendwo anders als in New York vorstellen.

„Und ihr habt euch wirklich im Flugzeug kennengelernt?"

„Ja und wir haben beide sofort gemerkt, dass es zwischen uns etwas Besonderes ist. Also ich glaube fest daran, dass es an der Zauberei von diesem Typen lag. Wie hieß der nochmal?"

„Matchmaker?"

„Genau. Der Matchmaker hat mich und Dave zusammengeführt, da bin ich ganz sicher. Und wie steht's bei

dir? Hast du in Irland irgendwelche interessanten Bekanntschaften gemacht, seit du deine Hand auf das
Buch gelegt hast?" Jenna grinste ihre Freundin neugierig an. Caitlin hatte im Moment keine Lust über Aidan
zu sprechen.

„Nein. Außerdem glaube ich nicht an diesen Humbug,
habe ich doch schon mal gesagt. Und sieh mich nicht so
an." Caitlin kannte den Blick ihrer Freundin. Sie versuchte irgendeinen Hinweis zu erhaschen, dass sie
nicht das meinte, was sie sagte.

„Ok, dann musst du wohl noch etwas warten. Er wird
schon kommen. Oder hast du dich etwa mit Eric ver-
söhnt?"

„Nein, ganz im Gegenteil. Ich habe ihm eben gesagt,
dass es zwischen uns aus ist. Endgültig."

„Wow, echt wahr? Und wie hat er reagiert?", fragte
Jenna neugierig.

„Gelassener als ich erwartet habe. Hast du in meiner
Abwesenheit etwas mitbekommen von ihm?"

„Nicht viel. Vielleicht hat er einfach mal sein Gehirn
eingeschaltet und ist dann selbst zu der Erkenntnis ge-
langt, dass eure Beziehung keine Zukunft hat."

„Wie auch immer, ich bin einfach froh, dass die Sache
endlich geklärt ist. Aber vermutlich muss ich demnächst nochmal nach Irland. Ich bin da so einer Fami-
liensache auf der Spur." Jenna war ganz Ohr.

„Was genau meinst du damit?" Caitlin klärte ihre
Freundin kurz über ihre Ahnenforschung und die Ungereimtheiten auf.

„Cool, und wie willst du jetzt weiter vorgehen?"

„Das weiß ich noch nicht genau. Aber ich muss dafür auf jeden Fall nochmal nach Irland. In Archive und so. Von New York aus komme ich da nicht weiter.“

„Und wann fliegst du zurück? Du bist doch gerade erst zurückgekommen.“ Caitlin zuckte mit den Schultern.

„Nachdem ich jetzt die Sache mit Eric geklärt habe, möchte ich so schnell wie möglich auch diese andere Sache klären. Soweit ich das schaffe.“

„Verstehe. Dann tu, was du nicht lassen kannst. Oder ist doch ein schnuckeliger Ire der Grund, dass du so schnell wieder zurückwillst?“ Jenna konnte es einfach nicht lassen. Caitlin bemühte sich um ein Pokerface.

„Wenn dem so wäre, wäre ich doch gar nicht erst nach New York zurückgekehrt.“

Nach dem Abend mit Jenna machte sich Caitlin am nächsten Morgen auf zum Gang nach Canossa beziehungsweise dem Haus ihrer Eltern, um sie von der endgültig geplatzten Hochzeit in Kenntnis zu setzen. Erwartungsgemäß war vor allem ihre Mutter nicht damit einverstanden, aber Caitlin blieb standhaft. Schließlich war es ihr Leben und ihre Entscheidung. Wenn ihre Mutter so viel von Eric hielt, konnte sie ihn selbst heiraten. Unglücklicherweise blieb dies nicht nur ein Gedanke in Caitlins Kopf, sondern fand leider den Weg über Ihre Zunge nach außen. Dies führte zu einem der seltenen Momente, der Caitlins Mutter sprachlos werden ließ, während ihr Vater bemüht war, sich ein Lachen zu verkneifen. Nach diesem Gespräch brach sie hastig wieder auf, um sich zu beruhigen. Sie war erst seit gestern wieder in New York und hatte bereits zwei sehr unangenehme Gespräche führen müssen. Aber jetzt war, zumindest in New York, alles geklärt. Sie fühlte sich schon viel befreiter, aber einen Punkt gab es da immer noch, der sie beschäftigte. Caitlin dachte immer wieder an Aidan und ihr letztes Gespräch. Sie wusste, dass sie das auch noch irgendwie klären musste. So wie im Moment, konnte es zwischen ihnen nicht bleiben. Caitlin fragte sich immer wieder, warum Aidan so stürmisch das Haus verlassen hatte, nachdem er von Erics Nachricht erfahren hatte. Sie klammerte sich immer noch an die Hoffnung, dass er mehr als nur Freundschaft für sie empfand und dass ihn deshalb die Nachricht ihrer bevorstehenden Hochzeit so schnell davongejagt hatte. Sollte dieser unwahrscheinliche Fall tatsächlich wahr sein, war es umso wichtiger für sie, schnellstmöglich nach Irland zurückzukehren.

Kapitel 25

Irland, November 1922

Paddy war auf dem Weg nach Cork. Es sah nicht allzu gut aus für die IRA, denn die Freistaat-Truppen und damit die Vertragsbefürworter schienen sich immer mehr durchzusetzen. Aber er musste seinen Beitrag leisten und konnte nicht in Dublin Däumchen drehen, während Männer, die seine Ideale und Ansichten teilten, seine Unterstützung brauchten. Maureens Schwangerschaft war schon weit fortgeschritten und es würde nicht mehr lange dauern, bis das Baby zur Welt kam, aber darauf konnte er jetzt keine Rücksicht nehmen. Besondere Umstände erforderten besondere Maßnahmen. Er hatte sein Versprechen, dass er ihr gegeben hatte nicht vergessen und wollte sie so kurz vor der Niederkunft nicht unnötig aufregen. Sie würde es sowieso nicht verstehen, sie verstand gar nichts, was Irland betraf. Um sein Gewissen nicht unnötig zu belasten hatte er ihr erzählt, dass er mit seinem Arbeitgeber nach Cork fahren musste, um Sachen für den Betrieb zu besorgen. Er hatte seinen Arbeitgeber eingeweiht, der wie er auf der richtigen Seite stand, sodass er ein wasserdichtes Alibi besaß, falls Maureen nachfragen sollte. Der Plan war also perfekt. Aber es schien ohnehin, als hätte Maureen ihm die Geschichte abgekauft.

Sie dachte nur noch an das Baby und das war auch gut so, denn so konnte Paddy zu Hause den guten Ehemann spielen und andererseits im Verborgenen weiter seinem Kampf für Irland nachgehen. Bisher hatte das auch alles wunderbar funktioniert.

Im Morgengrauen waren sie aufgebrochen. In Cork wollte man den Soldaten des Freistaats mal richtig die Hölle heiß machen. Paddy war sehr motiviert. Er hatte in den vergangenen Jahren verlernt, so etwas wie Mitleid mit dem Gegner zu empfinden. Daran änderte auch die Tatsache nichts, dass sie nun, statt gegen Engländer gegen irische Landsleute kämpften. Während des Unabhängigkeitskrieges war das mit dem Mitleid ohnehin kein Problem gewesen, da die Briten das jahrhundertealte Feindbild waren. Sie hatten die Iren unterdrückt, erniedrigt, verhungern und hinrichten lassen. Mit Freude hatte er damals an jeder anti-britischen Aktion teilgenommen und es hatte ihm auch nichts ausgemacht, Briten zu töten. Das hatten sie schließlich mit den Iren auch 800 Jahre lang getan. Nach Ausbruch des Bürgerkrieges war es ihm anfangs schwergefallen Teile seiner Landsmänner, mit denen er noch kurz zuvor gemeinsam gegen die Briten gekämpft hatte, als Feinde zu betrachten und auf sie zu schießen. Mittlerweile machte ihm dies aber auch nicht mehr viel aus. Schließlich waren sie im Unrecht und hatten Irland verraten.

Als sie in Cork ankamen, wurden sie hektisch in eine alte Lagerhalle gejagt. Dort instruierte man sie über das weitere Vorgehen. Paddy spürte eine innere Unruhe, die er in letzter Zeit öfter spürte, wenn es um einen Einsatz ging. Er konnte sich schlecht konzentrieren und hörte auch nur halbherzig hin, was ihr Anführer sagte. Er wollte nur kämpfen und konnte nicht abwarten, dass es endlich losging. Der Plan war, einen Angriff auf das Hauptquartier der Freistaat-Truppen zu unternehmen, dass sich in einem Hotel befand. Zuvor sollten Freiwillige Straßensperren errichten. Paddy hatte sich durchgesetzt, dass er das Hotel angreifen durfte. Er wollte das Hotel stürmen und die Gesichter der Verräter sehen, wenn er sie in ihrem sicher geglaubten Hauptquartier begrüßte.

Um Mitternacht stürmten sie das Hotel. Sie hatten alles gut geplant und trotzdem ging dieser Angriff schief. Offenbar hatten die Freistaat-Soldaten von irgendwoher Wind von dem Plan bekommen, denn man empfing sie mit umfangreichem Feuer. Paddy hatte keine Zeit lange nachzudenken. Er feuerte wild um sich und versuchte dabei so gut es ging, nicht selber getroffen zu werden. Plötzlich war seine Munition verbraucht. Da die Eingangstür versperrt war, blieb ihm nichts Anderes übrig, als sich ein Versteck zu suchen, was in den zerschossenen Räumlichkeiten keine einfache Aufgabe war. Verzweifelt suchte er nach einem Ausweg. Er robbte auf allen Vieren Richtung Hinterausgang, während im vorderen Bereich des Hotels noch geschossen wurde. Vorsichtig drückte er die Türklinke herunter und zu seiner Erleichterung war diese nicht verschlossen. Er sprintete ohne Vorsicht walten zu lassen hinaus, was er aber sogleich bereute.

„Na wen haben wir denn hier?“, hörte er eine höhnische Stimme rufen. Gleich darauf kamen mehrere Soldaten mit vorgehaltenen Gewehren auf ihn zu. Paddy wusste, dass es vorbei war.

„Na los, erschießt mich schon endlich. Ich war schon immer bereit, für Irlands Freiheit zu sterben, die ihr verraten und verkauft habt." Die Soldaten lachten.

„Dein Opfer für Irland muss noch warten. Wir sind nicht so unzivilisiert wie ihr. Erst wird dir der Prozess gemacht." Sie nahmen ihn fest und Paddy ließ es widerstandslos zu. Zumindest fürs Erste, dachte er. Sobald sich eine Möglichkeit bot, wollte er sie für ihre Nachlässigkeit ihn am Leben gelassen zu haben, bestrafen. Aber im Augenblick fügte er sich, um sie in Sicherheit zu wiegen. Was für Idioten! Sie luden Paddy und vier andere Männer, die die Schießerei überlebt hatten auf einen Wagen und brachten sie nach Dublin. Während sich die anderen ein Nickerchen gönnten, hatte Paddy viel Zeit zum Nachdenken. Am meisten dachte er darüber nach, wie er sich an den Soldaten rächen könnte. Als er davon eine Weile Abstand gewinnen wollte, dachte er an Maureen. Was würde sie wohl dazu sagen, dass er jetzt im Gefängnis landete? Sein so perfekter Plan war leider nicht aufgegangen und er musste sich schnell eine Erklärung einfallen lassen. Er würde im Grunde bei seiner Geschichte bleiben, mit der Änderung, dass sie von Freistaat-Truppen in einen Hinterhalt gelockt worden waren und er unschuldig sei. Schließlich hatten sie doch nur Ware besorgen wollen. So gut ihm diese Geschichte selbst gefiel, so sehr musste er sich eingestehen, dass Maureen ihm das vermutlich nicht abkaufen würde. Dafür hatte er sie im Hinblick auf seine Aktivitäten in der Vergangenheit schon zu häufig belogen. Und Maureen war nicht nur hübsch, sondern auch klug. Zu klug für eine Frau. Er dachte kurz darüber nach, sich selbst das Leben zu nehmen, verwarf diesen Gedanken aber schnell wieder. Erstens wäre das feige, denn er wollte schließlich als irischer Märtyrer sterben, weswegen ihn jemand anderes ins Jenseits befördern musste. Andererseits verspielte er sich mit einem Selbstmord auch den Weg in den Himmel, denn Selbstmörder erwartete die ewige Verdammnis. Paddys Gedanken drehten sich um so viele Dinge, dass ihm buchstäblich schwindlig wurde. Er beschloss es seinen Kameraden gleichzutun und sich ein wenig Schlaf zu gönnen.

Als der Wagen in Dublin anhielt wurde er unsanft aus seinem Schlaf gerissen.

„Aufstehen!", schrie ihn jemand an und beförderte ihn mit einem Tritt nach draußen. Paddy sah sich um.

„Wo sind wir?", fragte er noch schläfrig.

„Kilmainham."

Kilmainham. Er befand sich also im gleichen Gefängnis, in dem auch die meisten Anführer des Osteraufstandes 1916 inhaftiert gewesen waren. Paddy war fast stolz. Man brachte ihn und die anderen in ihre Zellen.

„Und wie geht's jetzt weiter?", fragte er, obwohl er es sich schon denken konnte und keine Antwort erwartete.

„Das wirst du noch früh genug erfahren." Der Wärter schloss die Zellentür und ließ Paddy allein im Dunkeln zurück.

Am nächsten Morgen wurde er in einen kleinen Verhörraum geführt. Ein Mann saß am Tisch und schien ihn bereits zu erwarten, ein anderer stand teilnahmslos in der Ecke. Offenbar sollte dieser als Aufpasser fungieren. Paddy wurde an den Tisch geführt und setzte sich dem Mann gegenüber. Beide starrten sich eine Weile wortlos an.

„Wie ist Ihr Name?"

„Das geht Sie nichts an!"

„Ich an Ihrer Stelle würde etwas mehr Kooperationsbereitschaft zeigen, schließlich haben wir Sie in flagranti erwischt, wie Sie das Hotel in Cork überfallen und Soldaten des Freistaats angegriffen haben." Der Polizeibeamte saß gelassen da und seine Miene war ausdruckslos. Er starrte Paddy unentwegt an, was diesen langsam rasend machte. Am liebsten hätte er dem dummen, selbstgefälligen Kerl mal ordentlich die Fresse poliert. Der Beamte versuchte es erneut.

„Ihr Name?"

„Padraig O' Halloran. Soldat der Irischen Republik." Der Beamte stutzte einen Moment. Irgendwo hatte er diesen Namen in der letzten Zeit schon mal gehört.

„Und weiter? Alter? Wohnort?"

Paddy seufzte. Zwar hatte er keine Lust diesem Idioten Auskunft über ihn zu geben, allerdings wusste er, dass sie es früher oder später doch herauskriegen würden. Wenn sie seine Personalien haben wollten, bitte. Es gab weitaus wichtigere Dinge, die sie niemals aus ihm herauspressen würden.

„22 Jahre, wohnhaft in Dublin."

„Können Sie mir etwas zu dem Vorfall in Cork mitteilen? Warum haben Sie und ihre Komplizen diesen Angriff gestartet?" Paddy sah ihn ungläubig an.

„Wollen Sie mich verarschen? Sie wissen genau warum. Aus dem gleichen Grund, warum wir überhaupt diesen Krieg führen. Für die Freiheit Irlands, die Ihr mit der Annahme dieses Schandvertrages verraten habt!

Und jetzt macht ihr Jagd auf eure Brüder, mit denen Ihr noch vor gar nicht langer Zeit gemeinsam gegen die Briten gekämpft habt."

„Nun, das gleiche könnten wir über euch sagen, nicht wahr? Soweit ich weiß, habt Ihr mit diesem unnötigen Krieg angefangen. Aber es geht jetzt nicht darum, wer womit angefangen hat. Es geht darum, dass ein Angriff auf Soldaten des Freistaats stattgefunden hat und dieser Todesopfer gefordert hat. Dafür werden Sie sich verantworten müssen." Paddy lehnte sich im Stuhl zurück und lächelte den Beamten sarkastisch an.

„Und Ihr werdet euch früher oder später verantworten müssen, für das, was Ihr unserem Land angetan habt."

„Wir werden sehen", sagte der Beamte unbeeindruckt. „Wollen Sie ein Geständnis ablegen, damit wir die Sache hier verkürzen können?"

„Ja, ich war dabei und ich habe auf Verräter geschossen. Und ich würde es wieder tun."

„Dann gibt es ja nicht mehr viel zu besprechen. Wollen Sie mir vielleicht auch noch Namen von Hintermännern und Mittätern mitteilen? Das würde für Sie unter Umständen mildernde Umstände bedeuten." Paddy lachte verächtlich.

„Das hättet Ihr wohl gerne! Aber im Gegensatz zu euch bin ich kein feiger Verräter. Ich bin bereit und willig für Irland zu sterben."

„Na schön, dazu werden Sie wohl bald schon Gelegenheit haben." Der Beamte wandte sich zu dem Polizisten, der in der Ecke gewartet hatte.

„Führen Sie diesen Kerl zurück in seine Zelle. Er kriegt zeitnah Bescheid, wie mit ihm verfahren wird."

Der Polizist führte Paddy ab. Als dieser auf Höhe des Beamten war, spuckte er ihm direkt ins Gesicht.

„Verräter! Möget Ihr alle in der Hölle schmoren!" Der Beamte wischte sich wortlos das Gesicht mit seinem Taschentuch ab. Als er allein in dem Vernehmungsraum zurückblieb, fiel ihm auf einmal wieder ein, wo er den Namen O'Halloran schon mal gehört hatte.

Kapitel 26

Irland, August 2007

Bereits drei Tage später landete Caitlin wieder in Irland. Sie hatte Mrs Barnett Bescheid gesagt, dass sie wieder auf Scotty aufpassen könnte, was diese mit Erleichterung aufgenommen hatte. Onkel Paul war es nämlich bisher nicht gelungen, einen langfristigen Platz für seinen Hund zu arrangieren, so dass Caitlins Entscheidung nach Irland zurückzukehren für alle Beteiligten die optimale Lösung war. Während der Taxifahrt vom Flughafen nach Port Kirrie machte sich Caitlin Gedanken darüber, wie sie die Sache mit Aidan bereinigen sollte. Sie hatte Angst davor, auf ihn zuzugehen, aber Caitlin musste einfach das Gespräch mit ihm suchen. Sonst würde sie keine Ruhe finden. Wenn er nichts mehr mit ihr zu tun haben wollte, musste sie das akzeptieren. Vielleicht gab es aber eine Chance, dass sie die Dinge klären konnten und das würde sie nie erfahren, wenn sie nicht versuchte, mit ihm zu sprechen. Außerdem brauchte sie seine Hilfe bei der Aufklärung ihrer Familienangelegenheiten. Als das Taxi vor Onkel Pauls Haus anhielt, überkam sie das merkwürdige Gefühl, wieder zu Hause zu sein. Sie konnte es sich nicht erklären, aber es war so. Caitlin stellte das Gepäck im

Flur ab und machte sich auf direktem Wege zu Mrs Barnett, um Scotty abzuholen. Sie musste nämlich zugeben, dass auch er ihr sehr gefehlt hatte. Scotty schien sich auch zu freuen, Caitlin wiederzusehen und sprang bellend und schwanzwedelnd an ihr hoch. „Geht's dir gut, mein Junge?", rief Caitlin, während sie ihm liebevoll über seinen flauschigen Kopf streichelte.

„Ich glaube, er hat Sie sehr vermisst", meinte Mrs Barnett. „Ständig saß er vor der Haustür, so als warte er darauf, dass sie ihn wieder abholen." Caitlin lächelte.

„Ich hab' dich auch vermisst, mein Junge. Sollen wir gleich einen schönen Strandspaziergang machen?" Als hätte Scotty sie verstanden, bellte er zustimmend und drehte sich dabei vor Freude im Kreis.

„Ich schätze, dass ist ein Ja." Caitlin und die Nachbarin lachten.

Nachdem Caitlin sich umgezogen hatte, machte sie sich daran, ihr Versprechen in die Tat umzusetzen. Sie ließ Scotty mittlerweile wieder frei am Strand herumlaufen, auch wenn sie geschworen hatte, dies nach seiner Ausbüx-Aktion nicht mehr zu tun. Aber er schien begriffen zu haben, dass er seine Freiheit nur erlangen konnte, wenn er sich an Regeln hielt und Caitlin nicht mehr davonlief. Sobald er sich etwas zu weit entfernte, rief Caitlin ihn streng zurück und er kam auch jedes Mal brav zurück. Der Strand erinnerte Caitlin unweigerlich an ihr erstes Aufeinandertreffen mit Aidan. Sie musste unbedingt mit ihm sprechen. Gleich morgen würde sie zum Reiterhof fahren und das Gespräch mit ihm suchen. Damit sie endlich wusste, woran sie war. Vor den Gesprächen mit Eric und ihren Eltern hatte sie schließlich auch Angst gehabt, aber im Nachhinein hatte sie sich viel besser gefühlt. Sie hoffte, dass das Gespräch mit Aidan ihr ähnliche Erleichterung verschaffen würde.

Am nächsten Morgen wurde sie früh von den Sonnenstrahlen geweckt, die durch das Fenster schienen. Sie war gestern Abend so müde gewesen, dass sie vergessen hatte, die Vorhänge zuzuziehen. Schnell machte sie sich einen Kaffee und trat hinaus auf die Terrasse. Sie genoss die morgendliche Ruhe, die nur vom Gezwitscher der Vögel unterbrochen wurde. Sie setzte sich an den Gartentisch, nahm sich einen Notizblock zur Hand und überlegte sich, was sie Aidan sagen wollte, wenn sie ihn gleich hoffentlich wiedersah. Nach dem Mittagessen machte sie sich dann auf den Weg. Sie hatte überlegt, ihre Nervosität mit etwas Alkohol zu beruhigen, wie ihre Granny es empfohlen hatte, entschied sich dann aber doch mutig dagegen, weil sie einen klaren Kopf behalten wollte.

Als sie den Reiterhof betrat, war dort schon einiges los. Die Reitschüler, nach Caitlins Schätzung zwischen 11 und 13 Jahre alt, waren fleißig dabei ihre Pferde startklar zu machen und auf den Reitplatz zu bringen. Bei dem schönen Wetter würden sie im Freien und nicht in der Reithalle trainieren, was Caitlin die Möglichkeit eröffnete, dem Treiben von der Terrasse aus zuzusehen. Sie zog sich ihre Sonnenbrille, die größte, die sie besaß auf, um nicht sofort erkannt zu werden und besorgte sich etwas zu trinken. Glücklicherweise begegnete ihr dabei weder Aidan noch Katrina. Stress steigerte in ihr das Verlangen nach etwas Süßem, daher bestellte sie sich einen Ginger-Ale sowie eine Packung M&Ms, bevor sie es sich auf der Terrasse gemütlich machte. Die

Reitschüler waren schon alle auf dem Reitplatz versammelt, als Aidan zu ihnen stieß. Caitlins Herz machte einen Freudensprung. Er trug ein kurzärmeliges marineblaues Polohemd und passende Reithosen, die ihn einfach umwerfend aussehen ließen. Er bemerkte sie anfangs nicht, da er zu sehr auf seine Arbeit konzentriert war. Als aber eines der Mädchen Probleme bekam, ihr Pferd unter Kontrolle zu halten und kurz davor war, in die Terrassenbegrenzung zu laufen, musste Aidan einschreiten und das Pferd samt Reiterin wieder auf die richtige Bahn bringen. Dabei warf er einen flüchtigen Blick auf die Terrasse und ihre Blicke trafen sich für einen kurzen Moment. Aidan schien erschrocken und runzelte ungläubig die Stirn. Er hatte sich aber schnell wieder unter Kontrolle und widmete seine ganze Aufmerksamkeit seinen Reitschülern. Caitlin wusste nicht, wie sie seinen Blick deuten sollte. Ein Lächeln seinerseits hätte ihr Mut gegeben, ihren Plan in die Tat umzusetzen, aber aus seinem Blick hatte sie außer Ungläubigkeit nun wirklich keine Schlüsse ziehen können. Ihre Nervosität stieg wieder an, als die Stunde zu Ende war und alle den Platz verließen. Was sollte sie jetzt tun? Sollte sie noch abwarten, bis Aidan sein Pferd versorgt hatte? Oder sollte sie ihn sofort aufsuchen? Caitlin war hin und hergerissen und entschied sich in ihrer Verzweiflung, ein altbewährtes Orakel zu befragen, nämlich den Münzwurf. Sie kramte eine Euro Münze aus ihrer Tasche und schloss die Augen. „Eurozeichen-abwarten, Harfe-sofort hinterher." Sie warf die Münze leicht in die Luft und legte sie auf ihrem Handrücken ab. Dann öffnete sie die Augen und öffnete langsam ihre Hand um zu sehen, was das Orakel gesprochen hatte. Harfe! Mist, das hieß sie sollte ihn sofort aufsuchen. Aber vielleicht sollte sie dreimal werfen, um ein aussagekräftigeres Ergebnis zu bekommen. Während sie kurz darüber nachdachte, bemerkte sie ein weißes BMW-Cabrio, dass auf den Hof fuhr und vor den Stallungen parkte. Darin saß eine Blondine, die jedem ihr Zahnpasta-Lächeln zuwarf. Katrina! Mist, die hatte ihr gerade noch gefehlt. Wenn die sich wieder an Aidan heftete, würde Caitlin keine Möglichkeit haben, mit ihm zu sprechen. Schnell machte sie sich auf den Weg, ihn zu suchen. Die Box seines Pferdes befand sich im hinteren Teil des Stalles und da Katrina gerade noch in einen Plausch mit irgendjemandem vertieft war, bog Caitlin schnell und unauffällig an ihr vorbei um die Ecke. Sie musste sich durch einige Reitschüler zwängen, die sich laut plappernd und lachend über Teeniethemen unterhielten. Und dann sah sie ihn. Aidan schien schon fast fertig zu sein, denn er packte gerade seine Sachen zusammen. Caitlin nahm all ihren Mut zusammen. Jetzt oder nie.

„Aidan?", rief sie lauter, als sie geplant hatte. Er blickte leicht erschrocken auf und wieder konnte sie seinen Blick nicht deuten.

„Hey, hättest du vielleicht einen Moment Zeit? Ich würde gerne kurz mit dir sprechen." Er machte sich weiter daran, seine Sachen zu packen.

„Eigentlich habe ich noch viel zu tun." Caitlin versuchte, sich nicht von seiner ablehnenden Haltung verunsichern zu lassen. Das hatte sie schließlich erwartet.

„Es dauert nicht lange, versprochen. Ich spendier' dir auch einen Drink zur Abkühlung. Ganz schön heiß heute, findest du nicht?“ Er sah sie stirnrunzelnd an, dann aber entspannten sich seine Gesichtszüge leicht und Caitlin meinte, sogar den Hauch eines Lächelns zu bemerken.

„In Ordnung. Aber ich habe wirklich nicht viel Zeit. Warte vor dem Eingang auf mich, ich räume nur grad die Sachen weg.“ Caitlin war erleichtert. Immerhin war er bereit ihr zuzuhören. Jetzt musste sie nur noch die richtigen Worte finden und ihn überzeugen, dass sie weiter zusammenarbeiten mussten.

Sie bestellten sich einen Drink und setzten sich auf die Terrasse. Beide nippten verlegen an ihren Getränken und keiner machte so richtig Anstalten, dass Gespräch zu eröffnen. Caitlin wusste, dass sie am Zuge war, schließlich hatte sie um das Gespräch gebeten. Aber Aidan kam ihr dann doch zuvor.

„Solltest du nicht in New York sein?“

„Ja, da war ich die letzten Tage auch. Ich hatte einige wichtige Dinge zu klären, aber dann habe ich mich entschlossen nach Irland zurückzukommen, denn hier habe ich auch noch Dinge zu erledigen, die wichtig sind.“

„Für mich hörte es sich bei unserem letzten Treffen so an, als sei dir deine Ahnenforschung nicht mehr so wichtig.“

„Da war ich wohl etwas zu voreilig. Ich denke, ich war ein bisschen frustriert, weil wir nicht so richtig vorangekommen sind und ich keine Ahnung hatte, wie es weitergehen soll. Aber in New York habe ich mit meiner Großmutter gesprochen und ihr von unserer Entdeckung erzählt. Sie hatte tatsächlich keine Ahnung, dass sie einen Zwillingsbruder hatte.“

„Und wie hat sie auf die Nachricht reagiert?", fragte Aidan ernstlich interessiert.

„Naja, sie war schon geschockt, würde ich sagen. Aber sie hat mir auch ins Gewissen geredet zurückzukehren und für sie nach Antworten zu suchen. Deshalb bin ich wieder hier. Ich finde, meine Großmutter verdient es zu wissen, was mit ihrem Bruder passiert ist, wenn schon ihre arme Mutter es nie erfahren hat." Aidan nickte betroffen.

„Ich hatte mir überlegt, dass es sinnvoll sein könnte, nach Dublin zu fahren und die Suche dort fortzusetzen. Schließlich ist das der Geburtsort der beiden und außerdem der Ort, an dem meine Urgroßeltern gelebt haben. Vielleicht gibt es in den dortigen Archiven irgendeinen Hinweis." Aidan nickte.

„Ja, das ist vermutlich eine gute Idee. Ich muss nur schauen, wie ich das mit meinen Terminen vereinbaren kann."

„Du musst doch gar nicht mitkommen. Ich meine … ich würde mich über etwas Unterstützung natürlich freuen, aber ich weiß ja, dass du dich auf dein nächstes Turnier vorbereiten musst."

„Ich werde sehen, was sich machen lässt. Aber vier Augen sehen bekanntlich mehr als zwei und in einem Archiv muss man sich mitunter durch sehr viel Material arbeiten. Da wäre es schon hilfreich, wenn man zu zweit wäre." Caitlin lächelte.

„Danke."

„Keine Ursache." Aidan lag noch etwas auf der Seele, aber er wusste nicht, wie er das Thema beiläufig ansprechen sollte. „Und wie lange hast du vor dieses Mal zu bleiben? Ich meine, du hast ja in Amerika wichtige Verpflichtungen."

„Ich weiß es nicht. Aber die Erforschung meiner Familiengeschichte hat für mich erst mal oberste Priorität, besonders seit ich weiß, dass meine Großmutter sich wünscht, Antworten zu erhalten. Also eine Weile werde ich wohl bleiben." Aidan biss sich nervös auf die Lippe. Er musste es einfach ansprechen.

„Und was ist mit deiner Hochzeit?" Caitlin erschrak, dass Aidan das Thema so offen zur Sprache brachte.

„Oh, ach das", antwortete Caitlin nervös. „Das hat sich erledigt." Aidan wurde blass.

„Das heißt, du bist bereits verheiratet?"

„Was? Nein, natürlich nicht", rief Caitlin erschrocken. „Ich meinte damit, die Hochzeit ist abgesagt. Wir haben uns getrennt." Aidan traute seinen Ohren nicht.

„Abgesagt? Aber warum? Am Telefon klang dein Verlobter nicht so, als würde er die Hochzeit absagen wollen." Caitlin wunderte sich, dass sich Aidan die Nachricht von Eric so gut gemerkt hatte. Sie seufzte einmal tief, bevor sie antwortete. „Es ist etwas kompliziert. Aber wir hatten ein wichtiges Gespräch als ich in New York war und wir haben einfach festgestellt, dass wir nicht wirklich zusammenpassen und es so am besten ist. Wir hatten einfach zu unterschiedliche Vorstellungen von unserem Leben."

„Und was bedeutet das jetzt?", fragte Aidan.

Caitlin sah ihn irritiert an. „Naja, ich denke es bedeutet, dass ich jetzt erst mal wieder Single bin und tun und lassen kann, was ich will. Und als erstes will ich nach Dublin fahren und herausfinden, was mit dem Bruder meiner Granny passiert ist. Und vielleicht finde ich dann zufällig auch noch heraus, warum mein Urgroßvater so jung gestorben ist." Aidan warf vor Schreck über Caitlins Aussage sein Eistee-Glas um.

„Oh, Verzeihung. Wie dumm von mir." Hastig versuchte er die süße Flüssigkeit mit einem Taschentuch aufzuwischen, was ihm aber nur bedingt gelang. „Ich glaube, dafür brauche ich einen nassen Lappen. Bin gleich wieder da." Er sprang von seinem Stuhl auf und schmiss ihn dabei um. Mit einem nervösen Lächeln und roten Flecken im Gesicht hob er ihn wieder auf und rannte dann Richtung Hauptgebäude, um Wischzeug zu holen. Dabei lief er fast in ein Auto hinein, dass gerade auf den Parkplatz fuhr. Caitlin sah ihm stirnrunzelnd hinterher. Was war denn auf einmal los mit ihm? Einige Zeit später kam er gelassen mit einem Eimer Wasser und einem Lappen zurück. Caitlin sah in fragend an.

„Alles ok mit dir?"

„Klar, warum denn nicht?", antwortete er, als wäre die letzten Minuten nichts passiert und wischte gründlich den Tisch ab. „Sorry, wegen dem Eistee." Caitlin konnte sich ein Lächeln nicht verkneifen, fand sein Verhalten aber dennoch etwas irritierend. Aber sie beschloss, nicht weiter darauf einzugehen.

„Ach, ist doch nicht schlimm. Also, um zum eigentlichen Thema zurückzukommen. Ich würde gerne in den nächsten Tagen nach Dublin aufbrechen und obwohl ich mich wirklich freuen würde, wenn ich nicht alleine dorthin müsste, bin ich dir nicht böse, wenn du es zeitlich nicht schaffst mich zu begleiten."

„Ich werde gleich mal meine Termine checken und dir dann Bescheid geben, ok?"

„Ok. So, ich denke, dann wäre fürs Erste alles geklärt. Ich fahr' dann mal wieder zurück zu Scotty, sonst denkt er, ich hätte ihn schon wieder im Stich gelassen. Ich glaube, er hat mir meine abrupte Abreise nach New York etwas übelgenommen." Caitlin stand lachend auf, um sich auf den Weg zu machen. „Soll ich dich nach Hause fahren? Ich bin hier für heute fertig."

„Gerne. Aber hast du nicht eben gesagt, du hättest noch was zu tun?"

„Ähm, ja, aber das hat sich mittlerweile erledigt", stammelte er. Caitlin sah ihn irritiert an, freute sich aber über sein Angebot und die Tatsache, dass er auf einmal wieder bessere Laune zu haben schien. Sie hatte sich also völlig umsonst Sorgen gemacht, dass er ihr das letzte Gespräch übelgenommen hatte und nichts mehr mit ihr zu tun haben wollte. Sie stiegen in seinen blauen Golf und fuhren, begleitet von irischer Folk-Music, zurück nach Port Kirrie.

Kapitel 27

Dublin, November 1922

Maureen wartete in dieser Nacht vergeblich auf Paddy. Sie hatte bereits ein ungutes Gefühl gehabt als er ihr mitgeteilt hatte, dass er mit seinem Arbeitgeber für Warenlieferungen nach Cork musste, hatte es aber soweit wie möglich zu verdrängen versucht. Sie wollte ihm einfach glauben, dass er sich geändert hatte. Für sie und das Baby, dass sie unter dem Herzen trug. Lange hatte sie am Fenster gestanden und auf die dunkle Straße hinuntergeblickt, die nur durch eine spärliche Gaslaterne beleuchtet war. Sie hatte auf das Geräusch vorbeifahrender Fahrzeuge gelauscht, genauso wie auf Schritte und Stimmen, die sie durch die schlechte Isolierung der Fenster hören konnte. Aber sie hörte nichts. Und sah auch nichts. Maureen war verzweifelt. Sie wusste nicht, wo Paddy war. Ob ihm etwas zugestoßen war oder ob er doch die Wahrheit gesagt und sich nur verspätet hatte. Tief in ihrem Herzen wusste sie, dass er sie angelogen hatte. Wusste, dass er nie wirklich vorgehabt hatte, sich zu ändern. Dass ihm seine Familie niemals so wichtig sein würde wie sein Land. Das Baby strampelte mächtig ihn ihrem Bauch und sie legte beruhigend die Hand darauf. Manchmal hatte sie das Gefühl, es würde an mehreren Stellen gleichzeitig strampeln und sie machte sich Sorgen, dass es möglicherweise eine Missgeburt mit zu vielen Gliedmaßen war. Um eine Hebamme hatte sie sich bisher nicht gekümmert, dazu war alles zu chaotisch und außerdem hatte sie ihre Schwester Helen, die ihr bei der Geburt beistehen wollte. Ihre Schwester hatte sich schon öfters über ihren Bauchumfang gewundert. Vielleicht bekommst du Zwillinge, hatte Helen gemeint, aber Maureen hatte diesem Gedanken keine Beachtung geschenkt. Aber aufgrund der zunehmenden Bewegung in ihrem Inneren, hielt sie diesen Gedanken mittlerweile gar nicht mehr für so abwegig. Sie trat vom Fenster zurück und setzte sich aufs Bett. Sie war es leid, auf Paddy zu warten. Der saß jetzt vermutlich irgendwo in einem warmen Versteck und plante wieder den nächsten Coup im Namen Irlands. Maureen fühlte sich einsam. Sie liebte Paddy, aber seine Liebe zu ihr schien nicht so stark zu sein. Ansonsten wäre er bereit gewesen, für sie und sein Kind seine Aktivitäten zu beenden. Diese Erkenntnis schmerzte sie sehr und sie fing an zu weinen. Sie weinte bittere Tränen, um ihre große Liebe, die sie verloren hatte und um ihre Träume von einem besseren Leben in Amerika, die sich wohl nie erfüllen würden. Sie würde bis ans Ende ihrer Tage in ärmlichen Verhältnissen in Dublin leben und allein für ihr Kind sorgen müssen. Maureen konnte sich gar nicht beruhigen. Erst als sie merkte, dass das Kind in ihrem Bauch unruhiger wurde, riss sie sich zusammen und zwang sich, ihr Selbstmitleid zu unterdrücken. Maureen wollte nicht riskieren, dass das Kind frühzeitig zur Welt kam.

„Tut mir leid, mein Schatz", sprach sie zu dem Ungeborenen. „Mummy sollte mehr an dich denken, als an deinen treulosen Vater, dem wir offenbar völlig egal sind." Trotzig wischte sie ihre Tränen weg und atmete dreimal tief durch. Dann erhob sie sich und ging erneut zum Fenster, um ein letztes Mal einen Blick auf die Straße zu werfen. Aber außer einem streunenden Hund, der in der Gosse nach etwas Essbarem suchte, war niemand zu sehen. Sie schloss die Vorhänge und ging zu Bett.

Am nächsten Morgen wurde sie durch lautes Klopfen an der Haustür geweckt. Verschlafen torkelte sie zur Tür.

„Wer ist da?"

„Ich bin es, Mrs O'Brien. Ich muss dringend mit Ihnen sprechen." Maureen überlegte kurz, konnte sich aber im ersten Moment nicht an den Namen erinnern.

„Entschuldigung, kennen wir uns?"

„Mary O'Brien, die Frau von der *Liffey-Bridge*." Jetzt ging Maureen ein Licht auf. Sie öffnete die Tür und bat Mrs O'Brien hinein.

„Tut mir leid, dass ich Sie nicht sofort erkannt habe. Aber Ihr Name hat mir im ersten Moment nichts gesagt."

„Das macht nichts. Ich weiß auch gar nicht, ob ich Ihnen damals meinen Namen genannt habe." Maureen gebot Mrs O'Brien sich an den Tisch zu setzen. Sie schämte sich vor ihr für ihre schäbige, heruntergekommene Wohnung, die Mrs O'Brien wie ein Rattenloch vorkommen musste.

„Möchten Sie vielleicht einen Tee?“, fragte Maureen, um Mrs O'Brien davon abzuhalten, sich näher umzuschauen.

„Nein, vielen Dank. Ich kann auch nicht lange bleiben. Aber ich muss Ihnen etwas Wichtiges mitteilen.“

Maureen setzte sich zu ihr an den Tisch.

„Etwa etwas wegen Ihrem Kinderwunsch?“ Mrs O'Brien schaute Maureen mit einer Mischung aus Nervosität und Schuld an.

„Oh, nein, nein. Es geht vielmehr um Sie oder besser gesagt, Ihren Mann.“ Maureen schaute sie erschrocken an.

„Meinen Mann? Woher kennen Sie meinen Mann?“

„Eigentlich bin ich mir gar nicht sicher, ob es Ihr Mann ist oder jemand anderes. Mein Mann hatte da so eine Vermutung, wegen dem Namen. Heißt Ihr Mann zufällig Padraig O'Halloran?“ Maureen schluckte.

„Ja.“

„Und ist er 22 Jahre alt?“ Maureen nickte.

„Und können Sie mir sagen, wo er jetzt ist?“ Maureen machte ein verwundertes Gesicht. Warum wollte Mrs O'Brien so viel über Paddy wissen? War sie etwa eine Spionin des Freistaats?

„Ich wüsste nicht, warum ich Ihnen das sagen sollte.“ Maureen verschränkte die Arme vor der Brust, so gut es ihr Babybauch zuließ und funkelte Mrs O'Brien angriffslustig an.

„Oh, verstehen Sie mich bitte nicht falsch. Ich habe nichts Böses im Sinn. Ich wollte nur auf Nummer sicher gehen. Wissen Sie denn wo er ist?“ Maureen fand diese Frau immer merkwürdiger und sie wusste nicht, wieviel sie ihr anvertrauen sollte.

„Warum wollen Sie das wissen?“

„Bitte, beantworten Sie mir die Frage, es ist wirklich wichtig. Ich will Ihnen helfen. Wissen Sie wo ihr Mann ist?“ Maureen schüttelte den Kopf.

„Nein, weiß ich nicht. Er ist gestern mit seinem Arbeitgeber nach Cork gefahren, um Waren abzuholen. Seitdem habe ich nichts mehr von ihm gehört. Wissen Sie etwa wo er ist?“ Mrs O’Brien machte ein mitfühlendes Gesicht und legte ihre Hand auf Maureens.

„Ja, ich denke das weiß ich. Er ist in Kilmainham. Man hat ihn gestern festgenommen, bei einem Angriff auf Freistaat-Soldaten in einem Hotel in Cork. Er wurde zurück nach Dublin gebracht und von meinem Mann verhört. Als er seinen Namen nannte, hat mein Mann sich an Sie erinnert und sich gefragt, ob er was mit Ihnen zu tun hat.“ Maureen konnte nicht glauben, was Mrs O’Brien ihr gerade erzählte. Sie hatte zwar befürchtet, dass Paddy wieder irgendeinen Blödsinn getrieben hatte, allerdings aus Mangel an Beweisen gehofft, sie würde sich irren. Nun hatte sie die schlimme Bestätigung.

„Und was passiert jetzt mit ihm?“, fragte Maureen mit zitternder Stimme.

„Um ehrlich zu sein, sieht es nicht gut aus für ihn. Er zeigt keinerlei Reue und benimmt sich ausgesprochen unkooperativ. Ich kann versuchen, einen Besuch zu arrangieren. Vielleicht können Sie ihn dazu bringen, zu kooperieren. Dann kommt er vielleicht mit einer Gefängnisstrafe davon.“ Maureen schluckte.

„Und wenn nicht?“

Mrs O’Brien seufzte schwer und mitleidig und Maureen wusste, was das bedeutete. Eigentlich war sie stocksauer auf Paddy und würde ihn am liebsten seinem Schicksal überlassen. Aber sie konnte ihn unmöglich im Stich lassen. Sie wollte, musste unbedingt mit ihm sprechen, allerdings war sie sich bewusst, dass es fast ein Ding der Unmöglichkeit war, Padraig O'Halloran von etwas abzubringen, wenn er sich erstmal was in den Kopf gesetzt hatte. Dennoch musste sie es versuchen. Für ihr Baby. Für ihre Familie. Maureen dankte Mrs O'Brien für ihren Besuch und die Nachricht und diese versprach, alles zu regeln und sich dann wieder bei ihr zu melden.

Nachdem Mrs O'Brien gegangen war, wurde Maureen das ganze Ausmaß ihrer Situation bewusst. Sie stand kurz vor der Niederkunft und ihr Mann kurz davor, hingerichtet zu werden. Was sollte sie bloß tun? Sie hatte das Gefühl keine Luft mehr zu bekommen und zu ersticken. Maureen schnappte sich ihren Mantel und lief hinaus in die eisigen verschneiten Straßen von Dublin. Sie musste unbedingt ihren Kopf frei bekommen, aber wie sollte sie das anstellen? So viele Dinge gingen ihr durch den Kopf, so viele Fragen. Sie wusste einfach nicht was sie tun und wie es weitergehen sollte. Es gab nur eine Person, die ihr jetzt weiterhelfen konnte. Die ihr in den letzten Wochen immer weitergeholfen hatte und die stets einen kühlen Kopf bewahrte. Und von der sie wusste, dass sie eine Lösung fand.

Maureen wartete vor O'Leary's Schreinerei bis die Glocke, die Mittagspause einläutete. Sie war so nervös und aufgewühlt, dass ihr gar nicht aufgefallen war, dass es wieder zu schneien begonnen hatte. Die Tür ging auf und die Männer machten sich auf den Weg ins

Pub um die Ecke, um dort ihre Mittagspause zu verbringen. Als Joe Maureen verfroren in der Kälte stehen sah, erschrak er.

„Um Gottes Willen, Maureen. Was tust du hier? Du wirst dir noch den sicheren Tod holen." Automatisch zog er seine Jacke aus und legte sie ihr um die Schultern.

„Jetzt wirst *du* dir den Tod holen", protestierte sie, aber Joe blieb davon unbeeindruckt.

„Ich kann das aushalten. Was ist los, warum bist du hier?"

„Ich muss unbedingt mit dir sprechen. Es ist was wegen Paddy." Joe schien zu verstehen.

„Ok, aber lass uns schnell irgendwo ins Warme gehen." Sie gingen ein Stück die Straße runter und kehrten in einem kleinen Café ein. Joe bestellte heißen Tee und ein Sandwich. Maureen hatte jedoch keinen Appetit.

„Also, dann schieß mal los." Maureen fiel es schwer, die richtigen Worte zu finden.

„Paddy sitzt in Kilmainham. Er hat mal wieder irgendwas Dummes angestellt, obwohl ich ihn doch angefleht habe, damit aufzuhören, zumindest so lange, bis das Baby auf der Welt ist. Aber er hat mich die ganze Zeit belogen und hinter meinem Rücken weitergemacht." Joe machte ein betrübtes Gesicht.

„Das tut mir so leid für dich. Und du sagst, er ist in Kilmainham? Woher weißt du das?"

„Von einer Bekannten. Ihr Mann arbeitet dort und hat ihn verhört. Sie sagte, es sieht schlecht aus für ihn und dass ich ihn überzeugen soll, zu kooperieren. Dann würde er vielleicht mildernde Umstände bekommen."

„Kilmainham", murmelte Joe. „Puh, das sieht echt verdammt düster für ihn aus."

„Ich weiß. Meine Bekannte versucht, mich hinein zu bringen, um mit ihm zu sprechen. Aber ich weiß nicht, ob ich dazu im Stande bin." Maureen vergrub ihr Gesicht in den Händen und begann zu weinen.

„Schscht, nicht in der Öffentlichkeit. Ich weiß, dass es eine schwierige Situation für dich ist. Besonders in deiner Verfassung. Aber wenn du die Möglichkeit bekommst, solltest du sie nutzen. Vielleicht kannst du ihn überzeugen, zu kooperieren. Wenn nicht du, wer dann?"

„Ich habe schon lange den Zugang zu ihm verloren. Er hat mir versprochen, nicht mehr mitzumischen. Nur für ein paar Monate und nicht einmal das hat er geschafft. Wir sind ihm ganz egal."

„Das glaubst du doch selber nicht. Ich weiß genau, dass er dich liebt und sich auf das Baby freut. Du musst unbedingt mit ihm sprechen, falls sie dich lassen. Es ist seine einzige Chance."

Als Joes Mittagspause vorüber war, trottete Maureen verzweifelt nach Hause. Als sie über die Liffey-Bridge kam dachte sie für einen kurzen Moment daran, wie es wäre, sich hinunter in die eiskalten Fluten zu stürze. Dann wäre das ganze Leid und alles Kämpfen vorbei. Sie hatte immer versucht, trotz allem positiv zu bleiben und auf eine bessere Zukunft zu hoffen. Aber die letzten Jahre hatten ihr nur klargemacht, dass die Zeiten immer schlimmer wurden und sich gar nichts besserte. Zumindest nicht für sie. Wie oft hatte sie Paddy angefleht, mit ihr nach Amerika auszuwandern und fern von dem Elend in Irland ein neues Leben anzufangen?

Er hatte sie immer nur vertröstet. Und jetzt, so schien es, war alles zu spät. Sie starrte in die Fluten hinunter und bemerkte wieder starke Tritte in ihrem Bauch, die ihr die Augen öffneten.

„Was bin ich nur für ein schrecklicher Mensch. Denke nur an mich und nicht an dich, mein Schatz. Wenn dein Vater ein absoluter Vollidiot ist, können wir es auch nicht ändern. Aber ich werde immer für dich da sein und alles tun, um dir ein gutes Leben zu ermöglichen." Maureen straffte ihren Rücken, setzte ein trotziges Gesicht auf und machte sich auf den Weg nach Hause, um auf eine Nachricht von Mrs O'Brien zu warten.

Kapitel 28

Irland, August 2007

Eine Woche später befanden sich Caitlin und Aidan auf dem Weg nach Dublin. Sie planten eine Woche dort zu bleiben, um zu recherchieren. Die Fahrt dauerte etwas über 3 Stunden und Caitlin war froh, dass sie sich gemütlich zurücklehnen und die irische Landschaft genießen konnte. Auf dem letzten Stück riss Aidan sie plötzlich aus ihren Gedanken.

„Siehst du das Schild da vorne. Da steht Mullingar drauf." Caitlin erschrak, weil Aidan diese Information quasi herausgeschrien hatte.

„Ja, sehe ich. Was ist denn damit?"

„Ach, nix besonderes. Da bin ich geboren. Wollte ich dir nur zeigen." Caitlin runzelte verwundert die Stirn.

„Ist ja interessant. Aber musst du deswegen so rumschreien, als wäre Gefahr im Verzug?"

„Entschuldige. Ist mir gar nicht aufgefallen."

„Wenn du in Mullingar geboren wurdest, wie hat es dich denn dann ans andere Ende des Landes verschlagen?"

„Durch meinen Dad. Er stammt aus Lisdoonvarna, aber er und meine Mum haben sich in Mullingar kennengelernt, ihrem Heimatort. Anfangs haben meine Eltern dort gelebt, sind dann aber nach Lisdoonvarna gezogen. Dort bin ich aufgewachsen und als ich alt genug war, mir meine eigene Bude zu suchen, bin ich mit einem Kumpel nach Port Kirrie gezogen. Sein Dad hatte dort ein Haus gekauft und unterm Dach eine Wohnung für uns eingerichtet. Da haben wir eine Zeitlang eine WG unterhalten, bis Sean sich mit Emily verlobt hat und ausgezogen ist. Tja, und ich bin dann allein zurückgeblieben."

„Aber in dem Ort ist ja nicht allzu viel los. Hast du nie daran gedacht, etwas mehr in die Zivilisation zu ziehen?"

Aidan überlegte einen kurzen Moment.

„Eigentlich nicht. Ich mag es ganz gerne etwas ruhiger. Ich habe es nicht weit zum Meer, zu meiner Arbeit und auch zu meinen Eltern. Und das Internet ist auch gut genug, um meinem Fernstudium nachzugehen. Ab und zu muss ich zu Prüfungen und so nach Galway, aber das kommt nicht so häufig vor. Ich habe nicht das Gefühl, dass ich irgendetwas entbehren müsste. Außerdem ist der Mietpreis wirklich unschlagbar günstig. Du kannst das vielleicht nicht verstehen, da du aus einer Stadt kommst, die größer als unser ganzes Land ist."

„Jetzt übertreib mal nicht. So groß ist New York City auch nicht. Aber wenn du den Staat New York meinst, hast du vermutlich recht."

Den Rest der Fahrt unterhielten sie sich über die vielen Sehenswürdigkeiten in Irland und schmiedeten Pläne, was sich Caitlin alles noch ansehen musste, bevor sie zurück nach Amerika reiste. Es herrschte eine lockere, entspannte Atmosphäre zwischen beiden und es schien, als wäre nie etwas zwischen ihnen vorgefallen.

Gegen Nachmittag kamen sie in Dublin an und checkten in ihrem Hotel ein. Dann besprachen sie das weitere Vorgehen. Schnell wurden sich beide einig, dass es für heute zu spät für Recherchetätigkeiten war, zumindest für die offiziellen in Archiven und Bibliotheken. Stattdessen machten sie sich auf den Weg, um ein wenig Sightseeing zu betreiben. Aidan war schon das ein oder andere Mal in Dublin gewesen und stellte sich gern als Fremdenführer zur Verfügung. Nachdem sie eine Weile mehr oder weniger ziellos durch die Stadt spaziert waren, landeten sie auf der O'Connell Street. Caitlin fiel sofort ein imposantes Gebäude auf der linken Seite auf.

„Was ist das denn? Das sieht ja herrschaftlich aus."

„Das ist das Hauptpostamt. Dort hat 1916 der Osteraufstand begonnen. Man kann sogar noch die Einschusslöcher von damals sehen. Komm ich zeig's dir mal, ist echt interessant." Er führte sie zu den stattlichen Säulen die vor dem Gebäude standen und Caitlin konnte deutlich die Spuren sehen, den der Kampf um das Hauptpostamt in der Fassade hinterlassen hatte. „Das ist echt sehr bewegend. Vor allem wenn ich mir vorstelle, dass meine Urgroßeltern zu der Zeit hier in Dublin gelebt und den Aufstand miterlebt haben. Jetzt fühle ich noch stärker den Drang, Licht ins Dunkel meiner Familiengeschichte zu bringen." Aidan lächelte.

„Ich habe dir nie geglaubt, dass du das Thema einfach ad acta legen und unverrichteter Dinge nach New York zurückkehren kannst." Caitlin sah ihn verwundert an.

„Ach, du hast also die ganze Zeit gewusst, dass ich zurückkommen werde, ja?", fragte sie leicht provokant. Aidan trat nervös von einem Fuß auf den anderen.

„Naja, gewusst nicht. Aber gehofft ..." Sie sahen sich einen Moment schweigend an und Caitlin fragte sich, wie sie allen Ernstes hatte glauben können, Aidan einfach so aus ihrem Leben zu streichen. Ihr gefiel der Gedanke nicht, dass sie offenbar leicht durchschaubar war, aber im Grunde hatte er recht. Seit sie die Kiste mit den Sachen ihrer Urgroßeltern gefunden hatte, ließ sie diese Zeit und ihre Geschichte nicht mehr los. Und nun hatte sie auch noch den hochoffiziellen Auftrag ihrer Großmutter, Antworten zu finden, was Caitlin nur umso mehr beflügelte. Schließlich wollte sie ihre Großmutter nicht enttäuschen. Nach dem Hauptpostamt führte Aidan Caitlin noch zu weiteren Sehenswürdigkeiten der irischen Hauptstadt, inklusive des einen oder anderen historischen Schauplatzes, bevor sie sich in einen Pub setzten und sich eine Pause gönnten.

„Danke für diesen interessanten Nachmittag. Es hört sich vielleicht blöd an, aber ich habe hier das Gefühl, meinen Vorfahren näher zu sein. Manche Gebäude oder Straßen, ich weiß nicht. Ich habe das Gefühl, schon einmal an diesen Orten gewesen zu sein. Wie in einem früheren Leben. Ich weiß, das klingt bescheuert, aber es ist so." Caitlin hatte befürchtet, dass Aidan sie auslachen würde, was er aber nicht tat.

„Nein, das klingt überhaupt nicht bescheuert. Ich meine, ich bin mir nicht sicher, ob es so etwas wie Wiedergeburt gibt. Aber ich habe letztens einen interessanten Beitrag im Fernsehen gesehen. Dabei ging es um das

Thema genetisches Gedächtnis. Du erbst quasi die Erfahrungen und Erinnerungen deiner Vorfahren. Das macht für mich mehr Sinn als Wiedergeburt und ist außerdem ein hoch spannendes Thema." Caitlin sah ihn verblüfft an.

„Du meinst also, was ich heute teilweise gefühlt habe, könnten Erinnerungen meiner Urgroßmutter oder meines Urgroßvaters gewesen sein? Das klingt ein bisschen gruselig, aber auch interessant, da stimme ich dir zu."

Sie unterhielten sich noch eine Weile über dieses Thema, bevor sie das Vorgehen für den nächsten Tag planten. Aidan schlug vor, als erstes das Nationalarchiv aufzusuchen und Caitlin willigte ein.

Als sie sich auf den Weg zurück ins Hotel machten hatte Aidan die spontane Idee, sich eine Pizza mit aufs Hotelzimmer zu nehmen.

„Wir können die Pizza doch auch direkt im Restaurant essen", lachte Caitlin. Aber Aidan wollte davon nichts wissen.

„Ich finde Picknick im Hotel viel gemütlicher. Das habe ich früher mit meinen Eltern auch oft gemacht. Du etwa nicht?" Caitlin schüttelte ungläubig lächelnd den Kopf.

„Dann musst du es unbedingt ausprobieren." Sie hielten bei einer kleinen Pizzeria in der Nähe ihres Hotels und schmuggelten die Pizzen aufs Zimmer.

„Gehen wir zu dir oder zu mir?", fragte Caitlin amüsiert. „Oder willst du lieber alleine essen?" Aidan wurde leicht rot. „Nein, wir können das gerne zusammen machen. Ich richte mich da ganz nach dir."

„Also mein Zimmer ist das erste auf dem Gang, dann nehmen wir doch das. Sonst wird die gute Pizza noch kalt." Aidan willigte ein. Caitlin schloss die Zimmertür auf und beide machten es sich auf dem großen King-Size Bett gemütlich. Während sie sich genüsslich über die Pizza hermachten, lief im Hintergrund „Der Bachelor" im Fernsehen.

„Warum seid ihr Frauen eigentlich alle so scharf darauf, den „Bachelor" zu gucken?", fragte Aidan. Caitlin wusste darauf keine überzeugende Antwort.

„Darüber habe ich mir noch nie Gedanken gemacht. Das macht man einfach so." Aidan sah sie misstrauisch an.

„Das macht man einfach so? So wie zusammen aufs Klo gehen?"

„Wer sagt denn bitte, dass Frauen so etwas machen?"

„Na, das ist doch allgemein bekannt."

„Du musst es ja wissen", meinte Caitlin etwas eingeschnappt. Sie dachte über dieses Klischee nach und musste leider feststellen, dass sie es in der Vergangenheit schon oft bedient hatte. Warum eigentlich?

„Ich glaube viele gucken Formate wie den Bachelor aus dem Grund, weil man manchmal etwas gucken muss, was einen nicht entweder aufregt, verängstigt oder zum Nachdenken auffordert. Etwas Sinnloses zur Entspannung eben." Aidan nickte zustimmend und kaute auf seinem letzten Pizzastück herum.

„Ja, sinnlos ist es auf alle Fälle. Aber wenn es deiner Entspannung dient, will ich nichts gesagt haben."

Sie wechselten das Thema und unterhielten sich noch eine Stunde über verschiedenste Dinge. Aidan sah Caitlin dabei wieder mit diesem Blick an, den sie nicht richtig zu deuten wusste und der sie nervös machte.

„Wann sollen wir morgen zum Frühstück gehen?", fragte Aidan bei ihrer Verabschiedung.

„Wenn wir früh aufstehen, haben wir noch die größte Auswahl am Frühstücksbüffet. Und anschließend können wir uns direkt auf den Weg ins Archiv machen. Ich schlage 7:30 Uhr vor, wenn dir das nicht zu früh ist?"

„Nein, kein Problem. Ich will endlich mit der Recherche loslegen, also je eher, desto besser." Aidan lächelte. „In Ordnung. Dann hole ich dich morgen früh pünktlich um 7:30 Uhr ab." Sie umarmten sich zum Abschied, wobei Caitlin das Gefühl hatte, dass diese Umarmung etwas länger als nötig dauerte. Aber das war ganz in ihrem Interesse. Sie wollte gerade die Zimmertür schließen, als Aidan sich noch einmal zu ihr umdrehte.

„Caitlin?"

„Ja?", fragte sie überrascht.

Er sah sie ernst an, was Caitlin etwas verunsicherte.

„Ich bin froh, dass du zurückgekommen bist."

„Ich bin auch froh, dass ich wieder hier bin", sagte sie reflexartig. Aidan schenkte ihr ein zufriedenes Lächeln und verschwand dann ohne ein weiteres Wort auf seinem Zimmer. Caitlin sah ihm einige Sekunden nach. Auf einmal wurde ihr schlagartig bewusst, dass sie sich in Aidan verliebt hatte. Und seine Blicke gaben ihr die Hoffnung, dass er ähnliche Gefühle für sie hegte. Lächelnd schloss sie die Tür und ging zu Bett.

Am nächsten Morgen stand Aidan wie versprochen auf die Minute genau vor Caitlins Hotelzimmer, um sie zum Frühstück abzuholen. Nachdem sie sich mit Marmeladentoast und Rührei gestärkt hatten, machten sie sich auf den Weg ins Archiv. Dort teilten sie sich ihre Arbeit auf. Ein paar Stunden später gaben sie ernüchtert auf, denn sie hatten keine brauchbaren Informationen gefunden.

„Ganz schön anstrengend, oder?", fragte Caitlin, als sie das Gebäude verlassen hatten. „Stundenlang sucht man sich durch die Dokumente und findet nichts, was man brauchen kann."

„So ist das nun mal", meinte Aidan. „Deswegen lassen sich professionelle Ahnenforscher auch so gut bezahlen." Sie machten sich auf den Weg in ein Café um etwas zu trinken und eine Kleinigkeit zu essen. Das Mittagessen hatten sie im Eifer des Gefechts vergessen.

„Meinst du wir werden überhaupt etwas finden, was uns weiterbringt?", fragte Caitlin, während sie ihren Latte Macchiato umrührte.

„Keine Ahnung. Aber wir müssen es einfach weiter versuchen. Deswegen sind wir ja schließlich hergekommen."

Als sie das Café verließen, hatte es in Strömen zu regnen begonnen.

„So ein Mistwetter. Und natürlich haben wir keine Schirme dabei. Das darf einem Iren eigentlich nicht passieren", schimpfte Aidan.

„Vielleicht ist es ja nur ein Schauer", meinte Caitlin hoffnungsvoll. „Solange können wir uns doch irgendwo unterstellen." Aidan war anderer Meinung.

„Nein, das regnet sich ein, dass sehe ich am Himmel. Wenn wir nicht vorhaben, an Ort und Stelle zu über-

nachten, müssen wir uns zur Bushaltestelle durch-
kämpfen. Traust du dir das zu?" Caitlin war etwas eingeschnappt, dass Aidan sie offenbar für ein High
Society Püppchen hielt, dass Angst vor dem bisschen
Regen hatte.

„Na hör mal, ich bin doch nicht aus Zucker. Das ist
schließlich nur Wasser." Und ehe Aidan noch etwas erwidern konnte, war sie bereits losgesprintet.

„Willst du da Wurzeln schlagen oder kommst du
auch?", rief sie ihm durch den strömenden Regen hin-
durch zu. Aidan setzte sich lachend in Bewegung. Als
sie die Bushaltestelle erreicht hatten, waren beide
pitschnass, aber gut gelaunt.

„Das war echt lustig", meinte Caitlin.

„Ja, recht erfrischend so eine Dusche von oben." Sie
lächelten sich einen Moment lang schweigend an, dann
kam auch schon der Bus. Der war so voll, dass sie sich
nur mit Mühe und Not zwischen die anderen Passa-
giere quetschen konnten. Da kein Haltegriff mehr frei
war, hielt Aidan schützend den Arm um Caitlin, damit
sie nicht umfallen konnte, wenn der Bus eine scharfe
Bremsung vollzog. Glücklicherweise befand sich die
Bushaltestelle genau gegenüber des Hotels, denn wie
Aidan vorausgesagt hatte, schien das Wetter sich nicht
mehr zu bessern.

„Sollen wir heute Abend mal das Hotel-Restaurant
ausprobieren?", fragte Aidan im Fahrstuhl. „Ich bin für
heute nass genug geworden und würde lieber nicht
mehr vor die Tür gehen."

„Einverstanden. Aber erstmal brauche ich eine heiße
Dusche. Ich bin total durchgefroren von dem Regen.
Gegen 18:00 Uhr?"

„Hört sich gut an.“

Beide verschwanden in ihre jeweiligen Zimmer, um sich etwas auszuruhen und dann frisch für das Abendessen zu machen.

Kapitel 29

Dublin, November 1922

Joe hatte Maureen bis vor das Eingangstor von Kilmainham begleitet. „Kannst du nicht mitkommen?", fragte sie hoffnungsvoll.

„Du weißt genau, dass ich das nicht kann. Selbst für dich wird nur eine Ausnahme gemacht. Außerdem wäre Paddy sicher nicht erpicht darauf, mich zu sehen. Du schaffst das schon. Ich warte so lange hier."

„Versprochen?"

„Versprochen." Maureen lächelte Joe dankbar an. Sie wandte sich zum Eingang des Gefängnisses und zeigte dem wachhabenden Offizier ein Schreiben, das Mary O'Brien ihr besorgt hatte. Der Offizier schaute sich das Dokument an, musterte Maureen kurz von oben bis unten und ließ sie dann passieren. Das Gefängnis war richtig unheimlich. Maureen hörte Stimmen und Geräusche und hätte diesen Ort am liebsten sofort wieder verlassen. Aber es war vielleicht die einzige Chance, Paddy noch einmal zu sehen. Dieser Gedanke war so schwer zu ertragen, dass sie beinahe wieder in Tränen ausgebrochen wäre. Aber sie musste jetzt stark bleiben. Sie wurde von einem Beamten in den Keller geführt, in dem es nach Modder roch und von der Decke tropfte. Vor der vorletzten Tür machten sie Halt.

„Zehn Minuten!", knurrte der Beamte. Maureen zitterte am ganzen Leib. Langsam schritt sie in die dunkle Zelle hinein und ihre Augen mussten sich erst an das Dämmerlicht gewöhnen. Der Beamte reichte ihr eine Kerze und schloss die Tür. Sie sah Paddy in einer Ecke hocken, den Kopf auf die Knie gesenkt. Maureen wunderte sich, dass er nicht hochblickte, als die Tür geöffnet wurde.

„Paddy?", fragte sie zaghaft. Er hob den Kopf und schaute sie verwirrt an. Sie lächelte ihm zu.

„Hallo. Wie geht es dir?"

„Maureen?", fragte er verwundert. „Bist du es wirklich?"

„Ja."

„Was machst du hier? Woher weißt du, dass ich hier bin und wieso haben sie dich reingelassen? Sie haben dich doch nicht etwa verhaftet, oder?"

„Natürlich nicht. Eine Bekannte hat mir erzählt, dass du hier bist und sie hat mir geholfen, dich zu sehen." Paddy erhob sich aus seiner Position und ging langsam auf sie zu. Dann umarmte er sie und fing an zu schluchzen. Maureen fing ebenfalls zu weinen an.

„Wir haben leider nicht viel Zeit, nur zehn Minuten. Was ist denn passiert, warum bist du hier?" Sie hatte zwar schon einige Informationen von Mrs O'Brien erhalten, wollte aber gerne Paddys Version hören. Sie hatte sich eigentlich vorgenommen, sauer auf ihn zu sein, aber als sie ihn nun in dieser trostlosen Umgebung sah, war ihre Wut wie weggeblasen.

Paddy wischte sich die Tränen weg.

„Das kannst du dir doch denken. Ich habe für Irland gekämpft und wurde dummerweise erwischt. Und jetzt sieht es schlecht für mich aus." Maureen wollte ihm so viel sagen, musste aber sofort zur Sache kommen, da ihnen die Zeit davonlief.

„Hör zu, ich habe von meiner Bekannten gehört, dass du mildernde Umstände erwarten kannst, wenn du die Namen deiner Hintermänner und Mittäter preisgibst." Sie wusste, schon während sie diese Worte aussprach, wie Paddy darauf reagieren würde. Und sie wurde nicht enttäuscht.

„Ach so ist das. Sie benutzen dich als Köder, damit ich meine Freunde verrate. Aber da können sie und du lange warten. Lieber jage ich mir selbst eine Kugel in den Kopf, als ein Verräter zu werden. Davon gibt es schon genug in diesem Land."

„Aber Paddy, sei doch vernünftig!", flehte Maureen. „Sie werden dich womöglich hinrichten, wenn du nicht kooperierst. Was wird dann aus mir und unserem Baby? Hast du nie darüber nachgedacht?"

„Für wen glaubst du tue ich denn das alles hier? Damit du und unser Baby eine bessere Zukunft in einem besseren, freien Irland habt."

„Die können wir auch woanders haben. Zusammen. Wir hatten doch Pläne, nach Amerika zu gehen. Bitte sag' ihnen, was sie hören wollen. Dann kommst du nach einer Weile raus und wir gehen nach Amerika und fangen neu an." Maureen weinte bitterlich, aber Paddy schien das nicht zu berühren.

„Wenn du nur gekommen bist, um mich im Namen unserer Feinde zu überreden, ein Verräter zu werden, dann kannst du gleich wieder gehen." Er wandte sich von ihr ab und hockte sich wieder in seine Ecke. Maureen wusste nicht, was sie tun sollte. Sie liebte diesen

Mann trotz allem und es zerriss ihr das Herz, dass er so stur und uneinsichtig war. Und egoistisch.

„Paddy, ich bitte dich. Denk' wenigstens darüber nach. Bitte! Ich liebe und brauche dich." Er sah demonstrativ in die andere Richtung.

„Auf Wiedersehen, Maureen." Maureen hatte das Gefühl, jemand würde ihr den Boden unter den Füßen wegziehen. Sie glaubte jeden Moment ohnmächtig zu werden, aber diese Blöße wollte sie sich nicht geben. Zumindest nicht an diesem Ort, der schon so viele Menschen gebrochen hatte. Sie hämmerte an die Zellentür und wurde hinausgeführt. Als er die Zellentür ins Schloss fallen hörte, vergoss Paddy einsame Tränen.

Joe rannte sofort zu Maureen hinüber als er sah, wie aufgelöst sie aus dem Gefängnis kam.

„War es so schlimm?", fragte er und nahm sie tröstend in die Arme.

„Viel schlimmer", schluchzte sie. „Bring mich bitte sofort nach Hause."

Sie schwiegen den ganzen Weg zu Maureens Wohnung. Als sie dort ankamen bat Joe Maureen, sich aufs Bett zu setzten und brachte ihr eine warme Wolldecke. Dann kochte er einen heißen Tee und setzte sich zu ihr.

„Willst du mir erzählen, was dort drin passiert ist?"

„Eigentlich nicht. Aber ich tue es trotzdem. Er ist so ein sturer Idiot." Joe konnte sich schon ungefähr denken, wie ihr Gespräch abgelaufen war.

„Wieso hört er nie auf andere Menschen?", fragte Maureen verzweifelt. „Und wieso denkt er auch nie an andere Menschen? Er lässt sich lieber umbringen, als seine Meinung zu ändern. Ich verstehe ihn einfach nicht." Joe machte ein betrübtes Gesicht.

„Ich auch nicht. Ich darf also annehmen, dass er nicht bereit ist, mit den Leuten vom Freistaat zu kooperieren?“

Maureen schüttelte traurig den Kopf.

„Was soll jetzt nur aus mir und dem Baby werden? Wir hätten eine glückliche Familie sein können, aber meinen Mann interessiert das alles nicht.“ Joe fühlte sich hilflos. Er konnte Maureens Wut und Verzweiflung gut verstehen, konnte aber auch nicht viel für sie tun.

„Du weißt, dass du immer auf mich zählen kannst. Ich werde mich um euch kümmern, soweit es mir möglich ist.“

„Das ist lieb von dir, aber du wirst irgendwann selbst eine Familie haben, um die du dich kümmern musst. Was würde deine Frau wohl dazu sagen, dass du eine andere Frau und ein Kind unterstützt?“

„Keine Ahnung. Vermutlich wäre sie darüber nicht sehr erfreut.“ Er versuchte sich an einem Lachen, was allerdings recht aufgesetzt klang. Sie schwiegen eine Weile, bis sich das Baby in Maureens Bauch wieder meldete.

„Willst du mal sehen, wie das Baby tritt?“ Joe war von diesem Angebot überrascht und auch ein wenig irritiert. Er war sich nicht sicher, ob er das wollte, wollte aber auch nicht unhöflich sein. Er starrte auf Maureens dicken Bauch und einige Sekunden tat sich nichts. Dann plötzlich strampelte es wieder und man konnte deutlich die Dellen in ihrem Bauch sehen.

„Ist ja ein bisschen gruselig“, meinte Joe wenig mitfühlend. „Ist das nicht ein komisches Gefühl?“ Maureen lachte.

„Anfangs schon. Aber mittlerweile habe ich mich dran gewöhnt. In letzter Zeit wird es auch immer heftiger. Ich denke, es ist bald soweit."

„Darf ich mal?", fragte Joe zaghaft und Maureen nickte. Er legte seine Hand auf ihren Bauch und spürte die Bewegungen des Kindes. Paddy war ein Idiot, dass er das alles für Irland aufgab. Er selbst wollte auch Freiheit für Irland, schließlich hatte er im Unabhängigkeitskrieg gegen die Briten gekämpft. Aber er wollte keine Freiheit um jeden Preis. Und das, was Paddy hatte und versäumte, war einfach nicht wert, für Irland geopfert zu werden. Er war im Unrecht. Joe und Maureen sahen sich einen Augenblick schweigend an. Maureen lächelte und Joe tat es ihr gleich. Dann zog er die Hand schnell wieder von ihrem Bauch bevor es anfing komisch zu werden.

„Ich muss dann mal wieder los", sagte er und sprang vom Bett auf. „Wenn was ist, kannst du dich immer melden, das weißt du."

„Ja, ich weiß. Vielen Dank. Ich wüsste wirklich nicht, was ich ohne dich machen sollte, Joe." Joe kratzte sich nervös am Hinterkopf.

„Ach, das ist doch nicht der Rede wert. So was tun Freunde eben füreinander. Und wir sind doch Freunde, oder?"

„Natürlich sind wir das. Und du kannst dir sicher sein, dass ich auch immer für dich da sein werde, wenn du Hilfe brauchst. So machen wahre Freunde das schließlich."

Sie umarmten sich zum Abschied und Joe machte sich auf den Weg durch eine kalte, stürmische Dubliner Nacht. Dabei gingen ihm viele Gedanken durch den

Kopf. Unter anderem auch welche, die er nicht denken sollte und die er deswegen schnellstmöglich in den hintersten Winkel seines Kopfes verbannte.

Kapitel 30

Dublin, August 2007

Als Caitlin unter der Dusche stand machte sie sich Gedanken, was sie zum Abendessen anziehen sollte. Sie hatte nur funktionale und praktische Klamotten eingepackt, aber wenn Aidan sie in ein Restaurant ausführte, konnte sie dort doch nicht in Jeans und Turnschuhen auftauchen.

Caitlin erinnerte sich daran, dass sie hier auf der Straße, in der sich das Hotel befand einige kleine Boutiquen gesehen hatte. Sie blickte aus dem Fenster und sah erleichtert, dass der Regen, zumindest für den Moment, aufgehört hatte. Kurzerhand beschloss sie, einen Abstecher zu den Boutiquen zu machen, denn sie wollte unbedingt einen guten Eindruck bei Aidan hinterlassen.

Die Kleidung in den Boutiquen war zwar qualitativ nicht das, was Caitlin gewohnt war und normalerweise trug, aber es gab einige hübsche Teile, die, so hoffte sie, zumindest Eindruck bei Aidan hinterlassen würden. Sie entschied sich für ein rotes Minikleid mit breitem Gürtel in der Taille, das einen leichten Hauch der 60er Jahre versprühte. Dazu ein paar passende High Heels für 20 Euro, die zwar gut aussahen, aber nicht besonders bequem waren. Aber es half nichts, denn für eine ausgedehnte Shoppingtour hatte sie keine Zeit mehr. Einen Abend würde sie in den Dingern sicherlich aushalten können. Nach ihrem Einkauf eilte sie schnell zurück zum Hotel und machte sich fertig. Pünktlich um 18:00 Uhr klopfte es an ihrer Zimmertür. Aidan betrachtete sie von oben bis unten und Caitlin stellte mit Genugtuung fest, dass sich der Last Minute Einkauf offenbar gelohnt hatte.

„Wow, du siehst toll aus. Rot steht dir wirklich gut."

„Danke." Caitlin lächelte ihn an und gemeinsam machten sie sich auf den Weg zur Dachterrasse des Hotels, wo sich das Restaurant befand. Als sie oben ankamen erschrak Caitlin, weil es so voll war.

„Das scheint ja ein angesagter Ort zu sein. Ob wir da überhaupt noch einen Platz finden?"

„Keine Sorge. Ich habe vorsichtshalber einen Tisch reserviert." Er sprach mit einem Kellner und dieser führte sie zu ihrem Tisch am Fenster, von dem man einen atemberaubenden Ausblick über die Stadt und die Liffey hatte. Caitlin war begeistert.

„Das ist echt ein cooler Ausblick." Aidan lächelte zufrieden. „Freut mich, dass es dir gefällt." Nachdem sie ihre Getränke bekommen hatten, stießen sie ausgiebig miteinander an und erfreuten sich an dem Ausblick. Während sie auf ihr Essen warteten, besprachen sie das Vorgehen für den nächsten Tag. „Hoffentlich haben wir morgen etwas mehr Glück", sagte Caitlin. „Ich fände es schade, wenn wir unverrichteter Dinge wieder fahren müssten, obwohl das natürlich durchaus passieren kann."

„Immer schön positiv denken", meinte Aidan. „Hast du eigentlich schon alle Briefe deiner Urgroßmutter gelesen? Vielleicht gibt es da noch weitere Hinweise?"

„Nein, bisher nicht. Aber das werde ich so schnell wie möglich nachholen" Caitlin konnte sich vorstellen, was Aidan gerade durch den Kopf ging. Er sagte es zwar nicht, aber sie war sich sicher, dass er es merkwürdig fand, dass sie mit der Recherche in Dublin begonnen hatte, ohne vorher alle Schriftstücke auszuwerten. So hatten sie kaum Anhaltspunkte und möglicherweise befanden sich diese schwarz auf weiß in einem der Briefe.

„Ich weiß, ich hätte mich im Vorfeld mehr mit dem Nachlass beschäftigen sollen. Aber ich hatte noch andere Dinge um die Ohren, um die ich mich kümmern und über die ich nachdenken musste."

„Du brauchst dich dafür nicht zu rechtfertigen, ich verstehe das. Ich meine ja nur, es sind vielleicht noch hilfreiche Indizien in den Schriftstücken versteckt." Aidan hatte ja so recht. Caitlin hätte sich selber ohrfeigen können, dass sie die Dinge nicht vorher vollständig ausgewertet hatte. Sie hoffte, dass sie auch so irgendwelche hilfreichen Spuren finden würden, damit ihre Reise nach Dublin nicht völlig umsonst gewesen war.

Gegen 21:00 Uhr gingen sie zurück auf ihre Zimmer. Nach dem Essen hatten sie noch eine Weile bei einem Drink zusammengesessen und sich gut unterhalten.

„Hast du vielleicht noch Lust mit rein zu kommen? Wir könnten uns zusammen einen Film ansehen", fragte sie mutig.

„Welchen denn?"

„Keine Ahnung. Wir können ja mal sehen, was so im Fernsehen läuft. Alternativ können wir was auf meinem Laptop streamen. Natürlich nur, wenn du Lust hast." Aidan überlegte einen Moment und stimmte dann zu. Na bitte, der Anfang war gemacht. Sie ließen sich auf dem gemütlichen Bett nieder und zappten ziellos durch die Kanäle. Nach einer Weile blieben sie bei „Schuld daran ist Rio" hängen, den Aidan nicht kannte, Caitlin aber liebte und uneingeschränkt empfehlen konnte.

Als Caitlin während des Films mal unauffällig zu Aidan hinüber sah merkte sie, dass er gähnte und recht müde aussah.

„Vielleicht solltest du besser ins Bett gehen. Du schläfst ja schon fast ein. Ich erzähl dir dann morgen, wie der Film ausgegangen ist."

„Nein, ich bin topfit", meinte Aidan wenig überzeugend. „Ich chille nur." Caitlin lachte.

„Du musst nicht aus Höflichkeit hierbleiben, wenn du lieber auf dein Zimmer gehen würdest. Ich kann auch alleine fernsehen. Wir sehen uns dann morgen, ok?"

„Nein, ich will den Film zu Ende sehen. Solange halte ich noch durch." Caitlin sah ihn misstrauisch an, aber wenn er unbedingt noch hierbleiben wollte, würde sie ihn bestimmt nicht daran hindern. Sie ordneten die Kissen und Decken etwas bequemer und sahen sich weiter den Film an. Plötzlich hatte Caitlin das Gefühl, das Aidan sie beobachtete. Als sie zu ihm rüber blickte, fand sie sich bestätigt.

„Was ist los?", fragte sie nervös.

„Ach nichts." Aidan wandte sich lächelnd ab. Caitlin wurde misstrauisch. Hatte sie irgendwas Komisches im

Gesicht? Vorsichtshalber ging sie ins Badezimmer, um in den Spiegel zu sehen. Nachdem sie nichts Auffälliges in ihrem Gesicht hatte finden können, kam sie wieder zurück. Dabei wurde sie von Aidan beobachtet, der aber keine Miene verzog.

„Was ist denn los? Warum siehst du mich so an?"

„Tue ich doch gar nicht."

„Doch, tust du."

„Ist mir gar nicht aufgefallen."

„Aber mir und es macht mich nervös, weil ich mich frage, ob mit mir etwas nicht stimmt." Aidan sah sie stirnrunzelnd, aber doch lächelnd an.

„Wieso sollte mit dir etwas nicht stimmen? Außerdem wäre das doch eher ein Grund, dich nicht anzusehen. Wenn du zum Beispiel eine große Warze auf der Nase hättest, würde ich mich angewidert abwenden." Er schien das offenbar sehr amüsant zu finden.

„Naja, es gibt aber Menschen, die einen gerade dann anstarren, um sich lustig zu machen", meinte Caitlin.

„Also ich nicht. Wenn ich längere Zeit irgendwo hingucke, dann nur, weil mir gefällt was ich sehe." Aidan wandte sich zufrieden lächelnd dem Fernseher zu und jetzt war es an Caitlin, ihn anzustarren. Hatte sie ihn gerade richtig verstanden? Wollte er etwa andeuten, dass er sie hübsch fand? Caitlin wusste nicht wie sie darauf reagieren sollte. Sie musste sich innerlich beruhigen, denn sie wollte sich keine unnötigen Hoffnungen machen.

„Möchtest du noch was trinken?", fragte sie schnell, um das Thema zu wechseln. „Wir haben die Minibar noch gar nicht in Anspruch genommen."

„Gern. Für mich Cola mit Bier, falls das die Minibar hergibt“, meinte Aidan. Caitlin mixte Aidan sein gewünschtes Getränk und genehmigte sich selbst einen Sekt.

„Prost!“

Nach dem Drink merkte Caitlin, dass sie innerlich ruhiger wurde und ihre Nervosität nachließ. Nun konnte sie Aidan gelassen ansehen, als er sich erneut zu ihr drehte.

„Ich weiß nicht, ob ich dir das sagen sollte, aber ich finde es immer lustig Zeit mit dir zu verbringen. Ich fühle mich sehr wohl in deiner Gesellschaft.“ Caitlin musste lachen.

„Wie kommst du denn jetzt darauf?“

„Keine Ahnung, ich wollte es nur mal erwähnen. Ich gebe zu, anfangs habe ich gedacht, du wärst so eine Art Paris Hilton und das du es nicht lange bei uns aushalten würdest.“ Caitlin war leicht gekränkt.

„Na vielen Dank auch. Nur weil ich aus New York komme heißt das noch lange nicht, dass ich eine verzogene Göre ohne Gehirn bin. Und wenn hier jemand eine affektierte und oberflächliche Tussi ist, dann jawohl Katrina.“ Oh je, in vino veritas. Das kam jetzt einfach so aus ihr herausgesprudelt. Sie hätte vor Aidan nicht so über Katrina sprechen sollen, obwohl es natürlich die Wahrheit war. Aber die beiden schienen befreundet zu sein und wenn Caitlin seine Freunde beleidigte, konnte das seine Meinung über sie nur negativ beeinflussen. Er sah sie einen Moment verblüfft an.

„Naja, sie ist schon ein wenig speziell. Aber sie ist meine Kollegin und...“

„Ich weiß, ich weiß. So habe ich das nicht gemeint. Und ich kenne sie ja auch gar nicht näher. Und wenn du sie magst, wirst du schon deine Gründe haben. Man küsst ja schließlich nicht jeden." Oh je. Das Thema hatte sie jetzt auch nicht wieder aufwärmen wollen.

„Du scheinst sie nicht sonderlich zu mögen."

„Nein, nein, das kam jetzt falsch rüber. Ehrlich." Caitlin versuchte den Schaden, den sie angerichtet hatte zu begrenzen, was ihr aber mehr schlecht als recht gelang. Aidan sah sie ernst an.

„Und um auf den Kuss zurückzukommen, sie hat *mich* geküsst und nicht ich sie."

„Ich habe das Gefühl, das sagen alle Männer, wenn sie in flagranti erwischt werden. Aber wie gesagt, das ist deine Sache und ist mir völlig egal." Aidan rückte näher an sie heran.

„Ist es das wirklich? Oder ist das vielleicht der Grund, warum du so schnell vom Turnier verschwunden bist und zurück nach Amerika geflogen bist?" Caitlin wurde wütend, weil Aidan sie ertappt hatte. Und weil er offenbar zu glauben schien, er wäre unwiderstehlich. Was er im Grunde auch war, allerdings durfte er das nicht wissen und sich nicht so viel darauf einbilden. „Das hättest du wohl gerne", sagte sie schnippisch und blickte an ihm vorbei zum Fernseher.

„Ja, hätte ich. Und mir war es ehrlichgesagt äußerst unangenehm, dass du diese Szene mitangesehen hast. Ich hatte schon befürchtet, dass du sie falsch interpretieren würdest, daher bin ich zu dir gefahren, um es aufzuklären. Aber dann hat dein Verlobter angerufen und du hast mir gesagt, dass du zurück nach Amerika gehst. In dem Moment habe ich mich wie in einem Albtraum gefühlt. Daher musste ich so schnell wie möglich weg. Die Zeit nach deiner Abreise war nicht leicht für mich. Es gab so viele Fragen und Dinge die ich dir sagen wollte, die aber keine Rolle mehr zu spielen schienen. Du kannst dir gar nicht vorstellen, was in mir vorgegangen ist, als du auf einmal wieder vor mir standst. Ich dachte, ich verliere den Verstand." Caitlin hörte Aidan ungläubig zu.

„Was genau meinst du damit?"

„Naja, als erstes habe ich gedacht, ich halluziniere. Dann habe ich mich riesig gefreut, dass du wieder in meiner Nähe bist. Dann habe ich mich gefragt, warum du wieder hier bist und ob dein Verlobter vielleicht auch mitgekommen ist. In dem Fall hätte ich ihn wohl zu einem Duell herausfordern müssen." Caitlin konnte sich ein Lachen nicht verkneifen.

„Wieso das denn?"

„Weil ich mich in dich verliebt habe und nicht gewillt bin, dich kampflos aufzugeben." Caitlins Gesichtsausdruck wurde schlagartig wieder ernst. Hatte Aidan gerade tatsächlich gesagt, dass er sich in sie verliebt hatte? Konnte das wirklich sein?

„Darf ich dich was fragen und wenn ja, gib mir bitte eine ehrliche Antwort. Egal wie sie ausfällt", sagte Aidan.

„Ähm, ok."

„Warum bist du wirklich zurückgekommen? Nur, wegen deiner Familiengeschichte?" Aidan sah sie erwartungsvoll an. Caitlin fand es gemein, ihn auf die Folter zu spannen, tat es aber dennoch, als kleine Rache für seinen Kuss mit Katrina.

„Nein, nicht nur. Ich habe jemanden vermisst, den ich hier in kurzer Zeit sehr lieb gewonnen habe ... Scotty." Aidan warf ein Kissen nach ihr.

„Mannomann, du bist echt grausam, weißt du das?"

„Selber schuld. Grausam war mitansehen zu müssen, wie du Katrina geküsst hast." Damit hatte Aidan seine Antwort, wenn auch nicht explizit. Warum sonst sollte sie eifersüchtig auf den Kuss gewesen sein, wenn sie ihn nicht mochte?

„Zum letzten Mal, sie hat mich geküsst. Wenn ich eine Frau küsse, sieht das ganz anders aus." Er rückte noch näher an sie heran und nahm ihr Gesicht in seine Hände. Dann küsste er sie zärtlich. Caitlin wusste nicht, wie ihr geschah. Wie lange hatte sie sich nach diesem Moment gesehnt. Und jetzt war er wirklich da. Sie war so perplex, dass sie gar nicht reagierte. Sie ließ es einfach geschehen. Aidan beendete den Kuss und sah Caitlin an, um ihre Reaktion zu testen. Sie lächelte ihn an. „War das schon alles?", fragte sie herausfordernd.

„Nein, das war nur der Probeversuch. Jetzt kommt der Wertungsdurchgang." Aidan lachte und Caitlin stimmte mit ein. Dann küssten sie sich stürmischer und länger. Caitlin wünschte sich, dass dieser Moment für ewig andauern könnte.

Aidan beschloss kurzerhand, die Nacht in Caitlins Hotelzimmer zu verbringen, wogegen sie natürlich keine Einwände hatte. Aneinander gekuschelt schliefen sie ein und Caitlin hoffte, dass dieser Traum am nächsten Morgen noch vor der Wirklichkeit Bestand haben würde.

Am nächsten Morgen hatte Caitlin im ersten Moment tatsächlich Schwierigkeiten, Traum und Realität auseinander zu halten. Als sie den schlafenden Aidan neben sich liegen sah, wusste sie jedoch, dass der letzte Abend nicht ihrer Fantasie entsprungen, sondern wirklich passiert war. Das erfüllte sie mit einem sehr schönen Gefühl, einem Gefühl, dass sie schon lange nicht mehr verspürt hatte. Kurze Zeit später wachte auch Aidan auf und schien ebenso zufrieden wie sie. Sie bestellten sich Frühstück aufs Zimmer und ließen den Tag ruhig beginnen, bevor sie sich wie geplant auf den Weg machten, ihre Recherche fortzuführen.

Kapitel 31

Dublin, November 1922

„Hat Ihre Frau Ihnen ins Gewissen reden können?"
Paddy saß wieder im Verhörzimmer. Er blickte den Beamten angriffslustig an.

„Niemand kann mich von einer Meinung abbringen, wenn ich sie einmal gefasst habe. Und dass Sie meine Frau instrumentalisieren, sagt alles aus. Das bestärkt mich nur darin, dass mein Weg der Richtige ist."

„Ihr Weg wird Sie aber in den sicheren Tod führen, wenn Sie nicht kooperieren."

„Dann sei es so." Beide funkelten sich wortlos an.

„Ihre Frau ist in anderen Umständen nicht wahr?" Paddy wurde hellhörig.

„Was wollen Sie damit andeuten?"

„Nichts, gar nichts. Ich frage mich nur, ob es das alles wert ist. Eine hübsche junge Frau, ein Baby. Stört es Sie gar nicht, dass Ihr Kind wegen Ihrem sturen Verhalten ohne Vater aufwachsen muss?" Damit hatte der Beamte einen wunden Punkt getroffen. Auch wenn Paddy sich offiziell alle Mühe gab, emotional unbeteiligt zu wirken, war er in Gedanken häufig bei Maureen und ihrem ungeborenen Baby. Er war hin und hergerissen, zwischen seiner Liebe zu Maureen und seiner Liebe zu Irland. Wenn sie ihn doch nur verstehen wollte. Aber vor diesem Beamten würde er sich keine Blöße geben.

„Viele Kinder in Dublin wachsen ohne Vater auf, weil ihre Väter für ihr Land gekämpft haben und ehrenhaft gestorben sind. So sind nun mal die Zeiten." Der Beamte sah Paddy intensiv an.

„Vielleicht kann ich dafür sorgen, dass ihr Baby in guten Verhältnissen aufwächst und es ihm an nichts fehlen wird. Auch nicht an einem Vater." Paddy sah den Beamten misstrauisch an. „Was meinen Sie damit?"

„Sie wissen so gut wie ich, dass eine alleinstehende Frau mit Kind es nicht leicht hat. Sie wird arbeiten gehen müssen und wer kümmert sich dann um ihr Baby, das Baby eines Aufrührers? Sie müssen wissen, dass meine Frau und ich leider keine Kinder bekommen können. Ich weiß nicht, ob Ihre Frau Ihnen erzählt hat, wie sie meine Frau kennengelernt hat. Aber es war auf der Liffey-Bridge. Meine Frau wollte sich vor Kummer über ihre Kinderlosigkeit das Leben nehmen. Ich bin Ihrer Frau sehr dankbar, dass sie meine Frau vor dieser törichten Tat bewahrt hat, aber es hat mir die Augen geöffnet, wie sehr meine Frau leidet." Ein ungutes Gefühl machte sich in Paddy breit.

„Ich hätte da vielleicht ein Angebot für Sie. Was halten Sie davon, wenn Ihr Kind bei meiner Frau und mir aufwächst? Es hätte alles was es braucht, das versichere ich Ihnen. Ich würde ihre Frau dafür natürlich angemessen entlohnen. Welche Chancen hätte ihr Kind denn im Leben, wenn es bei Ihrer Frau bleibt? Der alleinerziehenden Witwe eines Aufrührers. Es würde vermutlich irgendwann im Waisenhaus landen, weil ihre Frau es alleine nicht ernähren kann und welche

Zukunft hätte es dann?" In Paddy machte sich unglaubliche Wut breit. Wenn er gekonnt hätte, hätte er diesen Mistkerl sofort ins Jenseits befördert. „Glauben Sie tatsächlich, ich würde auf Ihren unverschämten Vorschlag eingehen?", schrie er. „Es ist nicht unser Problem, dass sie unfähig sind, ihrer Frau einen Braten in die Röhre zu schieben."

„Immer schön vorsichtig mein Junge. Sie vergessen wohl, mit wem Sie reden und wo sie sich befinden. Es war ein gut gemeintes Angebot."

„Ein gut gemeintes Angebot?", schäumte Paddy. „Wir reden hier über mein ungeborenes Kind und nicht über einen Sack Getreide. Für Sie ist das vielleicht eine Art Geschäft, aber ich werde niemals mein Kind an jemanden wie Sie verkaufen. Lieber lasse ich es ehrenhaft verhungern als bei jemandem wie Ihnen aufwachsen. Abgesehen davon, dass der Verlust unseres Kindes meine Frau in die gleiche Situation bringen würde, wie Ihre." Der Beamte verzog keine Miene und spielte die Sache runter. „Ihre Frau ist noch jung und offensichtlich fruchtbar. Sie kann noch viele andere Babys kriegen." Paddy konnte nicht glauben, was er hörte.

„Niemals, niemals werde ich Ihrem abscheulichen Angebot zustimmen. Meine Frau ist stark, sie wird auch ohne mich klarkommen, wenn es sein muss. Unterschätzen Sie sie da mal nicht."

„Mhm, das werden wir ja sehen. Als Witwe eines Aufrührers wird sie es vielleicht in Zukunft nicht leicht haben. Woher weiß ich denn, dass ihre Frau nicht ihr aufrührerisches Gedankengut teilt? Und somit eine Gefahr für den Freistaat darstellt?"

„Wollen Sie mir etwa drohen?“ Paddy war jetzt aufgestanden und funkelte den Beamten wütend an. Wenn Blicke töten könnten, hätte ihm in diesem Augenblick sein letztes Stündlein geschlagen.

„Setzen Sie sich wieder hin“, sagte der Beamte mit eisiger Stimme. „Ich will Ihnen nicht drohen, ich will Ihnen nur einen Denkanstoß mitgeben. Denken Sie ruhig eine Weile darüber nach. Es eilt nicht. Wie lange hat Ihre Frau noch, ein bis zwei Monate?“

„Bíodh an diabhal agat!“ Der Beamte lachte.

„Sie scheinen zu vergessen, dass Sie hier nicht mehr gegen die Briten kämpfen. Ich bin auch Ire und habe Ihren netten Fluch also verstanden.“

„Das können Sie auch ruhig, dann sind Sie vorbereitet, wenn er Sie holen kommt, denn für Ihr Verhalten ist Ihnen ein Platz in der Hölle sicher.“ Der Beamte schien unbeeindruckt.

„Wie dem auch sei. Lassen Sie sich ruhig alles noch mal durch den Kopf gehen. Wir sprechen uns dann später noch mal, da bin ich sicher.“ Paddy wurde von einem Wachtposten wieder in seine Zelle zurückgebracht. Die schwere Tür krachte ins Schloss und ließ ihn in dem feuchten, dunklen Loch zurück. Wieder und wieder gingen ihm die Worte des Beamten durch den Kopf. Nicht nur, dass er die Unverfrorenheit besaß, Paddys Ungeborenes zu fordern. Er hatte auch angedeutet, dass Maureen in Zukunft Probleme bekommen könnte. Was hatte er nur getan? Das sein Leben ruiniert und nicht mehr zu retten war, damit konnte er leben und auch sterben. Das Maureens vielleicht aus Rache für sein Verhalten auch ruiniert wurde, dass hatte er nie gewollt. Vielleicht hätte er doch mit ihr nach Amerika gehen sollen. So wie sie es sich immer gewünscht hatte. Aber das war nie sein Wunsch gewesen. Er hatte sie nicht kränken oder mit ihr darüber streiten wollen, aber er hatte gehofft, dass sie ihre Auswanderungspläne irgendwann aufgeben würde, wenn Irland frei und lebenswert geworden wäre. Aber bis jetzt war das leider nicht der Fall. Paddy wünschte, er könnte genug Geld auftreiben, um ihr die Überfahrt zu ermöglichen. Weit weg von Dublin, Irland und Leuten, die wussten, dass sie die Frau von Padraig O'Halloran war. Wenn er einen letzten Wunsch gehabt hätte, dann wäre es dieser gewesen.

Kapitel 32

Dublin, August 2007

Wie bereits am Vortag starteten sie ihre Recherche im Nationalarchiv, gaben aber nach einiger Zeit wieder auf, weil sie keine Informationen fanden, die ihnen weiterhelfen konnten.

„Ich würde vorschlagen, wir machen hier Schluss und sehen uns erst noch mal die Briefe genauer an, ok? Wir müssen erst versuchen, weitere Hinweise zu bekommen, die unsere Suche erleichtern." Caitlin war einverstanden, auch wenn sie ein wenig enttäuscht war. Irgendwie hatte sie sich das alles etwas einfacher vorgestellt.

Bevor sie zurück nach Port Kirrie fuhren beschlossen sie, auf Aidans Vorschlag hin, noch spontan einen Abstecher zum Glasnevin Cemetery zu machen.

Caitlin war von dem Friedhof fasziniert. All die alten, krummen Grabsteine. An vielen nagte schon deutlich der Zahn der Zeit, aber Caitlin fand es schaurig-schön. Sie schlenderten eine Zeitlang über den Friedhof und Aidan zeigte ihr „berühmte" Gräber, wie zum Beispiel das von Michael Collins, Éamon de Valera oder Cathal Brugha.

„Also, wenn dein Urgroßvater einer von denen gewesen wäre, wäre es viel einfacher an Informationen zu kommen." Er nahm lächelnd ihre Hand und zusammen schlenderten sie durch die weitläufige Anlage. Plötzlich fiel Caitlin ein Gräberfeld auf, das mit Plüschtieren und Spielzeug bestückt war.

„Sind das etwa Kindergräber?", meinte sie mehr zu sich selbst als zu Aidan.

„Sieht ganz danach aus. Willst du dir das wirklich ansehen?"

„Ja. Vielleicht ist der Bruder meiner Großmutter ja doch gestorben. Dann könnte er doch hier begraben liegen, oder?"

„Das kann schon sein. Dann lass uns mal nachsehen." Sie betraten das Gräberfeld und als Caitlin die Namen und Sterbedaten der Kinder las, wurde sie von einer tiefen Traurigkeit übermannt. „Die armen Kinder. Und die armen Eltern. Es muss einfach schrecklich sein, sein Kind begraben zu müssen." Sie dachte an ihre Urgroßmutter und die Tatsache, dass man ihr keinen Ort genannt hatte, an dem sie um ihr Kind trauern konnte. Möglicherweise gab es aber auch keinen, weil er gar nicht gestorben war. Aidan und Caitlin gingen die Reihen entlang bis sie zu den Gräbern aus dem Jahr 1923 kamen. Dort fanden sie jedoch keinen Michael Patrick O'Halloran. Aidan hatte unterdessen im Internet recherchiert und herausgefunden, dass Glasnevin der einzige Friedhof in Dublin war, auf dem man auch Totgeburten und kurz nach der Geburt verstorbene Babys begraben durfte.

„Also wenn der Bruder deiner Großmutter tatsächlich bei der Geburt gestorben sein sollte, müsste er mit hoher Wahrscheinlichkeit hier begraben liegen. Tut er

aber augenscheinlich nicht, daher hatte deine Urgroßmutter vermutlich recht mit ihrem Gefühl. Allerdings
sind manche Gräber aus der Zeit vermutlich auch nicht
mehr erhalten."

„Aber wenn er überlebt hat, was ist dann mit ihm passiert und wie um Himmels Willen sollen wir das herausfinden?"

„Kommt Zeit, kommt Rat."

Als sie wieder Zuhause ankamen war es bereits 20:30
Uhr und Caitlin hatte vorgeschlagen, die gemeinsame
Recherche auf den nächsten Tag zu verlegen. Aidan
war sicher müde von der Fahrt und sollte besser nach
Hause gehen. Davon wollte er jedoch nichts wissen.
Also holten sie sich im Pub eine Portion Fish and Chips
to-go und fuhren zu Caitlin.

„Scotty hole ich aber erst morgen ab. Ich will Mrs Barnett um diese Uhrzeit nicht mehr stören." Sie setzten
sich in den Wintergarten und machten sich genüsslich
über ihr Abendessen her. Dann rief schon wieder die
Arbeit. Aidan teilte die Briefstapel wahllos unter ihnen
auf. Bis kurz vor 1:00 Uhr saßen sie vertieft in die Unterlagen. Als sie die Arbeit für den Tag beenden wollten,
fand Aidan im letzten Moment doch noch etwas.

„Hier, lies das mal!", sagte er aufgeregt. Er reichte Caitlin einen Brief, datiert auf den 24. April 1923.

Liebe Maureen,
ich habe meine Kontakte zu den Leuten in Kilmainham
spielen lassen und es ist leider war, dass Paddy erschossen
wurde. Er war an dem Anschlag in Cork beteiligt und dafür
wurde er hingerichtet. Ich weiß, diese Nachricht zerbricht

dir das Herz genauso wie mir, aber immerhin hast du jetzt die Gewissheit, was mit ihm passiert ist. Viele andere Angehörige von „Verrätern" kriegen diese nie. Es tut mir so unendlich leid für dich und Rosie. Es ist unerträglich zu wissen, dass er nicht mehr da ist und wir ihn nie mehr wiedersehen werden. Er hatte sich in den letzten Jahren leider verändert, aber tief in seinem Herzen war er doch immer noch der alte Padraig O'Halloran, den wir kannten und liebten. Seit ich denken kann waren wir befreundet und hatten lange Zeit die gleichen Ziele. Ich weiß nicht, was passiert ist, dass sich unsere Wege getrennt haben. Aber sein Weg hat ihn leider zu diesem traurigen Ende geführt. Warum nur musste er sich immer wieder an diesen Anschlägen beteiligen? Wieso konnte er sich nicht erstmal mit dem Vertrag abfinden, darauf hätte man doch aufbauen können? Er hatte doch dich und Rosie. Aber für ihn gab es immer nur ganz oder gar nicht. Dabei wollen wir doch alle nur das Beste für unser Heimatland. Es hätte alles nicht so weit kommen dürfen. Aber was nützt das Klagen. Für dich muss es noch viel schlimmer sein, als für mich. Wenn ich dir und Rosie irgendwie helfen kann, lass es mich wissen. Ich habe etwas Geld angespart, das könntest du für die Überfahrt nach Amerika haben. Lass es mich einfach wissen, ich möchte dir gerne helfen.
Auf bald, Joe

„Das heißt also, dass mein Urgroßvater wirklich erschossen wurde", meinte Caitlin. Aidan nickte.

„Sieht ganz so aus. Also wäre das erste Rätsel wohl gelöst. Dein Urgroßvater ist so jung gestorben, weil er im Bürgerkrieg an einem Anschlag beteiligt war, erwischt und getötet wurde."

„Meinst du, wir können Näheres dazu herausfinden?"

„Aus dieser Zeit sind eine ganze Menge Unterlagen vernichtet worden, besonders über Exekutionen, von denen viele nicht ganz legal waren und quasi unter der Hand ausgeführt wurden. Wir können aber gerne mal das Gefängnisarchiv in Kilmainham aufsuchen. Wenn wir da aber nicht fündig werden, gibt es zu diesem Fall vermutlich keine Unterlagen mehr und wir müssen uns mit dem begnügen, was wir haben." Caitlin seufzte. Sie dachte an ihre arme Urgroßmutter. Ganz alleine mit einem Baby, ihr Mann erschossen und die quälenden Gedanken, was wohl mit ihrem anderen Baby passiert war. Vermutungen, Hoffnungen, Bauchgefühl, aber nichts Konkretes und Greifbares. An ihrer Stelle wäre Caitlin vermutlich auch ausgewandert. Nur so konnte man den Kopf frei kriegen und versuchen, nach vorne zu schauen. Das kannte Caitlin aus eigener Erfahrung nur zu gut. Sie warf einen verstohlenen Blick zu Aidan hinüber, der schon wieder in weitere Briefe vertieft war.

„Danke", sagte sie plötzlich. Aidan blickte überrascht auf.

„Wofür?"

„Dafür, dass du deine kostbare Zeit opferst, um mit einer wildfremden Amerikanerin ihre Familiengeschichte zu erforschen. Aidan lächelte.

„Naja, so richtig amerikanisch scheinst du ja nicht zu sein, wie die Unterlagen beweisen. Du bist definitiv zum Teil auch Irin. Wer weiß, vielleicht stellt sich im weiteren Verlauf sogar heraus, dass wir verwandt sind. Wäre doch cool, oder?" Caitlin fand diese Vorstellung nicht besonders cool, im Gegenteil. Falls der Verwandtschaftsgrad zu eng wäre, dürften sie nicht mehr zusammen sein und das wäre für sie eine Tragödie. Schließlich hegte sie alles andere als verwandtschaftliche Gefühle für Aidan. Er rückte näher an sie heran und küsste sie zärtlich.

„Du musst dich nicht dafür bedanken. Wie oft muss ich dir noch sagen, dass ich das sehr gerne mache. Ich freue mich, wenn ich dir helfen kann. " Aidan lachte, aber Caitlin erinnerte ihn daran, dass ihre Suche noch nicht beendet war.

„Ein Rätsel haben wir aber noch zu lösen und zwar, was mit dem Bruder meiner Großmutter passiert ist. Ich habe ihr mein Wort gegeben, dass ich die Antwort darauf finde und möchte sie nicht enttäuschen."

„Das werden wir, da bin ich sicher. Wir sind doch ein gutes Team. Es wird zwar nicht leicht werden, aber da wir jetzt nur noch einen Ein-Fronten-Krieg führen müssen, kommen wir vielleicht schneller voran." Sie beschlossen, die Arbeit für heute ruhen zu lassen und wechselten hinüber ins Wohnzimmer, wo sie es sich auf dem Sofa gemütlich machten. Sie schauten noch ein bisschen fern, bis ihnen beiden die Augen zufielen und sie aneinander gekuschelt einschliefen. Mitten in der Nacht wurde Caitlin wach und schaltete den Fernseher aus, den sie vergessen hatten auszuschalten. Sie betrachtete den schlafenden Aidan und musste lächeln. Einen kurzen Moment dachte sie an Eric und daran, dass sie ihm im Nachhinein eigentlich dankbar sein musste, dass er sie an seinem Junggesellenabschied betrogen hatte. Hätte sie ihn planmäßig geheiratet, hätte sie Aidan niemals kennengelernt und auch nicht die

Geheimnisse, die es in ihrer Familie gab. Es hatte wohl alles einen tieferen Sinn gehabt. Einen Moment dachte sie auch an Aidans Vater, den Matchmaker. Konnte es sein, dass er vielleicht doch die Hände im Spiel gehabt hatte? Aber das war doch nicht möglich. Oder etwa doch? Caitlin glaubte nicht an Magie und hatte auch nicht vor, damit anzufangen. Auch wenn ihre Begegnung mit Aidan schon ein wenig schicksalhaft anmutete. Wer oder was auch immer sie zusammengeführt hatte, im Moment war sie einfach nur glücklich mit ihrem Leben, so wie es gerade war.

Kapitel 33

Weihnachten stand vor der Tür und Maureen war sich sicher, dass es das traurigste Weihnachtsfest aller Zeiten werden würde. Seit Jahren war Paddy stets dabei gewesen und sie konnte sich einfach nicht vorstellen, wie sie dieses Jahr seine Abwesenheit verkraften sollte. Und das kurz vor ihrer Niederkunft. Im Grunde konnte sich das Baby jeden Moment auf den Weg machen und Paddy würde dann nicht an ihrer Seite sein. Sie hatte wenig Hoffnung, dass er seine Meinung bezüglich einer Kooperation ändern würde.

Maureen machte sich fertig, um zu ihrer Schwester zu fahren. Sie hatte im Sommer geheiratet und hatten ein kleines, etwas heruntergekommenes Häuschen gemietet. Aber immerhin bot es so viel Platz, dass ihre ganze Familie dort zusammen Weihnachten feiern konnte. In der Wohnung ihrer Mutter wäre das nicht gegangen und in Maureens Wohnung auch nicht. Als sie gerade ihren Mantel anziehen wollte, klopfte es an der Haustür. Als sie die Tür öffnete, stand Mrs O'Brien davor. „Ich hoffe, ich störe nicht." Maureen verneinte. Sie wurde nervös, weil sie Angst hatte, Neuigkeiten über Paddy zu erfahren.

„Es dauert auch nicht lange, versprochen. Aber ich wollte mit Ihnen etwas besprechen." Maureen ließ Mrs O'Brien herein und bot ihr eine Tasse Tee an. Diese aber lehnte dankend ab. Ihr Blick fiel auf Maureens gepackte Tasche.

„Wollen Sie verreisen?"

„Nur zu meiner Schwester. Für die Feiertage."

„Und wie steht es mit Ihren Plänen nach Amerika auszuwandern?" Maureen wunderte sich, dass Mrs O'Brien sich daran erinnern konnte. Sie hatte das Thema nur einmal flüchtig erwähnt. „Naja, im Moment habe ich keine konkreten Pläne. Ich werde wohl erst noch eine Weile sparen müssen."

Mrs O'Brien nickte nachdenklich. „Ich wollte mich nochmal bei Ihnen bedanken, dass Sie mir das Leben gerettet haben. Ich habe in der letzten Zeit viel darüber nachgedacht und auch mit meinem Mann gesprochen. Wir werden schon eine Lösung finden wegen unserem Kinderwunsch."

„Haben Sie sich doch zu einer Adoption entschließen können?", fragte Maureen hoffnungsvoll.

„Sozusagen. Sie hatten Recht, es gibt viele arme Kinder in Dublin, denen wir ein besseres Leben bieten können. Und es wäre eine Sünde, es nicht zu tun, finden Sie nicht auch?"

„Es wäre auf jeden Fall ganz wunderbar. Das freut mich sehr für Sie. Ich denke, dass ist die richtige Entscheidung."

„Ja, das ist es wohl. Jedenfalls wollte ich Ihnen dafür danken und mich erkenntlich zeigen, dass Sie mir geholfen und die Augen geöffnet haben. Aus diesem

Grunde würde ich Ihnen gerne helfen, ihre Auswanderung zu beschleunigen." Maureen verstand nicht ganz, worauf Mrs O'Brien hinauswollte.

„Sie werden die Fahrkarten brauchen und etwas Startgeld, um in Amerika Fuß zu fassen. Das möchte ich Ihnen gerne schenken." Maureen traute ihren Ohren nicht.

„Aber das kann ich unmöglich annehmen. Wie gesagt, ich spare schon seit geraumer Zeit und es macht mir nichts aus, noch eine Weile warten zu müssen, bis ich alles zusammen habe."

„Daran habe ich keinen Zweifel, aber warum auf die Erfüllung eines Traumes warten, wenn er sich auch schneller realisieren lässt. Sie haben mich vor einer großen Dummheit bewahrt und ich fühle mich verpflichtet, mich zu revanchieren. Ich weiß, dass ich Ihnen damit helfen kann und deswegen dürfen Sie mir diesen Wunsch nicht abschlagen. Es ist das Mindeste, was ich tun kann. Sagen Sie mir einfach, wieviel sie für die Überfahrt und ein kleines Startgeld brauchen und ich gebe es Ihnen."

Maureen konnte nicht glauben, was Mrs O'Brien ihr anbot.

„Das kann ich unmöglich annehmen. Es wäre nicht recht, ich habe nur meine Pflicht getan. Außerdem brauchen Sie das Geld für eine mögliche Adoption und das Kind."

Mrs O'Brien lächelte milde.

„Machen Sie sich darüber bitte keine Gedanken. Ich weiß, dass Sie keinen Lohn für Ihre Tat wollen, aber ich fühle Ihnen gegenüber eine gewisse Schuld. Bitte nehmen Sie mein Angebot an, es tut uns nicht weh. Mein

Mann ist recht wohlhabend. Es wird uns und dem Kind dadurch an nichts mangeln und Sie können es dringend gebrauchen." Maureen wusste nicht was sie darauf erwidern sollte. Sie konnte nicht glauben, dass eine im Grunde fremde Frau ihr Geld für ihre so sehnlichst gewünschte Auswanderung schenken wollte.

„Ich weiß nicht, es fühlt sich nicht richtig an, Geld von Ihnen zu nehmen. Obwohl ich es natürlich sehr gut brauchen könnte. Ich könnte es eventuell als Darlehen annehmen und Ihnen zurückzahlen, sobald ich in Amerika eine Arbeit gefunden habe."

„Unsinn. Es ist ein Geschenk und sie können es behalten. Denken Sie ruhig darüber nach. Und wenn Sie sich entschieden haben, kontaktieren Sie mich einfach. Ich wünsche Ihnen und Ihrer Familie frohe Weihnachten."

Als Mrs O'Brien gegangen war, blieb Maureen eine Weile nachdenklich zurück. Wieso hatte sie ihr so ein unglaubliches Angebot gemacht? Nur, weil sie sie vor dem Selbstmord bewahrt hatte? Weil sie ihr empfohlen hatte, über eine Adoption nachzudenken? Hatte die Begegnung mit ihr tatsächlich etwas Positives in Mrs O'Brien bewirkt? Maureen nahm sich vor, über die Feiertage darüber nachzudenken. Und dann würde sie die Dinge mit Helen besprechen. Und Joe. Er war ihr in der letzten Zeit immer eine enorme Stütze gewesen und sie konnte sich immer auf ihn und seine kluge, vernünftige Meinung verlassen. Wenn er keine Bedenken gegen dieses Angebot hatte, würde sie es auch nicht haben. Aber was würde aus Paddy werden? Maureen war von Mrs O'Briens Angebot so überrascht gewesen, dass sie ganz vergessen hatte nach ihm zu fragen. Aber wenn es Neuigkeiten über ihn gegeben hätte, positive

wie negative, hätte Mrs O'Brien ihr doch sicher davon
erzählt. Falls sie etwas wusste. Vermutlich erzählte ihr
Mann ihr aber auch nicht alles, was in Kilmainham vor
sich ging. Maureen hoffte, dass es Paddy gut ging, womit sie meinte, dass er hoffentlich noch am Leben war.
Beim Gedanken an ihn stiegen ihr sofort wieder Tränen
in die Augen und das wollte sie nicht. Das würde nur
ihre Stimmung in den Keller ziehen und sich negativ
auf das Baby auswirken. Schnell packte sie ihre Sachen
und machte sich auf den Weg zu ihrer Schwester, in der
Hoffnung, sich über die Feiertage etwas ablenken zu
können.

Kapitel 34

Dublin, Januar 1923

Das neue Jahr empfing Maureen mit strahlendem Sonnenschein. Zwar war es eiskalt, aber das gute Wetter war für sie ein Zeichen, dass dieses Jahr ihr hoffentlich mehr Glück bringen würde, als das alte. Passenderweise war der 1. Januar ein Montag. Ein neues Jahr, eine neue Woche, eine neue Hoffnung. Sie hatte sich einen heißen Tee aufgebrüht und sich gerade wieder auf das Bett gekämpft, das direkt unter dem Fenster stand, um gemütlich hinaus zu blicken, als es an der Tür klopfte. Maureen konnte sich nicht erklären, wer sie zu so früher Stunde sehen wollte.

„Wer ist da?", fragte sie verwundert.

„Ich bin's." Maureen war verunsichert. Die Stimme kam ihr merkwürdig vertraut vor, aber das konnte doch nicht sein. Sie ging zur Tür und öffnete sie einen Spaltbreit. Als sie sah, wer davor stand, stieß sie einen schrillen Schrei aus, hielt sich aber direkt die Hand vor den Mund, um die Nachbarn nicht unnötig aufzuscheuchen.

„Lässt du mich jetzt rein oder was? Es ist eisig kalt hier draußen." Es war Paddy. Wie konnte das nur sein? Hatte er seine Meinung etwa geändert und kooperiert? Maureen stand wie angewurzelt in der Wohnung.

„Bist du es wirklich?", fragte sie und merkte im selben Moment, wie dämlich ihre Frage war.

„Wer soll ich denn sonst sein, Dummerchen. Was ist los, willst du deinen Ehemann nicht umarmen?" Er breitete seine Arme aus und lächelte sie an. Maureen ließ sich in seine Arme fallen. Wie sehr sie ihn doch vermisst hatte.

„Was ist passiert? Ich meine, wie kommt es, dass du hier bist? Haben sie dich laufen lassen? Hast du deine Meinung geändert?" Die Fragen sprudelten nur so aus Maureen heraus und ließen Paddy gar keine Chance zu antworten.

„Zu viele Fragen auf einmal." Er lachte und führte sie zum Bett. „Ich könnte erstmal einen heißen Tee vertragen, es ist saukalt draußen."

„Trink' meinen, der ist ganz frisch aufgebrüht. Ich mach' mir schnell einen neuen." Als sie damit fertig war, setzte sie sich zu ihm. Maureen musterte Paddy ungläubig, während er den heißen Tee runterkippte, als wäre es nur Wasser.

„Das habe ich vermisst, deinen guten, starken, heißen Tee." Maureen wurde langsam ungeduldig.

„Nun rück' schon mit der Sprache raus. Was ist passiert? Warum haben sie dich laufen lassen?" Paddy atmete einmal tief durch. „Freu dich nicht zu früh. Ich bin nur auf Bewährung raus. Für die Geburt. Danach muss ich zurück." Maureens Freude verwandelte sich in Angst. Sie hatte gehofft, alles wäre ausgestanden und sie könnten wieder zusammen sein.

„Und was ist mit der Kooperation? Hast du es dir überlegt?" Paddy machte ein ernstes Gesicht.

„Maureen, ich liebe dich und das Baby über alles. Aber ich werde niemals meine Freunde und Irland verraten. Ich darf bis zur Geburt bei dir bleiben, dann muss ich zurück und meinem Schicksal ins Auge sehen." Maureen konnte nicht fassen, was sie aus Paddys Mund hörte.

„Was bedeutet das? Eine Gefängnisstrafe oder Schlimmeres?" Paddy zuckte mit den Achseln.

„Wer weiß. Das haben sie mir noch nicht abschließend mitgeteilt." Er sah in Maureens geschocktes Gesicht. Sie hatte Tränen in den Augen.

„Nun mach nicht so ein Gesicht. Jetzt bin ich erstmal hier und was die Zukunft bringt, werden wir dann sehen."

„Aber wieso haben sie dich gehen lassen? Die bevorstehende Geburt ist doch kein Grund, jemanden frei zu lassen. Du könntest doch einen Fluchtversuch unternehmen. Das könntest du doch, oder?"

„Theoretisch. Ich meine, ich habe unterschrieben, dass ich zurückkomme, aber das heißt ja nichts. Auch werden die ihre Späher und Spione haben, aber das kümmert mich nicht. Vermutlich haben sie mich erstmal laufen lassen in der Hoffnung, ich würde so meine Meinung ändern." In Maureens Gesicht kehrte die Hoffnung zurück. „Lass uns zusammen fliehen. Bitte, Paddy. Sobald das Baby da ist, hauen wir ab. Nach Amerika. Da finden sie uns nie und wir können endlich alles hinter uns lassen und ein neues Leben beginnen."

„Wir werden sehen, ich meine ich werde über alles nachdenken. Aber jetzt lass mich erstmal ankommen. Das Kilmainham ist kein Luxushotel. Alles was ich im

Moment will ist ein Bett und etwas Schlaf. Danach sehen wir weiter. Legst du dich zu mir, bis ich eingeschlafen bin?" Das musste Paddy Maureen nicht zweimal sagen. Arm in Arm lagen sie in ihrem Ehebett und schon kurze Zeit später war Paddy in einen tiefen Schlaf gefallen. Maureen befreite sich aus seiner Umklammerung und deckte ihn zu. Dann beobachtete sie eine Weile ihren schlafenden Mann. Er sah schlecht aus und sein Gesicht war mit Schrammen übersät. Maureen konnte sich denken, woher diese stammten. Die Beamten gingen mit den Gefangenen sicherlich nicht gerade zimperlich um, um zu erfahren, was sie wissen wollten. Was hatte Paddy wohl alles in Kilmainham erleiden müssen? Maureen wollte es sich gar nicht vorstellen. Vielleicht würde er sich ihr in den nächsten Tagen anvertrauen, aber fragen würde sie ihn nicht. Sie wusste nicht, wie lange ihre gemeinsame Zeit andauern würde und die wollte sie nicht mit negativen Erinnerungen belasten. Sie wollte ihm die Zeit zu Hause vielmehr so angenehm wie möglich machen und ihn so zu überzeugen versuchen, entweder zu kollaborieren oder mit ihr zu fliehen. Sie hatte in den letzten Wochen und Monaten unfreiwillig gelernt, ohne ihn zu leben, aber jetzt, wo er wieder bei ihr war, sah sie sich außerstande, ihn wieder aus ihrem Leben verschwinden zu lassen. Und das, möglicherweise für immer, falls sie ihn zum Tode verurteilen sollten. Das konnte sie auf keinen Fall zulassen. Sie musste sich dringend etwas einfallen lassen und Mrs O'Briens großzügiges Angebot würde ihr dabei helfen. Auf einmal waren alle Zweifel in Maureen wie weggefegt. So bald wie möglich würde sie sie kontaktieren und ihr Angebot annehmen.

Kurz vor Mitternacht am 11. Januar 1923 platzte Maureens Fruchtblase. Wehen bemerkte sie noch keine und auch sonst ging es ihr glücklicherweise so gut, dass sie Paddy noch nicht weckte. Die bevorstehende Geburt bedeutete, dass Paddy zurück ins Gefängnis musste und Maureen wollte dies so lange wie möglich hinauszögern. Zwar hatte sie mit Mrs O'Brien gesprochen und diese hatte ihr auch zugesagt, ihr das Geld zu bringen, das war aber noch nicht geschehen, sodass sie sich noch nicht um Fahrkarten für eine Überfahrt hatte kümmern können. Auch die anderen Planungen waren alle noch in der Schwebe und Maureen wusste nicht, was sie tun sollte. Paddy würde eine Zeitlang untertauchen müssen, anders ging es nicht, auch wenn das bedeutete, dass sie dadurch möglicherweise Repressalien ausgesetzt sein würde. Als Paddy erwachte und Maureen ihr erklärt hatte, was passiert war, geriet er in Panik. Maureen war sich nicht sicher, ob wegen der Geburt oder seiner bevorstehenden Rückkehr ins Gefängnis. Sie musste all ihre Kraft aufwenden, um ihn zu beruhigen und vergaß dadurch ihre eigene Nervosität.

„Soll ich die Hebamme rufen?", fragte er aufgeregt.

„Ich weiß nicht, ob es dafür nicht noch zu früh ist. Immerhin spüre ich noch keine Wehen."

„Ist das denn normal?", fragte er besorgt. Maureen musste lachen.

„Ja, das kann schon mal vorkommen. Aber das wird sich noch ändern, glaub mir. Ich denke, wir warten erst noch ein bisschen ab." Paddy schien das merkwürdig zu finden, vertraute aber seiner Frau, dass sie wusste, was zu tun war. Zwei Stunden später setzten dann die

Wehen ein und Paddy radelte zur Hebamme Mrs Jenkins, um sie von der bevorstehenden Geburt zu unterrichten. Als diese bei den O'Hallorans eintraf, war die Geburt schon in vollem Gange.

„Na, das sieht doch schon recht gut aus", meinte Mrs Jenkins. Sie horchte Maureens Bauch ab und machte ein irritiertes Gesicht. Dann horchte sie noch einmal gründlich nach den Herztönen des Babys und untersuchte den Bauch. Maureen entging der irritierte Gesichtsausdruck der Hebamme nicht.

„Ist alles in Ordnung mit dem Baby?", fragte sie ängstlich. „Oh ja, soweit ich das beurteilen kann schon. Aber sie wissen schon, dass sie Zwillinge erwarten?" Maureen sah erschrocken erst die Hebamme, dann Paddy an. Er hatte eine Hand in der Hosentasche vergraben, die andere an seinem Mund, während er nervös an seinen Nägeln kaute.

„Nein, ich hatte keine Ahnung, dass es zwei sind."

„Naja, jetzt wissen sie es. Das bedeutet allerdings nicht nur doppeltes Kinderglück, sondern auch, dass die Geburt etwas schwieriger und schmerzhafter sein wird, als bei nur einem Kind." Maureen war es gleich, abgesehen davon konnte sie es ohnehin nicht ändern. Sie sah erneut zu Paddy rüber, der auf einmal viel entspannter wirkte. Die Hebamme hatte nicht übertrieben. Die nächsten Stunden waren die schmerzhaftesten in Maureens Leben, aber sie machte sich immer wieder bewusst, wofür das alles gut war und dachte daran, dass die Schmerzen früher oder später vorbei sein würden. Und immerhin war Paddy an ihrer Seite. Die Hebamme hatte zwar einen Moment irritiert reagiert als Maureen darauf bestand, dass Paddy im gleichen

Zimmer bleiben sollte, ließ es dann aber zu. Unter der Voraussetzung, dass er sie während der Geburt nicht behinderte. Maureen hätte nicht gewusst, wie sie die Geburt ohne Paddy hätte durchstehen sollen. Er stand an ihrem Kopfende und hielt die ganze Zeit ihre Hand. Dabei sprach er ihr fortwährend gut zu.

Und dann war es auf einmal so weit.

„Das erste ist ein Junge“, rief die Hebamme und zeigte ihr ein kleines, schreiendes und blutverschmiertes Bündel. Sie reichte es dem stolzen Vater und bat ihn, es in eine vorbereitete Wanne zu legen. Maureen wurde ein paar Minuten Verschnaufpause gewährt, dann ging es erneut los und sie wurde von einer Tochter entbunden. Nach diesen Strapazen war Maureen so erschöpft, dass ihr die Augen zufielen und sie erstmal einschlief.

„Sie soll sich ruhig etwas ausruhen, sie wird in Zukunft noch genug zu tun haben mit zwei Babys.“

„Ich danke Ihnen für Ihre tolle Arbeit“, meinte Paddy während er seinen Sohn im Arm hielt. „Aber sie sehen fast genauso müde aus, wie meine Frau. Sie sollten nach Hause gehen und sich schlafen legen, ich schaffe das hier schon alleine, bis meine Frau wieder aufwacht.“ Die Hebamme machte erneut ein erstauntes Gesicht. Ein Mann, der sich um sein Neugeborenes kümmern wollte und dann auch noch gleich um zwei, so etwas war ihr ihn ihrem langen Berufsleben noch nie untergekommen.

„Sind sie sich sicher? Ich meine, das ist ja keine Arbeit für einen Mann.“

„Das macht mir nichts aus. Außerdem habe ich meine Schwägerin informiert. Sie wird jeden Moment hier

sein und mich unterstützen. Und im Moment schlafen
sie ja beide, da können sie nicht viel Ärger machen."

„In Ordnung, sie scheinen mir ein vernünftiger Mann
zu sein. Aber wenn irgendetwas sein sollte, wissen Sie
ja, wo sie mich finden." Paddy nickte lächelnd und
dankte ihr für ihre Mühen. Da die Hebamme tatsächlich sehr müde war und Paddys Argumente sie über-
zeugten, machte sie sich auf den Weg nach Hause.
Paddy war froh, dass er die Hebamme endlich los war,
die Alte hätte ihm sonst noch seinen Plan vereitelt. Er
wiegte seinen Sohn in den Armen und Tränen stiegen
ihm in die Augen.

„Es tut mir so leid, mein Sohn. Aber ich muss tun, was
ich tun muss. Ich verspreche dir, dass ich dich immer
lieben und von oben auf dich aufpassen werde. Oder
von unten, je nachdem wo ich lande. Deine Mutter wird
dich auch lieben, auch wenn sie nicht bei dir sein kann.
Aber deine neuen Eltern haben versprochen, dass sie
gut zu dir sind und es dir an nichts fehlen wird. Und du
wirst uns nicht vermissen, weil du uns nie gekannt
hast. Für uns ist es schwer, weil wir dich gekannt haben, wenn auch nur kurz. Es tut mir sehr leid, dass es
so kommen musste, aber ich liebe deine Mutter und
kann diese Welt nicht guten Gewissens verlassen, ohne
zu wissen, dass es ihr gut geht und sie in Sicherheit ist.
Auch wenn das bedeutet, dass du nicht bei ihr sein
kannst. Aber ich habe das gute Gefühl, dass deine neue
Mum dich lieben wird, wie ihr eigenes Kind. Sie ist eine
gute Frau." Er küsste seinen Sohn und ging mit ihm zu
der schlafenden Maureen hinüber. Auch seine Tochter
lag schlafend in einem Körbchen daneben. Er packte

seinen Sohn warm ein und verließ ohne zurückzublicken mit ihm das Haus.

Als Maureen erwachte, war es totenstill. Verschlafen sah sie sich um. Ihre Tochter lag in ihrem Körbchen neben ihr und schlief. Sie versuchte sich aufzusetzen, was ihr aber mehr schlecht als recht gelang. Sie blickte sich im Zimmer um, sah aber weder ihren Sohn noch Paddy. Sie rief ihren Ehemann, aber niemand antwortete. Sie wollte aufstehen und nach ihm und ihrem Sohn sehen, musste aber leider einsehen, dass sie dafür noch zu schwach war. In dem Moment erwachte ihre Tochter und begann zu schreien. Maureen verdrängte ihr ungutes Gefühl zu Gunsten ihres Babys und gab ihr die Brust. Als sie sie gerade wieder hingelegt hatte, hörte sie wie jemand die Tür aufschloss. Es war Paddy.

„Wo bist du denn bloß gewesen?", fragte Maureen mit zittriger Stimme. „Und wo ist unser Sohn?" Als sie Paddys gequälten Gesichtsausdruck sah, wurde ihr klar, dass etwas nicht stimmte. Ihm standen Tränen in den Augen, als er zu seiner Frau rüberging und sich zu ihr aufs Bett setzte. Er nahm ihre Hand, um sie zu beruhigen, aber Maureen zog sie weg.

„Wo ist mein Sohn?", rief sie energisch.

„Er hat es leider nicht geschafft." Paddy konnte seiner Frau nicht ins Gesicht sehen.

„Was meinst du damit, er hat es nicht geschafft?"

„Er war zu klein und schwach, er ist kurz nach der Geburt gestorben."

„Du lügst! Wo ist er?"

„Die Hebamme hat ihn mitgenommen und wollte sich um alles kümmern. Es tut mir so leid, Maureen."

„Wo ist mein Sohn?"

„Ich weiß es nicht, ich sagte doch, die Hebamme hat ihn mitgenommen."

„Aber wenn er tot ist braucht er ein christliches Begräbnis, darum muss ich mich doch kümmern."

„Für Totgeburten gibt es keine christlichen Bestattungen."

„Er war keine Totgeburt! Ich habe ihn gesehen und schreien gehört. Er hat sich nicht kränklich angehört. Wo ist mein Sohn? Gib' mir meinen Sohn zurück!" Paddy war erschrocken über Maureens Reaktion. Er hatte gehofft, sie würde es gefasster aufnehmen und ihm seine Geschichte einfach glauben, schließlich war es nicht ungewöhnlich, dass Kinder kurz nach der Geburt starben. Es war also durchaus eine plausible Erklärung, zumindest für Paddy. Er wusste nicht, wie er seine Frau beruhigen sollte.

„Hol' sofort die Hebamme her. Sie soll mir sagen, wo mein Kind ist."

„Beruhige dich doch bitte, Schatz. Ich weiß, dass es schwer ist die Realität zu akzeptieren, aber wir können die Dinge nun mal nicht ändern. Meinst du vielleicht, für mich ist es leicht? Aber zum Glück haben wir ja noch ein anderes Kind." Paddy merkte schnell, dass er das besser nicht gesagt hätte. Maureen warf ihre Teetasse, die neben ihrem Bett stand, nach ihm und Paddy konnte nur durch seine Geistesgegenwärtigkeit verhindern, dass er sie an den Kopf bekam.

„Sag mal, hast du den Verstand verloren?", rief er wütend.

„Nein, aber du hast offenbar den Verstand verloren. Du meinst, weil wir noch ein Kind haben, sei das ein Trost, ja? Ich soll das andere Kind einfach vergessen?"

„Nein, so habe ich das nicht gemeint." Im Grunde
hatte er das allerdings gehofft. Sein Plan hatte in der
Theorie viel mehr Sinn gemacht, aber er hatte Maureens heftige Reaktion unterschätzt. Früher oder später
würde sie sich jedoch damit abfinden müssen.

„Wenn es dir hilft, gehe ich zur Hebamme und frage
sie, was mit unserem Sohn geschehen ist und wo er ist,
in Ordnung?"

„Ja, geh. Ich kann deinen Anblick im Moment sowieso
nicht ertragen." Maureens Worte schnürten Paddy das
Herz zu. Bald wirst du mich auch nicht mehr sehen
müssen, dachte er wehmütig. Er schnappte sich seine
Jacke und ging hinaus. Natürlich hatte er nicht die Ab-
sicht die Hebamme aufzusuchen. Es war schließlich alles längst geklärt. Sein Auftraggeber hatte ihm ein
Schreiben ausgehändigt, in dem der Tod des Babys be-
zeugt wurde. Er ging durch die kalte Dubliner Winter-
luft und verabschiedete sich von seiner Heimat. Er kam
an der Hauptpost vorbei, die fast sieben Jahre später
immer noch die Spuren des misslungenen Aufstandes
zeigte. Genau vor diesem Gebäude, an diesem denkwür-
digen Ostermontag 1916 hatte sich Paddys Schicksal
entschieden. Nun waren seine Tage gezählt und sein
aktiver Kampf beendet. Die Männer, die ihm in gewisser Entfernung folgten um sicher zu gehen, dass er
keine Dummheiten machte, erinnerten ihn stets daran.
Aber das war in Ordnung. Er hatte getan, was er
konnte, nun würden andere seinen Kampf weiterführen müssen. Das war alles Teil des Deals. Er würde sich
von seiner Stadt verabschieden, zurück nach Hause gehen und Maureen den Brief mit der Todesnachricht ihres Sohnes aushändigen und dann von seiner Familie

Abschied nehmen. Morgen in aller Frühe würde er das
Haus verlassen und dann seinem Schicksal entgegen-
gehen.

Kapitel 35

Dublin, August 2007

Aidan und Caitlin waren zurück in Dublin und standen vor dem ehemaligen Kilmainham Gefängnis, um sich mögliche Unterlagen über Caitlins Urgroßvater anzusehen. Das Gefängnis war seit 1924 geschlossen, aber in den 1960er Jahren hatte man sich seiner Bedeutung für die Geschichte Irlands besonnen und damit begonnen, es zu restaurieren. Heute war es ein Museum und auch als Filmkulisse wurde es seitdem gerne genutzt. Aidan hatte eine Führung gebucht, von der Caitlin gar nicht sicher war, ob sie daran teilnehmen wollte. Schließlich handelte es sich hierbei um ein Gefängnis und nicht wenige Menschen hatten hier Qualen gelitten oder waren sogar gestorben. Diese Vorstellung fand sie zutiefst gruselig. Aber sie wollte Aidan nicht kränken, daher hatte sie sich bereit erklärt, an der Führung teilzunehmen. Natürlich hatte sie währenddessen durchgehend eine Gänsehaut und vor ihren Augen spielten sich die schlimmsten Szenen ab, was auch an den detaillierten Ausführungen der Führerin lag. Unter anderem wurden sie in die Gefängniskapelle geführt, in der es angeblich besonders spuken sollte.

„Hier wurden am Vorabend seiner Hinrichtung Joseph Mary Plunkett, einer der Anführer des Osteraufstandes und seine Verlobte Grace Gifford getraut“, erklärte die Führerin.

„Jahre später, als das Gefängnis schon längst geschlossen war und man plante, ein Museum daraus zu machen, übernachtete der Gouverneur Dan McGill in dem Gefängnis, während er die Renovierungsarbeiten beaufsichtigte. Als er eines Abends spät aus dem Fenster sah, bemerkte er, dass in der Kapelle Licht brannte. Er ging rüber um Nachzusehen, fand nichts Außergewöhnliches und schaltete das Licht aus. Dann ging er zurück auf sein Zimmer und als er erneut zur Kapelle rüber sah, waren die Lichter wieder an. Er machte sie wieder aus und wieder gingen sie an. Und das ging mehrmals die ganze Nacht über so.“

„Cool“, meinte Aidan, während sich Caitlin erschrocken umblickte.

„Eine noch gruseligere Geschichte passierte in den Kerkerräumen während der Renovierung. Der Maler, der die Arbeiten ausführte berichtete, er wäre von einem starken Wind gegen die Wand geschleudert worden. Dann wurde er einige Augenblicke von einer unsichtbaren Kraft an der Wand festgehalten, bevor diese ihn wieder losließ und verschwand. Ich glaube ich brauche nicht zu erwähnen, dass dieser Maler nie wieder an diesen Ort zurückgekehrt ist.“ Die Führerin lachte, aber Caitlin lief ein eisiger Schauer über den Rücken. Sie sah sich ängstlich um und würde heute Nacht bestimmt Alpträume bekommen. Die Geistergeschichten waren schon schlimm genug, aber noch schlimmer war es für sie, in den Hof zu kommen, in dem 14 der

Anführer des Osteraufstandes von 1916 hingerichtet worden waren. Eine in die Mauer eingelassene Gedenkplatte erinnerte an die Männer. Das Bewusstsein, sich an einem Ort zu befinden, wo Menschen getötet worden waren, bereitete ihr größtes Unbehagen. Aidan hingegen schien damit keine Probleme zu haben. Er hing interessiert an den Lippen der Führerin und unterhielt sich angeregt mit ihr. Caitlin indes ging auf ein schwarzes Kreuz zu, das am Ende des Hofes stand.

„Das ist das so genannte Connolly-Kreuz", meinte die Führerin. „Es markiert den Platz, an dem James Connolly ermordet wurde. Er wurde bei den Kämpfen während des Osteraufstandes schwer verletzt und konnte nicht stehend vor das Erschießungskommando treten. Daher hat man ihn dort an einen Stuhl gebunden und erschossen." Caitlin verzog vor Schreck das Gesicht und wandte sich schnell wieder ab. Sie dachte an ihren Urgroßvater und die Tatsache, dass auch er hier in diesem Gefängnis interniert gewesen und erschossen worden war. War es auch hier auf diesem Hof gewesen? Sie war sich gar nicht mehr sicher, ob sie die Gefängnisunterlagen überhaupt sehen wollte, falls es welche gab. Sie hatte Angst, dass vielleicht Details über den Tod ihres Urgroßvaters drinstehen könnten, die sie lieber nicht wissen wollte. Er war erschossen worden, das reichte doch im Grunde an Information. Caitlin war froh, als die Führung endlich beendet war.

„Echt interessant, oder?", fragte Aidan. Caitlin verstand nicht, wie er nach dem Besuch eines ehemaligen Gefängnisses so gute Laune haben konnte.

„Ja, zum Teil schon. Aber ich musste die ganze Zeit daran denken, wie viele Menschen hier gelitten haben. Inklusive meines Urgroßvaters.“ Aidan nahm sie in den Arm.

„Ja, das geht einem schon ziemlich nahe. Aber es ist trotzdem sehr interessant, wie ich finde. Ok, dann lass’ uns mal nach der Akte deines Urgroßvaters suchen, deswegen sind wir schließlich hergekommen.“ Aidan und Caitlin gingen in den Lesesaal und recherchierten nach Unterlagen über Padraig O’Halloran.

„Hier ist tatsächlich ein Eintrag“, rief Aidan erfreut. „Die Akte bestellen wir uns sofort.“ Sie warteten eine Weile, dann kam eine nette Angestellte und reichte ihnen die gewünschte Akte.

„Jetzt bin ich aber mal gespannt.“ Aidan war fast euphorischer und motivierter als Caitlin. Leider war die Akte nicht sonderlich dick. Es gab seinen Einlieferungsschein und einen Bericht über den Grund seiner Verhaftung. Dann fanden sie eine etwas merkwürdige Mitteilung.

„Sieh’ dir das an.“ Aidan zeigte Caitlin die Mitteilung. „Unter Auflagen entlassen am 01. Januar 1923.“ Caitlin machte ein verwundertes Gesicht.

„Vielleicht haben sie ihn entlassen, damit er Zeit mit seiner schwangeren Frau verbringen konnte.“ Aidan runzelte die Stirn. „Ich kann mir kaum vorstellen, dass man Gefangenen diese Freiheit erlaubt hätte. Außerdem hätte dann doch die Gefahr bestanden, dass er flieht und untertaucht. Ich meine, ich will dir nicht zu nahe treten, aber in den Augen des Freistaates war dein Urgroßvater ein Verräter und Feind. Da finde ich es schon sehr komisch, dass sie ihn zeitweise auf freien

Fuß gesetzt haben, nur um ihn dann später doch zu erschießen." Caitlin kam das bei näherem Nachdenken auch merkwürdig vor. „Gibt es noch mehr Informationen dazu?" Aidan schüttelte den Kopf. „Leider nein. Nur das Exekutionsprotokoll. Die Hinrichtung war aber laut Papieren erst im Februar 1923."

„Aber er wird doch nicht so lange zu Hause gewesen sein?"

„Kann ich mir auch nicht vorstellen. Hat deine Urgroßmutter in einem ihrer Briefe etwas davon geschrieben?"

„Ich kann mich nicht erinnern."

„Vermutlich hat er vorher noch eine Weile im Gefängnis gesessen bevor, naja, er hingerichtet wurde", vermutete Aidan. „Joe's Brief hört sich zwischen den Zeilen so an, als hätten sie länger nichts von ihm gehört. Angehörige von dem Tod eines Verräters oder Feindes zu informieren stand noch nie ganz oben auf der Liste der Verantwortlichen." Caitlin nickte stumm.

„Da könntest du Recht haben. Viel mehr Informationen werden wir also vermutlich nicht bekommen."

„Vermutlich nicht. Aber das Rätsel um den frühen Tod deines Urgroßvaters haben wir gelöst. Jetzt können wir uns ausschließlich auf das Schicksal deines Großonkels konzentrieren. Wenn wir dazu etwas rausfinden könnten, wäre das ein großer Erfolg, vor allem für deine Granny." Caitlin stimmte zu und gemeinsam verließen sie Kilmainham. Im Hinausgehen schwor sich Caitlin, nie wieder einen Fuß in ein Gefängnis – ob in Betrieb oder nicht – zu setzen.

Als sie am nächsten Morgen beim Frühstück saßen, klingelte Aidans Handy und eine Mitarbeiterin des Kilmainham Archivs war am Apparat.

„Guten Morgen, spreche ich mit Mr O'Connor?"

„Ja, tun Sie? Wer sind Sie denn?"

„Ich bin Miss Lynch vom Kilmainham Archiv. Sie haben doch gestern Unterlagen bestellt und einsehen wollen, nicht wahr?"

„Ja, das war ich. Gibt es damit etwa ein Problem?"

„Oh nein, keine Sorge. Mir ist nur beim Zurücklegen der Akte aufgefallen, dass ich Ihnen offenbar nicht den kompletten Inhalt zur Verfügung gestellt habe. Einige Dokumente müssen herausgefallen sein, als ich die Akte aus dem Karton geholt habe. Wollen Sie sich diese noch ansehen? Dann lege ich sie für Sie zurück."

„Auf jeden Fall. Wir kommen gleich nochmal vorbei. Danke für Ihre Mitteilung." Aidan legte auf und ein strahlendes Lächeln legte sich auf sein Gesicht, was Caitlin irritierte.

„Was ist los mit dir, warum grinst du wie ein Honigkuchenpferd?", fragte sie.

„Das war Miss Lynch vom Kilmainham Archiv. Es gibt wohl noch weitere Unterlagen zu deinem Urgroßvater, die waren nur aus der Akte gefallen. Miss Lynch lässt sie für uns zurücklegen. Also musst du wohl oder übel doch noch einmal zurück."

„In den Lesesaal des Archivs wage ich mich gerade noch hinein, aber ich setze keinen Fuß mehr in den Zellentrakt oder den Hinrichtungshof."

Sie beendeten rasch ihr Frühstück und machten sich dann direkt auf den Weg.

„Wieso bist du eigentlich so gut gelaunt wegen den Dokumenten? Du weißt doch gar nicht, ob sie uns weiterbringen", fragte Caitlin reserviert.

„Ich weiß auch nicht. Ich habe halt so ein Gefühl."

Im Lesesaal wurden sie bereits von Miss Lynch erwartet.

„Tut mir wirklich leid. So etwas darf nicht passieren", entschuldigte sie sich erneut.

„Kein Problem", meinte Aidan. „Ist ja alles noch mal gut gegangen."

Die fehlenden Dokumente bestanden aus einem Foto von Caitlins Urgroßmutter und zwei Briefen. Aidan öffnete einen der vergilbten Umschläge und zog ein ebenso vergilbtes Stück Papier heraus. Er sah ihn sich kurz an und reichte ihn dann an Caitlin weiter.

„Der ist von deinem Urgroßvater an deine Urgroßmutter geschrieben. Vom Februar 1923. Vielleicht eine Art Abschiedsbrief. Den solltest dann besser du lesen." Caitlin musste schmunzeln. Ihre Urgroßeltern würden es nach all den Jahren kaum stören, wenn er den Brief las. Die Gefängnisbeamten hatten das sicherlich damals auch getan und die Leute vom Archiv. Sie nahm den Brief und las ihn sich durch während Aidan sich den anderen vornahm:

22. Februar, 1923
„Liebste Maureen, liebste Rosie,
mit diesen Zeilen muss ich mich leider von euch verabschieden. Es bricht mir das Herz, dass ich euch zurücklassen muss, aber ich tat, was ich tun musste und es ist mein Schicksal für Irland zu sterben. Ich werde euch immer lie-

ben, besonders auch dich Maureen. Ich habe dich vom ersten Moment an geliebt, als ich dich sah und hoffe, du kannst mir irgendwann verzeihen, dass ich euch im Stich lassen muss. Es tut mir unendlich leid, Maureen. Bitte hasse mich nicht dafür, ich habe es in der Hoffnung getan, dass wir eine bessere Zukunft haben werden, auch wenn ich das nicht mehr erlebe. Ich liebe dich für immer und ewig. Und Rosie auch. Bitte verzeiht mir!
In Liebe dein Paddy und Dad

Caitlin standen Tränen in den Augen.

„Es ist wirklich ein Abschiedsbrief", sagte sie traurig. Sie sah zu Aidan herüber, der geschockt auf die Zeilen des anderen Briefes starrte.

„Was ist los? Was steht in dem Brief?" Aidan reichte ihn wortlos an Caitlin, damit auch sie ihn lesen konnte.

22.Februar 1923
Lieber Joe,
mit diesen Zeilen nehme ich Abschied. Es tut mir leid, dass die Dinge so gekommen sind, aber es ist nicht zu ändern. Es schmerzt mich sehr, dass unsere Freundschaft an den politischen Umständen zerbrochen ist, aber ich musste meinen Weg gehen und du deinen. Verzeih mir. Bevor ich gehe musst du mir einen großen Gefallen tun. Es gibt da eine Sache, die ich unbedingt loswerden muss, bevor ich gehe. Maureen muss etwas erfahren, aber erst, wenn sie in Amerika ist und Fuß gefasst hat. Ich habe etwas getan und es fällt mir sehr schwer, das in Worte zu fassen, da ich weiß, sie wird mich dafür auf ewig hassen. Dennoch muss sie es irgendwann erfahren: Unser Sohn ist nicht tot, er lebt. Ich

musste ihn opfern, damit sie und Rosie ein neues Leben anfangen können. Aber er ist in guten Händen, das weiß ich und es wird ihm an nichts fehlen. Vielleicht gibt es irgendwann die Möglichkeit, dass sie ihn wiedersieht, wenn er erwachsen ist und seine eigenen Entscheidungen treffen kann. Ich hoffe und wünsche es mir so sehr. Er lebt jetzt bei den O'Briens. Das war der Grund, warum sie ihr so viel Geld gegeben haben, um nach Amerika auswandern zu können. Ich habe dem Deal zugestimmt, damit Maureen und Rosie eine bessere Zukunft haben. Die O'Briens wollten ein Kind und sie brauchte Geld. Anfangs hat Mr O'Brien mich erpresst und gesagt, Maureen würde etwas passieren, wenn ich dem Deal nicht zustimme. Dann habe ich darüber nachgedacht und bin zu dem schweren Entschluss gekommen, dass es die einzige Möglichkeit für sie ist aus Irland wegzukommen, wenn ich nicht mehr da bin. Ich war so glücklich, dass wir Zwillinge bekommen haben, sodass ich ihr wenigstens ein Kind lassen konnte. Es hat mich sehr geschmerzt, dass sie mir nicht einfach geglaubt hat, dass unser Sohn gestorben ist, denn sie hatte ja so recht. Ich hatte gehofft, dass es so einfacher für sie wäre, aber das war es nicht. Bitte sorge dafür, dass sie die Wahrheit irgendwann erfährt, aber nicht sofort. Ich wünsche mir so sehr, dass sie unseren Sohn in der Zukunft wiederfindet. Hilf ihr dabei, wie du ihr in meiner Abwesenheit öfter geholfen hast. Das hat sie mir gesagt und ich bin dir dankbar dafür, auch wenn es nicht den Anschein hatte. Pass auf sie und Rosie auf, so gut es geht.
Dein Freund Paddy

Als Caitlin den Brief gelesen hatte, war sie genauso schockiert wie Aidan.

Kapitel 36

Dublin, Februar 1923

Langsam schritt Paddy den ihm bekannten Gang im Keller des Kilmainham Gefängnisses entlang. Es roch noch immer nach Feuchtigkeit und Modder, aber lange musste er diesen Geruch nicht mehr ertragen. Er wusste, dass es bald vorbei war und war bereit. Er leistete keinen Widerstand, als seine „Aufpasser" ihn in Empfang nahmen und zurück nach Kilmainham brachten. Es war ihm nie in den Sinn gekommen zu fliehen. Erstens stand er ohnehin permanent unter Beobachtung, zweitens fühlte er, dass er nicht mehr mit Maureen hätte zusammenleben können. Nicht nachdem, was er getan hatte. Es war für alle Beteiligten das Beste. Er würde als irischer Märtyrer sterben und Maureen konnte nach angemessener Trauerzeit ein neues Leben in Amerika beginnen. So wie sie es sich immer gewünscht hatte. O'Brien wollte sich um alles kümmern und Paddy hatte dafür gesorgt, dass er Wort hielt. Andernfalls würde es ihm ergehen, wie vielen anderen zuvor, die ihr Wort gebrochen hatten. Paddy hatte gepokert und O'Brien erzählt, dass er seinen Kumpels gegenüber den Pakt erwähnt hatte und sie auf dessen strikte Einhaltung aufpassen würden. Natürlich hatte er nur von dem finanziellen Deal mit der Amerika-

Reise gesprochen. Der andere Teil, so waren sich beide Seiten einig gewesen, unterlag strengster Geheimhaltung. „Der Priester kommt gegen 17.00 Uhr“, sagte der Wachmann, bevor er Paddy in seiner Zelle einschloss. Eigentlich wollte Paddy keinen Priester sehen, der konnte ihm schließlich auch nicht mehr helfen. Andererseits erhielt ihm dessen Besuch die Hoffnung in den Himmel zu kommen und so eines Tages seine Familie wiederzusehen. Seine Familie. Maureen. Und die zwei Kinder, die er hätte aufwachsen sehen können, einen Jungen und ein Mädchen. Aber durch seine Taten würden sie nie eine Familie sein. Maureen und seine Tochter Rosie würden zusammen sein. Er, Paddy würde sie nicht aufwachsen sehen. Das war seine Entscheidung gewesen. Aber er hatte seinem Sohn das Recht auf seine Familie genommen und diese Sünde lastete schwer auf ihm. Wie gerne hätte er sich diese Sünde in der Beichte vom Herzen geredet, aber das durfte er nicht. Nicht einmal gegenüber dem Priester durfte er erwähnen, was er getan hatte. Aber der Gedanke daran, fraß ihn förmlich auf. Er musste sich jemandem anvertrauen. Er betete zu Gott und teilte ihm alles mit, was ihm auf dem Herzen lag. Wirklich besser fühlte er sich dadurch aber nicht. Er hatte gehofft, dass Gott ihm irgendein positives Zeichen schicken würde, damit Paddy wusste, dass er ihm vergeben hatte. Aber es passierte nichts. Dann fasste er den Entschluss, Maureen zu schreiben. Er bat bei dem Wächter um Stift und Papier, um seiner Frau und seinem Kind einen Abschiedsbrief zu schreiben. Der Wächter ließ ihn erst eine Weile zappeln, betteln und flehen. Aber Paddy war das egal. Ihm war mittlerweile alles egal. Wenn dieser Idiot es verlangt hätte, wäre er auch auf allen Vieren durch das ganze Gefängnis gerobbt und es wäre ihm nicht peinlich gewesen. Der Brief an Maureen war ihm wichtiger als alles andere. Er wollte ihr erzählen, was er getan hatte und wie es dazu hatte kommen können. Vielleicht würde sie so die Möglichkeit haben, ihren Sohn irgendwann wiederzufinden. Diese Chance musste er ihr einfach einräumen. Er hockte sich vor das Blatt Papier, wusste aber nicht, wie er den Brief beginnen sollte. Wie sollte man auch seiner Frau gegenüber so ein Geständnis ablegen? Wie konnte man diese Tat rechtfertigen? Paddy wusste, dass Maureen ihn dafür hassen würde und das schmerzte ihn sehr. So sehr, dass er anfing zu weinen und froh war, dass niemand in der Nähe war, um Zeuge dieses erbärmlichen Verhaltens zu werden. Aber er hatte es schließlich nicht anders verdient. Vielleicht würde sie durch seine Zeilen irgendwann verstehen, warum er es getan hatte und ihr verzeihen. Er war Gott dankbar, dass er ihnen zwei Kinder geschenkt hatte, sodass Maureen wenigstens noch ihre Tochter hatte. Ansonsten wäre sein schlechtes Gewissen noch stärker gewesen. Er feilte stundenlang an dem Brief, der am Ende nur eine knappe Seite zählte. Er wusste, dass zu viele Worte unangebracht waren. Er wollte sich auf das Wesentliche konzentrieren und nicht um den heißen Brei herumreden. Als der Priester kam, legte er den Brief schnell zur Seite. Paddy konnte nicht behaupten, dass der Besuch des Priesters viel gebracht hätte. Er fühlte sich kein bisschen besser, als vorher. Dabei hatte er gehofft, durch die Vergebung seiner Sünden wäre ihm innerlich leichter ums Herz, aber das war es nicht. Vermutlich, weil er die größte Sünde verschwiegen hatte.

Er holte den Brief an Maureen hervor und las ihn nochmal durch. Dann zerriss er ihn und bat um zwei neue Blätter. Er schrieb Maureen und Rosie einen Abschiedsbrief, erwähnte aber nichts von dem Deal. Er konnte den Gedanken nichts ertragen, dass Maureen ihn hasste und in schlechter Erinnerung behielt. Seinen Kampf für Irland und seine Hinrichtung würde sie ihm hoffentlich irgendwann verzeihen können, das andere, was er getan hatte nie. Dennoch musste er sich jemandem anvertrauen. Also schrieb er einen zweiten Brief an Joe. Den einzigen wahren Freund, den er jemals hatte.

Irgendwann musste Paddy eingeschlafen sein, denn er war sich unsicher, wo er sich befand, als er mit einem rüden Fußtritt geweckt wurde.

„Aufstehen! Es wird Zeit für dich, deinem Schöpfer entgegenzutreten." Einen kurzen Moment stieg Panik in Paddy auf. Dann aber besann er sich wieder und versuchte mit aller Kraft die Ruhe zu bewahren. Er konnte die Dinge nicht mehr ändern. Er wurde in den Stonebreaker's Yard geführt, wo knapp 7 Jahre zuvor schon die Anführer des Osteraufstandes hingerichtet worden waren. Vor der Wand waren bereits Sandsäcke aufgestapelt worden.

„Hast du noch einen letzten Wunsch?", fragte einer der Beamten, der eine Art Protokoll der Exekution zu führen schien.

„Keinen Wunsch, aber eine Bitte. Nicht für mich, sondern für meine Frau und meine Tochter. Bitte sorgen Sie dafür, dass meine Frau diese Briefe bekommt." Der Beamte musterte misstrauisch zuerst Paddy, dann die Briefe.

„Geht in Ordnung. Also dann positionieren Sie den Gefangenen." Paddy wurde vor die Sandsäcke an der Wand geführt. Dann wurde ihm eine schwarze Augenbinde angelegt, was ihm ganz recht war. Dann musste er in seinen letzten Sekunden wenigstens nicht diese Arschlöcher und Verräter sehen. Die Beamten entfernten sich und Paddy stellte sich ein letztes Mal Maureens lächelndes Gesicht vor.
„Bereitmachen!".
„Anlegen!"
„Schießen!"
Dann fiel er zu Boden und es war vorbei.

Kapitel 37

Dublin, August 2007

Ihre Urgroßmutter hatte also Recht gehabt. Ihr Sohn war nicht kurz nach der Geburt gestorben, sondern zu einem anderen Paar gegeben worden. Und das alles war ein „Deal" gewesen, den Caitlins Urgroßvater mit den „neuen" Eltern geschlossen hatte. Seit diesen unglaublichen Erkenntnissen konnte Caitlin an nichts Anderes mehr denken. Wie hatte ihr Urgroßvater nur so etwas tun können? Er hatte zwar in dem Brief eine Erklärung für seine Tat abzugeben versucht, aber das hätte seine Frau wohl kaum überzeugt. Die Tatsache, dass sich die Briefe an Joe und Maureen in den Akten des Kilmainham Gefängnisses befanden bedeutete außerdem, dass sie niemals zugestellt worden waren. Ihre Urgroßmutter hat also bis zu ihrem Tod nicht gewusst, was mit ihrem Sohn geschehen war, geschweige denn, dass sie ihn wiedergesehen hat, wie Paddy es gehofft hatte. Diese Tatsache machte Caitlin wahnsinnig traurig. Auf alle Fälle musste sie ihrer Großmutter von ihrem Fund erzählen, aber sie wollte noch weitergehen. Nun, da sie wussten, wer die Leute waren, bei denen der Junge aufgewachsen war, hatten sie eine Spur, um weiter zu forschen. Es dauerte eine Weile, aber dann fanden sie heraus, dass dieser Mr O'Brien ein hochrangiger

Beamter bei der Polizei gewesen war. Nach dem Ende des Bürgerkrieges war er mit seiner Familie nach England gezogen, dem Heimatland seiner Frau. Vermutlich wollten sie nicht, dass man ihnen auf die Schliche kam.

„Müssen wir jetzt etwa nach England reisen, um weitere Informationen zu bekommen?", fragte Caitlin enttäuscht.

„Könnte sein. Aber wir können es erstmal online und über Email-Kontakt zu den offiziellen Stellen versuchen." Aidan war ganz in seinem Element.

„Hier steht, die Familie ist 1924 nach London gezogen. James O'Brien, Mary O'Brien und Michael O'Brien. Das ist dann wohl der Bruder deiner Granny. Ich schau mal, was ich in Erfahrung bringen kann, aber ich denke, fürs Erste können wir hier in Dublin die Zelte abbrechen."

„Ich hoffe, du schneidest bei dem Turnier nicht grottenschlecht ab, weil ich dich so oft vom Training abgehalten habe." Aidan lachte.

„Keine Sorge. Ich habe noch zwei Wochen und es ist ja nicht so, als hätte ich seit Monaten auf keinem Pferd mehr gesessen. Ich meine, in den nächsten Tagen werde ich das Training sicher intensivieren müssen, bevor nächste Woche das Trainingslager losgeht. Und dann ist auch schon das Turnierwochenende. Aber das wird schon klappen. Du kommst doch hoffentlich auch?"

„Denkst du etwa, das lasse ich mir entgehen? Natürlich werde ich kommen und dich anfeuern." Aidan lächelte sie liebevoll an, nahm sie in den Arm und gab ihr einen Kuss.

Als sie wieder zurück in Port Kirrie waren, nutzte Caitlin sofort die Gelegenheit ihre Großmutter anzurufen, um sie von ihren neuen Erkenntnissen zu unterrichten.

„Also hatte Mutter immer Recht gehabt. Es ist so schade, dass sie nie die Wahrheit erfahren durfte. Habt ihr weitere Informationen zu ihm finden können?"

„Bisher nicht, aber Aidan hat ein paar Stellen kontaktiert und wir warten jetzt auf Rückmeldung. Es sieht so aus, als wären die O'Briens mit ihm nach England gezogen. Mehr wissen wir bisher nicht."

Nach einer kurzen Pause, sprach die Großmutter aus, was ihr auf dem Herzen lag, seit sie von der Existenz ihres Zwillingsbruders Kenntnis erlangt hatte.

„Ich frage mich, ob er vielleicht noch lebt."

Caitlin wusste, dass diese Frage ihre Großmutter sehr beschäftigte und wünschte so sehr, sie könnte sie ihr mit ja beantworten.

„Das wissen wir noch nicht, aber ich verspreche dir, wir werden alles versuchen, um das herauszufinden."

Die Großmutter fand es rührend, wie ihre Enkelin bestrebt war, ihr zu helfen.

„Ich danke dir sehr, für die Mühen, die du auf dich nimmst, um mir zu helfen."

„Keine Ursache, Granny. Und es sind keine Mühen für mich, schließlich geht es auch um meine Familiengeschichte. Selbst Aidan ist total Feuer und Flamme für das Thema, dabei hat es gar nichts mit ihm zu tun. Er ist mir wirklich eine große Hilfe."

„Du magst diesen Aidan sehr, stimmt's?" Caitlin fühlte sich ertappt und merkte, wie sie rot wurde. Glücklicherweise konnte ihre Großmutter es durch das Telefon nicht sehen.

„Ich glaube schon. Und es ist hilfreich, in der Fremde jemanden zu haben, damit man nicht so alleine ist."

„Natürlich. Vielleicht lerne ich diesen jungen Mann ja mal persönlich kennen. Damit ich mich bei ihm bedanken kann, dass er bei der Recherche unserer Familienangelegenheiten mithilft. Und sich so nett um meine einsame Enkelin in Irland kümmert." Caitlin wusste nicht, was sie sagen sollte. Ihr war das Thema unangenehm, auch wenn sie selber nicht genau wusste, warum. „Ja, vielleicht klappt das mal. Was gibt es Neues in New York? Gibt es irgendwas, was ich wissen sollte?" Die Großmutter hatte durchschaut, dass ihre Enkelin gekonnt das Thema zu wechseln versuchte und ging darauf gerne ein.

„Nicht viel. Aber ich habe gehört, deine Freundin Jenna plant sich zu verloben." Caitlin war erstaunt. Ihr gegenüber hatte sie das bisher nicht erwähnt, zumal sie ihren Auserwählten noch gar nicht lange kannte.

„Davon hat sie mir gar nichts gesagt."

„Mach ihr deswegen keinen Vorwurf, es ist auch alles noch nicht offiziell. Ihr Großvater hat es mir gesagt und eigentlich sollte ich auch noch nicht darüber sprechen, aber du wirst es früher oder später eh erfahren."

„Und wann soll die Hochzeit stattfinden?"

„Die genauen Details hat er mir nicht gesagt. Er hat sich nur darüber aufgeregt, dass sie es so eilig haben mit der Hochzeit, wo sie sich doch gerade erst kennengelernt haben. Du kannst dir ja vorstellen, was da jetzt in der Familie los ist." Ja, das konnte Caitlin tatsächlich. Sie stellte sich gerade vor, wie ihre Familie reagieren würde, wenn sie nach Hause käme und Aidan als ihren Verlobten vorstellen würde. Schlimmer noch, wenn sie nach Hause käme und ihren Eltern mitteilte, sie wäre bereits verheiratet. Mit einem irischen Reitlehrer! Caitlin musste bei dem Gedanken lachen. Ihre Mutter würde vor Schreck in Ohnmacht fallen, denn in ihren Kreisen legte man noch Wert auf gewisse Konventionen. Ihren Eltern von Aidan zu erzählen, würde ohnehin nicht einfach werden, denn er war aufgrund seiner Herkunft und seines Berufes nicht der Schwiegersohn, den sie sich für ihre Tochter vorstellten. Aber damit würden sie leben müssen, denn für Caitlin war klar, dass ihre Beziehung zu Aidan nicht am Flughafen enden würde, wenn ihre Zeit in Irland vorbei war. Wie ihre Zukunft jedoch genau aussehen würde, dass wusste sie noch nicht. Sie hatte auch mit Aidan noch nicht darüber gesprochen, aber sie hoffte, dass er sie auch weiterhin in seinem Leben haben wollte.

Das Internationale Reitturnier stand vor der Tür und Aidan war die Tage zuvor besonders aufgeregt und nervös gewesen. Caitlin hatte ihn schon seit Tagen nicht mehr persönlich gesehen und nur über Telefon und Skype mit ihm Kontakt gehabt, daher freute sie sich sehr, dass es morgen endlich so weit sein würde. Sie ging in die Küche, um sich einen Tee aufzubrühen. Als sie aus dem Küchenfenster schaute, sah sie den Briefträger die Straße entlangkommen. In der letzten Zeit hatte sie ihn immer abgefangen und nach einem Brief aus London gefragt und sie war sich sicher, dass er sie deshalb für merkwürdig hielt. Heute würde sie sich jedoch zusammenreißen. Schließlich war bisher nie etwas von den Archiven dabei gewesen, also war es sehr wahrscheinlich, dass es heute auch nicht der Fall sein würde. Caitlin wollte abwarten, bis der Briefträger weitergezogen war, um dann so unauffällig wie möglich einen Blick in den Briefkasten zu werfen. Aber der Briefträger machte ihr einen Strich durch die Rechnung, denn er klingelte an der Haustür, was Caitlin nicht ignorieren konnte. Sie öffnete verwundert die Tür und sah in das lächelnde Gesicht des Briefträgers, der mit einem braunen Umschlag vor ihrem Gesicht rumwedelte.

„Post aus London!", sagte er und schien genauso erleichtert wie Caitlin. Sie errötete leicht und bedankte sich lächelnd bei ihm. Dann besah sie sich den dicken Umschlag. Sie traute sich kaum ihn zu öffnen. Einerseits hatte sie Angst davor, etwas zu erfahren, dass sie vielleicht lieber nicht erfahren wollte. Andererseits hatte sie die Befürchtung, dass gar nichts Relevantes in dem Brief stand. Es gab nur einen Weg das herauszufinden. Sie nahm sich ihre Tasse Tee und setzte sich wie üblich in den Wintergarten. Scotty hatte sich neben sie gesetzt, so als wolle auch er einen Blick in den Umschlag werfen.

„Bist wohl auch neugierig, was da drinsteht?" Wie zur Bestätigung jaulte er auf und schlug mit seinem Schwanz auf den Boden. Einen Moment überlegte Caitlin noch, ob sie mit dem Öffnen auf Aidan warten sollte. Immerhin waren sie in der Hinsicht ein Team und sie wusste, dass es ihn genauso interessierte, wie sie. Aber sie war einfach viel zu neugierig, um auch nur noch einen Tag länger zu warten. Mit klopfendem Herzen riss sie den braunen Umschlag auf und zog einen Stapel Papiere heraus. Es waren Kopien zu unterschiedlichen Sachverhalten, wie zum Beispiel einige Unterlagen zum Kriegsdienst ihres Großonkels während des Zweiten Weltkriegs. Daraus ging hervor, dass er als Pilot in der Battle of Britain gekämpft hatte. Dann gab es eine Heiratsurkunde und Nachweise über einen Wohnortwechsel nach Irland. Wie es schien hatte es ihn nach einiger Zeit in England wieder in seine alte Heimat verschlagen. Laut Unterlagen war das 1953 gewesen. Caitlins anfängliche Freude über die vielen Unterlagen verflog schnell, als sie realisierte, dass sich offenbar ein Fehler eingeschlichen hatte. Das waren gar nicht die Unterlagen ihres Großonkels, sondern von einem Michael Patrick O'Connor. Ihr Großonkel hieß aber doch O'Brien. Das durfte doch nicht wahr sein. Die Mitarbeiter vom Archiv mussten die falsche Akte rausgesucht haben. Die Vornamen stimmten zwar überein, aber der Nachname nicht. Caitlin verglich das Geburtsdatum. 12. Januar 1923 in Dublin. Das Datum stimmte auch. Das war schon ein merkwürdiger Zufall, dass jemand mit den gleichen Vornamen wie ihr Großonkel auch noch am exakt selben Tag in derselben Stadt geboren worden war. Und offenbar auch von Irland nach England gezogen war. Das konnte doch kaum sein. Aber der Nachname stimmte einfach nicht. Es sei denn, dieser war ein Fehler. O'Brien und O'Connor. So ähnlich waren sich die Namen nicht, als dass man sie hätte verwechseln können. Caitlin war verwirrt. Hatte ihr Großonkel seinen Namen vielleicht geändert? Möglicherweise hatte er herausgefunden, dass er seiner richtigen Familie geraubt worden war und wollte den Namen seiner „Entführer" nicht weiterführen. Je länger Caitlin darüber nachdachte, desto mehr machte diese Theorie Sinn. Wenn doch nur Aidan jetzt hier wäre. Aber zum Glück sah sie ihn morgen schon wieder und den einen Tag würde sie sich noch gedulden können. Auch wenn es schwer war.

Kapitel 38

Irland, September 2007

Das Reitturnier fand in Galway statt und Aidan hatte Caitlin sein Auto für die Fahrt dorthin zur Verfügung gestellt. Als sie an der Reitanlage ankam, fand sie nur mit Mühe einen Parkplatz und war heilfroh, dass sie nicht auch nur fünf Minuten später losgefahren war. Die Veranstaltung schien beim Publikum auf großen Anklang zu stoßen.

Caitlin kannte sich immer noch nicht gut mit den Regularien des Springreitens aus. Sie wusste nur, dass es gut war, wenn Ross und Reiter fehlerfrei durch den Parcours kamen und nicht so gut, wenn die Pferde Stangen herunterrissen. Aber wenn mehrere Reiter augenscheinlich fehlerfrei blieben war ihr nicht klar, nach welchen Kriterien man die Plätze verteilte. Im Grunde war ihr das auch nicht so wichtig. Wichtig war, dass Aidan eine gute Leistung vollbringen würde. Nachdem bereits einige Reiter den Parcours gemeistert hatten, war es endlich so weit.

„Ladys und Gentlemen, der nächste Reiter ist ein hoffnungsvolles Talent aus dem County Clare. Aidan O'Connor auf seinem Pferd ‚Liberty Rose'". Caitlin applaudierte zusammen mit den anderen Zuschauern und drückte Aidan die Daumen, dass er einen fehlerfreien Ritt hinlegen würde. Und er enttäuschte mal wieder nicht. Wie bereits bei dem Lokalturnier im *Templeton Equestrian Centre* lieferte er eine fabelhafte Leistung ab. Zumindest sah es für Caitlin so aus. Das Publikum schien ähnlicher Meinung zu sein und spätestens, als der Stadionsprecher seine Leistung in den höchsten Tönen lobte war klar, dass er den ersten Durchgang mit Bravour bestanden hatte. Aufgrund seiner guten Leistung im ersten Durchgang musste Caitlin bis zum Schluss warten, um Aidan wiederzusehen. Wenigstens musste sie danach nicht mehr zittern, denn nach seinem Ritt würde das Endergebnis feststehen. So oder so. Was aber nicht hieß, dass sie nicht während dieser Zeit ein reines Nervenbündel war. Die Reiter vor ihm hatten gut vorgelegt, sodass sich Aidan trotz seines Punktevorsprungs keinen Fehler erlauben durfte. Als er endlich an der Reihe war hielt Caitlin ihre beiden Daumen so fest gedrückt, wie sie konnte.

Und dann war es endlich geschafft. Sie ließ ihre Daumen frei, um ungehindert klatschen zu können. Aidans Ritt war perfekt gewesen. Er hatte tatsächlich gewonnen. Caitlin und die anderen Zuschauer zollten ihm mit Standing Ovations Beifall, als er eine Ehrenrunde durch das Stadion ritt. Bei Caitlin floss auch die eine oder andere Träne, so stolz war sie auf ihn. Die Siegerehrung fand in der Mitte des Stadions statt und Caitlin hatte einen freien Blick auf das Geschehen. Da es ein internationales Turnier war, kamen auch die Reiter aus verschiedenen Ländern. Platz 2 und 3 gingen an Reiter aus Belgien und Großbritannien. Caitlin war mächtig stolz, als zu Aidans Ehren die irische Trikolore gehisst und anschließend der „Soldier's Song", die irische Nationalhymne, gespielt wurde. Aidan sah so erleichtert und glücklich aus. Caitlin freute sich so sehr für ihn.

Nachdem alles Offizielle geregelt war, konnte sie ihm endlich persönlich gratulieren. Als er sie sah, kam er bereits strahlend auf sie zu. Sie fielen sich in die Arme und bevor Caitlin ihn beglückwünschen konnte, küsste er sie stürmisch. Caitlin war das in der Öffentlichkeit fast etwas peinlich.

„Du warst super. Einfach unglaublich", sagte sie.

„Danke. Ich kann es noch gar nicht fassen. Die Konkurrenz war wirklich stark. Aber ich hatte wohl einen guten Tag."

„Das war mehr als nur Glück. Du bist wirklich talentiert und hast hart für diesen Erfolg gearbeitet. Darauf darfst du ruhig stolz sein." Aidan lächelte zufrieden.

„Ja, kann schon sein. Aber jetzt bin ich echt kaputt. Die letzten Tage vor dem Turnier waren wirklich hart. Ich habe fast rund um die Uhr trainiert, aber zum Glück hat es sich gelohnt. Aber jetzt brauche ich erstmal eine Pause."

„Ich werde dich schon wieder aufpäppeln." Caitlin lachte. „Allerdings habe ich auch Neuigkeiten, die ich mit dir besprechen muss. Nachdem du dich etwas ausgeruht hast natürlich." Aidan sah Caitlin neugierig an.

„Hast du etwa Nachricht aus London?" Caitlin nickte.

„Und haben die etwas über deinen Großonkel herausfinden können?"

„Kann man so sagen. Aber ich erzähl dir alles, wenn wir zu Hause sind."

Als sie spät abends wieder in Port Kirrie ankamen wollte Caitlin das Gespräch mit Aidan in seinem Interesse auf den nächsten Tag verschieben, aber er wollte davon nichts wissen. „Ich brauch nur einen starken Tee und etwas Gutes zu essen. Und vielleicht ein Sofa, um kurz meine Beine hochlegen zu können. Dann bin ich in kurzer Zeit wieder topfit.“ Caitlin gab ihr Bestes, um Aidans Wünsche zu erfüllen. Deshalb nahmen sie diesmal auch nicht ihre gewohnten Plätze im Wintergarten ein, sondern machten es sich auf dem großen Sofa im Wohnzimmer gemütlich. Nachdem sie gut gegessen und getrunken hatten und Aidan seine müden Reiterbeine hochgelegt hatte, konnte es endlich losgehen.

„Also, das Archiv in London hat mir einige Dokumente geschickt. Daraus geht hervor, dass mein Großonkel während des Zweiten Weltkriegs unter anderem als Soldat bei der Royal Air Force war. Dann haben sie noch eine Heiratsurkunde von ihm mitgeschickt und irgendwelche anderen Dokumente von Wohnortwechseln und so weiter. Das ist zwar im Grunde alles sehr interessant, allerdings befürchte ich, dass die Dokumente vertauscht wurden. Denn dort ist die Rede von einem Michael Patrick O'Connor und nicht O'Brien.“ Aidan, der gerade einen Schluck Tee trinken wollte, prustete ihn plötzlich in einer großen Fontäne wieder aus. Dabei landete der Tee zu einem nicht unerheblichen Teil auf Scottys Schnauze, der daraufhin jaulend das Weite suchte.

„Was hast du grad gesagt? Michael Patrick O'Connor?“

„Ja. Die Leute, die ihn adoptiert haben hießen doch O'Brien. Entweder handelt es sich hierbei um die falschen Dokumente oder mein Großonkel hat im Laufe der Zeit seinen Namen geändert. Schon komischer Zufall, dass der Name in den Dokumenten O'Connor lautet, genau wie deiner. Aber sicher ist das ein recht häufiger Name in Irland." Caitlin sah Aidan an und erschrak, bei seinem Gesichtsausdruck. Er war auf einmal ganz blass geworden und starrte sie ungläubig an.

„Was ist los mit dir? Geht's dir nicht gut? Du hättest doch lieber nach Hause gehen sollen, die letzten Tage waren zu anstrengend für dich."

„Ach Quatsch, das ist es nicht. Mein Großvater heißt Michael Patrick O'Connor." Jetzt war es an Caitlin ein blasses und ungläubiges Gesicht zu machen.

„Du meinst, sie haben mir aus Versehen die Unterlagen deines Großvaters zugesandt? Das wird ja immer kurioser."

„Zu kurios, um ein Zufall zu sein. Kann ich die Unterlagen mal sehen?" Caitlin reichte ihm den Stapel. Aidan sah sich die Unterlagen an.

„Das sind ganz klar die Unterlagen meiner Großeltern. Granddad Mick und Granny Lillian. Dein Großonkel wird wohl kaum den selben Vornamen wie mein Großvater gehabt und dann auch noch eine Frau geheiratet haben, die ebenfalls den gleichen Namen hatte."

„Aber wie konnte das passieren, dass sie die Unterlagen verwechselt haben? Und dann noch ausgerechnet mit denen deines Großvaters?"

„Keine Ahnung. Am besten rufen wir da morgen mal an und fragen nach", schlug Aidan vor.

„Vielleicht, weil ich im Archiv meinen Namen angegeben habe und durch die Ähnlichkeit der Vornamen sind sie durcheinandergekommen, ich weiß auch nicht." Caitlin nickte. So könnte es tatsächlich passiert sein.

Gleich am nächsten Morgen rief Aidan beim Archiv an. Caitlin machte derweil in der Küche den Abwasch, den sie am Vorabend einfach hatten stehen lassen, weil sie zu müde gewesen waren sich darum zu kümmern. Plötzlich stand Aidan in der Küche. Er starrte auf den Telefonhörer in seiner Hand und war so bleich wie am Vorabend.

„Was ist los? Was haben sie im Archiv gesagt?" Er blickte ungläubig zu ihr hoch.

„Sie sagen, dass es sich nicht um einen Irrtum handelt. Dieser Michael Patrick O'Connor ist derselbe Michael Patrick O'Brien, der damals von Dublin nach London gezogen ist." Caitlin lief ein kalter Schauer über den Rücken, während sie Aidan ungläubig anstarrte.

„Aber das kann doch nicht sein. Wieso dann die zwei verschiedenen Namen?"

„Weil Mr O'Brien 1926 gestorben ist und Mary O'Brien daraufhin einen gewissen James O'Connor geheiratet hat, der den Jungen dann adoptierte und ihm seinen Namen gegeben hat."

„Ich verstehe nicht ..."

„Scheint so, als wären dein Großonkel und mein Großvater dieselbe Person." Beide starrten sich entgeistert an.

„Aber das kann doch nicht sein", meinte Caitlin erschrocken.

„Ich kann es auch kaum glauben."

„Wir müssen dringend mit deinem Großvater sprechen", meinte Caitlin aufgeregt.

„Ja, das müssen wir", stimmte Aidan ihr zu.

Kapitel 39

Irland, August 2007

Am nächsten Morgen machten sie sich ohne Vorwarnung auf den Weg nach Lisdoonvarna. Caitlin hatte zwar Bedenken, ob sie Aidans Großvater so einfach mit dem, was sie herausgefunden hatten, belästigen sollten, aber Aidan hatte weniger Skrupel. Sie hielten vor dem Haus und sahen, das Aidans Großvater Mick auf der Bank neben der Haustür saß und genüsslich eine Pfeife rauchte.

„Hey Grandpa, wie geht es dir? Ich dachte es wird Zeit, dass wir dich noch mal besuchen."

„Brauchst du etwa Geld?", sagte der alte Mann mit Pokerface. „Willst deiner Liebsten wohl was Schönes kaufen und das Gehalt eines Reitlehrers reicht dafür nicht aus." Caitlin schaute etwas irritiert, aber Aidan lachte.

„Das schaffe ich mit meinem Gehalt sehr wohl. Außerdem hast du wohl vergessen, dass ich gerade ein gut dotiertes internationales Reitturnier gewonnen habe. Ein schöner Nebeneffekt dabei war das nicht gerade kleine Preisgeld. Aber es sind keine finanziellen Gründe, die mich herführen. Caitlin und ich würden gerne etwas mit dir besprechen."

„Seid ihr mit eurer Forschung weitergekommen?"

„Kann man so sagen. Allerdings haben wir etwas herausgefunden, dass die ein oder andere Frage aufgeworfen hat. Und wir denken, dass du die beste Person bist, um uns bei der Beantwortung der Fragen zu helfen."

Der Großvater schaute die beiden mit einer Mischung aus Überraschung und Interesse an.

„Wenn das so ist, sollten wir besser reingehen und uns ans Werk machen." Während der alte Mann sich mühsam von der Bank erhob und ins Haus ging, musterte Caitlin ihn intensiv. Sie sah ihn nun mit ganz anderen Augen und versuchte, Ähnlichkeiten zwischen ihm und ihrer Granny zu entdecken. In puncto Humor waren sie sich jedenfalls ähnlich. Mick wollte gerade Tee aufsetzten, aber Aidan nahm ihm die Arbeit ab.

„Ich mach das schon, Großvater. Setz du dich doch schon mal zu Caitlin." Caitlin warf Aidan einen vorwurfsvollen Blick zu. Schließlich hatte er doch versprochen, den Anfang zu machen. „Wie lange bleibst du denn noch in Irland, Mädchen?", fragte er interessiert.

„Oder hast du etwa beschlossen, wegen meinem Enkel für immer hier zu bleiben?" Caitlin lief rot an und wusste nicht, was sie antworten sollte. Aidans Großvater lachte.

„Du musst entschuldigen, aber ich bin nun mal lange Jahre als Matchmaker tätig gewesen, genauso wie mein Sohn heutzutage. Ich habe ein Gespür dafür, ob es zwischen zwei Menschen passt oder nicht. Und bei euch ist das eindeutig der Fall." Caitlin war froh, als Aidan endlich mit dem Tee zu ihnen kam.

„Habt ihr euch in meiner Abwesenheit gut unterhalten?", fragte er unverfänglich. Sein Großvater lachte nur und Caitlin warf ihm einen strengen Blick zu. Ihr

Gesicht hatte jetzt die Farbe einer reifen Tomate angenommen.

„Was ist los? Habe ich was verpasst?", fragte er irritiert. „Nein, nein alles in Ordnung, mein Junge. Also dann schießt mal los. Womit kann ich euch behilflich sein?"

Caitlin sah Aidan erwartungsvoll an. Der aber zögerte anzufangen, da ihm noch nicht die richtigen Worte eingefallen waren.

„Ja … also … Wir haben da mal eine Frage…", stotterte er herum.

„Jetzt komm schon zur Sache. Nur weil ich alt bin heißt das noch lange nicht, dass ich sonst nichts zu tun habe", sagte er scherzhaft.

„Das ist nicht so ganz einfach. Ich weiß nicht wo ich anfangen soll. Also, du hast doch mal in England gewohnt, oder?" Der Großvater machte ein verwundertes Gesicht.

„Ja, das weißt du doch. Mein Vater hat dort als Steinmetz gearbeitet. Es war ein gut gehendes Geschäft, O'Connor & Sons. Mein Vater hat es zusammen mit seinem Bruder und ihrem Vater betrieben." Caitlin und Aidan sahen sich fragend an.

„Sagt dir der Name O'Brien etwas?", fragte Aidan rundheraus.

„Ja, so hieß der erste Mann meiner Mutter. Aber ich habe keine Erinnerung an ihn. Mein Vater war für mich immer James O'Connor." Aidan und Caitlin sahen sich verblüfft an.

„Wie ihr wisst war ich ein Waisenkind, das meine Mutter, Mary O'Brien, aus Mitleid zu sich genommen hat. Als ich drei Jahre alt war, ist ihr Mann gestorben und sie hat James O'Connor geheiratet. James und Mary O'Connor waren für mich meine Eltern. Über die Identität meiner leiblichen Eltern habe ich nie etwas erfahren. Meine Mutter sagte nur, dass mein Vater im Krieg und meine Mutter im Kindbett gestorben seien. Aber ihre Namen habe ich nie erfahren."

„Und hast du nie Näheres über sie herausfinden wollen?", fragte Aidan.

„Sie waren beide tot. Was hätte es genützt, wenn ich ihre Namen gekannt hätte?" Aidan nahm unbewusst Caitlins Hand.

„Was würdest du sagen, Großvater, wenn wir herausgefunden hätten, wer deine richtigen Eltern waren?" Der Großvater sah sie fragend an.

„Wieso solltet ihr das rausgefunden haben? Ich dachte, ihr wolltet nach Caitlins Vorfahren suchen?"

„Und was, wenn es eine Verbindung zwischen euch gibt?"

Auf dem Gesicht des Großvaters spiegelten sich Zweifel mit Unglauben.

„Wir haben das Archiv in London nach Unterlagen zu meinem Großonkel angefragt", begann Caitlin zu erzählen.

„Einem gewissen Michael Patrick O'Brien. Und das habe ich bekommen." Sie reichte Mick die Unterlagen.

„Aber das sind ja Unterlagen über mich", sagte er nach einer Weile. „Was hat das zu bedeuten?"

„Das bedeutet offenbar, dass du Caitlins Großonkel bist, Großvater", meinte Aidan.

„Wir konnten es auch kaum glauben. Was für ein merkwürdiger Zufall, nicht wahr?" Er lächelte erst seinen Großvater dann Caitlin an. Sie versuchte das Lächeln zu erwidern, schaffte es aber nur halbherzig. Seit gestern ging ihr ein Gedanke nicht mehr aus dem Kopf, der sie zunehmend belastete. Wenn sie und Aidan verwandt waren, war es doch komisch, mit ihm zusammen zu sein. Auch wenn der Verwandtschaftsgrad vermutlich groß genug wäre, um nicht mehr als Inzucht zu gelten, kam Caitlin diese Vorstellung dennoch nicht richtig vor. Hatte Aidan daran etwa noch nicht gedacht? Oder hatte er kein Problem damit, eine Blutsverwandte zu küssen? Sie musste dringend mit ihm darüber reden, wusste aber nicht wie.

„Ich bin dein Großonkel?", wandte er sich überrascht an Caitlin und riss sie aus ihren trüben Gedanken.

„Ja, du und meine Großmutter waren offenbar Geschwister. Zwillinge sogar, denn sie wurde auch am 12. Januar 1923 in Dublin geboren." Aidans Großvater war den Tränen nahe.

„Das glaube ich alles nicht. Das gibt es doch gar nicht." Aidan legte den Arm um ihn.

„Also ich finde das eine coole Geschichte. Allerdings, hat sie auch eine nicht so schöne Seite." Er blickte Caitlin fragend an. Sie war sich nicht sicher, ob sie dem alten Mann seine wahre Herkunft mitteilen sollten. Es änderte schließlich nichts mehr und würde möglicherweise nur das Gedächtnis an seine Ziehmutter belasten.

„Ist es wirklich nötig, ihm das zu erzählen?"

„Mir was zu erzählen?", fragte der Großvater.

„Naja, wir haben etwas über deine leiblichen Eltern herausgefunden. Und auch, wie du zu den O'Briens gekommen bist. Zum Zeitpunkt deiner Geburt warst du nämlich kein Waisenkind." Der Großvater sah seinen Enkel fragend an.

„Zeig ihm den Brief." Caitlin reichte Mick den Brief, den sein Vater in Kilmainham am Abend vor seiner Hinrichtung an seinen alten Freund Joe geschrieben hatte.

„Mein Gott, ist das wahr?"

„Es sieht ganz so aus, Großvater. Dein Vater ist einen Tag nachdem er den Brief geschrieben hat hingerichtet worden. Es stimmt also, dass er im Bürgerkrieg gestorben ist. Deine Mutter aber ist nicht gestorben. Sie ist mit deiner Zwillingsschwester nach Amerika ausgewandert und hat dort ein neues Leben begonnen."

„Aber sie hat nie daran geglaubt, dass du gestorben bist. Sie hat bis zu ihrem Tod versucht dich zu finden. Das geht aus ihren Briefen hervor, die sie an ihre Schwester in Irland geschrieben hat. Sie hat sie aufgefordert, nach dir zu suchen, aber leider ohne Erfolg."

Caitlin reichte ihm einen der Briefe.

„Ich kann das alles nicht glauben. Mein ganzes Leben dachte ich, ich sei ein Waisenkind ohne Familie gewesen. Und jetzt muss ich mit Mitte 80 erfahren, dass ich die ganze Zeit über eine Mutter gehabt habe. Und eine Zwillingsschwester. Und ich habe sie nie kennenlernen dürfen. Ich kann es nicht fassen." Der alte Mann brach in Tränen aus und Caitlin hatte deswegen ein furchtbar schlechtes Gewissen. Sie ging zu ihm rüber und tröstete ihn.

„Es tut mir so leid. Vielleicht hätten wir dir besser nichts gesagt."

„Nein, nein", schluchzte er. „Es ist schon richtig und gut, dass ihr es mir gesagt habt. Aber es ist dennoch schwer zu ertragen."

„Vielleicht können wir es etwas weniger schwer machen", begann Caitlin. „Deine Mutter kannst du leider nicht mehr kennenlernen, denn sie ist 1992 gestorben. Aber deine Zwillingsschwester Rosie lebt noch. Sie wohnt in New York." Aidans Großvater sah Caitlin mit rot geweinten, aber hoffnungsvollen Augen an.

„Sie lebt? Und geht es ihr gut?"

„Als ich das letzte Mal mit ihr gesprochen habe, ging es ihr blendend. Das war erst vor ein paar Tagen. Möchtest du Fotos sehen?" Caitlin reichte Aidans Großvater zuerst das Hochzeitsfoto seiner Eltern.

„Das sind deine leiblichen Eltern: Maureen und Padraig O'Halloran." Der alte Mann besah sich das Foto und streichelte sanft darüber.

„Unglaublich", murmelte er.

„Du kannst es gerne behalten, wenn du möchtest. Und das ist deine Schwester." Caitlin zeigte ihm ein Foto auf ihrem Handy, das bei ihrer unglücklichen Verlobungsfeier mit Eric entstanden war. Aber ihre Großmutter war gut getroffen. Sie lächelte vergnügt in die Kamera und hatte ein Glas Wein in der Hand.

„Eine hübsche alte Lady. Man sieht, dass wir Geschwister sind." Offenbar hatte er seinen Humor wiedergefunden.

„Ich würde sie gerne mal treffen. Wer weiß, wie viel Zeit uns noch bleibt. Wir sind ja nicht mehr die Jüngsten und ich will nicht bereuen, es nicht versucht zu haben."

„Das kann ich gut verstehen. Ich werde sie so bald wie möglich anrufen und ihr alles erzählen, was wir herausgefunden haben. Sicherlich ist sie genauso daran interessiert, ihren Zwillingsbruder kennenzulernen."

„Es wäre einfach wunderbarbar, wenn ihr mir diesen Wunsch erfüllen könntet. Das ist wirklich das Einzige, was ich mir in meinem Leben noch wünsche. Dann kann ich beruhigt abtreten."

„Sag' doch sowas nicht, Grandpa. Du bist doch noch in der Blüte deiner Jahre." Sie lagen sich lachend in den Armen und freuten sich auf den Tag, an dem sich die beiden Geschwister nach über 80 Jahren der Trennung zum ersten Mal begegnen würden.

Kapitel 40

Irland, Juni 1923

Maureen erfuhr lange Zeit nichts über das Schicksal ihres Mannes, machte sich aber auch keine Hoffnungen. Sie hatte schon lange befürchtet, dass er sein Leben für Irland opfern würde und das hatte er nun wohl getan. Er hatte sich nicht von ihr verabschiedet. Sie war eines morgens aufgewacht und er war weg. Ohne Nachricht. Nicht einmal einen Brief hatte er ihr hinterlassen, aber sie wusste, er war zurück in Kilmainham. Maureen konnte sich nicht vorstellen, dass er sie und Rosie einfach im Unklaren darüber gelassen hätte, wenn sie ihn hätten laufen lassen. Also konnte dies im Umkehrschluss nur eines bedeuten. Durch Joe hatte sie später die Gewissheit erhalten. Komischerweise fühlte sie bei dieser Nachricht so gut wie gar nichts. Sie nahm sie wie in einer Art Trance zur Kenntnis und dieser Gefühlszustand hatte sich seitdem nicht geändert. Es war, als ginge sie das alles nichts an. Maureen fand es komisch, dass sie so scheinbar emotionslos auf die Nachricht von Paddys Tod reagierte. Andererseits half es ihr auch, nach vorne zu blicken und sich auf die Dinge zu konzentrieren, die nun vor ihr lagen. Wäre sie von tiefer Trauer übermannt gewesen, hätte sie vermutlich keinen klaren Kopf gehabt, um ihr neues Leben zu planen.

Ende Mai 1923 war der kurze, aber blutige Bürgerkrieg zu Ende. Die Vertragsbefürworter hatten sich durchgesetzt. Maureen interessierte das wenig. Noch diese Woche würde sie ein Schiff nach Amerika besteigen und alles hinter sich lassen. Sie musste einfach weg von Irland. Rosie sollte ein besseres Leben haben, als sie es gehabt hatte. Die Koffer waren bereits gepackt. Heute Nachmittag fuhren sie Richtung Cobh, das vor wenigen Jahren noch Queenstown hieß und überregionale Bekanntheit als letzter Anlaufhafen der Titanic erlangt hatte, bevor diese ihre unglückliche Jungfernfahrt über den Atlantik angetreten hatte. Maureen versuchte nicht an mögliche Parallelen zu ihrer Überfahrt zu denken. Es würde schon alles gut gehen.

„Na, bist du bereit für das große Abenteuer?" Joe lehnte im Türrahmen und blickte sie freudig an.

„Ich denke schon. Auch wenn es komisch ist, hier alles zurückzulassen. Aber es ist die richtige Entscheidung. Das ist es doch, oder?" Joe ging zu Maureen herüber und strich ihr beruhigend über den Arm.

„Das ist es auf jeden Fall. Es wird anfangs schwer werden, aber du wirst sehen, nach einiger Zeit wird es besser und dann wirst du diese Entscheidung auch nicht mehr in Frage stellen. Wir schaffen das schon." Maureen ließ sich in Joes Arme fallen. Sie wusste nicht, wie sie die letzte Zeit ohne ihn hätte durchstehen sollen. Auf ihn hatte sie sich immer verlassen können und solange Joe an ihrer Seite war, konnte ihr in Amerika nichts passieren.

In den frühen Morgenstunden des 10. Juni 1923 verließen sie den Hafen von Cobh. Es wäre Maureens und

Paddys 3. Hochzeitstag gewesen. Maureen versuchte krampfhaft, diese Tatsache zu verdrängen. Durch die Unterstützung von Mrs O'Brien hatten sie sich Tickets in der Zweiten Klasse leisten können, was Maureen immer noch wie ein Traum erschien. Sie hatte ein schlechtes Gewissen, dass Mrs O'Brien ihr so viel Geld geschenkt hatte, nur als Dank dafür, dass sie sie vor einem unüberlegten Selbstmord bewahrt hatte. Das erschien ihr nicht verhältnismäßig, aber Mrs O'Brien hatte sich nicht dazu bringen lassen, die Summe zu reduzieren. Maureen würde ihr für all das ewig dankbar sein. Während Joe mit Rosie auf dem Deck spielte, um ihr die Langeweile zu vertreiben, nutzte Maureen die Zeit, um einen Brief an ihre Schwester Helen in Irland zu schreiben.

Liebe Helen,
heute ist es endlich soweit. Wir haben das Schiff bestiegen, das uns nach Amerika und hoffentlich in eine bessere Zukunft bringt. Auf der einen Seite fällt mir mit jedem Meter, den wir uns von der irischen Küste entfernen, eine große Last vom Herzen. Anderseits zerreißt es mir dieses in genau der gleichen Weise. In den letzten Tagen war ich hin und her gerissen, zwischen meinem Wunsch, alles hinter mir zu lassen und neu anzufangen und in Irland zu bleiben, um Nachforschungen anzustellen. Ich spüre, dass ich etwas zurücklasse, was zu mir gehört. Und damit meine ich nicht mein Heimatland und auch nicht Paddy, für den ich nichts mehr tun kann. Ich denke an meinen Sohn, von dem ich nicht weiß, wo er ist. Alles was ich weiß ist, dass er lebt. Ich spüre es. Aber ich habe einfach keine Ahnung, was ich tun kann, um Antworten zu bekommen. Obwohl man nicht

schlecht über Tote reden soll, hasse ich Paddy dafür, dass er mir nicht die Wahrheit gesagt hat und ich frage mich jede Sekunde, warum. Warum war er nie ehrlich zu mir? Wir hätten in Amerika ein neues Leben anfangen können, aber Irland war ihm immer wichtiger als ich. Diese Einsicht schmerzt heute mehr denn je, wo ich alleine auf dem Weg nach Amerika bin und er begraben in Irland liegt. Ich weiß nicht einmal, wo. Dabei habe ich ihn so geliebt! Seit ich ihn das erste Mal gesehen habe, war es um mich geschehen und anfangs dachte ich, er würde genauso denken und ich bin fest davon überzeugt, dass es auch so war. Aber dann ließ er sich von anderen dazu verleiten, unsere Zukunft wegzuwerfen, für den Kampf um Irlands Freiheit. Und was hat es gebracht? War es das wert? Aber was hilft das Klagen? Was geschehen ist, ist geschehen. Ich muss nach vorne blicken, damit Rosie eine gute Zukunft und ein gutes Leben hat. Und für meinen Sohn werde ich alles versuchen, was in meiner Macht steht, um etwas über sein Schicksal zu erfahren. Joe will mir dabei helfen. Er ist ein guter Mann und auch, wenn ich ihn niemals so lieben werde, wie ich diesen Nichtsnutz Padraig O'Halloran geliebt habe, ist er mir eine große Stütze. Ohne ihn hätte ich die letzte Zeit nicht überstanden. Ich wünsche mir so sehr, dass Amerika für uns eine neue glückliche Heimat und Zukunft bringt. Besonders für Rosie und vielleicht auch für meinen Sohn. Ich gebe die Hoffnung nicht auf, ihn irgendwann zu finden. Ich bitte dich, versuche etwas herauszufinden. Es ist so wichtig für mich. Ich melde mich wieder, sobald wir in Amerika angekommen sind.
Deine Schwester Maureen

Einige Tage später kamen sie endlich in New York an. Es regnete in Strömen, als sie auf Ellis Island an Land gingen. Rosie wurde etwas unruhig, doch Joe konnte sie gut beruhigen. Als sie das Einwandererzentrum hinter sich gelassen hatten, war endlich Zeit zum Durchatmen. Maureen hatte die ganze Zeit befürchtet, dass sie wieder zurückgeschickt wurden oder zumindest einer von ihnen und dass sie so getrennt werden würden. Aber ihre Sorge war glücklicherweise unberechtigt gewesen.

Die ersten Tage verbrachten sie in einem Hotel und machten sich dann daran, eine längerfristige Bleibe zu finden. Maureen war ein Stadtkind und wollte am liebsten in New York bleiben, während Joe sich gut vorstellen konnte, als Farmer in den Westen zu gehen. Darüber würden sie in den nächsten Tagen sprechen und eine gemeinsame Entscheidung treffen. Sie waren sich einig, dass es in erster Linie um Rosies Wohlergehen ging und sie in einer Gegend aufwachsen sollte, in der sie eine glückliche und unbeschwerte Kindheit haben würde.

Als Maureen Rosie an diesem ersten Abend in New York zu Bett gebracht hatte, nahm Joe sie an die Hand und führte sie zum Hotelfenster, von dem aus man in der Ferne die Freiheitsstatue sehen konnte.

„Siehst du, wir haben es wirklich geschafft. Und zur Feier des Tages habe ich es geschafft, eine Flasche Champagner zu organisieren." Maureen wusste nicht, was sie sagen sollte. Sie hatte noch nie in ihrem Leben Champagner getrunken.

„Und woraus sollen wir den trinken?" Joe lachte.

„Ist das das Einzige was dir dazu einfällt? In meinem
Koffer habe ich zwei Gläser eingepackt, um auf unser
neues Leben anstoßen zu können. Kannst du sie bitte
holen? Sie liegen rechts an der Seite." Maureen kniete
sich vor Joes Koffer und suchte nach den Gläsern.

„Ich kann sie nicht finden. Bist du sicher, dass du sie
eingepackt hast?" Sie drehte sich fragend zu ihm um
und erstarrte. Joe kniete vor ihr und hielt ihr einen Ring
entgegen.

„Der ist zwar nicht so wertvoll wie der Champagner,
aber sobald ich Arbeit gefunden habe, bekommst du einen der deiner würdig ist. Aber für den Moment erfüllt
er hoffentlich trotzdem seinen Zweck." Er nahm ihre
Hand und fuhr fort:

„Maureen O'Halloran, willst du meine Frau werden?"
Maureen wusste nicht was sie sagen sollte. Sie hatte nie
darüber nachgedacht erneut zu heiraten, noch dazu so
kurz nachdem sie Witwe geworden war.

„Sollten wir nicht erst das Trauerjahr abwarten?"

„Wir sind hier in Amerika, schon vergessen? Hier gibt
es niemanden der davon weiß oder es uns übelnehmen
würde. Sei unbesorgt. Es geht nur darum, ob du mich
willst. Ich verspreche dir, dass ich immer für dich und
Rosie da sein werde. Ich weiß, dass es für dich vielleicht
noch zu früh ist, aber als alleinstehende Frau mit Kind
ist das Leben nicht einfach. Und ich liebe dich Maureen. Ich habe dich schon geliebt, als du noch mit Paddy
zusammen warst. Und ich war unheimlich eifersüchtig, aber er war mein Freund und deshalb habe ich es
nicht gezeigt. Aber ich denke, das Schicksal ist damit
einverstanden, dass ich jetzt seinen Platz einnehme.
Wenn du es auch bist?" Maureen gingen tausend Dinge

gleichzeitig durch den Kopf. Sie mochte Joe sehr, aber sie hatte bis jetzt nie in Erwägung gezogen, seine Frau zu werden. Aber als sie ihn so vor sich auf dem Boden knien sah und in seine erwartungsvollen Augen blickte, wusste sie, was sie zu tun hatte.

„Ja, das will ich. Ich will deine Frau werden, Joseph Gleeson." Er strahlte über das ganze Gesicht als er wieder aufstand und ihr den Ring an den Finger steckte.

„Du machst mich zum glücklichsten Mann der Welt. Du wirst es nicht bereuen, dass verspreche ich dir." Maureen musste lachen. Er schaffte es immer sie aufzuheitern und das war nach ihren Erfahrungen der letzten Jahre eine Eigenschaft, die man nicht hoch genug loben konnte.

In dieser Nacht fand Maureen keinen Schlaf. Es veränderten sich gerade so viele Dinge in ihrem Leben, dass sie es nicht schaffte abzuschalten. Sie stand auf und sah nach Rosie, die friedlich in ihrem Bettchen schlief. Dann sah sie zu Joe hinüber, der ebenso friedlich zu schlafen schien. Für Maureen sah es aus, als würde er im Schlaf lächeln. Er war ein guter Mensch und würde ihr ein guter Ehemann und Rosie ein guter Vater sein, da war sie ganz sicher. Sie ging zum Fenster und zog ein wenig die Vorhänge zur Seite. Sie sah sich die Lichter der Großstadt an und wusste, dass sich dort hinten am Horizont die Freiheitsstatue befand. Freiheit. Das war es, was sie und Paddy immer gewollt und wofür er sein Leben hingegeben hatte. Wäre er doch nur mit ihr nach Amerika gegangen, dann hätten sie zusammen in Freiheit leben können. Nun musste sie diesen Traum mit jemand anderem leben und das schmerzte sie sehr. Auch wenn Joe ein netter Kerl war,

er war nun mal nicht Paddy. Maureen weinte das erste
Mal Tränen um ihn. Alles, was sich in den letzten Wochen an nicht ausgelebter Trauer angestaut hatte,
brach sich nun bahn. Als es vorbei war, ging es Maureen besser. Sie wischte sich die Tränen weg und lächelte in Richtung Freiheitsstatue. Dann ging sie wieder ins Bett und schmiegte sich an Joe, der seine Arme
um sie schlang.

Kapitel 41

Irland, September 2007

Caitlin konnte es kaum erwarten, ihrer Großmutter die guten Neuigkeiten zu berichten. Mit vor Aufregung zitternden Händen nahm sie den Telefonhörer und wählte ihre Nummer. Nach einer gefühlten Ewigkeit nahm endlich jemand am anderen Ende der Leitung ab.

„Hallo?", sagte die Großmutter mit verschlafener Stimme. Caitlin hatte vergessen, dass es in New York erst 7:00 Uhr morgens war.

„Oh, entschuldige Granny. Ich habe nicht an die Zeitverschiebung gedacht. Aber ich muss dir unbedingt etwas sehr Wichtiges mitteilen." Die Großmutter schien auf einmal hellwach.

„Wir haben herausfinden können, dass dein Vater im Februar 1923 hingerichtet wurde, weil er an einem tödlichen Anschlag auf Soldaten des Freistaates beteiligt gewesen ist."

„Ja, so etwas habe ich schon vermutet. Onkel Joe hat da mal eine Andeutung gemacht. Und was ist mit meinem Bruder? Hast du etwas über ihn herausfinden können?", fragte die Großmutter hoffnungsvoll.

„Ja, das habe ich."

„Und er ist tot." Es war keine Frage, sondern eine Feststellung.

„Oh nein, Granny. Ganz im Gegenteil. Er erfreut sich besser Gesundheit. Und er wohnt gar nicht weit weg von Port Kirrie. Ist das nicht ein komischer Zufall?" Am anderen Ende der Leitung herrschte für einen Moment Stille. Die Großmutter musste die Informationen wohl erst mal richtig einordnen. „Hast du mit ihm gesprochen?"

„Ja, sogar schon, bevor ich wusste, dass er dein Bruder ist. Du wirst es nicht glauben, aber er ist Aidans Großvater."

„Wer war noch mal Aidan? Der junge Mann, den du in Irland kennengelernt hast?"

„Ja, genau der. Das heißt, dass wir verwandt sind. Schon komisch nicht war." Der Großmutter entging der traurige Tonfall ihrer Enkelin nicht. Sie konnte sich denken, was sie nach dieser Nachricht beschäftigte.

„Ich möchte ihn kennenlernen."

„Aidan?"

„Nein, meinen Zwillingsbruder natürlich." Die Großmutter lachte herzlich. „Ich meine, deinen Aidan darfst du mir auch gerne vorstellen. Aber in erster Linie möchte ich meinen Bruder treffen. Wer weiß, wie lange wir noch Zeit dafür haben."

„Du hast Recht, Granny. So etwas Ähnliches hat er auch gesagt. Er will dich nämlich auch unbedingt kennenlernen. Aber wie sollen wir das anstellen?"

„Na, ich steige in den nächsten Flieger und komme rüber nach Irland."

„Schaffst du das denn ganz alleine?"

„Traust du das deiner Großmutter etwa nicht zu?" Sie klang ein wenig empört. „Dein Vater wird mich zum Flughafen bringen und mir helfen und du wirst mich dann natürlich in Irland abholen müssen. Aber den Rest schaffe ich alleine. Da habe ich in meinem Leben schon andere Dinge gemeistert, da kannst du aber sicher sein."

Nicht mal eine Woche später landete die Großmutter am Flughafen in Shannon. Aidan und Caitlin holten sie ab. Keiner von ihnen hatte bisher das Thema ihrer verwandtschaftlichen Beziehung angesprochen und was das für ihre Zukunft bedeutete. Aber zumindest Caitlin dachte ständig darüber nach. Die Großmutter kam als Letzte aus dem Terminal und Caitlin lief zu ihr, um sie in die Arme zu schließen.

„Hallo Granny, wie schön dich zu sehen. Hattest du einen guten Flug?"

„Ja, es war sehr angenehm. Ich freue mich dich zu sehen, mein Kind. Und das ist sicherlich Aidan." Sie reichte ihm die Hand und musterte ihn von oben bis unten, was ihm merklich unangenehm war.

„Freut mich Sie kennenzulernen Mrs ...?"

„Nenn mich einfach Rosie. Wie ich gehört habe sind wir schließlich verwandt." Die Großmutter lachte, während Caitlin die Erwähnung des verwandtschaftlichen Verhältnisses zu Aidan einen Stich versetzte. Eigentlich hatten sie vorgehabt, zuerst nach Port Kirrie zu fahren, damit die Großmutter sich von den Reisestrapazen erholen und frisch machen konnte. Davon wollte sie jedoch nichts hören und lieber sofort zu Aidans Großvater fahren, um ihn endlich kennenzulernen.

„Willst du dich nicht lieber erst etwas ausruhen, Granny?"

„Das kann ich auch später noch machen. Ich habe schon lange genug darauf warten müssen, meinen Bruder kennenzulernen. Alles andere ist demgegenüber unwichtig." Also fuhren sie direkt vom Flughafen nach Lisdoonvarna. Vor der Abfahrt rief Aidan seinen Großvater an, um ihn davon in Kenntnis zu setzten, dass sie früher als erwartet bei ihm vorbeischauen würden.

„Wie fühlst du dich Granny?", fragte Caitlin vorsichtig.

„Ich stelle es mir komisch vor, nach so vielen Jahren seinen Bruder zum ersten Mal zu treffen. Bist du aufgeregt?"

„Ein bisschen", log die Großmutter. In Wahrheit war sie mehr als aufgeregt, aber ihr Motto lautete immer schon, die wahren Gefühle nicht zu offenbaren.

„Wie ist er denn so? Hast du vielleicht Ähnlichkeiten zu mir feststellen können?"

„Optisch jedenfalls nicht. Er hat früher sehr dunkle Haare gehabt, die jetzt natürlich weiß sind, während du ja rote hattest."

„Ja, ich bin nach unserer Mutter gekommen, er dann wahrscheinlich nach unserem Vater. Und wie ist er sonst so?"

„Er ist ganz lustig und umgänglich. Aber Aidan kann dir da sicher mehr Auskunft geben, denn so gut kenne ich ihn auch noch nicht."

„Er ist ein richtig cooler Typ", meinte Aidan. „Hätte ich ihn als jungen Mann gekannt, wären wir sicher gut befreundet gewesen. Aber auch jetzt, ist er oft nicht wie andere Senioren in seinem Alter. Ich glaube, in ihm lebt immer noch sein inneres Kind."

Sie bogen in die Straße ein, in der Aidans Großvater wohnte und die Anspannung bei allen stieg. Besonders bei Caitlins Großmutter, die nun auf einmal ihre Nervosität nicht mehr verbergen konnte.

„Was, wenn er mich gar nicht sehen will?“ Caitlin drehte sich zu ihr rüber.

„Warum sollte er das denn nicht wollen? Nachdem wir ihm von dir erzählt haben, hat er sofort gesagt, dass er dich unbedingt kennenlernen will.“

„Vielleicht hat er es nur aus Höflichkeit gesagt und seine Meinung mittlerweile wieder geändert.“ Caitlin wunderte sich, dass ihre Großmutter auf einmal solche Selbstzweifel hatte. So etwas kannte sie normalerweise nicht von ihr. Allerdings war das hier auch keine alltägliche Situation.

„Mach dir nicht so viele Gedanken, Granny. Nur Mut.“ Sie stieg aus und half ihrer Großmutter aus dem Auto. Dann reichte sie ihr den Arm, damit sich die alte Dame darin einhaken konnte. Aidan war bereits zur Tür gelaufen und hatte die Klingel betätigt. Caitlin konnte spüren, wie ihre Großmutter anfing zu zittern. Dann öffnete sich die Tür und Aidans Großvater Mick stand im Türrahmen.

„Hallo mein Junge. So schnell hätte ich nicht damit gerechnet, euch wiederzusehen.“

„Unverhofft kommt manchmal oft, Großvater. Wir haben dir jemanden mitgebracht, der dich gerne kennenlernen würde.“ Er trat einen Schritt zur Seite und gab seinem Großvater den Blick auf Caitlin und ihre Großmutter frei. Die beiden Geschwister sahen sich nach 84 Jahren zum ersten Mal. Beide waren für einen Moment sprachlos, lächelten sich aber an. Caitlin schob ihre Großmutter leicht ein Stück nach vorne. „Nein sowas, du bist also meine Schwester?“, sagte Mick gerührt und Caitlin konnte sehen, dass ihm die Tränen in den Augen standen. Ebenso wie ihrer Großmutter.

„Und du bist also mein Bruder. Ich hatte die ganzen Jahre keine Ahnung.“

„Ich ebenso wenig. Aber kommt erst mal rein, hier draußen ist es so ungemütlich.“ Sie gingen ins Wohnzimmer und Aidan und Caitlin traten etwas zur Seite, damit sich die Geschwister ordentlich begrüßen konnten. Sie standen sich nervös gegenüber.

„Darf ich dich vielleicht umarmen?“, fragte Mick zaghaft. Rosie nickte.

„Wenn du möchtest.“ Er ging langsam auf sie zu und legte die Arme um sie. Die Großmutter tat es ihm gleich und in diesem Moment schien es, als wäre der Knoten geplatzt. Beide umarmten sich fester und fingen an zu weinen, was so herzerweichend war, dass Caitlin mit einstimmte und selbst Aidan sich die ein oder andere Träne nicht verkneifen konnte. Nachdem sie sich wieder gefangen hatten, war das Eis gebrochen.

„Oh, entschuldige bitte meine schlechten Manieren. Du hast eine lange Reise hinter dir und brauchst bestimmt erst mal einen Tee.“

„Das wäre wunderbar.“ Alle vier setzten sich an den Esstisch, tranken Tee und aßen Kekse. Aidan und Caitlin wollten den Geschwistern Zeit geben, sich ungestört kennenzulernen und Zeit alleine miteinander zu verbringen.

„Wenn ihr nichts dagegen habt, fahre ich mit Caitlin kurz rüber zu Dad. Ich muss noch etwas mit ihm besprechen und ihr braucht uns ja im Moment nicht, oder?“

„Ich glaube, wir können uns eine Weile ganz gut alleine beschäftigen. Was meinst du, Rosie?“

„Ja, fahrt ruhig. Ich denke, wir haben einiges nachzuholen. Der Gesprächsstoff wird uns sicher so schnell nicht ausgehen. Also lasst euch ruhig Zeit.“

„In Ordnung. Wir kommen dann später wieder. Bis dann.“ Natürlich war das Treffen mit Aidans Dad nur ein Vorwand gewesen, um die Geschwister alleine zu lassen. Stattdessen fuhren Aidan und Caitlin ans Meer, um einen Spaziergang zu machen. Das Wetter war zwar sonnig, aber leider etwas stürmisch und dadurch recht frisch. Vor allem am Wasser. Glücklicherweise legte Aidan den Arm um Caitlin und dadurch wurde ihr gleich wärmer. Kälte stieg indes wieder in ihr auf, als sie an die Sache dachte, die sie unbedingt mit Aidan besprechen wollte. Aber sie wusste immer noch nicht, wie sie das anfangen sollte.

„Es ist so schön zu sehen, dass sich unsere Großeltern gefunden haben und sich endlich kennenlernen dürfen, findest du nicht auch?“ Aidan lächelte sie an, aber Caitlin konnte das Lächeln nicht erwidern.

„Ja, ich freue mich sehr für sie.“ Aidan war Caitlins Miene nicht entgangen.

„Stimmt etwas nicht? Du wirkst so abwesend.“

„Nein, alles in Ordnung“, log sie, aber Aidan fiel nicht darauf rein. Er drehte sie zu sich, damit sie gezwungen war, ihn anzusehen, was sie aber dennoch zu vermeiden versuchte. „Es ist nicht alles in Ordnung, das sehe ich doch. Irgendetwas bedrückt dich."

„Es ist nichts Wichtiges."

„Ich würde aber auch gerne das Unwichtige erfahren." Caitlin zögerte.

„Ich habe mir nur Gedanken gemacht."

„Und über was?"

„Darüber, dass unsere Großeltern Geschwister sind, Zwillinge sogar. Also das heißt doch, dass wir blutsverwandt sind."

Aidan verstand.

„Ach, daher weht der Wind." Er lachte und schien erleichtert. Caitlin konnte seine Reaktion nicht nachvollziehen.

„Dir scheint das also nichts auszumachen. Vielleicht, weil du dir eh keine Zukunft mit mir vorstellen kannst oder weil Inzucht in Irland kein Problem darstellt. Ich aber finde es komisch, mit einem Blutsverwandten eine Liebesbeziehung zu unterhalten und weiß nicht, ob ich das kann." Aidan machte ein ernstes Gesicht.

„Heißt das, du willst Schluss machen?"

„Willst du etwa unter diesen Voraussetzungen weitermachen wie bisher?"

„Eigentlich schon." Caitlin sah ihn verständnislos an.

„Jetzt beruhige dich mal. Erstens ist das verwandtschaftliche Verhältnis weit genug weg, um legal eine Beziehung zu unterhalten."

„Für mich sind alle blutsverwandten Grade inakzeptabel, immerhin stammen wir von der gleichen Person ab, dass fühlt sich nicht richtig an."

„Auch für dieses Problem gibt es eine Lösung."

„Ach ja und welche?"

„Indem ich dir sage, dass gar keine Blutsverwandtschaft zwischen uns besteht." Caitlin verstand nicht.

„Wie meinst du das? Unsere Großeltern sind doch Geschwister."

„Ja, das stimmt. Aber mein Großvater ist nicht mein leiblicher Großvater. Meine Mutter hat meinen Vater erst geheiratet, als ich schon ein Jahr alt war. Sie wurde von meinem richtigen Vater verlassen, als er erfuhr, dass sie schwanger war. Meine Mutter hat dann eine Beziehung zu meinem Vater angefangen und er hatte kein Problem damit, dass sie ein Kind von einem anderen erwartete. Er hat mich auch niemals spüren lassen, dass ich nicht sein leiblicher Sohn bin. Er ist der einzige Vater, den ich jemals hatte und der einzige, den ich so nennen würde. Aber wir sind nicht blutsverwandt." Caitlin konnte nicht glauben, was sie da hörte. Wieso hatte Aidan ihr bisher nie davon erzählt? Aber es spielte auch keine Rolle. Ihr fiel einfach ein riesen Stein vom Herzen.

„Ist das wahr? Wir sind nicht verwandt?" Aidan lachte.

„Nein, sind wir nicht. Es sei denn, es gibt noch mehr Geheimnisse in unserer Familie. Sollen wir mal nachforschen?"

„Nein, lieber nicht." Caitlin fiel ihm lachend um den Hals und küsste ihn.

„Alles wieder gut?", fragte er.

„Alles wieder gut."

Aidan sah Caitlin tief in Augen. „Ich liebe dich, Caitlin Robertson. Ich hoffe das weißt du." Caitlin lächelte ihn glückselig an.

„Ich liebe dich auch.“

Sie nahmen sich an der Hand und schlenderten glücklich und zufrieden den Strand entlang.

Kapitel 42

Port Kirrie, Juni 2012

„Halt still, so kann ich das Kleid nicht zuknöpfen." Jenna versuchte vergeblich ihre Freundin davon zu überzeugen ruhig zu stehen. Diese aber trat unruhig von einem Bein aufs andere und machte alle Versuche ihrer Freundin, die gefühlten 2000 Perlenknöpfe zu schließen zunichte.

„Wenn du jetzt nicht stillhältst, lasse ich die Hälfte offen und du kannst dann sehen, was passiert, wenn dir in der Kirche das Kleid von den Schultern rutscht." Caitlin drehte sich lachend um.

„Entschuldige, aber ich bin nun mal so nervös. Was, wenn ich über das Kleid stolpere? Oder meinen Text vergesse? Oder wenn ihm das Kleid nicht gefällt?"

„Jetzt beruhige dich bitte, es wird schon alles gut gehen. Du wirst nicht stolpern, nichts Wichtiges vergessen und Aidan wird bei deinem Anblick hin und weg sein. Ansonsten werde ich vor dem Ehegelübde Einspruch erheben, denn dann ist er nicht der Richtige." Die beiden Freundinnen lachten. Caitlin konnte es immer noch nicht glauben, dass heute der große Tag gekommen war. Der Tag, auf den sie schon so lange hin gefiebert hatte. Heute würde sie endlich den Mann ihrer Träume heiraten, Aidan O'Connor. Obwohl dieser

Tag versprach, einer der schönsten ihres Lebens zu werden, hatte Caitlin dermaßen mit ihrer Nervosität zu kämpfen, dass sie nicht wusste, wie sie ihn überstehen sollte.

„Hier, den trinkst du jetzt. Danach geht es dir garantiert besser und ich habe die Chance, endlich mit deinem Kleid fertig zu werden." Jenna reichte ihrer Freundin ein Glas Champagner.

„Wenn du meinst, dass das hilft."

„Ja, meine ich. Also runter damit." Caitlin tat wie ihr geheißen und schon nach kurzer Zeit merkte sie, wie der Champagner seine Wirkung zeigte.

„Besser?", fragte Jenna hoffnungsvoll.

„Besser. Aber mehr darf ich vor der Trauung nicht trinken, sonst vergesse ich wirklich meinen Text oder heirate aus Versehen den Falschen."

„Das wird Aidan schon zu verhindern wissen. Wo ist er jetzt überhaupt?"

„Er ist mit den Mädchen zu seinem Trauzeugen gefahren, damit wir hier unsere Ruhe haben. Wir treffen sie dann alle an der Kirche." Die Hochzeitsfeier fand in der Holy Rosary Church statt, die auf einem kleinen Hügel oberhalb von Port Kirrie stand und von dem man einen grandiosen Blick auf das Meer hatte. Die Kirche war zwar klein, aber für Caitlins und Aidans Geschmack genau das Richtige. Als Caitlin mit Jenna vor der Kirche ankam, wurde sie schon von Sean, Aidans Best Man sowie Zoe und Amy empfangen, die heute die große Ehre hatten, als Blumenmädchen aufzutreten.

„Wow, du siehst einfach umwerfend aus, Caitlin", begrüßte Sean sie herzlich. „Aidan werden bestimmt die Augen aus dem Kopf fallen."

„Die Augen aus dem Kopf fallen? Aber dann kann Daddy ja gar nichts mehr sehen?“, meinte Zoe bestürzt. Alle mussten lachen. „Das sagt man nur so, Schätzchen. Damit meint man, dass man etwas sehr Schönes sieht,“ versuchte Jenna die 3-Jährige aufzuklären. Zoe schien jedoch nicht wirklich überzeugt, widmete sich aber schnell wieder ihrem Blumenkörbchen. Dann setzte auch schon die Orgelmusik ein, ein untrügliches Zeichen, dass es bald losging. Caitlins Nervosität stieg wieder.

„Ich glaube, ich muss dann mal rein und meine Pflicht tun. Also bis später Mädels.“ Sean rannte in die Kirche. Dann war es soweit. Jenna ging als Brautjungfer vor und schob die beiden Blumenmädchen vor sich her. Caitlin blieb einen Augenblick allein vor der Kirche zurück und warf einen Blick auf die Steilküste und den Atlantik, die sich am Horizont abzeichneten. Dann war auch ihre Zeit gekommen. Ihr Vater nahm sie am Eingang der Kirche in Empfang und gemeinsam machten sie sich auf den Weg zum Altar. Caitlin bemühte sich nicht nach links oder rechts zu sehen. Sie wusste auch so, dass alle Augen auf sie gerichtet waren und das machte sie nur noch nervöser. Sie konzentrierte sich darauf, nicht über ihr Kleid zu stolpern, dass die Schneiderin vielleicht doch besser noch ein bis zwei Zentimeter gekürzt hätte. Langsam und bedächtig schritt sie die mit Blumen geschmückten Bankreihen entlang. Und dann sah sie ihn. Aidan. Die Liebe ihres Lebens. Er bemühte sich standhaft zu lächeln, aber je näher Caitlin kam desto besser konnte sie sehen, dass er mit den Tränen zu kämpfen hatte. Dann war sie endlich bei ihm und auf einmal war all ihre Nervosität verflogen. Es gab nur noch sie und ihn. Sie lächelten sich verliebt an.

„Wow. Du siehst einfach wunderschön aus", flüsterte er ihr zu. Caitlin lächelte ihn liebevoll an. Dann konnte die Zeremonie beginnen.

Als das frisch getraute Paar aus der Kirche trat, wurden sie von Freunden und Familie bejubelt. Aidans Reitschüler standen sogar Spalier, um das Jubelpaar zu empfangen. Gefeiert wurde in einem Hotel mit Blick aufs Meer. Nach dem üppigen Essen mit anschließender Verkostung der dreistöckigen Hochzeitstorte, nahmen sich Aidan und Caitlin eine kurze Auszeit, bevor die Feier richtig losging. Aidan nahm Caitlins Hand und führte sie hinauf auf die Terrasse im ersten Stock. Dort waren sie ungestörter, denn die Gäste tummelten sich im Festsaal, auf der unteren Terrasse oder dem Rasen. Hier oben hatten sie nicht nur einen atemberaubenden Ausblick auf das Meer und die Sonne die bald untergehen würde, sondern auch einen kurzen Moment für sich alleine.

„Wie fühlst du dich?", fragte Aidan und strich Caitlin zärtlich eine Strähne aus dem Gesicht, die sich aus ihrer Frisur gelöst hatte.

„Einfach nur glücklich. Ich habe den besten Mann der Welt geheiratet, bin die Mutter der zwei bezauberndsten Mädchen auf dieser Welt und werde bald auch noch Mutter von dutzenden Pferden sein. Was kann es Schöneres geben?" Beide mussten lachen.

„Das mit den Pferdekindern hast du dir selbst eingebrockt." Caitlin sah Aidan liebevoll an.

„Ich weiß. Aber ich weiß auch, dass es dein Lebenstraum war, eines Tages einen eigenen Reitstall mit Gestüt zu haben. Und du hast es einfach verdient, dass ich dich dabei unterstütze, diesen Traum so schnell wie möglich wahr werden zu lassen.“

„Und dafür stehe ich auf ewig in deiner Schuld.“

„Sag so etwas nicht. Du bist mir nichts schuldig. Ich habe dir diesen Traum gerne erfüllt und jetzt leben wir diesen Traum gemeinsam. Sieh es einfach als eine Art Hochzeitsgeschenk.“

Aidan nahm Caitlins Gesicht in seine Hände und küsste sie innig.

„Womit habe ich nur so eine Frau verdient?“

„Weil du eben du bist. Deshalb hast du mich verdient. Und weil dein Vater vielleicht doch ein klitzekleines bisschen seine Finger im Spiel hatte.“ Aidan lachte.

„Ja, wer weiß. Ich wollte ihn schon die ganze Zeit mal darauf ansprechen.“

„Glaubst du eigentlich an die Macht des Matchmaking?“

„Ehrlichgesagt habe ich mir darüber noch nie Gedanken gemacht. Aber zumindest bei uns scheint es gewirkt zu haben.“ Sie sahen sich tief in die Augen und küssten sich erneut. Dann warfen sie einen letzten Blick auf das Meer, bevor sie wieder nach unten in den Festsaal gingen, um mit ihrem Hochzeitstanz die Feierlichkeiten einzuläuten.

Ende